九州文库

文学评价机制与作家作品命运

——以张贤亮文学评价史为中心的考察

张欣 著

九州出版社
JIUZHOUPRESS

图书在版编目（CIP）数据

文学评价机制与作家作品命运：以张贤亮文学评价
史为中心的考察 / 张欣著 . -- 北京：九州出版社，
2024. 8. -- ISBN 978-7-5225-3342-1

Ⅰ . I206.7

中国国家版本馆 CIP 数据核字第 20247QK559 号

文学评价机制与作家作品命运：以张贤亮文学评价史为中心的考察

作　　者	张 欣 著
责任编辑	沧 桑
出版发行	九州出版社
地　　址	北京市西城区阜外大街甲 35 号（100037）
发行电话	（010）68992190/3/5/6
网　　址	www.jiuzhouopress.com
印　　刷	唐山才智印刷有限公司
开　　本	710 毫米 ×1000 毫米　16 开
印　　张	16
字　　数	244 千字
版　　次	2025 年 1 月第 1 版
印　　次	2025 年 1 月第 1 次印刷
书　　号	ISBN 978-7-5225-3342-1
定　　价	95.00 元

序

文学评价机制与作家作品命运

从文学社会学的意义来讲，对作家作品的评价总是发生在一个相互作用、协调运作的系统之内，这个系统是隶属于整个文学制度的一种隐性的存在，作家作品的评价总是受到这个系统内各因素合力作用的制约，笔者将这种具有制度规约力的系统称为文学评价机制。文学评价机制的建构是政治、经济、社会、历史、文化等各种力量博弈的结果，掺杂了大量非文学的偶然因素，作为整个文学生产制度链条上的组成部分，文学评价机制是一个判断文学产品是否满足国家意识形态需求和读者阅读期待的检验系统。它是一个动态的演进体系，随着历史语境与制度环境的变迁而不断发生调整，有时甚至是颠覆性的重构，因而，相应地，作家作品的命运也就表现出跌宕起伏的状态，同时，由于系统具有较好的稳定性结构，文学评价机制总是要努力维护自身的权威性和连贯性，除非是在发生重大政治变革的社会转型时期，否则，一般情况下，文学评价机制的内部调整是缓慢而不易察觉的，文学评价机制因此得以在一个或长或短的历史时期内相对平稳地运行并发生作用，对于作家作品的评价也就具有了在一定的时间范围内实现读者共识的可能。

从一九四二年《在延安文艺座谈会上的讲话》发表至今，当代文学生态经过八十多年的体制建构和制度完善，逐步形成了当下中国的文学评价机制，这种文学评价机制除了受文学自身发展状况和演变逻辑的影响，还受到政治、经济、文化等各种文学外部制度因素的制约，文学评价机制中的批评话语还往往成为国家内部不同政治力量之间相互博弈的工具，因此，可以将当代文学评价机制看作是国家权力意志的间接表达，是一种与国家意识形态相关联的文学制度。

很多学者在讨论当下的文学体制问题时不约而同地将矛盾的焦点指向文

学批评，指出批评家在对作家作品进行评价时的不良倾向，主张建立文学批评的新秩序。文学批评作为评价机制的重要手段，批评家作为从事文学评论的专业化队伍，无疑应该在对作家作品进行客观评价的问题上具有话语主导权，然而实际情况却并不令人满意，"今天的文学批评，出现了严重的话语危机和伦理危机。社会失去了对文学批评的基本信任，文学批评本身也失去了公信力和权威性"。这种危机突出表现在三个方面，"一是文学批评家的代言人意识取代了个人意识。二是畸形的社会文化心理进入文学批评话语领域，造成了对文学批评话语和对文学批评本身的扭曲。三是文学批评的伦理化和道德化倾向越来越严重：批评家越来越轻视文学的审美分析而热衷道德分析"①。吴义勤说出了当下批评界存在的显著问题，启人深思。

当代作家从登上文坛到逝世，他们的文学评价史见证了当代中国文学批评话语的转型，与当代文学评价机制的发生、发展具有同构性，通过分析这些作家、作品评价史的形成过程及原因，能更好地理解当代文学评价机制对作家作品评价起到的制约和引导作用，为反思当代文学评价机制的制度性缺陷提供了微观视角，从而有助于研究者提出具有学理性的文学制度改进意见。

吴俊认为中国当代文学是制度设计的"国家文学"，"国家文学"即国家权力全面支配的文学，在这种文学话语体系里，"文学批评是一种评价，文学评价也是一种评价，政治运动、思想运动、社会运动也直接作用于评价系统的调整。文学评价从来也不是单纯、单方面的事，文学评价的推手都是国家政治"②。"文学评价对文学活动而言是一个优胜劣汰的过程，也是一个为作家、作品在文学史上准确定位的过程，因此，文学评价所依附的文学制度直接影响到文学评价的最终效果，影响到文学活动的进程。""文学制度以观念和意识形态的形式积淀于文学传统和文学惯例之中，建构了文学主体意识和行为的发生，进而影响着文学的评价。主体是带着符合社会及文学制度的意识形态色彩审视每一项文学活动的，对文学活动的评价标准、评价取向、评价态度、评价方法以及评价效果等一系列评价因素和行为就必然具有维护意

---

① 吴义勤.对于中国当代文学现状的认识［J］.延河，2014（8）：149-150.

② 吴俊.批评史、文学史和制度研究：当代文学批评研究的若干问题［J］.当代作家评论,2012（4）：11-12.

识形态的诸多特征。因此，文学评价是一种制度化、体制化、规范化的文学实践活动和行为。在文学制度的保障和规范下，文学评价活动逐步建立并完善了评价机制，形成评价标准。从某种意义上说，文学评价活动和行为参与了文学秩序和规则的制定，事实上起到了引导文学活动和文学价值朝文学制度要求的方向进展的重要作用，也促成了文学制度的建构和发展。"①文学评价机制通过文学评奖、文学会议、文学批评、重写文学史等多种手段从观念和制度上影响主体的文学活动，从而保证文学制度的合法性，促进文学制度的进一步完善。

文学评价机制规定了作家"写什么""怎么写"的问题，更多涉及的是文学外部的制度性因素，然而，文学批评的特殊性和复杂性却要求它必须兼顾文学创作的内部与外部，既要关注评价主体的价值取向、历史语境、文学发展规律和社会意识形态合力共同建构起来的文学制度，也要求批评家沉浸到作品的思想性、人文性之中，感受作品的艺术魅力与文化气息。

文学评价机制为考察和理解当代作家的生存状态提供了一个独特的视角，在分析和评判当代文学评价机制的时候，我们不仅要看到这种体制的局限性，同时，也要承认我国的文学制度对于作家创作起到的保障作用，"戴着镣铐跳舞"是人类一切艺术创作必须遵循的规律，文学作为审美意识形态的特殊形式，在遵循文学制度的同时，必须要有效地突破和超越制度的束缚，只有这样，才有可能产生真正超越时代的经典。

文学评价机制命题的提出是对已有的文学制度研究的一种深化，能够拓宽作家作品研究的学术视野，以往的作家作品研究大都是一种评传性质的文学内部研究，作家作品评价史研究也常常停留在批评史的述评阶段，缺乏对于文学外部制度因素的引入分析，在文学评价机制这一大的制度环境中考察当代作家作品，不但可以发掘文学制度与作家作品之间的错综复杂关系，而且可以反思当代文学评价机制暴露出来的制度缺陷，为建设合理的文学生态环境提出构想。

作为当代文学史上颇具争议的作家，笔者将张贤亮的文学评价史放在文

---

① 王坤.文学制度对文学主体活动的潜在建构［J］.江苏教育学院学报（社会科学版），2005（3）：
84.

学评价机制中进行考察，展现新时期以来张贤亮文学评价的变化过程，剖析造成变化的原因。由"热"到"冷"的文学评价史变迁反映出作家作品在时代巨变中不能自主的命运沉浮，也折射出政治、经济、文化等文学外部因素与文学创作评价之间错综复杂的关系。

张欣

2023年8月4日　锦州

目 录
CONTENTS

绪　论

第一节　研究范畴与概念界定

　　王国维在《宋元戏曲史》一书中从文学不断发展演进的角度提出"凡一代有一代之文学"[①]，作为与文学创作相生相伴的文学评论也处于不断的发展变化之中，文学评论的重要职能之一是对过去和现在的作家及其作品做出符合时代观念变迁的文学评价，因此，文学批评家对作家和作品的评价不是一成不变的，随着评价标准的改变，每个时代都会产生新的文学经典和文学偶像，文学评价因时而变、因地而异、因人不同的道理早已成为不争的事实，这构成了文学评价的丰富性和复杂性。新时期以来的中国现当代文学研究在一些曾被文学史定性过的作家作品的重评问题上取得了新的进展，张爱玲、钱钟书、沈从文、周作人等一批长期被文学史遮蔽、忽略或是被视为反动文人的作家及其作品经由夏志清《中国现代小说史》的重新"发现"而再度引起人们的关注，对他们的文学评价也随之水涨船高。与之相反的情况则是对鲁迅、茅盾、赵树理、浩然、《青春之歌》、左翼文学、革命历史小说、农业合作化小说等被以往文学史奉为圭臬的经典作家、作品的评价出现了质疑的声音，最典型的例子莫过于一九九四年，北京师范大学的王一川教授以"审美标准"为二十世纪中国小说的大师级人物重排座次，结果一向被视为仅次于鲁迅的

[①]　王国维.宋元戏曲史［M］.上海：上海古籍出版社，1998.王在该书自序中开篇即说："凡一代有一代之文学：楚之骚、汉之赋、六代之骈语、唐之诗、宋之词、元之曲，皆所谓一代之文学，而后世莫能继焉者也。"

茅盾被排除在大师行列之外，而一向饱受争议和批评的金庸名列鲁迅、沈从文、巴金之后，在老舍、郁达夫、王蒙之前，位列第四，这一事件在文化界引发了轩然大波，《中国青年报》甚至冠以"金庸取代茅盾"这样耸人听闻的标题①。

文学评价是评价主体按照一定的评价标准对作家作品、文学思潮、文学现象等进行价值判断的过程，作品的优劣、作家的得失，都在文学评价的过程中获得彰显。评价标准是文学批评家评判文学作品、文学现象等的价值尺度。评价主体包括不同层次的读者，其中既有专业的文学批评家，也有普通的大众读者，批评家大多经过严格的学术训练，具有较为深厚的文学修养，他们对作家作品的评价往往比一般读者要深刻和透彻，他们的话语也更有说服力和代表性，因此，在通常情况下，批评家被认为是影响读者阅读选择的权威力量，是对作家作品进行文学评价的主要发言人。批评家进行文学评价的主要形式是文学批评，文学批评的繁荣程度不仅是衡量不同时期文学发展水平和审美认知能力的重要参照，同时也是文学史在书写过程中无法回避的话题，文学批评对文学史写作的介入和影响作用是缓慢发生并逐渐显现的，那些经过时间检验的文学评价话语最终进入文学史，成为文学史书写的重要组成部分。但是，想要做出经受得住历史检验的文学评价是困难的，文学评价总在不断地变化，除了受文学自身因素的影响，文学评价还关涉国家意识形态、文艺政策导向、读者接受情况，以及其他影响评价的各种社会因素，并且，这些因素的具体含义也在时代的交替中发生变革，从而相应地策动着评价标准和评价方式的内在转换。例如，二十世纪八十年代，陈思和、王晓明等学者主张"重写文学史"，以有别于传统教科书的价值体系和审美标准重新评价中国现当代文学史上已有定评的一些作家作品和文学现象，就是文学评价标准变化导致的结果。既然文学评价处在不断的变化过程之中，那么，对于作家作品的评价是不是一项不可能完成的任务呢？虽然文学评价标准随着历史语境、地域环境、评价主体的变迁而不断改变，但是，在特定的时空范围内，文学评价具有相对的稳定性，它在短期内不会发生显著的改变，同

---

① 陶东风.当代中国文艺思潮与文化热点［M］.北京：北京大学出版社，2008：427.

时，经过长期积淀而形成的某些文艺理念也不会轻易改变，比如，优秀的文学作品应当从内容到形式都给人以美的感受，不朽的文学经典必须给人以生命的震撼和心灵的净化，经典的文学作品是属于个人的，同时又是超越时代的，它遵循"戴着镣铐跳舞"这个所有艺术活动都必须遵守的制约规律，它要求作家在创新中突破以往的窠臼，以新的人生体验和新的讲述方式来从事创作，它来源于生活而又高于生活，等等，这些文学观念已经成为世界范围内绝大多数读者的共识。因此，在一个特定的历史阶段，总会有一个相对稳定的文学评价标准在支撑着文学评价活动的开展，批评家就是在这个限度内对作家作品进行着基本的价值判断，文学评价活动因此得以顺利发生，并且，对于作家作品的评价也就具有了在一定的时空范围内实现读者共识的可能性。换言之，文学评价历来都只是读者在一定的时空范围内达成的一种暂时性的共识，一旦时过境迁，已有的文学评价就会被逐渐颠覆，并重新得到正名，这已经被中外不断改写文学史的事实所证明，这种生生不息的评价过程构成了内涵丰盈的文学评价史。评价史研究能够丰富人们对于作家作品的认知，理清作家作品评价史的演变过程，在今天尤其具有文学批评史的价值与意义。评价史研究本质上是对文学批评的再批评，这就要求论者要有新的学术眼光、学术洞见，研究者只有获得一个更高的观察视角才能够对以往的文学批评做出客观而公允的再评价，在这一过程中，研究者必然会发现文学批评自身存在的种种历史局限，从而纠正不良倾向，推动文学批评沿着正确的轨道向前发展。

近十余年来，将研究视点聚焦在评价史上的论文主要有支宇的《巴金批评史——论巴金批评的思想之路》（《天府新论》2004年第1期）、孟远的《六十年来歌剧〈白毛女〉评价模式的变迁》（《河北学刊》2005年第2期）、刘纳的《写得怎样：关于作品的文学评价——重读〈创业史〉并以其为例》（《文学评论》2005年第4期）、秦弓的《整理国故评价史的回顾与反思》（《广播电视大学学报（哲学社会科学版）》2007年第1期）、林分份的《论周作人的审美个人主义——兼及对其评价史的考察》（《东南学术》2008年第3期）、肖渝的《鸳鸯蝴蝶派评价史研究》（四川师范大学2009年硕士论文）、朱维的《王国维文学批评的接受史研究》（华中师范大学2011年博士论文）、梁晓君的《浩然创作的本土性与评价史》(吉林大学 2011 年博士论文)、汤先红的《从纷争突起到尘埃未定——〈青春之歌〉的评价史研究》(沈阳师范大学 2011 年硕士论文)、贾振勇的《如何"透视主义"的透视鲁迅——对文学史述史机制中有关鲁迅评价的几点反思》(《鲁迅研究月刊》2011 年第 12 期)、郭学军的《〈武训传〉批评史述评》(《当代电影》2012 年第 8 期)、贺桂梅的《超越"现代性"视野:赵树理文学评价史反思》(《解放军艺术学院学报》2013 年第 4 期)、贺仲明的《文学批评与文学史构建中的外在因素影响——以丁玲等文学史评价为中心》(《理论学刊》2013 年第 8 期)、席志武和于瑞的《近百年来梁启超评价史述评》(《广东技术师范学院学报》2014 年第 1 期)、邓婕和毕文君的《批评的建立与小说的评价史问题——以 80 年代的王安忆小说批评为例》(《乐山师范学院学报》2014 年第 3 期)、张维阳的《红旗下的激越与迟疑——周立波的文学创作与评价史》(吉林大学 2015 年博士论文) 等。上述论文对作家作品和文学现象的评价大都采取历时性的比较分析模式,从而发现了文学批评领域存在的一些问题。例如,刘纳的文章指出批评家对于作品的文学评价存在着以阐释替代评价的问题,"写得怎样"经常被"写什么""怎么写"的发挥性阐释所遮蔽,从而影响了对作品的真实评价。贺仲明的文章从丁玲、萧红、张爱玲的文学史评价演变来看外在权力因素对文学批评的介入以及由此产生的不良影响。邓婕、毕文君在王安忆小说的评价变化中发现二十世纪八十年代的文学批评话语与文学史叙述成规之间存在着相互漠视的情况,同时,当代文学批评在文学批评话语的边界设定上似乎始终无法超越文学史研究者所给定的阐释构架和解读范式。这些研究者对当前的文学批评现状普遍感到不满和忧虑,文学批评与作家作品之间存在着没有被认识到的复杂关系。

鲁迅在《花边文学·骂杀与捧杀》一文中曾流露过他对批评家的不满,他说:"批评家的错处,是在乱骂与乱捧,例如说英雄是娼妇,举娼妇为英雄。批评的失了威力,由于'乱',甚而至于'乱'到和事实相反,这底细一被大家看出,那效果有时也就相反了。"[①]"骂杀"与"捧杀"都是不负责任的批评家随意发表的议论,其结果往往是扼杀了艺术家的创作激情与活力。"骂

---

① 鲁迅.花边文学:骂杀与捧杀 [A]//鲁迅.鲁迅全集(第五卷)[M].北京:人民文学出版社,1973:642.

杀"是赤裸裸的攻击与谩骂，"捧杀"则是内心毫无原则的谄媚与讨好，二者都不以作品为依据、不以艺术为尺度，相比较而言，"捧杀"的危害更为严重与隐蔽，它常常令艺术家飘飘然感觉良好，从而失去自知之明，最后"功未成，身先退"。作为从事文学评论的专业化队伍，批评家本应该在如何对作家作品进行客观评价的问题上享有话语主导权，然而实际情况却如学者吴义勤分析的那样，今天的文学批评出现了严重的话语危机和伦理危机。"社会失去了对文学批评的基本信任，文学批评本身也失去了公信力和权威性。通常讲，文学批评应该是文学判断、评价的主力、主要方式。一个时代的文学主要通过文学批评去实现对它的评价。但今天的文学批评，公信力、权威性失去了，就失去了对一个时代文学判断的支撑力。"①

在文学沦为宣传工具的年代，文学批评往往是不同政治力量之间互相博弈的工具，批评家也因此成为国家意志的代言人，他们的话语具有改变作家作品命运的力量，批评家从属于政治权威成为国家政策的阐释者，造成艺术家与批评家关系的紧张与情感的疏离。学者程光炜认为"在什么是'最理想'的文学、文学经典和重要作家的认定等问题上，大众读者、专业批评家与文学史家存在着种种差异和分歧，之所以出现评价的困难，乃是由于不同的文学评价标准进入了对新时期文学三十年的历史认知"②。文学评价标准的多元化造成了文学评价的差异与分歧，没有统一的文学评价标准自然就难以在总体上产生观点相近的文学评价结论，那么是否应该、并且能够规划出一套整齐划一的文学评价标准呢？对这一问题的回答显然是否定的。文学评论是见仁见智的文学再生产活动，文学评价永远处于因时、因地、因人而异的变化过程之中，即使是在同一时期、同一地域的文学批评场域中，文学评价也往往会因为批评主体的知识结构、生活阅历、审美感受的不同而产生认识上的差异，从而造成文学评价的多元化态势，因此，文学评价的差异反而是文学审美活动的常态。"文学就其实质而言，是人性及其灵魂的完美建构。而这一完美建构，是真、善、美的有机统一，亦即真实、功利与审美的统一。作家

---

① 吴义勤.对于中国当代文学现状的认识［J］.延河，2014（8）.

② 程光炜.评价新时期文学三十年的几个问题［J］.浙江旅游职业学院学报，2009（1）：27-32.

在建构文学作品时，真、善、美三者缺一不可，任何一个因素的舍弃都将导致创作的失利。但是，不同作家对这三个因素的侧重点不同、理解深浅不同、内涵不同、表现方式不同，这就构成了文学作品的不同风貌。从总体上讲，文学批评是一种价值判断与理性认识。文学批评可以有不同的目的、标准、方式与内涵，可以侧重体验或理性，可以有深浅之别，但就其主要内容而言无非是对作家作品的真、善、美的判断与理性概括。由于同样的道理，批评家对真、善、美的不同理解与把握构成文学批评的差异。"①

文学评价标准问题在新时期引起了研究者的高度关注，这方面的理论探讨文章主要有：徐岱的《审美批评中的道德评价与历史评价——对当前文艺界一种倾向的反思》(《杭州大学学报·哲学社会科学版》1986年第3期)、张荣翼的《创作"成功"的砝码——文学评价由时间维度向空间维度的转换》(《青海社会科学》1998年第2期)、赵炎秋的《对文学评价标准的反思——兼论圆形人物与扁形人物的美学价值》(《人文杂志》1999年第4期)、王元骧的《关于文学评价中的"人性"标准》(《文学评论》2006年第2期)、黄赞梅的《试论文学评价的人学标准》(《湖南社会科学》2008年第6期)、赖大仁的《文学评价与文学价值标准问题》(《江汉论坛》2013年第9期)等。从中可以看出人们对于文学评价标准问题的认识在不断深化，新时期的文学评价标准曾长期徘徊在政治与道德之间，只有那些符合社会主义政治需求和道德伦理色彩的文学作品才有可能被认为是真正反映了读者心声的成功作品，从而受到批评家的好评，随着时代的发展和思想观念的解放，文学去政治化的呼声越来越强烈，人们的道德观念也越来越开放和包容，文学作品的评价标准也因此显示出向"人性""人道主义"回归的趋势，文学的审美特征被重提并受到批评家的重视。

此外，一些学者还从文学制度的层面论证了文学评价受文学外部因素影响和制约的现状。例如，王坤在《文学制度对文学主体活动的潜在建构》(《江苏教育学院学报·社会科学版》2005年第3期)一文中指出文学制度对文学

---

① 赵俊贤.中国当代文学批评史研究刍议［J］.西北大学学报（哲学社会科学版），1992（2）：14-20.

活动的影响不仅通过外在的强化形式，更是以意识形态的形式潜伏于文学传统和惯例中，形成文学主体意识及行为的自觉规范，进而影响文学评价。吴俊在《文学的权利博弈：国家文学与文学批评》（《当代作家评论》2011年第2期）中提出了"国家文学"的概念，"国家文学"即国家权力全面支配的文学，他认为中国当代文学是制度设计的"国家文学"，在这种"国家文学"话语体系里，文学批评是一种评价，文学评奖也是一种评价，政治运动、思想运动、社会运动也直接作用于评价系统的调整。"文学评价从来也不是单纯、单方面的事，文学评价的推手都是国家政治。"[①] 任美衡的《文学奖、文学评价与现实效应》（《重庆社会科学》2012年第3期）一文也认为文学奖不同程度地介入到当代文学的评价之中，或者为当前文学评价活动提供某种价值导向，或者以和平的形式推动着当前文学评价体系的生成，或者表达不同利益团体对文学创作的权力诉求、话语诉求与想象诉求，从而在文学评价的价值、话语、规则、意图等方面都潜在地影响着当代文学评价体系的建构。可以想象，批评家总是置身在一定的社会环境之中，不可能脱离时代来开展文学批评活动，因此，姑且不论是否存在一套对当代作家作品命运发生影响和制约的评价体系，批评家对作家作品的评价总是一定时代条件下政治、经济、道德、风俗等社会文化力量博弈的结果，这是毋庸置疑的。但是，单纯从理论和制度的层面来研究文学评价易流于空泛和枯燥，缺乏具体的着力点，既然作家作品是文学评价的基础和前提，那么，通过分析具体的作家作品评价史来揭示当代文学批评的内在发展演变逻辑不失为一个有效的研究方法，笔者选取张贤亮的文学创作评价史作为本书的研究对象，不仅是因为张贤亮是中国当代文坛最具争议的作家之一，而且也是由于张贤亮的文学评价史具有时代共性特征，通过张贤亮的文学评价史个案能够折射出二十世纪八九十年代文学批评史的基本面貌和变化趋势。

---

① 吴俊.批评史、文学史和制度研究：当代文学批评研究的若干问题［J］.当代作家评论,2012(4)：11-19.

第二节　研究现状与文献综述

　　张贤亮是新时期重返文坛的"右派"作家，也是二十世纪八十年代争议最多的作家之一，对极"左"政治的沉痛批判，对性描写禁区的大胆突破，使他成为新时期文学史上一个引人注目的人物。在二十世纪八十年代前中期，他每发表一篇作品，几乎都能引发评价不一的轰动效应，洪子诚在《中国当代文学史》中说："张贤亮的一些小说，曾在不同时间、不同问题上引发热烈争议。""《灵与肉》《绿化树》《男人的一半是女人》《早安！朋友》（一部以中学生早恋为内容的长篇）、《习惯死亡》等发表后，对它们的思想艺术倾向都发生过争论。争论涉及怎样理解爱国主义，如何描写、看待苦难，性描写，知识分子反思当代历史的蒙昧主义与批判精神等问题。"[①] 张贤亮的文学评价史与新时期的文学批评史具有相同的话语属性，反映出批评家在面对具体的作家作品时具有的共性问题，梳理和反思张贤亮文学创作评价史的演变过程，能够更好地理解张贤亮文学史地位的成因，以及新时期文学评价范式与审美标准的转换。从二十世纪八十年代至今，对张贤亮小说的评论一直是当代文学批评中的热点话题，研究成果竞相涌现，评论文章成百上千，不同版本的文学史著作也对张贤亮的文学地位做出了不尽相同的评价，这些为张贤亮文学评价史研究提供了丰富的材料。

　　张贤亮在文学上的成就和影响主要体现在二十世纪八十年代，在社会拨乱反正的政治背景下，他长达二十二年的"右派"遭遇引人同情，他的归来之作借助席卷全国的"伤痕小说"打动了无数读者，根据他的小说《灵与肉》改编拍摄的电影《牧马人》在国内上映时引起轰动，曾经创造了一亿三千万人次的观影记录，成为一部反映知识分子与劳动人民患难真情的时代经典，确立了他在二十世纪八十年代读者心目中的重要位置，因为与当时社会的政

---

　　① 洪子诚.中国当代文学史（修订版）[M].北京：北京大学出版社，2007：265.

治变革需求相一致，张贤亮在二十世纪八十年代前中期的文学创作受到了批评家的瞩目和广大读者的欢迎，虽然他的作品在部分读者中间也曾引起过争议，围绕他的《灵与肉》《绿化树》《男人的一半是女人》，文艺界还专门展开过三次规模较大的文学论争，但这些论争不仅没有限制他的文学创作，反而使他的文坛地位迅速攀升，作品的社会影响持续扩大，张贤亮被当作新时期文坛"重放的鲜花"而被载入文学史，借助新时期政治体制赋予他的作家话语权，他迅速完成了从极"左"政治受难者向文学启蒙者和社会主义改革者的身份转化，他的作品一再提醒人们对极"左"政治保持高度警觉，决不能让历史的灾难重演，因为张贤亮的小说突出表现了极"左"政治对知识分子的政治迫害及对其造成的性压抑苦闷，张贤亮被看作反集权、反专制的文化英雄，呼唤自由、民主、性解放的思想先驱。然而，从二十世纪八十年代末开始，情况却在悄然发生变化，张贤亮的作品虽然仍在对极"左"政治的毒害进行不遗余力的批判，但这些新作却遭到了读者的空前冷落，连最活跃的文学批评家也对这些作品报以谨慎的沉默。从一九八六年到一九八九年的三年间，张贤亮仅发表了《早安！朋友》（作品刚一发表即被禁）和《习惯死亡》两部作品，小说产量锐减。从读者反馈和批评家对这些作品的评价情况来看，张贤亮的文学影响已经失去了二十世纪八十年代前中期的那种轰动效应。这不是张贤亮一个人的问题，而是二十世纪八十年代作家的普遍困惑。在文学热度逐渐冷却的转型年代，一批曾经炙手可热的作家逐渐淡出了读者的视线，由"热"到"冷"的文学评价落差反映出作家作品在时代巨变中不能自主的命运沉浮，也折射出政治、经济、文化等文学外在因素与文学评价之间错综复杂的关系。本书旨在如实呈现新时期以来张贤亮文学评价由"热"到"冷"的转变过程，剖析张贤亮文学评价变化的原因及其表现，从而对张贤亮文学创作评价史暴露出来的问题进行反思。

　　一个作家的评价史只有在与同类作家的比较中才会被看得更清楚，与张贤亮同时代的王蒙、陆文夫、从维熙、李国文、高晓声等作家，他们的身份虽然同属"文革"后复出的"右派"作家，并且也都程度不同地批判过极"左"政治对国家、民族、社会、个人造成的种种伤害，但是，文学批评家和文学史研究者对他们的文学评价却有很大不同。这无疑应该引起文学研究者的重视和思考。张贤亮的作品大都以饥饿、死亡、性压抑、政治迫害、知识分子劳动改造作为叙述对象,对极"左"政治统治弊端的揭露,使他在海外读者中享有较高的评价,甚至被海外媒体誉为中国的米兰·昆德拉和索尔仁尼琴。这是否也会反过来影响国内批评界对于作家的评价? 这种由于地域、文化的差异而造成的海内外评价失衡现象也是一个值得探讨的话题。张贤亮一直在小说叙事风格和创作手法上进行新的尝试,试图实现对自我的超越。从二十世纪八十年代中期开始,他就有意在作品中加入当时比较流行的荒诞化、意识流等现代主义文学的叙事格调,他在二十世纪九十年代后的小说创作,题材更加广泛,关注的社会问题也更加多元和贴近当下的现实生活,《习惯死亡》《无法苏醒》《青春期》《一亿六》等小说都显示出他朝这方面转型的努力,但是,这些作品并没有在艺术性上取得更大的突破,反而受到不少文学评论家的质疑和批评,认为他的创作出现了才能衰退和政治立场错误的迹象,作品显示出低俗化的倾向。程光炜教授在一篇文章中就二十世纪八十年代文学批评与作家作品之间没有被认识到的复杂关系进行分析时指出,作品在当时一旦完成,作家就无法再掌握它的命运,只有听任批评家对它随心所欲地"定义",而作家在"后记""访谈录"中的抱怨与辩解,也根本不可能得到批评家的眷顾。二十世纪八十年代文学批评家在"情不自禁"中流露出来的这种优越感与优秀姿态,势必严重地影响到人们对二十世纪八十年代文学作品准确而真实的把握①。这种问题不是二十世纪八十年代批评家与作家之间所独有的现象,这种认识上的差异贯穿了新时期文学三十年的文学批评史话语,作家对批评家的反批评,以及作家对作品的自我评价,往往折射出作家与批评家在审美认识上的巨大分歧。这也是张贤亮文学评价史研究中一个十分有意思的话题。另外,张贤亮的小说除了带有自叙传色彩的劳改经历,还较早地触及了对新时期改革者形象的塑造,如,《龙种》中的龙种、《男人的风格》中的陈抱帖。文学史对这些作品是否做出了客观而公允的评价? 张贤亮在文学史上的意义是否被研究者充分地挖掘了出来? 造成作家作品被文学史遮蔽和低估的原因又有哪些? 文学史对作家作品评价的变化说明了什么? 这些不断萦绕在笔者

---

① 程光炜.“批评”与“作家作品”的差异性:谈80年代文学批评与作家作品之间没有被认识到的复杂关系 [J].文艺争鸣,2010(17):30-37.

脑海中的问题，构成了本书对张贤亮文学评价史研究的反思内容。

以往的张贤亮文学研究者大多从知识分子角度、精神心理分析、作家作品比较研究、女性主义批评的视角出发，着眼于张贤亮小说中的知识分子思想改造、作家创作心理、批判与反思历史蒙昧主义、性与政治的关系等问题展开对于张贤亮小说的具体分析，如：王艳丽的《迷失·确认·超越——论张贤亮小说知识分子身份的变异》（山东大学 2006 年硕士论文）、林筠昕的《那些年的知识分子——张贤亮小说重读》（华东师范大学 2010 年硕士论文）、徐艳华的《论张贤亮的小说创作及其死亡意识》（吉林大学 2007 年硕士论文）、刘大磊的《张贤亮创作心理论》（南京大学 2013 年硕士论文）、佘萧群的《张贤亮小说中自我生存的艺术呈现》（山东师范大学 2008 年硕士论文）、朱文涛的《批判、反思与超越——张贤亮小说之"拯救"主题再探》（北京语言大学 2009 年硕士论文）、刘春慧的《性别视角下的透视——海明威张贤亮女性意识的比较》（黑龙江大学 2002 年硕士论文）、林逸玉的《张贤亮笔下的"臣服"女性》（暨南大学 2007 年硕士论文）、刘琳的《论张贤亮小说的身体叙事》（西南大学 2012 年硕士论文）等，很少有人从评价史的角度对张贤亮的文学创作情况做出系统的梳理和研究。因此，本书在张贤亮文学研究领域内具有一定的开拓性，能够拓宽张贤亮文学研究的学术视野。

一些研究者特别喜欢从作家作品比较的视角来分析张贤亮的文学创作，这方面的研究主要体现在三个层次：一是比较张贤亮与郁达夫小说中的知识分子形象，如，《灵与肉：从郁达夫到张贤亮》（赵福生，《中国文学研究》1987 年第 3 期）、《郁达夫与张贤亮小说创作之比较》（钟坤，湖南师范大学 2009 年硕士论文）；二是比较张贤亮与王蒙等其他"右派"作家的作品与创作风格，如，《王蒙、张贤亮：在政治与文学之间》（毕光明，《文学自由谈》1993 年第 3 期）、《两种不同的生命流程——王蒙和张贤亮文学创作比较》（石明，《小说评论》1988 年第 2 期）、《世纪末的忏悔——从王蒙和张贤亮的二部长篇近作说起》（李遇春，《小说评论》2001 年第 6 期）、《论反思小说的政治向度——以张贤亮、王蒙作品为重心》（吴道毅，《吉林大学社会科学学报》2014 年第 6 期）；三是进行中外作家作品的比较研究，如，《陀思妥耶夫斯基与张贤亮——兼谈俄罗斯与中国近现代文学中的知识分子"忏悔"主题》（许子东，《文艺理论研究》1986年第1期）、《张贤亮与高尔基、艾芜笔下之流浪汉形象比较》（刘小林，《朔方》1986年第6期）、《站在倾斜的地平线上——米兰·昆德拉与张贤亮笔下人物透视》（耿聆，《大连大学学报》1991年第2期）、《从劳伦斯和张贤亮说起》（叶海声，《文学自由谈》1995年第2期）、《两幅不同时代的荒原画卷——海明威和张贤亮的作品比较》（陈世丹，《河南师范大学学报·哲学社会科学版》1998年第2期）、《乔治·奥韦尔的〈一九八四〉与张贤亮系列中篇小说之比较》（朱望，《外国文学》1999年第2期）、《两种爱情——艾特玛托夫与张贤亮对比》（王清学、龚北方，《大庆高等专科学校学报》2002年第2期）、《劳伦斯与张贤亮小说"创伤—拯救"叙事结构分析》（赖小燕，西南交通大学2007年硕士论文）、《米兰·昆德拉与张贤亮小说中死亡意识之比较》（黄健，《广西大学学报·哲学社会科学版》2009年第2期）、《试析劳伦斯与张贤亮的社会批判思想》（刘稳良，《西北师大学报·社会科学版》2011年第5期）、《流放地的爱情罗曼史——米兰·昆德拉〈玩笑〉与张贤亮〈绿化树〉之比较》（张志忠，《中国现代文学研究丛刊》2012年第4期）等。

目前，公开出版发行的张贤亮文学研究专著有高嵩的《张贤亮小说论》（四川文艺出版社，1986年版），该书以刘勰在《文心雕龙》中阐发的文艺理论为凭借，从张贤亮的个性情感入手详细分析了张贤亮作品风格的形成以及他小说的内容与形式特征。这是迄今为止最早的，也是唯一的一部公开出版的张贤亮小说研究专著，该书的不足之处是研究者的时间下限仅到一九八六年便停止。从评价史的角度对张贤亮的文学创作情况进行研究的论文有马英的《八十年代以来张贤亮小说研究述评》（《湖北经济学院学报·人文社会科学版》2006年第8期）、施维的《张贤亮〈灵与肉〉〈绿化树〉〈男人的一半是女人〉研究述评》（《大连民族学院学报》2011年第4期）、冯英华和孙纪文的《张贤亮小说评论历程的新阐释》（《佳木斯大学社会科学学报》2015年第3期）、《张贤亮小说评论浩繁的成因、价值及新思考》（《和田师范专科学校学报》2015年第4期）。马英的论文首次将张贤亮的小说批评研究划分为三个时期：研究初期（1979年—1983年）、研究争鸣期（1984年—1988年）、研究多元期（1989年至今），作者对这三个时期的研究成果进行了粗略的梳理和评析，同时指出了在张贤亮小说研究中存在的不足。施维的论文对张贤亮的《灵与肉》《绿化树》《男人的一半是女人》的文学批评成果进行了整理，指出性描写、苦难崇拜、人物形象的真实性是这三篇小说成为二十世纪八十年代文坛争鸣焦点的原因。冯英华、孙纪文的论文进一步将张贤亮小说评论的历程细化为四个时期：初创期（1979年—1983年）、发展期（1984年—1989年）、繁荣期（1990年—1999年）和多元期（2000年至今），并对各个时期批评家关注与争论的问题进行了分析，指出对于张贤亮小说的新阐释体现出当代文学评论者特有的人道精神、人文理想和人本情怀。他们的论文还比较细致地分析了张贤亮小说评论浩繁的成因、张贤亮小说评论蕴含的价值及由此引发的新思考。这些研究成果从评价史的视野维度打开了通往张贤亮小说研究的一条新路径，但这些研究者多将精力集中在张贤亮文学评价史的述评阶段，反思的力度明显不够，且只谈论批评家对张贤亮的文学评价，未关注张贤亮在文学史上的形象和地位的变化。

第三节　研究方法与逻辑结构

美国学者乔纳森·卡勒（Jonathan D.Culler）在他的《文学理论》一书中提出解释文学有两种不同的方法："恢复解释学"与"怀疑解释学"。这两者的区别在于，"其一，前者企图恢复作品产生的原始语境，包括作者的处境和意图、文本对它最初的读者可能具有的意义等；而后者则旨在揭示文本可能赖以形成的、尚未经过验证的关于政治的、性的、哲学的、语言学的假设。其二，前者致力于帮助当今读者接触文本的原始信息，借此来评价文本及作者；而后者则常常对于原始文本的权威性表示怀疑。其三，前者把文本限定在那些远离读者的当下关切的、假设的原始意义上，因而可能会大大降低该文本的价值；而后者则往往另辟蹊径去评价一个文本，所以它可以引导并帮助读者对当下问题进行再思考，但这样做可能会曲解作者原先的设定"①。本

---

① 姚文放.症候解读：文学批评作为艺术生产［J］.文学评论，2016（3）：54-61.

书试图运用"恢复解释学"的方法对张贤亮的文学创作与评价情况进行梳理，在史料的基础上，进行分析论证。出于史论的需要，同时，也为了让论证线索更为清晰，笔者按照时间脉络对张贤亮的文学创作与评价进行了大致的划分。学者刘永昶在《张贤亮小说论》一文中将张贤亮的小说创作生涯划分为三个时期：个人话语与主流话语的契合时期；个人话语与主流话语的悖离时期；纯粹的个人话语时期。他通过对张贤亮小说文本的分析证明了这种创作分期的存在，并结合对当代文学语境和张贤亮个人身世、气质的探究，指出这种分期的必然①。这种侧重剖析作家与主流政治话语之间关系变化的文学阶段划分方法对笔者的写作很有启发，受其影响，笔者按照张贤亮的政治身份与政治态度的变化，将他的文学创作评价史大致划分为四个时期：拨乱反正时期（1979年—1980年）、一元化主潮时期（1981年—1984年）、争议凸显时期（1985年—1989年）、"下海"经商时期（1990年—2014年）。这成为本书前四章隐含的一条时间线索。本书以二十世纪八九十年代张贤亮的文学评价作为主要研究对象，同时，兼顾对作家创作情况的介绍，着重揭示不同阶段文学批评家与文学史家对张贤亮文学评价的变化，展现张贤亮文学评价由"热"到"冷"的演变过程，分析导致变化的原因。

作家作品评价史研究以具体的文学批评实践活动作为主要研究内容，但是，在对特定的批评文章展开分析论证的过程中，难免要涉及与之相关联的文学理论、文学史叙述，因此，研究者绝不能停留于对作家作品批评史的综述里，也不能仅仅局限在对批评的目的、标准、方法等批评范式特征的讨论上，而是需要兼顾文艺理论及文学史的生成、建构与演变，综合运用文艺学、文学史、社会学的研究方法对作家作品评价史的形成过程展开有效的内部与外部考察，尤其要关注不同时期批评家的批评观念的变化，它包括批评家的主体意识、个性特征、独立姿态以及批评家的理论知识构成。同时，还要看到普通读者和专业批评家对于作家作品的不同评价，文学史家、作家和读者对文学批评的不同接受情况，作家对于文学批评的反批评，等一系列情况。张贤亮文学创作评价由"热"到"冷"的转变，说明新时期的文学评价标准发生了重大的调整。新时期的文学批评经历了从以政治和道德评价标准为主

---

① 刘永昶.张贤亮小说论［J］.广西社会科学，2002（6）：128–131.

逐渐向文本自身的思想价值和美学价值回归的过程。本书将张贤亮文学评价史的"冷""热"变化，置于新时期文学批评史的发展脉络中进行整体考察和把握，起到了以作家作品评价史个案来印证和观照整个新时期文学批评话语转型的效果，本着大胆假设、小心求证的原则，本书结合创作谈、访谈录、口述史等涉及作家作品创作情况的直接或间接材料，综合运用理论分析、文史互证、数据统计的文艺学、社会学、统计学方法，展现张贤亮文学评价史的演变过程、分析张贤亮文学评价发生变化的原因，揭示新时期文学评价标准的变化调整，反思当代文学批评的现状及其存在的问题。

作家作品的文学评价是一个动态的过程，是各种社会力量综合博弈的结果，其中掺杂了大量非文学的因素。张贤亮恢复创作伊始，就成为各种不同价值判断汇聚的焦点。他自己曾经说过："我本人大约是从八十年代开始直到今天被'争议'最多的中国作家之一。"[①]张贤亮的文学评价从一起步就充满了浓烈的论争气氛。如，《灵与肉》中的主人公许灵均是否应该出国，《男人的一半是女人》的性描写与主人公章永璘的背叛行为，《习惯死亡》的"颓废"倾向，张贤亮的很多小说一问世即会引来针锋相对的评论意见。这种争论往往最终直接演变为对张贤亮个人的政治品质的否定。以往的张贤亮评价史研究主要是对关涉张贤亮的文学评论的述评，缺少对于文学批评之外其他影响因素的分析，本书在研究资源的选取上，既以批评家对张贤亮的小说评论、文艺论争材料为主，又兼顾文学史书写、文学评奖制度、小说的影视改编、文学期刊的编辑出版方针、文联和作协的作家体制、文学批评的接受情况等影响文学评价的因素分析，试图客观地从多角度反映出新时期的文学评价机制与作家作品命运的联动关系。

为了呈现张贤亮文学创作评价史由"热"到"冷"的演变过程，本书在结构安排上以时间为序展开论述，本书正文由五个部分的内容组成，分别是：一、新时期归来的"右派"作家；二、从受难者向改革者的身份转化；三、充满争议的"唯物论者启示录"；四、商业大潮中的"下海"文人；五、对张贤亮文学评价史的反思。

---

① 张贤亮.小说中国［M］.北京：经济日报出版社，1997：127.

　　本书第一章要解决的问题是，张贤亮是怎样从二十世纪五十年代的一位小有名气的青年诗人转型成为小说家的，他初返文坛后的小说创作情况及文学评价情况是怎样的。在论述第一个问题时，有必要向读者介绍清楚张贤亮早期的家庭身世、他被错划为"右派"的遭遇以及他在宁夏的农场劳动改造和生活的状况。在论述第二个问题时，重点阐述首次给张贤亮带来文坛声誉的小说《灵与肉》的创作情况、获奖情况、论争情况以及电影改编情况，尤其需要对一九八〇年的全国优秀短篇小说奖的评奖标准和获奖作品进行分析，揭示文学奖背后的国家意识形态的宣传作用和对文学创作的导向作用。

　　本书第二章要解决的问题是，张贤亮在二十世纪八十年代初是怎样从公众印象中的极"左"政治受难者实现向文学启蒙者和社会主义改革者的身份转化的。为了说清楚这个问题，笔者从"伤痕文学""反思文学""改革文学"的思潮发展线索入手，论证张贤亮与新时期的这三次文学思潮之间如何保持了思想和话语上的高度一致性，成为被制度接受、批评家肯定的政治上高度正确的新时期重要作家，他因此得以逐步实现身份的转化，并最终进入新时期的政治体制和文学体制内部，获得了新时期政治体制赋予的作家话语权。

　　本书第三章主要围绕二十世纪八十年代中期最能够代表张贤亮文学艺术成就的两部小说《绿化树》和《男人的一半是女人》的文学评价展开论述，要解决的具体问题包括《绿化树》与中国当代知识分子的思想改造、《男人的一半是女人》开启的新时期文学中的性描写革命，详尽阐述这两部作品的文艺论争情况以及它们的文学史意义。

　　本书第四章要论述的问题是，从二十世纪八十年代末开始，张贤亮的文学创作受到读者的空前冷落，并不断遭遇批评家的负面文学评价，这一时期，张贤亮的文学评价史经历了由"热"到"冷"的转变，导致这种变化的原因有哪些？是什么原因促使张贤亮在二十世纪九十年代初最终做出了"下海"的决定？二十世纪九十年代，作家昔日的辉煌不再，"下海"后的张贤亮的小说创作进入低潮并最终停滞，到他逝世前的二十一年中，只有为数不多的作品问世，而这些作品无一例外地受到了来自读者和批评家的冷遇，通过对这些小说评价情况的梳理和介绍，对张贤亮晚年在文学上自我超越的尝试和实践进行客观的评价。

本书第五章是笔者对张贤亮文学评价史的反思，反思的主要问题包括张贤亮文学评价的批评史意义、文学史上张贤亮形象的建构、张贤亮与王蒙的文学评价差异比较。

在本书的结语部分，笔者从文学评价机制与作家作品命运关系的维度出发，说明作家作品文学评价的"冷""热"变化问题，同时，反思个人与时代、时间与空间等文学外在因素对作家作品文学评价差异性的影响作用，从而结束全篇。

附在本书最后的是两篇附录，分别是由笔者搜集整理而成的《张贤亮文学创作年谱》和《张贤亮小说重要评论年表》，这两篇附录既是出于方便笔者论文写作的需要，同时也是为了今后其他研究者能够更加便捷地查找到张贤亮文学作品的初次发表时间与首发刊物。迄今为止，尚未有学者对张贤亮一生的文学创作情况以作品年谱的形式进行过完整的梳理，通过笔者所做的这项"张贤亮文学创作年谱"整理工作，能够从中反映出作家的文学创作发表情况，以及他文学思想的演变轨迹，有助于将来张贤亮文集收录和相关研究工作的开展，具有一定的文学史料价值。《张贤亮小说重要评论年表》以时间为序，搜集罗列了批评家在各个年份撰写发表的与张贤亮小说相关的重要文学评论，便于研究者从整体上把握批评界对张贤亮的文学评价情况，从而更好地体现张贤亮文学创作的社会反响与批评家对其作品的评论发展历程。

第一章

新时期归来的"右派"作家

在新时期重返文坛的作家队伍中，张贤亮显然不属于那种在被错划为"右派"以前就已经成名的作家，如王蒙、高晓声、李国文、陆文夫等。在二十世纪五十年代初，他是以一个很有才华的青年诗人的形象在文坛崭露头角的，他在当时发表的《夜》《在收工后唱的歌》《在傍晚唱的歌》等抒情诗中，已经显露出感情炽热、富有浪漫色彩和幻想的诗人气质。一九五七年四月七日，他在写给《延河》编辑部的一封信中，用一种率真的年轻人的口吻宣称："我要做诗人，我不把自己在一个伟大的时代里的感受去感染别人，不以我胸中的火焰去点燃下一代的火炬，这是一种罪恶，同时，我有信心，我有可能，况且我已经自觉地挑起了这个担子……"[①] 从中我们能够感受得到青年张贤亮对人生的奋进态度和在文学上的宏大抱负。然而不久，他即因发表《大风歌》而在声势浩大的"反右"运动中获咎，不得不终止心爱的诗歌创作，这使他在精神上受到巨大的震撼，长期受压抑的心理、多年的劳改和劳教生活经历使他的精神气质中渗进了一种悲剧色彩，一种愤激、悲怆的孤独感。如同他自己所说："心灵的深处总有一个孤独感的内核。"[②] 在二十二年的生活磨难中，他从生活的底层汲取了酸甜苦辣皆备的人生经验，包括接受大西北的自然环境和劳动人民的熏陶，并阅读了大量马克思主义的著作，生活的巨变又使他的精神气质中融进了一种对人生的哲学沉思。这些因素对他小说创作的艺术氛围、感情基调、语言色彩等起着重要的潜移默化的作用，形成了他那雄健、

---

① 张贤亮. 给《延河》编辑部的信 [J]. 延河，1957（8）.

② 张贤亮. 满纸荒唐言 [A] // 张贤亮. 张贤亮选集（第一卷）[M]. 天津：百花文艺出版社，1995：190.

深沉、凝重并富有哲理性思辨色彩的艺术风格。

在《满纸荒唐言》这篇创作谈里，张贤亮详细地叙述了他成为"右派"后的经历和遭遇，也阐述了他对许多文学观念的见解。他特别呼吁评论家要注意研究作家的精神气质。他说："一个人在青年时期的一小段对他有强烈影响的经历，他神经上受到的某种巨大的震撼，甚至能决定他一生中的心理状态，使他成为某一种特定精神类型的人……如果这个人恰恰是个作家，那么不管他选择什么题材，他的表现方式，艺术风格，感情基调，语言色彩则会被这种特定的精神气质所支配。"①统观张贤亮的创作，可以说，他的小说就是他独特的精神气质外化而成的哲理与诗美的结晶。要研究张贤亮的文学创作及由此衍生出来的文学评价史，必须要关注张贤亮身上这种独特的精神气质和心理特征，而要弄清楚作家"心灵史"的形成过程，离不开对作家早期身世经历的探究，正所谓知人论世。循着这个思路，笔者有必要对张贤亮走上小说艺术道路的"史前史"进行一番详尽的介绍。

第一节　诗人梦的破碎与小说家的诞生

一、今日再说《大风歌》

张贤亮，一九三六年十二月生于南京，祖籍江苏盱眙②，父母都出身名门，他的高祖被清朝诰封为"武德骑尉"，曾祖在洋务运动时期赴英国学习海军，后做过长江水师管带，被封为"武功将军"；祖父张铭，号鼎丞，"他在美国读书时就参加了孙中山先生创建的同盟会，得到了芝加哥大学和华盛顿大学

---

① 张贤亮.满纸荒唐言［A］//张贤亮.张贤亮选集（第一卷）［M］.天津：百花文艺出版社，1995：193-194.

② 盱眙县在历史上曾长期隶属安徽省管辖，1958年盱眙县划归到江苏省，所以张贤亮在各种表格中籍贯一栏下都填写的是江苏盱眙，另外，张贤亮的曾祖父和祖父去世后均葬于湖北黄石西塞乡，故张氏家族祖籍地一说为湖北黄石，但张贤亮曾祖修订的家谱记载，张贤亮一脉是"盱眙支派"，世居"盱眙南乡古桑树张家庄"。此处参见张贤亮的散文《老照片》和《故乡行》。

两个法学学士后回国，一直在民国政府做不小的官，病故时任上海市人民政府参事室参事"①；父亲张国珍，字友农，青年时代曾在美国哈佛大学商学院学习，"九·一八事变"后回国，张学良聘请他为英文秘书，"西安事变"后弃政从商，在上海、北京等地开工厂、办公司，成为买办资本家。张家在南京的祖宅是位于湖北路狮子桥旁、原国民政府外交部后面的"梅溪山庄"，这所豪华气派的大花园，据说是张贤亮的祖父和著名的"辫帅"张勋打麻将赢来的。张贤亮的父亲挥金如土、喜欢享乐、结交广泛，与戴笠等许多国民党党政要员交往密切，生活方式极其西化，每天早上在床上等佣人把牛奶面包端来，然后用早餐、看报，生活日用品要到上海专卖高档洋货的惠罗公司去买，"他出现在柜台前面，售货员总会把他当作洋人，要用英语对他说话"②。他父亲最大的爱好是养马，此外，还很喜欢画油画，"每天搞一帮票友唱京剧，唱昆曲，要不就忙着办画展"，"完全是一副艺术家的派头"③。张贤亮的母亲陈勤宜出身于书香门第，是清末安徽望江县进士、曾任武昌知府的陈树屏的女儿，知书明理、乐观开朗，无论在多么困难的时候也从不悲观，这对张贤亮产生了深远的影响④。张贤亮出生后，"转年就因日寇侵略举家逃难到当时的'陪都'重庆，在重庆生活了九年，抗日战争胜利后重返沪宁两地"⑤。他在重庆、上海读完了小学，在南京建南中学、南京市三中读完了中学。优越的家庭环境对张贤亮个人气质的形成产生了复杂而微妙的影响，"他似乎从小就爱好幻想，总是把自己想象成一个英雄，显示出那种张扬自我的浪漫气质。可能正是这种气质赋予了他一种情感亢奋的诗人的特性"⑥。在师友长辈的影响下，张贤亮从小深受中国古典文学的熏陶，同时，他对西方古典文化和现代文明也十分

---

① 张贤亮.老照片［A］//张贤亮.心安即福地［M］.贵阳：贵州人民出版社，2013：192.
② 张贤亮.父子篇［A］//张贤亮.心安即福地［M］.贵阳：贵州人民出版社，2013：217.
③ 张贤亮.父子篇［A］//张贤亮.心安即福地［M］.贵阳：贵州人民出版社，2013：219.
④ 关于张贤亮家世的考证材料散见于张贤亮撰写的一些回忆性文章中，此处参考了张贤亮在散文《老照片》《故乡行》《父子篇》《悼"外公"》等文中的自述。
⑤ 张贤亮.故乡行［A］//张贤亮.心安即福地［M］.贵阳：贵州人民出版社，2013：196.
⑥ 王晓明.所罗门的瓶子［M］.杭州：浙江文艺出版社，1989：134.

痴迷，用他的话说就是"我接受过封建文化和资产阶级文化"①。

新中国成立后，张氏家族在政权更迭中无可挽回地走向衰败，张贤亮"十三岁时因属'官僚资产阶级'被'扫地出门'，父亲北上"，张贤亮"也就随在北京读高中"②。不久，他的父亲作为旧社会的反动资本家身陷囹圄，母亲靠给人编织毛衣维持生计，生活的落差和周围人的白眼，在张贤亮心中激起了久久无法平静的情感波澜。他在《故乡行》中说："一九五四年父亲死于看守所，我又因'家庭问题'辍学，不得不携老母弱妹加入移民队伍，西迁到宁夏的黄河岸边。"③ "一九五五年七月，我携老母弱妹与一千多人一批，先乘火车到包头，再随几十辆大卡车长途跋涉了三天，才到当时称为'甘肃省银川专区'贺兰县的一处黄河边的农村。县政府已给我们这些'北京移民'盖好了土坯房，并且单独成立了一个乡的行政建制，名为'京星乡'，好像这里的人都是北京落下的闪亮之星，或说是陨石吧。乡分为四个村，每个村有三四十排土坯房，一排排的和兵营一样，前后来了数千人在这个乡居住。土坯房里只有一张土炕，散发着霉味的潮气。"④ 张贤亮"很快就适应了当地人的生活习惯，西北乡村尤其是宁夏的地域文化风情深刻感染了他，其中最打动他的莫过于西北歌谣，这些广泛流行于甘肃、青海与宁夏黄河、湟水沿岸的高腔民歌在当地被人们叫作'河湟花儿'，抒发着黄河儿女对于爱情大胆奔放的热烈追求和痴男怨女无法言说的性欲渴求，简直就是一首首质朴无华但却能令听者动容的爱情诗。这些黄土地里生长出来的爱情歌谣，在他日后的作品里不时如惊鸿一瞥般出现。张贤亮身上的诗人气质与诗性体验在这些土

---

① 张贤亮．"人是靠头脑，也就是靠思想站着的……"：致孟伟哉［A］//张贤亮．张贤亮选集（第三卷）［M］．天津：百花文艺出版社，1995：642.

② 张贤亮．故乡行［A］//张贤亮．心安即福地［M］．贵阳：贵州人民出版社，2013：196.

③ 张贤亮．故乡行［A］//张贤亮．心安即福地［M］．贵阳：贵州人民出版社，2013：196. 关于"移民"的起因，张贤亮在另外一篇文章中有详细记述："1954年，北京就开始建设'新北京'，首先是要把北京市里无业的、待业的、家庭成分有问题的、在旧中国体制内做过小官吏的市民逐步清除出去，名曰'移民'，目的地是西北的甘肃、青海和新疆。我这样家庭出身的人自然是被迁移的对象。"（此处引文资料参见张贤亮．宁夏有个镇北堡［A］//张贤亮．美丽［M］．贵阳：贵州人民出版社，2013：116.）1955年，张贤亮以宁夏支边人员的身份来到贺兰山下的北京移民安置点京星乡落户，从此与宁夏这块土地结下了不解之缘。

④ 张贤亮．宁夏有个镇北堡［A］//张贤亮．美丽［M］．贵阳：贵州人民出版社，2013：116.

得掉渣的民间歌谣里被激活并获得了对劳动人民丰富情感的深刻体认"①。贺兰县政府对这些北京来的移民在生活上比较照顾，国家实行了生活供应制，所需口粮等均由安置办负责统一购买并送到安置点，按月发放供应，供应标准甚至高于当时当地群众的生活水平。离开了政治气氛浓厚的北京，周围的移民又都是原来北京市里无业的、待业的、家庭成分有问题的、在旧中国体制内做过小官吏的市民，大家的身份都一样，张贤亮反而一下子感到轻松起来，"土坯房里虽然味道难闻，可是田野上纯净的空气仿佛争先恐后地要往你鼻子里钻，不可抗拒地要将你的肺腑充满；天蓝的透明，让你觉得一下子长高了许多，不用翅膀也会飞起来"。"我终生难忘第一次看到黄河的情景。正在夏日，那年雨水充沛，河水用通俗的'浩浩荡荡，汹涌澎湃'来形容再恰当不过了。在河湾的回流处，一波一波漩涡冲刷堤岸的泥土，不时响起堤岸坍塌的轰隆声，使黄河在晴空下显得极富张力，伟岸而森严。岸边一棵棵老柳树，裸露的根须紧紧抓住悬崖似的泥土，坚定又沉着，表现出'咬定青山不放松'的顽强。""宁夏的自然和人情，对一向生活在大城市的我，完完全全弥补了失落感。况且，我在大城市也不过是一个既无业，'出身成分'又不好的'贱民'。宁夏的空阔、粗犷、奔放及原始的裸露美，竟使我不知不觉喜欢上它。"②

　　一九五六年，甘肃省政府听取了当地群众的建议，将移民中的知识分子和有特殊技能的人才介绍到当地的机关、学校、煤矿工作。具有高中文化程度的张贤亮被中共甘肃省委干部文化学校录用为语文教员③，家庭出身似乎不再是横亘在张贤亮面前的一道无法逾越的障碍了，他对未来重新燃起了希望，为了表达内心的喜悦，歌颂新时代的来临，张贤亮接连写出了《夜》《在收工后唱的歌》《在傍晚唱的歌》三首政治抒情诗，这三首诗发表在当时很有

---

① 张欣.张贤亮的阅读史［J］.当代作家评论，2016（4）：88-97.

② 张贤亮.宁夏有个镇北堡［A］//张贤亮.美丽［M］.贵阳：贵州人民出版社，2013：116-117.

③ 新中国成立初期至五十年代，宁夏的行政建制几经调整，1949年12月成立宁夏省，1954年9月，宁夏省建制被撤销，并入甘肃省。1957年7月15日，第一届全国人民代表大会第四次会议通过成立宁夏回族自治区的决议，以原宁夏省行政区域为基础成立宁夏回族自治区。1958年10月25日，宁夏回族自治区正式成立。此处的中共甘肃省委干部文化学校位于1954年新设的银川专区，当时属甘肃省。1956年春，该校改名为中共甘肃省委第二干部文化学校，是宁夏党校的前身。

影响的《延河》文学月刊1957年第1期、第2期和第3期上，紧接着，他又以全部的真诚和青春的豪情创作出了《大风歌》，并在1957年第7期的《延河》上发表，然而，出乎意料的是，9月1日，《人民日报》发表了著名诗人公刘的文章《斥"大风歌"》，公刘以不容置辩的语气批评"《大风歌》是一篇怀疑和诅咒社会主义社会，充满了敌意的作品"，"作者写这首诗是有思想准备的"，"他……持的是反人民反社会主义反党的立场"。"由于立场不同，这个张贤亮敢于提出什么'新的时代来临了'，并且声言'这个时代带来了一连串否定'！张贤亮要'否定'什么？一句话，我们人民所肯定的，他都要'否定'！"① 公刘当年供职于解放军总政文化部的文学美术创作室，在诗坛上，他是颇有影响且广受敬重的著名诗人，公刘为何要如此激烈地批评一个刚步入文坛的青年诗人，这或许与当时社会的"反右"运动大环境有关，在那种人人自危的情况下，公刘的《斥"大风歌"》无疑是一篇表明心迹的战斗檄文②，这篇批判文章改写了张贤亮的命运，使他再次跌落到人生的谷底。作为中共中央机关报的《人民日报》，在当时的国家政治生活中具有举足轻重的地位，尤其是它的社论和评论员文章，更是被认为代表了党中央的声音，具有至高无上的权威。《大风歌》在《人民日报》上被点名批判，于是它顺理成章地被批为"大毒草"，成了"右派"言论的代表。全国各地特别是西北地区的报刊上对张贤亮展开了铺天盖地的批判。他很快被戴上了"右派分子"的帽子，于一九五八年五月十四日被押送贺兰县西湖农场劳动改造。二〇一〇年，七十四岁的张贤亮在他的《关于〈大风歌〉》一文中说："公刘先生是位我尊敬的著名诗人，现已去世。我当时就理解这（指《斥"大风歌"》）是他的违心之作，果然，在发表这篇批判文章后两个月，他也被打成'右派'。"③

---

① 公刘.斥"大风歌"［N］.人民日报，1957-09-01.

② 洪子诚在《〈绿化树〉：前辈，强悍然而孱弱》（载《文艺争鸣》2016年第7期）一文中说："我们难以清楚张贤亮遭难的准确原因。也许得罪了某个领导？或者所在的单位需要一个'右派'？将这些文字和他的出身、家庭问题挂钩也许有更大的可能——这犹如指流沙河写《草木篇》是为报'杀父之仇'。"但洪子诚同时也认为不排除公刘确实认为《大风歌》是攻击社会主义或受命指派或出于政治上的自保而写这篇批判文章的可能，但考虑到五十年代中后期紧张的政治运动气氛和公刘当时所在的工作单位，笔者认为受上级指派或出于政治上的自保的可能性更大。

③ 该文是"张贤亮镇北堡西部影城的博客"中的一篇文章 http://blog.sina.com.cn/zhangxianliang

　　在回忆这段往事时，张贤亮说："对我的处理是对'右派分子'的顶级处理：'开除公职，劳动教养。'二十一岁的我，是被《人民日报》批判过的，在那时还是小城市的银川，出了我这么一个被'中央'点名的'右派'，一下子'著名'起来。对我的批斗铺天盖地，但押送我时却十分草率，仅派了一个管伙食的干部领我一起跟着小毛驴车踽踽而行。"①此后的二十二年，张贤亮的人生"在西湖农场和南梁农场之间辗转，前者是劳改，后者是劳动。名义不同，自由度不同，但工作内容大同小异"②。他每天在田间从事着各种繁重的体力劳动，耕耙犁锄、提楼下种、割捆装运、田间管理、赶碌扬场、脱制土坯，几乎学会了所有的传统农业劳作方式。他还学会了抽烟，以捡到别人丢弃的一个烟头为莫大幸福。劳改农场里留下了他人生中最为惨烈的记忆：在被关进农场私设的监狱期间的一天，看守班长把他领到菜地，交给他一条扁担和两个桶，叫他到粪池挑粪，他回忆说："我不知道发酵了的人粪尿会有那么高的温度。我走下最后一级台阶，跳进粪池里时，猛地觉得两腿像被针扎了似的疼痛。等舀满两桶粪爬上来，挑着担子送到一百多米外的白菜地。再往回返，我看见我经过的田埂上所留下的足印里，有黄糊糊的粪水，还有鲜红的血迹。"③在三年困难时期，因为吃不饱饭，他从劳改农场逃跑，以乞讨为生，一直流浪到兰州，结果发现当时的兰州火车站已经成了一个"乞丐王国"，看到外面的人也在大量死亡，他不得已又返回劳改农场，饿饭一周的惩罚使他不省人事，人们以为他死了，把他扔进了停尸房。下半夜，他醒过来了，借着月光发现满屋子都是死人。他挣扎着爬到门口，拼命扳门，把那个破门弄倒了，天亮后被人发现，总算从死人堆里爬出来了。后来幸亏得到一位医生的救治，靠吃乌鸡白凤丸才活了过来。张贤亮说："我和中国的农民并没有多少接触，后来去就业的农场，从业人员全部是拿工资的工人，而我迄今写的农村题材的作品之所以充满对农民的同情和热爱，不过来自这一段流浪经历

---

① 张贤亮．雪夜孤灯读奇书［N］．南方周末，2013–07–25.

② 王鸿谅．一个作家的"野蛮生长"：张贤亮的人生考察［J］．三联生活周刊，2014（42）.

③ 张贤亮．张贤亮选集·自序［M］．天津：百花文艺出版社，1995：2.

中对他们的观察。"①正是这段刻骨铭心的逃亡之旅，使他在日后的小说创作中塑造了许多令人难忘的流浪者形象。

在最年富力强的年纪，张贤亮在仅有一渠之隔的西湖农场和南梁农场来来回回地反复劳动改造。这期间，他以"书写反动笔记和知情不报"的罪名被判三年管制；在一九六五年的"社会主义教育运动"中，以"右派翻案"的罪名被判三年劳教，从"右派分子"升级为"反革命分子"；在"文革"中，他又被定性为"反革命修正主义分子"，被南梁农场的"革命造反派""群专"（即交由人民群众监督、劳动、改造）②；一九七〇年，在当时的"一打三反"运动中，他被抓起来投进农垦兵团私设的监狱③，运动初被抓去西湖农场劳改，劳改几年后被"释放"到南梁农场就业劳教，等于没有被"释放"，这种抓了放、放了抓的状态一直持续到"文革"后期。据张贤亮自述，在一九五八年到一九七六年的十八年中，他经历两次劳改、一次管制、一次"群专"、一次被投入监狱，直到一九七九年平反后，才重新拿起笔，再次开始文学创作。由于有被学校开除、被批斗、被判刑、被监管、乞讨流浪的经历，日本二十世纪八十年代出版的《中国当代文学史》一度将他描述为一个"不良少年"④。"严峻的生活，教会了他不忍之忍，不忍之忍的痛苦的积累，使他徒有烦乱、困惑和愤懑，大不了偷偷地发泄一下。譬如有一次，在经过一块平放在地面上的厚钢板时，他站住了；他用尽气力将那钢板的一端扳过胸脯，然

① 张贤亮.我的菩提树［M］.贵阳：贵州人民出版社，2013：221.这段流浪经历在张贤亮的自传性散文《雪夜孤灯读奇书》（《南方周末》2013年7月25日），以及小说《我的菩提树》（贵州人民出版社，2013年版，第220—221页）等作品中多次出现。

② 张贤亮自述"'群专'是'无产阶级革命群众专政'的简称。'文革'中，每一个机关单位工矿学校都把自己内部的'阶级异己分子'集中起来管制劳动。劳动改造成了全民必修课，全国遍地都设有大大小小的劳改队，俗称'牛棚'。杂七杂八的'牛鬼蛇神'统统关在一起，每天由革命造反派带出去无休止地劳动。南梁农场的'牛棚'又名'群专队'。"详见张贤亮，杨宪益，等.亲历历史［M］.北京：中信出版社，2008：4.

③ 张贤亮自述："这里必须补充一句，我1965年从南梁农场押走的时候，南梁还是属于农垦部门管理的国营农场，1968年回来，它已经改制为军垦单位，成了兰州军区下辖的农建十三师第五团，生产队组都改成连、排、班的军事编制。我所在的生产队是武装连，革命群众都配有枪支弹药，男女女女人人一套绿军装。"详见张贤亮，杨宪益，等.亲历历史［M］.北京：中信出版社，2008：4-5.

④ 张贤亮.一切从人的解放开始［A］//张贤亮.美丽［M］.贵阳：贵州人民出版社，2013：18.

后猛地把手放开，求那狠狠的一响。"①而最难熬的还是挥之不去的孤独，那种折磨人的孤寂感在他的文章中不止一次地出现。二十世纪七十年代初，农场领导派他用卖废铜烂铁的钱进城为队里购置铁锅，回来时，错过了公共汽车，到旅店租一铺炕要五角钱，他嫌贵，更重要的是没有证明，只能流落银川街头。"这晚，我在解放东西街徘徊了几遍，夜幕降临，沿街低矮的土坯房里各家各户的灯光一一燃亮。每一扇报纸糊的窗户透出的黄色灯光都散射着一个家庭的温馨，外面的世界虽然波涛汹涌，家总是一个安宁的避风港。那灯光如同一家几口子聚在一起窥探外界的眼睛。然而回顾自己，年已不惑，却仍孑然一身，形影相吊，我总是被人窥探而没有一个人和我依偎在一起共同承受命运的拨弄，唯一亲近的东西是一个化肥口袋做的枕头，不禁泪洒襟怀。"②多年压抑、孤独、痛苦的情感经历使张贤亮原本细腻敏感的诗人气质逐渐褪去，罪人式的坚忍和对人生、对现实的痛苦思考，使他心灵最内的一层经常锁闭着，以至于在新时期到来后，他再也找不到那种激情澎湃的写诗的感觉，他说："自《大风歌》后我再也写不出诗了。诗人必须是将假象当作真相的人。只有假象令人兴奋，令人哀伤，令人快乐，令人愤怒（'愤怒出诗人'）。真相只让人沉思和冷静。自经历了'皮破骨损''满身伤痕'，尤其是1960—1962年三年困难时期，我从劳改队的破停尸房爬出以后，世界上再没有什么能使我情感产生波动，在瞬间爆发出灵感的火花了。人一'务实'便无诗可言，我已失去了诗的境界和高度。"③事实上，在《大风歌》之后，张贤亮并不是再没有写过诗，他在《我与〈朔方〉》一文中说，他在一九六一年从西湖农场释放到南梁农场就业后，偶然发现一本叫《宁夏文艺》的刊物里面登载有诗歌，"虽然经过劳动改造，仍积习难改，于是便动了念头，在农场单身汉集体住的土坯房趁大家都熟睡了，在油灯下胡诌了一首诗给《朔方》（《朔方》早期叫《宁夏文艺》，笔者注）寄去，题目好像叫《在废墟旁唱的歌》，笔名为'张贤良'。不久居然接到了稿费，一十二元，那时我作为农工的一级工

---

① 高嵩.张贤亮小说论［M］.成都：四川文艺出版社，1986：203.

② 张贤亮.心安即福地［A］//张贤亮.心安即福地［M］.贵阳：贵州人民出版社，2013：168-169.

③ 张贤亮.今日再说《大风歌》［A］//张贤亮.美丽［M］.贵阳：贵州人民出版社，2013：181-182.

资每月仅十八元，可见十二块钱在我眼里多么值钱，又恰逢冬天要添棉衣的时候。其实我已毫无闲情逸致写诗作词，但为了可观的额外收入就继续胡诌，这大概可说是'功夫在诗外'的另一种解释。第二首诗也很快发表了，稿酬竟有十八元之多，与我一个月拼死拼活劳动的工资相当。然而在我准备以更大的积极性和更多的业余时间投入诗歌生产的时候，《宁夏文艺》编辑部却发现了我的身份，大约是因为我胡诌得好吧，他们想吸收我当什么创作员通讯员之类的编外人员而向农场发函调查，才知道'张贤良'就是一九五七年曾有过'轰动效应'的张贤亮，经过三年多劳改还没有'摘帽'，我终于'露出狐狸尾巴'。从此《宁夏文艺》与我断然断绝关系，农场政治处把我叫去狠狠收拾了一顿，命令我只许老老实实改造，不许乱说乱动。"[①]写诗需要有赤子之心，诗歌是诗人内心真实情感的流露，为了稿费而写诗，正如张贤亮所言"已失去了诗的境界和高度"。在《大风歌》遭受批判之后，张贤亮的确再也找不到当初那种激情澎湃的诗人感觉。新时期，张贤亮获得平反，百花文艺出版社于一九八五年十月出版《张贤亮选集》时，收录了《大风歌》。虽然已不再写诗，但张贤亮的小说语言风格还明显地具有诗化的特征，作品文字中间不自觉地会流淌出一种诗人的忧郁和激情，尤其是在一些伴有心理描写的抒情段落，这种特征更为明显，他的诗歌才华为他的作品增色不少。请看下面这两段描写：

　　残阳似血，黄土如金，西北高原的田野在回光返照下更显得无比的璀璨。羊群沿着乡间土路回来了。它们带着滚圆的肚子，雪白的身上披着柔和的金光，神气活现地向羊栏走去。收工的男女社员，把衣裳搭在锹把上，一路上打打闹闹，你推我搡，开着只有庄户人才能说出口的玩笑。远远地，一个男人被一群妇女追赶过来，一不小心滚下路边的排沟，

① 张贤亮.我与《朔方》[A]//张贤亮.心安即福地［M］.贵阳：贵州人民出版社，2013：160. 笔者通过查找《宁夏文艺》的资料发现，张贤亮对他在这里提到的两首诗，存在记忆上的错误，这两首诗一是发表于《宁夏文艺》1962年第5期上的《春》(外一首)，一首是发表于《宁夏文艺》1962年第7期上的《在碉堡的废墟旁》，两首诗的作者署名均是"张贤良"。

溅起了一片水花和笑声……（《河的子孙》）①

再如：

啊！我的旷野，我的硝碱地，我的沙化了的田园，我的广阔的黄土高原，我即将和你告别了！……你是这样的丑陋，恶劣，但又美丽得近乎神奇；我诅咒你，但我又爱你，你这魔鬼般的土地和魔鬼般的女人，你吸干了我的汗水，我的泪水，也吸干了我的爱情，从而，你也就化作了我的精灵。自此以后，我将没有一点爱情能够给予别的土地和别的女人。

我走着，不觉地掉下了最后的一滴眼泪，浸润进我脚下春天的黄土地。（《男人的一半是女人》）②

张贤亮小说的语言风格和情感表达方式大抵如是，可以想象如果没有那场改变他一生命运的政治运动，没有在充满创作激情的青春期被剥夺写作的权利，那么他很可能会成为一个出色的诗人。

二、重返文坛与《朔方》

新时期，党中央拨乱反正，着手解决关于"反右运动"中被错划为"右派"的知识分子的问题，一九七九年九月，张贤亮获得彻底平反。告别了长达二十二年之久的"右派"生活，此时的他，已经从一个风华正茂的青年，变成了一个已过不惑之年的中年人。带着对极"左"政治的切肤之痛，张贤亮开始写作小说，他的《邢老汉和狗的故事》《灵与肉》等作品很快在文坛引起了反响，张贤亮迎来了他文学道路上的春天。

张贤亮在农场劳改期间，与文艺几乎完全隔绝，他之所以能在新时期刚一到来就投入小说创作（此前他从未写过小说），迅速恢复文学创作的活力，

---

① 张贤亮.河的子孙［A］//张贤亮.张贤亮选集（第三卷）［M］.天津：百花文艺出版社，1995：123–124.

② 张贤亮.男人的一半是女人［A］//张贤亮.张贤亮选集（第三卷）［M］.天津：百花文艺出版社，1995：608–609.

得益于他在思想与知识上的积极准备。一九七六年,"四人帮"的覆灭标志着"文化大革命"的彻底结束,张贤亮说"蛰虫多少嗅到了春天的气息"①,他朦胧地预感到中国的政治将要发生新的变化,他"从动物的冬眠状态苏醒过来,以空前的勤奋,利用早晨、中午、夜晚和假日阅读了马克思、恩格斯、列宁的主要经典著作;三大卷《资本论》我反复读了好几遍。从七六年初到七六年底,我写下了二十多万字的读书笔记,整理出了几万字的政治经济学和哲学论文。我的身体急遽地垮了下去,但马克思、恩格斯、列宁的原著,终于廓清了弥漫在我眼前十几年的大雾。党的三中全会精神,三中全会以后直至今天的种种改革,连同我们在改革过程中的阻力,我在七七年底已预测到了个大概。同时我在思想上已经断定:历史将宣判我无罪!我曾用戏谑的口吻对朋友说:'老夫要出山了!'"②他还跟着广播自学英语,在农场的同伴中间,张贤亮给大家的一个鲜明的印象就是"有才华",这也成为人们对张贤亮的一个基本评价。一九七七年冬天,张贤亮给农场的各位"连首长"挨家挨户拉白菜,无意中看到一位"首长"家的正在上中学的女儿捧着一本杂志在炕上看得入迷,这激起了一向喜欢看书的张贤亮的好奇心,"拉完菜,我涎着脸向'首长'的婆姨借来这本杂志,躲在小屋的土炕上翻了个通宵。那时虽然仍是用文字诠释政治,但政论毕竟还有点文学的味道。翻到后来,不觉技痒,觉得这种玩意儿我也能写,于是,看着《宁夏文艺》的通信地址,不禁跃跃欲试了"③。张贤亮在南梁农场的身份属于被管制的就业劳改释放人员,有一定的活动自由,在此期间,他将两篇自认为很有见地的哲学和政治经济学论文投给《红旗》杂志,希望发表后引起别人的注意,尽快获得平反,但都被退了回来,"本应该从退稿信上我的名字之后没有'同志'二字就看出其中奥妙,但技令智昏,不甘寂寞,总想尽力从土里往外爬"④。稿件被退回让张贤亮早日获得平反的梦想破灭了。

---

① 张贤亮.《宁夏文艺》与我:为《朔方》200期而作[J].朔方,1990(3).

② 张贤亮.满纸荒唐言[A]//张贤亮.张贤亮选集(第一卷)[M].天津:百花文艺出版社,1995:191.

③ 张贤亮.《宁夏文艺》与我:为《朔方》200期而作[J].朔方,1990(3).

④ 张贤亮.《宁夏文艺》与我:为《朔方》200期而作[J].朔方,1990(3).

　　一九七八年，盼望已久的新时期终于来临，在邓小平、胡耀邦等党和国家领导人的关注下，落实知识分子政策成为这一年的一个重要话题，在此过程中，"右派分子"的摘帽和改正是一项重要的内容。这一年春天，由中组部、中宣部、统战部、公安部、民政部五部门联合研究制定了《贯彻中央关于全部摘掉右派分子帽子决定的实施方案》，并上报中共中央。"一九七八年九月十七日，中共中央同意了这个实施方案，并以一九七八年第五十五号文件下发各地各部门。中共中央指出，做好摘掉'右派分子'帽子的人的安置工作，落实党的政策，是我国政治生活中的一件大事。这部分人中，不少是有用之才，不要仅仅从解决他们的生活出路出发，要统筹安排，细致地做好工作，以调动他们的积极性，发挥所长，为社会主义服务。对于过去划错了的人，要做好改正工作。有反必肃，有错必纠，这是我党的一贯方针，已经发现划错了的，尽管事隔多年，也应予以改正。"① 这一年，大多数"右派分子"摘掉了戴在他们头上二十年的"帽子"，并开始了错划"右派"的改正工作。但是，在党的十一届三中全会后，张贤亮没能立即获得平反，因为他除了"右派分子"的帽子之外，在一九六三年又添了顶"反革命分子"的帽子。在为"右派分子"平反的文件中规定："被定为右派分子后又有新的刑事犯罪的分子不在复查范围"②，他听说王蒙、邓友梅、李国文、邵燕祥这些人都平反了，"觉得自己的罪过并没有他们大，颇为不平，于是想方设法找对策寻出路"③，在农场，张贤亮"早已被人看成了一个地地道道的劳动力，并且当时极'左'思想还相当严重，在党中央关于纠正冤、假、错案的文件下达很久以后，还没人准备动动我的案子。我不得不毛遂自荐，四处奔走，顶礼于权门，求告于当政。好不容易博得领导的青眼，调我去教了一个月书，又说我的问题没有平反，打回了连队。此后，我的处境反而更困难了，因为上而复下，等于第二次惩罚。扣资罚款，名目有加；冷嘲热讽，时聒于耳，再加上我一次短暂的家庭生活的失意，投寄的政治经济学论文被相继退回，这样，我的苦恼更甚于作动物的冬眠时期，因为，那已经是成为人的苦恼了。后来，农场因为

① 罗平汉.春天：1978年的中国知识界［M］.北京：人民出版社，2008：270-271.
② 张贤亮.一切从人的解放开始［A］//张贤亮.美丽［M］.贵州：贵州人民出版社，2013：24.
③ 张贤亮.我与《朔方》［A］//张贤亮.心安即福地［M］.贵阳：贵州人民出版社，2013：161.

实在缺乏教员，又把我调到学校，可是问题还没有根本解决"①。平反问题迟迟得不到彻底解决，这让张贤亮十分苦恼，他这时对未来也没有十分的把握了。每天骑着破自行车，从所在的三队赶去场部，跟他在一起劳改过的老友冶正刚②此时已经在银川市恢复了工作，一天，他跑来对张贤亮说："中国哪有什么政治经济学，只有'农业学大寨，工业学大庆'，你过去不是写诗的吗，现在何不写点文艺作品投给报社呢？"③这番话让张贤亮猛然醒悟"那个时候的确还不是做学问的时候，而中国的政治经济学也恐怕很难摆脱学样板的阴影。文学多半带有幻想的色彩，这片天地总是广阔的。什么小说、诗歌、散文，我早已生疏且惧怕了，但为了'出土'，重操旧业仍不失为一条缝隙"④。为了让农场尽快解决自己的问题，"想来想去只有继续写诗以引起领导注意。当时的目的仅仅是平了反可调到农场子弟学校当个教员，了此残生。可是写来写去发现诗不好写，因为时代不同了，内心开始有了自我表现的冲动，再胡诌连自己都看不下去，这样才改弦更张写起小说来"⑤。"先是托人进城买来稿纸，然后趁一个倒班休息日将稿纸摊在翻过来的案板上，到了羊进圈的时候，居然写出了一篇题名为《四封信》的所谓小说。我还记得寄稿那一天。那是1978年10月的一个星期日，大队休息，一个女知青到园林场去买针头线脑，问我带什么。我说你把这封信带去发了吧。她翻过来掉过去看了看说你没贴邮票。我说这封信不用邮票，你尽管扔进邮箱里就是了。她撇下怀疑的目光带着它走了。我目送她浴着秋阳隐没于远处的杂树林里，好像她领去了我的

① 张贤亮.满纸荒唐言［A］//张贤亮.张贤亮选集（第一卷）［M］.天津：百花文艺出版社，1995：191-192. 1977年，41岁的张贤亮与同一生产队、同被管制的"坏分子"、一位姓陈的兰州女知青同居。后来，由于对方在1978年摘掉了"坏分子"的"帽子"，家人在兰州老家为她联系好了工作，张贤亮则迟迟看不到平反的希望，为了不影响对方的前途和今后的命运，二人洒泪分别。关于这段经历详见张贤亮.一切从人的解放开始［A］//张贤亮.美丽［M］.贵阳：贵州人民出版社，2013：23-25.

② 冶正刚后来做过宁夏回族自治区伊斯兰教协会的秘书长，详见王鸿谅.一个作家的"野蛮生长"：张贤亮的人生考察［J］.三联生活周刊，2014（42）.

③ 张贤亮.《宁夏文艺》与我：为《朔方》200期而作［J］.朔方，1990（3）.

④ 张贤亮.《宁夏文艺》与我：为《朔方》200期而作［J］.朔方，1990（3）.

⑤ 张贤亮.我与《朔方》［A］//张贤亮.心安即福地［M］.贵阳：贵州人民出版社，2013：161.

孩子。"①小说邮寄给了《宁夏文艺》(《朔方》的前身)②,"大约一个月之后,回信来了。从薄薄的信封看我就知道是喜讯。后来知道,信是杨仁山(时任《宁夏文艺》编辑,笔者注)写的,通知我的稿件已决定采用,并'欢迎继续来稿'云云"③。《四封信》很快就刊登在《宁夏文艺》1979年第1期的头条位置上。此后,张贤亮又接连创作出《四十三次快车》《霜重色愈浓》《吉卜赛人》三篇小说,这些作品也先后发表在《宁夏文艺》,分别是1979年第2期头条、第3期头条和第5期。"接二连三,我在《宁夏文艺》连中三元,都是发表在头条位置。这果然引起当时任自治区党委副书记的陈冰同志的关注。陈冰同志患有哮喘,还曾特地爬上四层楼来看我,他的秘书跟在后面,就是现在任自治区副主席的马锡广同志,在他的过问下,我才获得彻底平反。"④张贤亮写小说的最初目的是引起别人注意,把小说作为获得平反的晋身之阶,而并非是他内心情感冲动的自然结果,因此,这几篇小说的文学性都不强,张贤亮也坦承"我第二次走上文学的道路的动机,恐怕是上不得台面的"⑤。而随着新时期政治形势的变化和文学地位的凸显,张贤亮的小说创作态度也在发生转变:"我开始正正经经把文学当作自己事业,是在发表了《四十三次快车》以后。那时,宁夏党委和宣传部、文联的领导同志多次在会议上提出要给我落实政策,《大风歌》的改正旁证也从西安寄到了。我本是驽骀,而宁夏主持文教宣传的领导人的确具有伯乐精神。这样,我就面临着我生命史上的一个重大转折关头,必须要严肃地思考自己的命运了。"⑥"那时我有一篇小说叫《四十三次快车》,题目就暗含着要加快步伐赶上去的意思。"⑦文学是劝人从善的事业,它能够使人的道德情操变得高尚起来,文学的净化作用把张贤亮的灵魂从迷

---

① 张贤亮.《宁夏文艺》与我:为《朔方》200期而作 [J].朔方,1990(3).

② 《宁夏文艺》的前身是1959年创刊的《群众文艺》,1970年更名为《宁夏文艺》,1980年第4期更名为《朔方》,沿用至今。详见《朔方》五十年记事 [J].朔方,2009(5).

③ 张贤亮.《宁夏文艺》与我:为《朔方》200期而作 [J].朔方,1990(3).

④ 张贤亮.我与《朔方》[A]// 张贤亮.心安即福地 [M].贵阳:贵州人民出版社,2013:161.

⑤ 张贤亮.满纸荒唐言 [A]// 张贤亮.张贤亮选集(第一卷)[M].天津:百花文艺出版社,1995:192.

⑥ 张贤亮.满纸荒唐言 [A]// 张贤亮.张贤亮选集(第一卷)[M].天津:百花文艺出版社,1995:192.

⑦ 张贤亮.我与《朔方》[A]// 张贤亮.心安即福地 [M].贵阳:贵州人民出版社,2013:161.

蒙混沌的状态中拯救了出来，让他认识到新的时代要求人们必须将个人的命运与国家的命运联系起来思考问题，只有这样个人才会有出路。

在张贤亮重返文坛的道路上，《朔方》（也就是之前的《宁夏文艺》）发挥了重要的举荐、扶持作用。宁夏许多青年文学爱好者都是通过《朔方》走向全国的，尤其是一些回族青年作家更是如此。一九七九年，《宁夏文艺》划归刚刚恢复的宁夏文联主管，作为宁夏唯一的一家省级文学月刊，它的办刊原则与编辑方针代表了党在宁夏的文艺政策方向，一九八〇年四月，《宁夏文艺》更名为《朔方》，新时期开明而宽松的政治环境引发了文学期刊编辑方针的改变，张贤亮得以重返文坛，再次进入公众的阅读视野，与《朔方》编辑的发掘和打造有很大关系。当时，张贤亮头上顶着"右派"和"反革命"两顶帽子，是《朔方》的编辑路福增、高奋、杨仁山、李唯、潘自强等人从一大堆来稿中把他的作品挑选了出来，并破格让一个尚未获得平反的作家的作品连续三期排在头条。一九八〇年，在时任宁夏文联主席石天的积极争取下，张贤亮从南梁农场的子弟学校被调到宁夏文联担任《朔方》的编辑，不久，他就成为宁夏第一个专业作家，加入了中国作家协会，并很快被选为宁夏文联副主席兼宁夏作协副主席，继而晋升为主席。《朔方》有意将张贤亮推向全国，继而将其打造为能够代表宁夏文学的一张名片。从一九七九年至一九八八年的十年间，《朔方》先后刊登张贤亮的各类文体作品二十一篇，发表关于他的小说评论五十二篇，在整个二十世纪八十年代，《朔方》多次在显著位置刊发张贤亮的小说，例如，一九八〇年《宁夏文艺》第一期和第二期分别以头条位置发表张贤亮的短篇小说《在这样的春天里》（与邵振国合写）、《邢老汉和狗的故事》。同年，《朔方》又在第九期头条位置推出张贤亮的短篇小说《灵与肉》，选送《灵与肉》参评一九八〇年的全国优秀短篇小说奖（鲁迅文学奖前身），最终《灵与肉》不负众望，荣获一九八〇年全国优秀短篇小说奖，这对于一个刚离开劳改农场不久，在精神和神经两方面仍然弱不禁风的作家来说，起到的激励作用无疑是巨大的，作品获奖坚定和鼓舞了张贤亮继续从事文学创作的信念。正是从《朔方》起步，张贤亮重新走上了文学创作的腾飞之路。新时期最早的一批关于张贤亮小说的文学评论也刊登在《朔方》上，如，潘自强的《像他们那样生活——读短篇小说〈霜重色愈浓〉》（载《宁夏文艺》1979年第4期）、刘佚的《文艺要敢于探索——读张贤亮的小说想到的》（载《宁夏文艺》1979年第5期）、李凤的《初读〈吉卜赛人〉》（载《宁夏文艺》1979年第6期）、李震杰的《塞上文苑一枝春——试评〈霜重色愈浓〉》（载《朔方》1980年第7期）、黎平的《邢老汉之死琐忆》（载《朔方》1980年第12期）、陈学兰的《有感于真实的力量——也谈邢老汉的形象》（载《朔方》1980年第12期）等文章成为新时期张贤亮文学评价史的开端。对于《朔方》的发掘与扶持，张贤亮一直心存感激并念念不忘，他说："虽说我的'出土'主要依靠'大气候'，但也不能忽视'小气候'的作用。我是借助《宁夏文艺》登上文坛的。《宁夏文艺》——今天的《朔方》编辑部的同志都是我的老师或朋友，直到我后来做了他们的领导，对他们始终是尊敬的。'才微易向风尘老，身贱难酬知己恩'，只要我力所能及，我都会投桃报李。"[1]正是出于这种感恩与回报的心理，当张贤亮在二十世纪八十年代中期成为文坛炙手可热的著名作家之后，他将小说《肖尔布拉克》和《浪漫的黑炮》的电影剧本改编工作分别委托给《朔方》编辑部的杨仁山和李唯负责。张贤亮从一九九三年起连续十多年一直担任《朔方》的名誉主编，为宁夏文学的发展做出了重要贡献，由此可以看出他对《朔方》的感情之深厚。

第二节　"宁夏出了个张贤亮"

因为在过去的二十多年中长期与文艺隔绝，张贤亮重返文坛后意识到他对当下的文艺政策与文艺理论已经十分生疏，很多生僻的词汇甚至要通过《现代汉语词典》来了解，因此，他一方面抓紧时间"补课"，弥补知识上的欠缺和差距，一方面以更大的热情和精力投入到小说创作之中，他的刻苦努力以及他原有的文学修养和文学才华使他的小说创作很快就渐入佳境。继《四封信》《四十三次快车》《霜重色愈浓》《吉卜赛人》四篇小说之后，他又创作

---

[1]　张贤亮.《宁夏文艺》与我：为《朔方》200期而作［J］.朔方，1990（3）.

出《在这样的春天里》《邢老汉和狗的故事》《灵与肉》等作品。这些小说无论是在思想深度还是在艺术技巧上都显示出张贤亮将个人命运与国家的前途命运紧密结合的时代特征，他控诉极"左"政治路线给国家和个人造成了累累伤痕，歌颂十一届三中全会后的社会新风貌，热烈拥护党中央实行的改革开放政策。二十多年的底层生活经历给了他极为丰富的小说写作素材，他对情感的把握真诚而质朴、不矫揉造作，对人物的心理活动的表现十分真实自然，在艺术上超越了当时一般"伤痕小说"的那种以眼泪博取同情的悲情式的诉说，他的作品在批判极"左"政治的同时，更能给人以温暖和力量，因此受到了无数读者的青睐。尤其是小说《灵与肉》在《朔方》发表后，被著名导演谢晋改编为电影《牧马人》，社会反响极大，读者纷纷给《朔方》编辑部写信、写稿表达他们对这篇小说的意见。一九八一年，以《朔方》为主要平台，形成了一场关于小说《灵与肉》的文艺论争。这场论争大幅地提升了张贤亮的文学知名度及其作品的社会影响力，使他当之无愧地成为引领宁夏新时期文学的标志性作家。张贤亮在文学上不断取得的业绩激发了宁夏作家的创作热情，他们把张贤亮当作创作的标杆和追逐的目标。在张贤亮的带动和影响下，宁夏作家呈现出活跃的创作态势，涌现出一批富有时代气息的新秀和作品，促进了新时期宁夏文学的蓬勃发展。为此，二十世纪八十年代的著名文学评论家阎纲说，宁夏文坛开始了人才辈出的新时期，其显著标志便是"宁夏出了个张贤亮"①。

一、《灵与肉》的创作与获奖

《灵与肉》在张贤亮的文学创作中占有十分重要的地位，这不仅是由于这篇小说曾获得一九八〇年的全国优秀短篇小说奖，给作家带来了文坛声誉，更是因为《灵与肉》是对当时占主流的"伤痕文学"创作理念的发展与超越，自此以后，张贤亮就从"伤痕文学"的束缚中脱颖而出，一举进入了更为广阔的创作领域，他的小说创作由此开始受到越来越多的读者的喜爱和文学批评家的重视。在谈到写作小说《灵与肉》的意图时，张贤亮说，《灵与肉》就

---

① 阎纲.《灵与肉》和张贤亮［J］.朔方，1981（1）.

是要表现"痛苦中的欢乐，伤痕上的美"，并说，"美和欢乐，必须来自痛苦和伤痕本身，来自对这种生活的深刻的体验"。"在长达十年，甚至二十余年的'左'的路线统治下，人们肉体上和心灵上留下了这样或那样的伤痕，这是无可讳言的。现在有许许多多文艺作品写的就是这些。但是，怎样有意识地把这种种伤痕中能使人振奋，使人前进的那一面表现出来，不仅引起人哲理性的思考，而且给人以美的享受，还并不为相当多的作者所重视。《灵与肉》不过想在这方面做个尝试而已。"①张贤亮试图摆脱"伤痕小说"一贯的悲情式的叙事格调，在毫无节制的情感宣泄过后，他从极"左"政治带给他的巨大伤痛中逐渐恢复过来，他将目光投向未来，在作品中表现出一种昂扬向上的乐观情绪。

　　在《心灵和肉体的变化》这篇创作谈里，张贤亮对小说《灵与肉》的创作过程做了详细的说明："一九八〇年初，我获得了一个去北京学习的机会。这是我在农村劳动了二十二年后第一次重返大城市。在火车还没有进站时我就流泪了。到京后，我更被在首都集中表现出来的紧张而热烈的社会主义新时期的勃勃生气所感动，被活泼而坦诚的社会主义民主政治气氛所鼓舞。但是，我不讳言，在我到一些比较'高级'的场所时，也有些东西损伤了我的民族自尊心，与我的感情、生活习惯格格不入。我不是一个抱有狭隘排外心理和不懂得高级物质享受的人。和《灵与肉》中的许灵均一样，我出身资本家家庭，少年时期生活在十里洋场的上海，见过灯红酒绿的豪华场面；我文学修养的根基开始是扎在西欧古典文学和北美近代文学上的。那么，是什么使我的感情、生活习惯、幸福观和价值观起了变化的呢？那就是体力劳动，以及作为一个普通劳动者和劳动人民长期的相处。"②在长达二十二年的农村体力劳动中，张贤亮的心灵和肉体都发生了深刻的变化。"我接触过许多和我有同样经历的人，我们在受到不公正的待遇时是委屈的、不平的、愤懑的，但是这些幸存者中没有一个人（如果这个人是热爱生活、身体健康和意志坚强

① 张贤亮.从库图佐夫的独眼和纳尔逊的断臂谈起；《灵与肉》之外的话［A］//张贤亮.张贤亮选集（第一卷）［M］.天津：百花文艺出版社，1995：182—183.

② 张贤亮.心灵和肉体的变化［A］//张贤亮.张贤亮选集（第一卷）［M］.天津：百花文艺出版社，1995：196.

的话）不承认他在长期的体力劳动中，在大自然的怀抱里进行劳动与物质的变换中获得过某种满足和愉快，在与朴实的劳动人民的共同生活中治疗了自己精神的创伤，纠正了过去的偏见，甚至改变了旧的思想方法，从而使自己的心灵丰满起来的。"① 从北京回宁夏后，张贤亮就想写篇以表现体力劳动和与体力劳动者的深入接触对一个资产阶级出身的小知识分子的影响为主题的小说，然而，一直没有找到一个合适的情节线索。一九八○年三月，《朔方》编辑部派张贤亮到宁夏灵武农场去采访一对侨眷夫妇，准备写一篇关于他们事迹的报告文学，这对夫妇是二十世纪五十年代的大学生，在过去的二十多年中，他们因家庭的海外关系而频遭打击和折磨，一九七八年，他们获准出国探亲，国外的亲属为他们办好了永久居留证，安排好了舒适的生活条件，可他们住了几个月，就毅然放弃优越的物质生活，回到偏僻的农场继续从事家畜品种的养殖技术研究。张贤亮从中得到灵感，将他的小说的矛盾冲突设置为去与留的问题，整篇小说的架子很快就搭起来了。因此，"实际上，《灵与肉》是一支赞美劳动，特别是体力劳动、体力劳动者的颂歌"②。张贤亮说："《灵与肉》并不是出于当前有些人想出国，以致人才外流这种背景的考虑写的。宁夏地处边陲，弹丸之地，我又陋见寡闻，这种情况在我心中还不占多大分量。写《灵与肉》，一、我是为了反我一直深恶痛绝的'血统论'；二、我想表现体力劳动和与体力劳动者的接触对一个资产阶级家庭出身的小知识分子的影响，以及三十年历史变迁对人与人的关系的新调整。"③ "我写《灵与肉》，不过是想借编故事的形式忠实地记录下我生命史上的一个时期的生活和感受，完全没有奢望她能获得赞许或得奖。"④ 小说发表在《朔方》一九八○年第九期的头条位置，受到了读者的好评，不久即荣获一九八○年的全国优秀

---

① 张贤亮．心灵和肉体的变化［A］// 张贤亮．张贤亮选集（第一卷）［M］．天津：百花文艺出版社，1995：197．

② 张贤亮．牧马人的灵与肉［A］// 张贤亮．张贤亮选集（第一卷）［M］．天津：百花文艺出版社，1995：205．

③ 张贤亮．从库图佐夫的独眼和纳尔逊的断臂谈起：《灵与肉》之外的话［A］// 张贤亮．张贤亮选集（第一卷）［M］．天津：百花文艺出版社，1995：183．

④ 张贤亮．牧马人的灵与肉［A］// 张贤亮．张贤亮选集（第一卷）［M］．天津：百花文艺出版社，1995：203．

短篇小说奖，从而引起了批评家的注意。

新时期设立的"全国优秀短篇小说奖"是由中国作协主办、《人民文学》编辑部负责评选事宜的全国最高规格的短篇小说评选活动，这一奖项成为后来的鲁迅文学奖的前身。从一九七八年至一九八八年，"全国优秀短篇小说奖"连续评选了九届，从中发掘和培养出大批优秀的青年小说创作人才，为壮大新时期的小说家队伍起到了积极的作用。短篇小说在新时期之初发挥了重要的政治舆情作用。为了凸显对短篇小说的重视，作协专门设立"全国优秀短篇小说奖"，这一奖项带有鲜明的政治色彩，是文学评价体系中的重要组成部分。学者孟繁华认为"奖励制度是鼓励文学艺术创作发展繁荣的重要机制之一，也是意识形态按照自己的意图，以权威的形式对文学艺术的引导和召唤。因此，文学艺术的奖励制度具有明确的意识形态性，权力话语以隐蔽的方式与此发生联系，它毫不掩饰地表达着主流意识形态的意志和标准，它通过奖励制度喻示着自己的主张和原则"①。一九七八年，《人民文学》编辑部举办了首届全国优秀短篇小说评选活动，在获奖名单中，刘心武的《班主任》、卢新华的《伤痕》、王蒙的《最宝贵的》等二十五篇作品入选，获奖的作品无不体现出"政治标准与艺术标准的统一"。通过阅读这些作品，读者可以准确判断出当时中国社会关注和正在发生的重大问题和主要事件，就当代中国文学而言，这次评选活动无疑是一个重大事件，"这是建国以来短篇小说的首次评奖，也是'文革'后文学成就的一次集中展示。就入选作品看，它们都是在社会上产生广泛影响的作品，都是与当下的社会现实发生密切联系的作品，'伤痕文学'构成了获奖作品的主要内容"②。关于小说评奖的目的，周扬指出："我们评奖的目的，就是要发挥评奖的积极作用，促进我国社会主义文学事业的发展和繁荣，促进我国的文学艺术事业在三中全会路线和四项基本原则的指引下，沿着为人民服务，为社会主义服务的正确轨道前进，实现文学创作和文学理论的真正'百花齐放''百家争鸣'，使文学创作水平和鉴赏水平更进一步提高。"③

---

① 孟繁华.1978年的评奖制度［J］.南方文坛，1997（6）：32，56-58.

② 孟繁华.1978年的评奖制度［J］.南方文坛，1997（6）：32，56-58.

③ 周扬.按照人民的意志和艺术科学的标准来评奖作品［N］.文艺报，1981（12）.转引自孟繁华.1978：激情岁月［M］.济南：山东文艺出版社，1998：240-241.

这次小说评选采取了群众推荐与专家评选相结合的方法，评委由茅盾、周扬、巴金等二十三人组成①，从人员构成情况来看，既有著名的作家，也有高级的文化官员和知名的文艺理论家，因为评选方式最大限度地体现了文艺的民主而受到人们的褒扬。"一九七八年的全国优秀短篇小说评选的影响是重大的，借助于恰当的社会政治氛围与最高政治级别的文学刊物，当时中国最出色的批评家们得以摆脱涣散的处境，在组织上得到统合，其文学思想、文学价值也经由评奖的方式广为传播。更重要的是，'评奖'本身实际上是一种颇具弹性的文学批评形式，相对于此前文学批评的种种策略，其营建特定意识形态的效用显然更加出色。于是，'评奖'在此之后成为一种常设制度。可以说，一九七八年的全国优秀短篇小说评选实际上是当代文学批评的一个全新的开始。"②首届获奖作品被揭晓后，时任中国作协副主席的沙汀在《人民文学》上发表文章表达了他的祝贺与希望，他特别强调"四人帮"给人们造成的"创痛巨深，不会一下忘记掉的，而且一定会反映在文学创作上。但是，我们不是为反映而反映……处理这些题材的时候，我们就不能只看到'伤痕'，看到灾难，还得看到无数勇于'抗灾''救灾'的人们。而只有这样全面考虑问题，作品才能反映历史的真实，使广大读者受到鼓舞，在新的长征中奋勇前进"③。此后不久，时任国家总理的赵紫阳在六届人大一次会议上的政府工作报告中指出："我们的作品应该生动地深刻地反映我国人民现代化建设伟大实践，激发各族人民奋勇前进的巨大热情。"④这些话语背后释放出一个共同的信号："伤痕文学"作为与社会转型时期的政治变换紧密结合的文学思潮注定其命运必然不会长久。后来的事实也进一步证明"伤痕文学"的高潮只短暂地出现在一九七八年至一九八〇年之间，一九八〇年以后，写作和发表"伤痕文学"

---

① 当时评委包括茅盾、周扬、巴金、刘白羽、孔罗荪、冯牧、刘剑青、孙犁、严文井、沙汀、李季、陈荒煤、张天翼、周立波、张光年、林默涵、草明、唐弢、袁鹰、曹靖华、谢冰心、葛洛、魏巍。详见李丹."一九七八年全国优秀短篇小说评选"对于当代文学批评的意义［J］.当代作家评论，2012（3）：187–196.

② 李丹."一九七八年全国优秀短篇小说评选"对于当代文学批评的意义［J］.当代作家评论，2012（3）187–196.

③ 沙汀.祝贺与希望［J］.人民文学，1979（4）.

④ 转引自何镇邦.作家的"冷"与"热"［J］.学习与研究，1983（9）.

的中心由北京转移到上海，这一文学思潮不久即为"改革文学"和"反思文学"所取代。这种变化在一九七八年至一九八〇年的全国优秀短篇小说评选活动中已有明显表现，"伤痕小说"在前三届获奖作品中的比重在逐渐减少，其他题材的获奖作品数量不断增加。"至一九八〇年，当代文学以惊人的速度走向成熟，《班主任》《伤痕》等作品因非文学性的因素而产生的影响，被作家日益感知，艺术性开始普遍受到重视，就获奖作品而言，社会重大事件为题材的作品相对减少，而日常生活中人的情感领域逐渐成为文学表达的主要对象。"①一九八〇年，周扬在全国优秀短篇小说评选发奖大会上做了题为《文学要给人民以力量》的讲话，再次说明当时社会更需要的不是含着眼泪的控诉，而是能给人以温暖和力量的文学作品。张贤亮的《灵与肉》恰恰就是这样一部能够契合时代读者心理需求的作品，因此，其获奖也就是顺理成章的事了。

张贤亮重返文坛时，读者对于"伤痕文学"里浮夸和泛滥的情感宣泄已经司空见惯，并产生了不满，在这种情况下，小说《灵与肉》能够获奖，并受到广大读者的欢迎，其根本原因就在于这部作品中真实的人道主义情感打动了读者，从文学创新的意义上讲，张贤亮的《灵与肉》发展并超越了新时期的"伤痕文学"理念，开启了新时期文学对人生价值与人格尊严的追寻，作品对人的存在价值进行哲理性的反思，具有鲜见的思想深度。小说描写资产阶级家庭出身的许灵均从小被父亲遗弃，一九五七年被打成"右派"，受到不公正待遇，成为牧马人的许灵均在劳动中，在农场群众的关心和照顾下，逐渐摆脱了消极情绪，在乡亲们的撮合下，他与四川逃荒来的李秀芝结婚成家，他在与劳动者的长期接触中，感受到了生活的美和劳动的美，在灵与肉的磨难中，他的精神境界通过劳动最终得以升华。这是一首歌颂劳动和劳动人民的赞歌，是对中华民族勤劳善良的优秀品质的礼赞，作者要讴歌的正是劳动创造人、在与劳动人民结合的实践中形成知识分子优秀品格和真正灵魂的道理。《灵与肉》发表后，读者纷纷给张贤亮来信，表达他们阅读小说后的个人感受，一位署名"旭旦"的读者在给张贤亮的信中说："您把许灵均写得那么可爱，那么令人感动，那么鼓舞人，使我觉得'伤痕'文学写得妙，同

---

① 孟繁华.1978年的评奖制度［J］.南方文坛, 1997（6）: 32, 56–58.

样是可以引人向上，使人充满信心的。"①《灵与肉》能够给读者耳目一新的感受，关键还在于作家没有将生活的苦难笼罩在悲观绝望、怨天尤人的阴郁氛围之中，而是充满乐观向上和感恩的情怀。评论家黄子平指出："在展示这一艰难的精神历程时，张贤亮很好地把握了那一代人真实的心理气氛。"作品"以心理学上的极大真实性，重现了这个既悲壮又充满了诗意的年代"②。王蒙也认为，在很多人看来，张贤亮的作品更是因为对苦难的"真实呈现"而打动人心。"他的作品反映了时代、国家和知识分子的苦难命运，却并不灰暗，小说中肯定了人性的善良，正是这种善良，给了人活下去的勇气。"③《灵与肉》很好地满足了当时政治的需求和读者的精神期待，因而以较高的票数被评选为一九八〇年的"全国优秀短篇小说奖"获奖作品。有研究者认为"《灵与肉》的诞生，对张贤亮来说，是有着重大意义的。这重大意义就在于它获得了一九八〇年全国优秀短篇小说奖。可以设想，倘若由于某些出其不意的原因使《灵与肉》失去了获奖的机会，那么张贤亮在全国范围内的影响至少会推迟很长一段时间。对于一个小说艺术家来说，获奖的偶然因素甚至会影响到他整个的创作道路。从这一点来说，张贤亮是幸运的。因此，甚至可以说，《灵与肉》的获奖给张贤亮终于推出《绿化树》和《男人的一半是女人》准备了很好的外在条件"④。《灵与肉》的获奖，标志着张贤亮的小说创作从一个地方作家水准迈进了全国优秀小说家创作的行列。

新时期评选"全国优秀短篇小说奖"，尤其是前三届评选活动，在当时的社会上产生了极为广泛的社会影响，一批作家借此确立了他们在当代文学史上的位置，王蒙、陆文夫、高晓声、邓友梅、张贤亮、李国文、冯骥才等重返文坛的"右派"作家的作品多次获奖，这让他们的创作引起了文学批评界的关注，"归来作家"焕发出高昂的创作热情，活跃在二十世纪八十年代文学创作的前沿，成为新时期文学史上"重放的鲜花"。然而，作品的获奖、社会

---

① 张贤亮.心灵和肉体的变化［A］//张贤亮.张贤亮选集（第一卷）［M］.天津：百花文艺出版社，1995：195.

② 黄子平.我读《绿化树》：沉思的老树的精灵［M］.杭州：浙江文艺出版社，1986：149–150.

③ 周志忠，朱磊，周飞亚.张贤亮：拓荒者和弄潮儿［N］.人民日报，2014–09–29.

④ 刘绍智.小说艺术道路上的艰难跋涉：张贤亮论［A］//吴淮生，王枝忠.宁夏当代作家论［C］.银川：宁夏人民出版社，1988：85.

的认可和批评家的重视，也在不同程度上给这些作家的创作带来了负面影响，无形中规约和限制了他们未来的文学创作空间和个人的道路选择。

二、《灵与肉》引发的争鸣

《灵与肉》获奖引起了文坛的瞩目，读者和批评家纷纷撰文发表对于这部作品的看法和评论文章，不同的意见相互激荡碰撞，从而引发了一场关于小说《灵与肉》的争鸣。

一九八〇年，《文艺报》刊发署名沐阳的文章《在严峻的生活面前》，作者认为《灵与肉》中的许灵均是当代文学艺术画廊里一个成功的爱国者的典型，"是一个默默地从人民生活中汲取力量，脚踏实地的建设者和爱国者的形象"[①]，对许灵均热爱祖国、热爱乡土、热爱人民的深情予以歌颂。一九八一年，批评家阎纲在《朔方》上发表了《〈灵与肉〉和张贤亮》一文，在这篇评论文章里，阎纲充分肯定了《灵与肉》的思想主旨，高度评价了张贤亮在小说中自然流露出来的与人民同甘共苦的真情实感，他认为张贤亮的小说发展了"伤痕文学"，深化了现实主义。他说"张贤亮的小说是和读者交心的"，"他也暴露，也控诉，也写'伤痕'，但它不同于一般流行的'伤痕文学'。他的思想更深沉，技法更圆熟，描摹更真切，境界更加忧愤深广"，"张贤亮的小说，没有一篇像《灵与肉》这样开阔"，"也没有一篇像《灵与肉》这样踏实"。"他的心，向着同自己一样微贱而善良的父老，向着这养育大恩的苦寒之地，包括那里的稚童和马群。""许灵均没有走，是因为他爱他的土地和人民。""在创作的追求上，作者和他在生活中发现的追求者许灵均一样，正拾级而上、登上更高的境界。"[②]阎纲是当时著名的文学评论家，他对张贤亮和小说《灵与肉》的评价是很有分量的，代表了大多数批评家的基本态度。在这一期的"读者评刊"栏目中，《朔方》编辑部还刊登了一篇署名江苏李怀埙的读者来信，谈阅读小说《灵与肉》的感受，来信肯定了张贤亮对许灵均这一人物形象的塑造，认为《灵与肉》跳出了写"右派"题材的作品的悲剧化窠臼，

---

① 沐阳.在严峻的生活面前［N］.文艺报，1980（11）.

② 阎纲.《灵与肉》和张贤亮［J］.朔方，1981（1）.

读后让人觉得"别开生面、耳目一新"①。此后，不断有人给《朔方》编辑部写信、写稿，表达他们对这篇小说的阅读体会。读者普遍认为《灵与肉》中的人物塑造是成功的，作品流露出许灵均对祖国的眷恋和热爱之情。批评家大多对《灵与肉》持积极的肯定态度，认为作品真实地反映了青年外流这个重大的社会问题。作者出色地讴歌了"劳动者的爱国深情"，"写得很美，很感人，字里行间洋溢着一种热爱祖国、热爱乡土的深情"②。丁玲在读过作品之后，称赞《灵与肉》是"一首爱国主义的赞歌"，她说："对于作者，我不认识。但通过这一篇，我以为我和他已经很熟了。看得出作者大约是一个胸襟开阔而又很能体味人情和人生苦乐的人吧。"③一些大专院校甚至将这篇小说作为对青少年进行世界观教育的形象教材。

　　一九八一年，《朔方》第四期争鸣栏目"编者按"说："张贤亮的《灵与肉》发表之后，在区内外引起了强烈的反响，意见也不尽相同。本刊今年第一期发表了阎纲的文章《〈灵与肉〉和张贤亮》，为了贯彻'双百'方针，活跃文艺评论，探讨当前文艺创作的有关问题，现将汤本的《一个浑浑噩噩的人》介绍给读者。本刊欢迎广大文艺评论工作者和读者踊跃参加这个讨论。"④汤本批评张贤亮的《灵与肉》渗透了宿命论的观点，否定了许灵均这一人物形象。"作者抽象地谈论劳动，不加分析地颂扬这种劳动"，"把一个青年右派分子在农场承受繁重的体力劳动诗意化，对原始状态的劳动不是进行客观的描述和分析，乃至提出破旧立新的愿望，而是一味地歌颂，这是对生活的严重的歪曲。""作者肯定这一对于许灵均来说是不合理的人为的安排下的劳动，实质上也是间接地肯定了血统论对许灵均的摧残，肯定了宿命的力量。"汤本认为许灵均是一个在社会逆流和惰性的作用下被异化了的人，是"一个逆来顺受、屈服厄运摆弄的可怜的人物"，是"一个既不知自己为何受苦、又不知自己的命运究竟是怎么回事的人。一个浑浑噩噩的人"。汤本还指责许灵均与秀芝的奇特结合方式，认为"这本来是一次在非人性的状况下的野蛮行为，是

---

① 作者.读者评刊：五则［J］.朔方，1981（1）.

② 西来.劳动者的爱国深情［N］.人民日报，1981-02-11.

③ 丁玲.一首爱国主义的赞歌［N］.文学报，1981-04-22.

④ 作者.争鸣栏目"编者按"［J］.朔方，1981（4）.

一种不正常的社会状态下必然出现的婚配现象，结婚的双方事先没有任何了解，全凭一面而定。产生这种剥夺尽人类美好品质、把人不当人，单纯解决动物性欲要求的行为的社会根源本应得到批判。作者却未能深掘不合理现象的社会根源"。作家把"一个新时代的浑浑噩噩的人""当作正面人物加以歌颂、赞美。意图把那种在灾难厄运中放弃抗争、自我满足的感情传染给读者。这是文学创作中的一种倒退现象，应该引起文学评论界足够的重视"①。汤本的文章一经发表，立即引起了读者的激烈争论，争论围绕许灵均这一人物形象是否成功而展开，各地读者纷纷来信、来稿发表他们的见解，从一九八一年第五期开始，《朔方》陆续刊发了一批对《灵与肉》的评论文章，大多数批评家在文章中表达了与汤本截然不同的观点。胡德培的《"最美的最高尚的灵魂"——关于〈灵与肉〉的主人公许灵均的形象剖析》认为许灵均"在作品中的表现是生动、真实的，饱含深情的，是写得充分的，有说服力的"，"这种劳动者的情感，构成这个人物形象的灵魂，就可以称得上是'最美的最高尚的灵魂'，这是今天一代新人的性格，特别是中年一代知识分子的一种典型，是可供我们仿效和学习，可以作为我们榜样的一种典型，因此，作家热情地赞美它，歌颂它，这是我们应当给予充分肯定，而不应当忽视以至加以贬低或否定的"②。李镜如、田美琳在《也评〈灵与肉〉——兼与汤本同志商榷》一文中指出："评论文学作品，要从它反映的生活现实，它构思、创作的实际，以及客观的社会效果出发，而不能脱离作品的实际，只从评论者的主观臆想考虑问题。"论者驳斥了汤本的观点，认为许灵均是清醒、自觉的爱国者，不是"浑浑噩噩的人"，文章指出汤本的看法在社会上具有相当的代表性。长期以来，极"左"政治统治下的文艺作品以表现英雄人物和阶级斗争为主要内容，这种审美思维使一些人误以为"文学作品只有表现同厄运抗争的'斗争美'，展现坚强的英雄人物的心灵美，才是美"，"一些同志责难'伤痕文学'，贬抑像《灵与肉》《邢老汉和狗的故事》那样的作品，其原因可能是多方面的。但主要的原因之一，还是因为受了这种审美见解的影响"。"这种偏

---

① 汤本.一个浑浑噩噩的人：评小说《灵与肉》的主人公许灵均的形象［J］.朔方，1981（4）.

② 胡德培."最美的最高尚的灵魂"：关于《灵与肉》的主人公许灵均的形象剖析［J］.朔方，1981（5）.

窄的审美标准，狭隘的美感见解，使我们一些同志不能正确、全面、恰当地分析、评价某些文艺作品。因而，也妨碍了丰富、扩大文学作品的思想内容，发展题材、风格、样式的多样化。"①李镜如、田美琳的这篇商榷文章实际上已经抓住了产生分歧的关键问题，即文艺审美标准在新时期正在发生变化，而有些人的审美水平和认识能力仍停留于极"左"政治年代，这造成了批评家对作家和作品的误读和误判。

但是，汤本在回应文章中仍然坚持认为"许灵均身上厚积蒙昧之尘"，一些批评家"高度评价的，不是最美最高尚的心灵，而是一颗被社会逆势力所扭歪的心灵！他们充分肯定的，不是现实主义的深化，而是对鲁迅毕生精力攻打的，正在许灵均身上延续的民族劣根性的美化"②。一九八一年，《朔方》第五期刊登孙叙伦、陈同方的文章《一个畸形的灵魂——评〈灵与肉〉的主人公许灵均》，论者声援汤本，认为"许灵均的灵魂不是高尚的，而是被冷酷现实践踏的可怜的畸形灵魂。许灵均的形象是非正常历史时期造就的悲剧形象，更不是广大青年效法的榜样"。许灵均的"爱"，不是爱国，而是"他消沉意志、悲怆命运、委屈情绪、孤独心理的一种变形"，"这种爱就其实质来说是重返自然，向'人之初'迈步，是一种倒退的心理状态"，他"看不到时代的变迁、历史的演变"，他对北京的"不适应"，"正是丰富奔腾的社会生活和包罗万象的大千世界对于他那狭小的内心世界和狭隘偏僻小天地生活的一个猛烈冲击"③。这篇文章与汤本的观点一致，只不过批判的语气显得更为强烈。在《朔方》编辑部收到的读者来信中，一些青年读者也表示他们不喜欢许灵均这样的人物。有位青年来信说："说实在的，我们并不喜爱主人公许灵均。这样一个卑躬屈膝、毫无抗争、浑浑噩噩的典型人物，根本不是我们新时代青年的楷模和榜样。"④此外，《朔方》一九八一年第八期上的税海模的《〈灵与肉〉的成败及其缘由试析》一文认为作家在许灵均的形象塑造上有得有失，不能一概而论。在"如何评价许灵均被错划右派流放到农场放马的二十余年岁

① 李镜如，田美琳.也评《灵与肉》：兼与汤本同志商榷［J］.朔方，1981（5）.

② 汤本.让智慧之光熠熠闪耀：见《对于〈灵与肉〉的不同意见》来稿来信综述［J］.朔方，1981（9）.

③ 孙叙伦，陈同方.一个畸形的灵魂：评《灵与肉》的主人公许灵均［J］.朔方，1981（5）.

④ 作者.对于《灵与肉》的不同意见：来稿来信综述［J］.朔方，1981（9）.

月"，在这场冤案的折磨中他"究竟幸福不幸福"，经过这场折磨他"是否更加成熟"，以及"如何看待许灵均的不出国"等问题上，小说的回答是错误的。小说把"一场不折不扣的冤案"描写成"值得留恋与庆幸的'艰苦的道路'"，认为这场冤案"把幸福赐给许灵均"，表现这场冤案把许灵均"由'钟鸣鼎食之家的长房子孙'，'变成了一个名副其实的劳动者'"，"成为他爱国思想的物质基础"，这就"肯定与赞美了一些不该肯定与赞美的东西"。因为实际上，情况正相反，正是这场冤案，造成了主人公"认识上的狭隘性、闭塞性和保守性"，"把一个无产阶级亲自培养的我国第一代知识分子'改造'成了一个地地道道的小生产者。许灵均的自我意识的消失，就其实质而言，乃是'左'的错误所导致的一种普及愚昧的大倒退"①。新时期之初的文学批评尚未完全摆脱"左"的羁绊和因袭，一些批评家还没有从"政治批判"的理论思维模式中解放出来，对什么是社会主义新人、什么是现实主义、写真实等问题，存在着认识上的混乱。在对《灵与肉》的不同批评意见中，既有帮助作家提高创作水准的真知灼见，同时也难免存在一些带有极"左"色彩的政治批评和道德评判。还有一些批评家凡事都以二十世纪五十年代中期那种社会生活状态作为理想的评价标准，这显然已经跟不上时代的发展要求。

为了明辨是非，批评家以《朔方》为主要平台继续展开争鸣，何光汉撰文指出汤本等人对小说的评价，"脱离了作品的实际情况，无视了文学创作的特点和规律"，"从作品中，我们怎么也得不出许灵均是'一个浑浑噩噩的人'和'一个畸形的灵魂'的看法，怎么也引不出怀疑作品真实性的结论"②。《作品与争鸣》发表批评家艾华的文章，论者认为许灵均不是新时代的阿Q，而是新时代的新人③。批评家曾镇南认为《灵与肉》"是一曲以劳动为主题的雄浑的交响乐"，"是从作家几十年的亲身经验和严肃思考中迸发出来的对劳动人民的赞歌"，"这赞歌以最有力的音调，对极'左'路线和反动的'血统论'作了独特的控诉"。针对一些读者对许灵均、李秀芝的婚姻提出的质疑与批

---

① 税海模.《灵与肉》的成败及其缘由试析［J］.朔方，1981（8）.

② 何光汉.要尊重作家的创作个性：与否定小说《灵与肉》的同志争鸣［J］.朔方，1981（6）.

③ 艾华.不是新时代的"阿Q"，而是新时代的新人：也谈小说《灵与肉》中的许灵均［J］.作品与争鸣，1981（9）.

评，曾镇南认为"许灵均和秀芝的奇特而又纯朴自然的爱情，是我们当代文学近几年来出现的最动人最有意味的爱情故事之一。这是一曲对劳动妇女的深情赞歌"①。一九八一年，《朔方》第九期以"本刊评论组"的名义发表了《对于〈灵与肉〉的不同意见——来稿来信综述》，从《灵与肉》这篇小说不同于一般"伤痕文学"的独特之处，许灵均这一人物形象是否真实、典型，许灵均和秀芝的婚姻是否真实、是否具有美学价值，小说创作中的不足之处四个方面，对读者来信、来稿中的主要观点进行了综述。文章强调《灵与肉》虽然不是一部十全十美的作品，但这篇小说在思想和艺术上的健康向上的真挚感情尤其应该值得肯定，论争就此被画上了一个句号。从《朔方》刊登的文章来看，大多数批评家对张贤亮的《灵与肉》持肯定态度。参与争鸣的评论者普遍认为《灵与肉》是一篇优秀的作品，小说的主人公许灵均是我国广大知识分子中的一类典型人物形象，张贤亮是新时期文坛上的一位具有艺术才华和思想深度的作家。

对于这场论争，张贤亮在一篇创作谈中说："《灵与肉》发表后，得到一些同志的好评，但也受到一些同志的批评。能得到读者的欣赏，是在我意料之外的；而受到的批评，也使我感到委屈。""有的读者批评我塑造的许灵均是'新时代的阿Q'，'用未庄人的眼光来看大城市'；有的还说现在跳迪斯科和一九四八年跳仑巴，现在的'国际俱乐部'和过去的'百乐门'不是一回事；等等。这里，我不想作什么解释，我只是说有这么一种心情（'一种战胜了生活，战胜了繁重的体力劳动的折磨的自豪感'，作者原文有此解释），而我借着作品如实地表达了这种心情。""还有的读者批评我把一个青年'右派分子'在农场承受繁重体力劳动诗意化了，把一种应该批判的荒唐事情当作合理的现象来歌颂。这种批评在道理上是对的，但文学作品总要以作者的感受为基础。爱默生说过，要写自己真实的感受，如果这种感受对你是真实的，那么就要相信它对许多人也是真实的。""关于他（许灵均）和秀芝传奇般的结合，有读者批评我'没有批判产生这种剥夺人的美好品质、把人不当人，单纯解决生物性的欲求的行为的社会根源'，'一味强调偶然性，却忘记了被迫害者

---

① 曾镇南. 灵与肉，在严酷的劳动中更新：谈《灵与肉》内在的意蕴 [J]. 朔方，1981（9）.

的必然的苦难遭遇'。我也不多作解释；在道理上这种批评可能是对的，可遗憾的是我们过去并不是生活在道理中间，还正是生活在各种各样的偶然性之中。一般的小民们只能在偶然性中解决自己生物性的欲求。在我劳动的荒僻而落后的农场，从一九七二年到一九七六年，如秀芝这样的四川姑娘就来了好几十，我本人就差一点获得和'秀芝'结婚的幸福（如果当时我有一百块钱，能支付她的旅费的话）……从她们身上，我深刻体会到中华民族的坚韧性、顽强的苦斗精神和对生活的挚爱。"① "阎纲同志在对我的小说的评论中指出，我笔下多次出现的逃荒流浪，处于底层的劳动妇女，是最近短篇小说中'不可多得的动人形象'。是的，因为那都是我，也只能是属于我的梦中的洛神。《吉卜赛人》中的'卡门'，《在这样的春天》中的'她'，《邢老汉和狗的故事》中的女乞丐，《灵与肉》中的秀芝，《土牢情话》中的女看守，这些艺术形象虽然在现实生活中并没有具体的模特儿，但她们的心灵，的确凝聚了我观察过的百十位老老少少劳动妇女身上散射出来的圣洁的光辉……我觉得我并没有欺骗读者，赚取了一掬同情的热泪，因为在她们的塑像中就拌和有我的泪水。在荒村鸡鸣，我燃亮孤灯披衣而起时，我甚至能听到她们在我土坯房中走动的脚步，闻到她们衣衫上散发出的汗味。从某种意义上来说，她们一个个都是实有其人。"② "《灵与肉》本来准备写成五万多字的中篇，而我为了适应月刊的容量把它砍成了一个不足两万字的短篇。砍去的部分，多半是心理分析和理念的变化过程。" "被我砍掉的那些实际上是很重要的东西。" "这样一来，反而使许灵均这个人物单薄了，从而引起了一番争鸣。这种削足适履的做法，我将引为教训。"③ 在对待《灵与肉》的评价问题上，张贤亮与某些批评家之间虽然存在着分歧，但是，这一时期作家与批评家总体上仍保持着良好的协作关系，作家很重视批评家的意见，一些文学批评甚至会左右作家的创作实践。对于刚重返文坛不久的张贤亮而言，批评家的某些言论即使让

① 张贤亮.心灵和肉体的变化［A］//张贤亮.张贤亮选集（第一卷）［M］.天津：百花文艺出版社，1995：195–199.
② 张贤亮.满纸荒唐言［A］//张贤亮.张贤亮选集（第一卷）［M］.天津：百花文艺出版社，1995：190–191.
③ 张贤亮.牧马人的灵与肉［A］//张贤亮.张贤亮选集（第一卷）［M］.天津：百花文艺出版社，1995：203，205.

他觉得委屈和难以接受，他仍然表现出积极接受批评的谦逊姿态。作家与批评家之间的这种友好关系从二十世纪九十年代开始发生了明显的改变，二者之间的关系变得越来越紧张对立。

在《灵与肉》引发的争鸣中，有很多东西值得我们今天仔细回味。首先，《灵与肉》是一部短篇小说，却在二十世纪八十年代初引发了如此强烈的反响，这说明在那个拨乱反正的特殊年代，短篇小说在当时人们的社会生活中曾发挥过多么重要的作用。其次，二十世纪八十年代初的文学创作与文学评论是与政治和道德因素紧密联系在一起的，参与这场讨论的人并不都是纯粹的文学批评家，争论的内容既有道德层面上的是否"出国就意味着不爱国"的爱国主义讨论，也有政治层面上的如何看待过去的极"左"政治苦难。最后，即便是那些从文学层面对作品进行评论的文学批评，也仅仅停留在分析人物塑造是否成功的浅层次上，没有向纵深处挖掘。批评的方法也比较单一，大多是运用社会历史的阶级分析方法剖析资产阶级知识分子的思想改造。在这场论争结束之后，文坛对《灵与肉》的文学评价基本上以肯定意见为主，许灵均的人物形象塑造也被认为是成功的。

三、《灵与肉》的电影改编

二十世纪八十年代，文学的影视改编力度远远领先于文学改革实践，影视于是成为文学改革的试验场。很多小说经由文学的影视改编而扩大了文学作品自身的社会影响，例如，古华的《芙蓉镇》、鲁彦周的《天云山传奇》、路遥的《人生》等，影视改编对张贤亮的小说传播与读者接受同样发挥了重要的作用，很多读者对于张贤亮的文学评价首先是从观看电影开始的。在二十世纪八九十年代，张贤亮先后有九部作品被改编为影视剧被搬上银幕，分别是:《灵与肉》(一九八二年被改编为电影《牧马人》，谢晋导演，李准编剧)、《龙种》(一九八二年被改编为电影《龙种》，罗泰导演，张贤亮、罗泰编剧)、《肖尔布拉克》(一九八四年被改编为电影《肖尔布拉克》，包起成导演，杨仁山编剧)、《男人的风格》(一九八五年被改编为电视剧《男人的风格》，宁夏电视台录制播出)、《浪漫的黑炮》(一九八五年被改编为电影《黑炮事件》，黄建新导演，李维编剧)、《临街的窗》(一九八六年被改编为电影《异想天开》，王为一导演，张贤亮编剧）、《我们是世界》（这是张贤亮一九八八年临时受命为宁夏回族自治区成立三十周年献礼写的一个剧本，一九八八年被改编为电影《我们是世界》，方方、何平导演，张贤亮编剧）、《河的子孙》（二十世纪八十年代被改编为电视剧《河的子孙》）、《邢老汉和狗的故事》（一九九三年被改编为电影《老人与狗》，谢晋导演，李准编剧），张贤亮多次参与电影剧本的改编，成为二十世纪八十年代与影视关系最密切的当代作家之一。这种经历为他在二十世纪九十年代"下海"创办镇北堡西部影城积累了一定经验，成为他在商业上获得成功的砝码之一。

一九八一年，上海电影制片厂准备将张贤亮的《灵与肉》改编成电影《牧马人》，导演谢晋邀请著名作家李准担任编剧，五月十一日，摄制组一行十八人来到宁夏银川，与张贤亮商讨电影剧本改编之事，并到银川城郊等地访问，了解宁夏的风土人情，寻找外景拍摄场地。这令张贤亮喜出望外，他尽可能地为电影剧组提供各种帮助，不但详细介绍小说的创作经过，陪同摄制组访问那些当年逃荒出来、如今已成为幸福的家庭主妇的"四川姑娘"，还从剧组提供的备选女演员照片中，挑选出中央戏剧学院的80级学生丛珊饰演李秀芝，并且把银川市郊的镇北堡介绍给谢晋。在张贤亮的极力推荐下，电影《牧马人》的大部分拍摄场景后来就选在镇北堡。张贤亮为电影《牧马人》的拍摄付出了极大的热情和精力。他也因此而成为新时期最早"触电"的作家之一。一九八二年，当电影在国内上映时，张贤亮说："银幕上《牧马人》的一幅幅画面展现在我的眼前时，我不禁激动得肌肉都颤抖起来，潸然泪下。"[①]在谢晋执导下，《牧马人》被拍成了一部引人思索、富有哲理性的正剧。整部影片笑中含泪、乐中有悲，抒情而又冷峻，具有质朴美和人性美，从一个侧面反映出新时期我国知识分子政策的变化，给人以昂扬向上的启发和感受。电影《牧马人》在观众中引起了强烈反响，该片先后获得中国电影金鸡奖、大众电影百花奖等多个奖项，创造了1.3亿人次的观影记录，成为一部具有鲜明时代特征的经典影片。在对小说《灵与肉》的文学评论中，有一些评论者从小说与电影改编的得失角度进行了比较分析，如，《这里有我生命的根——读〈牧马

---

① 张贤亮.牧马人的灵与肉［A］// 张贤亮.张贤亮选集（第一卷）［M］.天津：百花文艺出版社，1995：202.

人〉随感》(周斌,《电影新作》1982年第1期)、《深入开掘 刻意求工——评影片〈牧马人〉的改编和艺术特色》(边善基,《电影新作》1982年第4期)、《影片〈牧马人〉文学审美特征》(闻启鸣、洪凤桐,《社会科学辑刊》1982年第5期)、《为什么感人不深? ——谈影片〈牧马人〉的不足》(王忠全,《电影艺术》1982年第8期)、《许灵均的原型是谁》(加华,《电影评介》1982年第8期)、《从〈灵与肉〉到〈牧马人〉》(赵红妹,《电影文学》2008年第22期)、《论从小说〈灵与肉〉到电影〈牧马人〉的改编艺术》(岳小战,《电影文学》2009年第22期)等。小说的影视改编及其评价构成了张贤亮文学评价史中的一个独特的面向。

总之,小说《灵与肉》在张贤亮的创作生涯中历来占有极为重要的文学地位,这部作品使张贤亮开始受到文坛和广大批评家的关注,《灵与肉》的获奖、论争和电影改编极大地提升了张贤亮的文坛知名度和社会影响力,使他迅速跻身全国优秀小说家的行列。

第二章

从受难者向改革者的身份转化

新时期初期，张贤亮是以一个极"左"政治受难者的身份重返文坛并开始小说创作的，他二十二年的"右派"遭遇格外引人同情，传奇性的身世经历对读者也颇具吸引力，这些因素共同促成了他早期"伤痕小说"真实、凝重而又不乏温情的沉郁风格，这以《吉卜赛人》《邢老汉和狗的故事》《灵与肉》等作品最为明显。他的作品深刻批判了新中国初期的血统论、书写了饥饿与苦难的历史记忆，深刻反映出当代中国知识分子的思想改造问题，展示出知识分子内心深处的矛盾与痛苦、批判政治苦难与反思阴暗历史的勇气，与"伤痕文学"具有相同的精神诉求，因而，他被一些文学评论家简单地看作"伤痕文学"代表作家。其实，张贤亮的小说美学风格与一般意义上的"伤痕文学"有很大的不同，如果说张贤亮的小说是所谓"伤痕文学"的话，那么也只能限于他重返文坛之初一两年时间内的创作，而不能涵盖他在二十世纪八十年代后的整个文学创作道路，他的作品丰富和发展了"伤痕文学"的书写内容，较早地实现了从"伤痕文学"向"反思文学"的理性超越。与之相应的是，他在二十世纪八十年代也完成了从受难者向文学启蒙者和社会主义改革者的身份转化，他热烈拥护改革开放，积极参与社会主义建设事业，倡导中国当代作家首先是一个社会主义改革者，同时，他以自己激烈批判极"左"政治的觉醒者的态度，在读者心目中塑造了一个新时期的文化英雄和人道主义精神启蒙者的形象。从受难者向改革者的身份转化，既彰显了张贤亮政治地位的不断提升，也反映出他的文艺美学风格的转变。二十世纪八十年代的文学思潮对张贤亮的小说创作具有较大的影响，作家自觉地追随"伤痕文学""反思文学""改革文学"等文学创作思潮，并积极参与到这些题材的小说创作之中，与当时的主流意识形态达成了政治诉求上的一致与同步，这对提升张贤亮的文学地位和文学评价起到了十分重要的作用。他的文学创作借此显示出与二十世纪八十年代文学思潮的紧密互动关系。

第一节　张贤亮的"伤痕小说"及其评价

张贤亮早期的小说并没有表现出与其他"伤痕文学"作品截然不同的特征，在他重返文坛之初创作的几篇小说里，如《四封信》《四十三次快车》《霜重色愈浓》《吉卜赛人》《在这样的春天里》《邢老汉和狗的故事》等，有他对林彪、"四人帮"反党集团倒行逆施，极"左"政治给人们的心灵和肉体造成的伤害的揭露和控诉，这些展示苦难与创伤的小说与当时作为文学主流的"伤痕文学"在精神诉求上并无二致。这些作品，除了《四封信》和《四十三次快车》在内容和技巧等方面显得有些粗糙之外，其余的几篇小说都在当时产生了不同程度的影响，尤其是《邢老汉和狗的故事》在书写"伤痕"题材的同类作品里可以说是达到了相当高的艺术水准，受到了文学批评家的普遍赞誉。甚至有批评家认为《邢老汉和狗的故事》比《灵与肉》在小说的艺术表现上更为成功[①]。

在写作这些带有早期"伤痕文学"特征的小说的时候，张贤亮用传统的现实主义手法，将自己的真实感情与人生经历投射到主人公身上，借作品中的人物来抒发他的苦闷与无助，他曾坦率地说："因为我长期在缧绁之中，脑力已经衰弱了，现在解放开来，想象的翅膀也只能扑腾两下而已，所以在艺术的虚构上我不敢弄险。情节可以虚构，但虚构的情节如果没有真实的感情和细节作基础，作品就不能成立。因而，我力求在描写情节中的每一个场景和人物动作时都依据于自己的所闻、所见、所感。情节和细节的有机结合，不是凭想象，而是靠联想来完成的。也就是说，虽然其中有许许多多东西不是自己的，可倒都是实有其人，实有其事，我是信手拈来，略加发展，糅合

---

① 刘绍智.小说艺术道路上的艰难跋涉：张贤亮论［A］//吴淮生，王枝忠.宁夏当代作家论［C］.银川：宁夏人民出版社，1988：86.

到作品里去的。当然，这是个笨方法，不过，我这样一个具体人，也只会这样做。"① 张贤亮在作品中多次谈到他在劳改岁月中经受的各种苦难与所见所闻，他是以一个受难者的口吻来叙述这些催人泪下的感人故事的，因此，他小说中的故事情节就显得格外真实，具有极强的说服力。《四封信》控诉的是林彪、"四人帮"给善良正直的人们造成的"内伤"和"外伤"；《四十三次快车》写的是发生在"天安门事件"中的在一趟火车上的斗争；《霜重色愈浓》描写的是获得政治新生的知识分子对党的教育事业的忠诚与坦荡情怀；《吉卜赛人》通过对在"四人帮"横行时期被迫逃亡在外的善良女青年"卡门"的描绘，歌颂新时期破除血统论和按阶级成分定终身的拨乱反正政策；《邢老汉和狗的故事》揭露了极"左"路线统治下的乡村的贫困和农民所受的苦难。正如有的批评家概括的那样，张贤亮的这些"伤痕小说"总是试图告诫人们"那种不正常的政治生活再不要重复了，那些摧残心灵的悲剧再不要重演了，让劳动者之间的友谊、同情、爱恋，滋润着、温热着每一颗善良正直的心吧"②。从"反右"一直延续到"文革"的极"左"政治运动让张贤亮的诗人梦破碎了，他的青春岁月也在繁重的体力劳动中蹉跎，母亲去世时，他未能在堂前尽孝，母亲的遗体由街道工作人员草草火化，就连骨灰也未能留下，由此产生的自责和愧疚之情缠绕、折磨着他，作家心底的伤痛之深是可想而知的。这不但是他个人的不幸，也是整整一代人的悲剧，为此，作家发出呼声："再给我们一段愈合的时间吧！到时我们会唱出夜莺般的歌。"③ 实际上，正如文学批评家张炯所说："'伤痕文学'的悲伤和愤怒，都是时代的情绪，是一切具有正义感的人在反思'文化大革命'这段灾难岁月时所必须作出的心理反应"，"它产生于历史的政治转折时期，大多数作品对于'文化大革命'的揭露与控诉，还主要限于政治的批判。"④ 因此，"伤痕文学"的出现有其合理性与必然性，它是在从创伤性的心理积淀中追寻导致创伤的社会历史生活的根由。

---

① 张贤亮.从库图佐夫的独眼和纳尔逊的断臂谈起：《灵与肉》之外的话［A］//张贤亮.张贤亮选集（第一卷）［M］.天津：百花文艺出版社，1995：185.

② 沐阳.在严峻的生活面前［N］.文艺报，1980（11）.

③ 张贤亮.满纸荒唐言［A］//张贤亮.张贤亮选集（第一卷）［M］.天津：百花文艺出版社，1995：194.

④ 张炯.新时期文学格局［M］.西安：陕西人民教育出版社，1991：98-99.

　　批评界对张贤亮早期"伤痕小说"的文学评论，主要有潘自强的《像他们那样生活——读短篇小说〈霜重色愈浓〉》(《宁夏文艺》1979年第4期)、刘伖的《文艺要敢于探索——读张贤亮的小说想到的》(《宁夏文艺》1979年第5期)、李凤的《初读〈吉卜赛人〉》(《宁夏文艺》1979年第6期)、李震杰的《塞上文苑一枝春——试评〈霜重色愈浓〉》(《朔方》1980年第7期)、黎平的《邢老汉之死琐忆》(《朔方》1980年第12期)、陈学兰的《有感于真实的力量——也谈邢老汉的形象》(《朔方》1980年第12期)等，这些评论文章是新时期张贤亮文学评价史的开端。批评家在充分肯定这些小说政治立场的前提下，对张贤亮小说的艺术得失进行了客观公允的评价。例如，刘伖在《文艺要敢于探索——读张贤亮的小说想到的》一文中说："由于张贤亮同志的创作敢于解放思想，也就敢于冲破长期来只能歌颂不许暴露这个老框框。""但作者并非为暴露而暴露，而是通过暴露来激发人们对于'四人帮'的仇恨，对于党的热爱和对于四个现代化的向往与责任感。"[①]在《像他们那样生活——读短篇小说〈霜重色愈浓〉》中，潘自强评价张贤亮很注意开掘人物的内心世界，揭示人物细微、曲折的思想变化，对于小说中人物的思想变化和内心斗争，"作者不是以空泛的豪言壮语和抽象的政治口号去表现，而是通过他们内心的痛苦和矛盾，以及深入的思考和真诚的反省来揭示"，"它使我们在丰富的内心世界的开掘中，真切地听到了人物心灵的跳动，看到了人物思想的变化过程，从而使读者产生了强烈的共鸣"[②]。善于揣摩和把握人物细腻的心理、哲学思辨性强，无疑是张贤亮小说创作中的一个鲜明特点。但是，也有批评者就此认为张贤亮小说中的议论过多，有些议论甚至包含着理论上的谬误和逻辑上的混乱。在《初读〈吉卜赛人〉》一文中，李凤肯定了这篇小说的立意和人物塑造，同时也提出了善意的批评意见："近年流行的作品中，正面人物不论出身教养，男女老少，多带书卷气，好发议论，还往往喜好外国音乐。好像不这么写不足以表现新时代的新人物多么善于独立思考、多么热心四个现代化似的。《吉卜赛人》也有这种趋向。我以为，这是不必要的。"[③]批评家

---

①　刘伖.文艺要敢于探索：读张贤亮的小说想到的［J］.宁夏文艺，1979（5）.

②　潘自强.像他们那样生活：读短篇小说《霜重色愈浓》［J］.宁夏文艺，1979（4）.

③　李凤.初读《吉卜赛人》［J］.宁夏文艺，1979（6）.

们以敏锐而专业的眼光发现了张贤亮早期小说创作中的一些不良倾向，这些问题在张贤亮后来的文学创作中被证明确实存在。有研究者指出张贤亮早期的小说"篇篇充溢着对'四人帮'无可遏止的义愤和对新时期党的政治路线和思想路线的由衷赞美。这样一种基调，恰恰吻合了当时整个社会占据了个人情感的突出位置的那样一种政治热情，于是张贤亮的作品成功了，张贤亮成功了，张贤亮终于在文艺界站稳了脚跟儿"。他的这些作品在当时之所以能够获得成功，"虽然可以说是在一定程度上由于它们显示了一些小说艺术所需要的'特殊的资质'，但就其终极原因来说，毋宁说是由于鲜明的政治立场决定的。随着时间的推移，随着表面热情的降温和冷静思考的增强，这些作品缺乏深沉的历史感、缺乏丰厚的蕴含力的种种不足便比较清晰地呈露了出来"①。这些早期的"伤痕小说"在张贤亮整个的创作生涯中注定要逐渐退居到次要的地位，它们的价值只属于那个特定的历史阶段。

《邢老汉和狗的故事》是这一阶段张贤亮小说创作中的一部十分优秀的作品，这部作品已经达到了当时的"伤痕文学"的艺术巅峰。贫苦善良的邢老汉终生勤劳，却难得温饱，一辈子打光棍，最后不得不以狗为伴，从狗的身上求得人生的一些虚妄的精神寄托和安慰。邢老汉的遭遇是我国北方农村部分农民的真实生活写照，长期推行的极"左"路线给我国农村的政治、经济生活带来了灾难性的破坏，"没完没了的政治运动，贫穷落后的农村经济，破灭了的家庭幸福，荒谬透顶的打狗风潮，孤独无望的生活遭遇，这一切把邢老汉逼向了绝境"②。邢老汉最后只能在孤寂中死去。小说对邢老汉与要饭女人和黄狗之间动人感情的描写情真意切、催人泪下。高嵩在《张贤亮小说论》一书中认为《邢老汉和狗的故事》实际上已经越入了全国优秀水平。刘绍智在《小说艺术道路上的艰难跋涉——张贤亮小说论》一文中也对《邢老汉和狗的故事》给予了极高的评价："《邢老汉和狗的故事》问世，划开了张贤亮小说的一个界限。如果说以前的作品由于过分的激情、强烈的义愤、动心的赞美从而使作家不自觉地忽视了艺术的感受和艺术的传达，忽视了作品

---

① 刘绍智.小说艺术道路上的艰难跋涉：张贤亮论［A］// 吴淮生，王枝忠.宁夏当代作家论［C］.银川：宁夏人民出版社，1988：86.

② 黎平.邢老汉之死琐忆［J］.朔方，1980（12）.

的哲理深度和结构空白，也从而使这些小说显得单薄、苍白和肤浅，那么这篇小说在相当程度上克服了上述弊病，取而代之的是对邢老汉形象刻画的关注以及对邢老汉悲剧命运因果链的探寻。《邢老汉和狗的故事》标志着作家隔绝了二十余年的艺术感受力的再度恢复和强化。"研究者认为"从某种意义上说，《邢老汉和狗的故事》才是小说家张贤亮的艺术上的真正起点。这不仅是由于这篇小说和以前他所创作的小说拉开了一个档次，不仅是由于这篇小说在艺术上所显示的功力，更重要的是由于这篇小说开辟了作家以后创作的方向，奠定了作家一系列后继小说的优长和不足"[①]。刘绍智认为这篇小说比后来获得全国优秀短篇小说奖的《灵与肉》在艺术上更为成功，他说："如果抹去《灵与肉》被附加上的那些具有特殊意义的外在因素的话，那么对于《邢老汉和狗的故事》，它实际上是一种倒退。它不具有《邢老汉和狗的故事》那种深刻性，缺乏《邢老汉和狗的故事》所显露出来的历史感，而许灵均也缺乏邢老汉那样的艺术光彩和动人魅力。"[②]应该说这是非常准确而有艺术眼光的论断。《邢老汉和狗的故事》写于一九七九年十月，当时张贤亮还没有获得平反，仍在宁夏的农场劳动，所以，这个短篇小说还没有后来他所创作的某些小说那样矫饰，风格十分质朴平实[③]。这篇小说和《灵与肉》一样，作家在控诉非人道的极"左"路线肆虐造成的人间惨痛的同时，非常注重对患难群众之间相互理解、相互扶持的民间情义的歌颂，显示出作家对人性、人情、人道主义的呼唤，张贤亮曾说："孤独悲凉的心，对那一闪即逝的温情，对那若即若离的同情，对那似晦似明的怜悯，感受却特别敏锐。长期的底层生活，给我的印象最深刻的，就是种种来自劳动人民的温情、同情和怜悯，以及劳动者粗犷的原始的内心美。""我在困苦中得到平凡微贱的劳动者的关怀，一点一滴积累起来，即使我结草衔环也难以回报。所以，在我又有机会拿起笔来的

---

① 刘绍智．小说艺术道路上的艰难跋涉：张贤亮论［A］//吴淮生，王枝忠．宁夏当代作家论［C］．
  银川：宁夏人民出版社，1988：87．

② 刘绍智．小说艺术道路上的艰难跋涉：张贤亮论［A］//吴淮生，王枝忠．宁夏当代作家论［C］．
  银川：宁夏人民出版社，1988：87．

③ 陈思和．中国当代文学史教程［M］．上海：复旦大学出版社，2014：222．

时候，我就暗暗下定决心，我今后笔下所有的东西都是献给他们的。"①这种在苦难中获得的切身体验决定了张贤亮以后创作主题的一个重要方面。《邢老汉和狗的故事》发表之后，也遭到了一些批评家的指责，有评论者认为小说给人以"今不如昔""人不如狗"的印象，还有评论者认为张贤亮笔下的邢老汉不是"文革"中农村的典型人物，邢老汉之死不能代表广大农民的真实处境，这种暴露文学"充满了暗色"，是"夸大错误，鼓吹感伤的文学"，是"向后看"的文学，是作家个人不幸的狭隘的"外化"②。《宁夏日报》副刊《六盘山》为此还专门开设了"争鸣园地"，鼓励批评家对该作品的思想艺术倾向展开讨论。为了进一步澄清读者对于这篇小说的误解，《朔方》在一九八〇年第十二期连续发表《邢老汉之死琐忆》和《有感于真实的力量——也谈邢老汉的形象》两篇文章，论者有力地驳斥了在某些读者中间流行的错误观点，认为这篇小说讲出了压抑在农民心中多年不敢说的真话，显示了现实主义的惊人力量，并呼唤文艺界形成一种实事求是的批评风气，摒弃极"左"文风带来的不良影响。

"伤痕文学"作品大多给读者留下的是带着血泪控诉不正常的政治生活的刻板印象，作品本身缺乏文学的审美力量。尽管早期的"伤痕文学"作品获得了较高的社会认可度和文学评价，但这主要是由于"伤痕文学"顺应了新时期人民群众揭批林彪、"四人帮"反动罪行的政治呼声，从而引起了广泛的社会共鸣。"伤痕文学"发挥了缝合新旧两个政治时期的裂隙、铺陈新的政治理念合法性的功能。在一个政治变动的大背景下，即使那些表面上与政治主题相距较远的作品，其引起广泛关注的原因仍然在深层次上与政治相关。有批评家认为"伤痕文学的最大功效是唤醒了一代人对噩梦年代的反思和控诉，但这种反思和控诉仅仅停留在罹难者的抱怨和申诉层面，有点类似于'文学'告状和上访，而没有从个人苦难中抽象与表达出人性张力"③。"控诉"在当时具有压倒一切的优先权。"伤痕"作品更多的只是试图在煽情的创伤氛围中否

---

① 张贤亮.满纸荒唐言［A］//张贤亮.张贤亮选集（第一卷）［M］.天津：百花文艺出版社，1995：189-190.

② 黎平.邢老汉之死琐忆［J］.朔方，1980（12）.

③ 刘金祥.张贤亮：新时期文学的拓荒者［N］.黑龙江日报，2014-10-16.

定带给一定挫折的社会政治形态，根本上是被宣泄心理主导着，因此没有站到客观立场和理性高度去刻画社会，仅仅是在个性反抗的意义上，强调社会成员的伤痕，缺乏对社会政治的真知灼见，因此就必然丧失了作为文学作品的持久生命力。"张贤亮是'伤痕派'文学阵营中最具才华的作家，也是当代中国作家中艺术天赋极高的一位。"①逐渐恢复的艺术感受力使他很快就认识到这种文学创作的局限，因此，他开始有意识地做出调整和改变。如何在苦难中实现对自我的超越成为张贤亮后来全部小说创作的精神内核。

"伤痕文学"对新时期文学的意义，首先便在于恢复了"人"在文学中的地位。而小说《灵与肉》恰恰就是这样一篇弘扬人性温情的力作，它超越了作家以往的那些悲情式的控诉，也超越了《班主任》《伤痕》等一大批"伤痕文学"。大资产阶级家庭出身的青年知识分子许灵均，在极"左"思潮盛行的特定历史时期，历尽了艰难困苦，经历了严酷的劳动，在精神上获得了劳动人民的感情，树立了坚定的社会主义信念，在肉体上摒弃了过去的养尊处优而适应了贫困的物质生活。新时期，许灵均拒绝和他在国外做资本家的父亲出国，而宁愿留在偏僻的农场为牧民的孩子们教书，在主人公身上，我们看到了他在苦难中走向成熟和精神上的超越。和小说中的许灵均一样，张贤亮经过长期的劳动改造在精神上也达到了一种新的人生境界，他从一个钟鸣鼎食之家的长房长孙，变成了一个和劳动人民有着深厚感情的劳动者，获得了精神上的满足和愉快。他说："在这糅和着那么多辛酸、痛苦和欢乐的二十二年体力劳动中，我个人的心灵和肉体都有了深刻的、质的变化……觉察到这种变化时，我并没有什么落伍感，倒是有一种战胜了生活，战胜了繁重的体力劳动的折磨的自豪。"②这种深厚的爱国感情、拳拳的赤子之心，是张贤亮小说的灵魂，也是他的作品艺术魅力的"磁石"。张贤亮的小说尽管也写出了生活中的消极因素，但是读来却并不让人感到寒气袭人，而是热流遍身，令人感奋。也正是在这个意义上，《灵与肉》才被批评家看作张贤亮小说创作史上具有里程碑意义的作品。

---

① 刘金祥.张贤亮：新时期文学的拓荒者［N］.黑龙江日报，2014–10–16.

② 张贤亮.心灵和肉体的变化［A］//张贤亮.张贤亮选集（第一卷）［M］.天津：百花文艺出版社，1995：196.

　　在《灵与肉》前后，张贤亮的"伤痕小说"还出现了一点值得关注的变化，他在早期小说中塑造的受难者形象大都如基督教中的殉道者一般光辉圣洁，虽然饱受磨难，但他们对生活和前途始终充满了无尽的希望和坚定的信念，他们相信党、宽恕别人对自己犯下的错误，在这些人物身上，读者几乎找不出人性应有的缺点和丑陋。《四封信》中忠诚于党的县委书记、《四十三次快车》里疾恶如仇的厂党委书记沈朝忠、《霜重色愈浓》中有志于教育改革的人民教师周原、《吉卜赛人》中的流浪女青年"卡门"、《邢老汉和狗的故事》里心地善良的邢老汉，无一不是这样的形象。这种人物写法明显受到了十七年文学中突出正面人物形象写法的影响，这些像耶稣一样高大光辉的受难者形象无疑是脱离客观实际情况的，也是有悖于现实主义的写法要求的，他们只是作家幻想出来的一些政治概念化的符号。然而，从《灵与肉》中的主人公许灵均开始，张贤亮小说中的政治受难者形象在悄悄地发生变化，被打为"右派"的许灵均在马棚里，也曾心灰意冷，掩面哭泣；摘掉"右派"帽子、落实知识分子政策后，他在是否要随父亲出国的问题上，也曾有过复杂的心理斗争。这样的人物更真实、更令人信服，人性的复苏是文学创作中可喜的进步。一九八一年，张贤亮发表了中篇小说《土牢情话》，在这部作品中，作家进一步发扬了他在小说《灵与肉》中形成的侧重于表现人物心理活动的写法，以人物的意识活动为贯穿小说的主要线索。面对劫难，"伤痕文学"常常只是控诉，缺乏应有的自我反省与批判精神，《土牢情话》因为触及了知识分子在政治高压下的懦弱和迫不得已的出卖行为，显示出难能可贵的自省和忏悔意识。小说描写的是黑暗年代里男主人公的爱情创伤和精神忏悔，青年"右派分子"石在被关押在农建师的土牢里，女看守乔安萍对他的不幸遭遇表现出同情，同时，也对他产生了真挚的爱慕，然而，在极"左"运动的狂风暴雨中，人人自危，石在对乔安萍产生了信任危机，在一次突如其来的政治审查中违心地揭发了她，从而导致了乔安萍的悲惨命运，石在为此感到内疚，伴随着他的是深深的忏悔和自责。作家对乔安萍的形象刻画得十分生动，她单纯而善良、天真无邪、敢爱敢恨，石在与乔安萍之间的爱情悲剧既暴露出人性在特殊环境中复杂、丑陋、自私的阴暗面，同时又是一曲人性善的赞歌。张贤亮的小说由此显示出知识分子敢于进行"自我解剖"的勇气和真诚。这些受难者的形象更加接近于现实生活中的真人，在《灵与肉》之后，张贤亮的小说开始深切反思导致历史悲剧发生的社会根源，抒发无尽的心灵伤痛，这种"向内转"的艺术倾向在张贤亮后来的小说创作中表现得淋漓尽致，由此显示出他作品的人道主义启蒙特征。

第二节　追求心灵超越的启蒙者

一九七八年底，巴金在香港《大公报》开辟《随想录》专栏，反思历史、审视现实，他的反思并不是简单地将"文革"的历史责任推给"四人帮"了事，而是始终伴随着叩问内心灵魂的个人忏悔，并把个人反思与民族反思相联系，把个人批判与社会批判相结合。巴金的"良心"批判与反思，是他对"五四"精神和知识分子责任意识艰难回归的体现，他的《随想录》用知识分子敢讲真话的勇气建立起一座揭露"文革"精神创伤的"心灵博物馆"，从而受到了人们的尊重，巴金的努力推动了内地"反思文学"思潮的崛起。二十世纪八十年代初期，随着改革的推进，人们的思想逐渐冲破了极"左"思潮的束缚，思想解放和改革开放日益深入人心，人们在将注意力转向热火朝天的社会主义建设事业的同时，批判和控诉极"左"政治的热情逐渐冷却。然而，给整整一代人带来沉痛记忆的历史无法被轻易地抹去，为了防止历史悲剧再次重演，经历过"浩劫"的作家痛定思痛，以理性的眼光审视历史，在阵痛中探究历史灾难成因之谜，对过去一贯以为正确而在实践中被证明错误的政策、路线、事件进行深刻反省。一九八一年六月二十七日《中国共产党中央委员会关于建国以来党的若干历史问题的决议》的通过，更是使作家们以客观的态度评价过去发生的一系列历史事件具有了合法性。"反思文学"思潮应运而生。"反思文学"是对"伤痕文学"的发展和深化，较之于"伤痕文学"，"反思文学"的视野更加开阔、主题更为深刻、思考也更加深入，带有较强的理性色彩。作家们不再满足于对过去的苦难与创伤的展示，而是力图探寻造成这一苦难的历史动因，流露出知识分子的良知和对民族坎坷历程的深入思考。"反思文学"在政治意识中融进了更多的历史思考和理性分析，在以政治批判为主调的同时，还融入了非政治批判的因素。这一时期的文学作品仍然是以讲述悲剧故事为主，但作家观察的角度已不再限于"文革"，而是把反思的目光投向更早的年代，"反右运动""大跃进""知青下乡"等一个个事件的历史真实不断在文学作品中得到表现，这些构成了"反思文学"的主要故事题材。茹志鹃的《剪辑错了的故事》、张一弓的《犯人李铜钟的故事》、高晓声的《李顺大造屋》、王蒙的《布礼》与《蝴蝶》、张贤亮的《绿化树》、古华的《芙蓉镇》、张承志的《北方的河》等便是其中的代表作。"反思文学"是新中国文学史上第一次带着检讨的目光理性地思考新中国成立后近三十年社会主义历史的文学潮流，是人们的思想解放发展到一定阶段的产物，它对历史原貌的呈现以及反思的深刻性都在"伤痕文学"之上。大多数"反思小说"的主人公的命运起伏都与新中国成立后各个时期的社会政治事件相关联，作家们通过主人公命运的跌宕深刻地揭示了"文革"悲剧出现的历史根源，将它产生的深层原因指向当代中国社会的民族文化和历史上的封建专制主义积弊。

　　新时期，伴随作家主体意识的觉醒，小说家们在反思历史的同时又给自己的文学创作提出了新的课题，那就是个人对历史应担负的责任。这样，"反思文学"就将展示历史的进程与探索人生的真谛结合了起来。一批作家从政治层面转到对"人本身"，如"人性""人的价值""人的生命力量"等更深刻的问题的思考上来。张洁的《爱，是不能忘记的》、谌容的《人到中年》、张弦的《被爱情遗忘的角落》等作品或张扬被"左倾"思潮压制多年的"人道主义"，或歌颂某种"永恒的、超阶级的人性"。长期以来，在中国，"阶级性"取代了几乎一切的世俗感情，在样板戏中甚至干脆取消了主人公的配偶设置。似乎是出于悖反，新时期许多作家将创作视线投放在对"人性"的礼赞上。新时期文学经由"反思文学"而完成了它的一次重要的跨越——由侧重于表现时代精神到注重于张扬人的主体，由展示历史沿革到致力于对人的心灵世界的探寻。新时期文学因此而具有了更加丰厚的容量与更为深刻的蕴涵。

　　日常生活中人的情感在二十世纪八十年代逐渐成为文学创作表达的主要对象，理论家们将这种现象概括为文学上的"向内转"，正如文艺理论家鲁枢元所说："一种文学上的'向内转'竟然在我们八十年代的社会主义中国显现出一种自生自发、难以遏止的趋势。我们差不多可以从近年来任何一种较为新鲜、因而也必然存在争议的文学现象中找到它的存在。"这一时期的作家都在试图转变自己的艺术观察视角，"从人物的内部感觉和体验来看外部世界，并以此构筑起作品的心理学意义的时间和空间……小说写得不怎么像小说了，小说都更接近人们的真实了。新的小说，在牺牲了某些外在东西的同时，换来了更多的内在自由"①。批评家谢冕说："文学的向内转是对于文学长期无视和忽视人们的内心世界、人类的心灵沟通、情感的极大丰富性的校正。心理学对于文学的介入，使新的历史时期的文学极大地开掘了意识的潜在状态和广阔的领域。心灵的私语和无言的交流，人的潜意识的流动，都为文学提供了新鲜而丰富的表现可能性。可以说，文学的内向化体现了文学对于合理秩序的确认，也包含着文学一味地'向外转'的歧变的纠正。"②这种变化也体现在这一时期的"反思文学"作品中，张贤亮的小说创作在"向内转"的过程中，更加注重对社会转型时期人的心灵世界的探寻和文学的审美特征的把握，"反思文学"特有的启蒙与反思意识在张贤亮的作品中得到了突出的表现。

一九八一年，张贤亮发表了短篇小说《夕阳》和《垅上秋色》，这两篇作品都属于劫后重生的人们在抒发对那段不堪回首的峥嵘岁月的无尽感慨，小说《夕阳》尤其写得从容饱满，感情充沛，且色调柔和，充满温情。小说写的是二十世纪八十年代初期，获得平反的作家桑弓重新来到当年改造过的劳改农场。故地重游，几多感慨。他受邀在县文化馆做讲演时，一个青年听众站起来，向他提出了一个问题："桑弓同志，您曾经说过，回顾过去，对我们现在有一种特殊意义。这点我们同意。现在是不是能请您不从政治理论上，而从美学意义上来谈一谈这个问题？"这个问题让桑弓觉得无法回答，最后，当他和当年曾给了他活下去的勇气和力量的女知青重逢，两人牵着手，站立在夕阳西下的小桥上时，他感到那重新找回的爱情唤醒了过去世界里的"理想和幻想"，他自信自己能够回答那个青年提出的问题了："这就好像我的写

作一样，现在，我的笔下，不知不觉地就会出现过去的东西，而且，新的东西，在我看来，也只有和过去联系起来才有意义。"①桑弓虽然已经获得了平反，但他总是情不自禁地想起过去，那个久别重逢的女人之所以使他心荡神驰，就是因为在她身上凝结了他过去的理想，她的再次出现使他联想到他在那一个已经消失了的混乱的世界里的幻想。似乎唯有那些与过去发生联系的事物，才能证明今天的确切性，而不会让他产生"恍如隔世"、宛如梦中的感觉，他的前后两段人生才能获得连贯性和完整性。在桑弓身上显然有张贤亮的影子，桑弓关于文学的思考实际上也就是张贤亮的思考。小说《夕阳》的重要性在于，它透露出一个信息，张贤亮在经过两年的小说摸索和文学热情复苏之后，他终于拥有了自觉的创作意识，并给自己一个基本的定位。在怎样处理文学与政治的关系问题上，张贤亮终于有了清醒的认识，他不再是被动地追赶社会潮流，而是要以文学为武器积极主动地参与社会变革，做一个社会转型时期的文学启蒙者。只写过去、只写现实，很可能出现至少是题材上的局限。而张贤亮却颇为自信，这种自信基于他对文学史的考察："我看过一些欧美、包括苏联作家在二十世纪六七十年代写的小说，当然，其中有不少优秀之作，可是，大部分作品除了在寻找自我和表现自我上有些新花样外，对人生的思考、对历史的探索、对社会生活的反映也不过平平，只是形式上给人一种新奇感罢了。我们修了二十二年地球，放下铁锹就能写书，如不妄自菲薄的话，我们写的东西至少不比他们逊色多少。这难道还不够使我们引以为自豪的吗？""所以，我给我自己规定了这样的任务：我不追求艺术的永恒，我只追求我现在生活于其中的一瞬间的现实性。如果我真实地反映了这一瞬间的现实，我的作品就能为广大读者所接受。而艺术，只有根据表现和接受的相互关系，也只有站在社会实践的立场上才能具有审美价值。"②这种积极参与社会发展变革的文学观念，显然是以损伤文学性为代价的。这既是张贤亮一个人的局限，也是他们那一代作家在社会转型背景下的历史局限性。

---

① 张贤亮.夕阳［A］//张贤亮.张贤亮选集（第二卷）［M］.天津：百花文艺出版社，1995：93，102.

② 张贤亮.当代中国作家首先应该是社会主义改革者：给李国文同志的信［A］//张贤亮.张贤亮选集（第三卷）［M］.天津：百花文艺出版社，1995：654-655.

然而，这种局限，从推动社会变革的角度来说，却又令人肃然起敬。小说《垅上秋色》表现的是大饥荒年代的粮食短缺在农民心中造成的恐慌心理和由此产生的异化行为，极"左"路线使农村经济濒临崩溃的边缘，吃不饱饭的农民不得不依靠偷盗集体的公粮维持生存，那种无法忘却的饥饿恐惧在新时期的农民身上仍然留有深刻的痕迹。对人的内心世界隐秘情感的探索，成为这一时期张贤亮小说创作的主要艺术表现对象，他用文学的方式去深刻反省自己的精神创伤，引导饱受政治苦难折磨的人们走出历史的阴霾。然而，这一时期批评家的注意力则被刚兴起不久的"改革文学"思潮及其作品所吸引，这两篇作品并没有在读者中间产生太大的反响，批评界也没有出现专门的评论文章。

一九八二年八月，张贤亮参加了中国作协组织的赴新疆参观考察团，途中他游历了乌鲁木齐、石河子、伊犁、库尔勒、吐鲁番、高昌古城和交河故城，他欣喜地发现在过去的三十年里新疆发生了可喜的变化，现代化的厂房和高大华丽的宾馆随处可见，人们的脸上洋溢着幸福的微笑，今天的成就离不开昔日的建设者，极"左"路线肆虐时期，有许多从内地支援边疆、投亲靠友，或是干脆流落到这里的人，凭着满腔热情和勤劳的汗水建立了自己的家园，开创了自己的事业，在各自的岗位上做出了贡献。这次参观活动促使张贤亮写出了《伊犁，伊犁！》（《伊犁河》1983年第1期）、《古今中外》（《绿洲》1983年第2期）、《人比青山更妩媚》（《朔方》1984年第1期）三篇旅疆随笔，张贤亮由衷地感叹"在新疆，我看到了我们的民族性"[①]。同时，他也将自己这种激动的心情带到了小说《肖尔布拉克》的创作之中。在这部作品里，张贤亮以他独特的感受反顾历史，同时将关注的目光投向未来。他以深邃的历史纵深感，探讨了社会主义制度下的历史观、道德观、伦理观、婚姻观，抒发了作为"社会主义新人"的喜悦与受过苦难的灵魂走向崇高的自豪。小说中的汽车司机因饥荒流浪到新疆，他淳朴、善良、富于同情心，在平凡的岗位上尽忠职守、勤恳工作。生活中，他经历了一段无爱的婚姻，但他忍受着内心的极大痛苦，牺牲自己成全了米脂姑娘和陕北小伙。后来，在一次出车途中，他抢救了处于绝境的上海知青母子，先是同情被人糟蹋遗弃的母

[①] 张贤亮. 人比青山更妩媚 [J]. 朔方，1984（1）.

子俩，后来终于以庄严的责任感赢得了崇高的爱情，建立了美满的家庭。张贤亮在小说结尾处写道："凡是吃过苦，喝过碱水的人都是咱们国家的宝贝，都有一颗金子般的心！"① 小说揭示了社会主义时代的婚姻与道德问题，在读者中引起好评，受到了批评家的重视。有批评家评价《肖尔布拉克》是张贤亮"'通过历史的反思，深刻地揭示现实、反映现实'的一个成功尝试，是作家向前迈进的又一个深深脚印，是他——也是我国文坛今年的一个可喜收获"②。一九八三年，凭借《肖尔布拉克》，张贤亮第二次获得全国优秀短篇小说奖，这再次激发了文学批评家对张贤亮作品的评论热情，不断有关于张贤亮小说的评论文章涌现出来。有批评家撰文指出："小说（《肖尔布拉克》，笔者注）写的都是日常最普通的生活现象，但作品探讨的核心则是道德问题。""人，无论在任何艰难困苦、坎坷曲折面前，都不应失掉崇高的道德情操。"③ "张贤亮正是从这种具体然而复杂的人的关系中，揭橥了灵魂的美与婚姻爱情问题的历史性、社会性。在这儿，人的性爱本能让位于作为社会的人的思考，崇高的心灵执着地扼制着一己的私利。"④ "它力图发掘人物思想发展的内在轨迹，写出特定环境下人物精神境界升华的历程。金子般的心，是在苦难的磨炼中闪光的。""在人与人的相互关系中，特别是患难之际，相濡以沫的同情、信任、宽容和互助，是极可贵的。这是我国人民的传统美德，也是我们民族赖以生存和发展的强大精神支柱。"⑤ 小说《肖尔布拉克》描写了一群有着各自不幸遭遇的苦儿，他们中有的是为逃荒而离乡背井的"盲流"，有的是要改造自己、建设边疆的"知青"，"他们虽然身受苦难和不幸，却仍然保持着美好的道德情操。他们在苦难中奋斗、抗争、建设、创造。在他们的身上，体现出强烈的历史感和时代感。""他们从苦难中崛起，给人以信心和力量，使人看到前途和希望。所以，尽管作者写了这群人的苦难和不幸，却并不使人感

---

① 张贤亮.肖尔布拉克［A］//张贤亮.张贤亮选集（第二卷）［M］.天津：百花文艺出版社，1995：147.

② 王正昌.真实的文学真正的人：读《肖尔布拉克》兼与龙化龙、章仲锷同志商榷［J］.昭通师专学报，1983（3、4）.

③ 龙化龙.人，应该有崇高的情操［N］.人民日报，1983-08-30.

④ 丁道希，萧立军.张贤亮在一九八三年［J］.文艺研究，1984（3）：48-57.

⑤ 详见章仲锷在《文艺报》1983年第4期"新作短评"栏目中的《肖尔布拉克》一文。

到消沉。"作者歌颂了援疆建设者的英雄气概和美好心灵，"满腔热情地讴歌了人民在苦难中，创造新生活的高尚的社会主义道德情操"①。在汽车司机、陕北小伙、米脂姑娘、上海女知青等人物身上无不闪现出社会主义新人的光辉。社会主义的时代政治氛围决定了人们对身处其中的个人的道德十分看重，在某种意义上，道德品质的重要性甚至在政治的正确性之上，一个没有道德情操的人不仅要受到社会上人们的舆论谴责，而且也就丧失了获得政治信任的可能，对高尚的道德往往比对政治的正确性更容易做出判断，因此，对于《肖尔布拉克》，批评家们都及时地给予了高度的评价。但这种评价的价值与意义也就被紧紧限定在了道德认可的层面上，与文学的关系似乎不大。

在一九八三年的"全国优秀短篇小说奖"评选过程中，一些评委认为《肖尔布拉克》有抄袭苏联作家艾特玛托夫的中篇小说《我的包着红头巾的小白杨》的嫌疑。曾任《人民文学》副主编的崔道怡撰文回忆说："（我）在评议会上发言表示：我曾经对比了张作与艾作，觉得两者在情节编织方面确实有些近似。但《肖尔布拉克》的生活内容、人物性格、主题思想等这些作品自身的基本素质，显然表现着作家本人的体验与技巧，因而绝不能说成是'抄袭'……我的意见得到了多数评委的认同，《肖尔布拉克》以十二票当选。"②《肖尔布拉克》表达的是经历过特殊年代的中国人的爱情观、婚姻观和对于苦难的认识，与艾特玛托夫小说中传达出的追怀逝去青春岁月中的爱情的感伤情绪是有本质不同的。作家和批评家普遍认为短篇小说是小说中难度最大的文体表现形式，从事小说创作不久的张贤亮能够两次获得"全国优秀短篇小说奖"，说明他确实具有较高的文学造诣与艺术修养，比较他前后两次的获奖作品，读者会发现《肖尔布拉克》比《灵与肉》在各个方面都有了质的飞跃，有批评家指出因为张贤亮和祖国人民一同经受了苦难的磨炼，所以，"他小说中的人物对党、对祖国、对人民的热爱，就显得特别真挚、深情而动人。这也就是他的作品往往有较大容量的原因"③。对于自己文学创作上主动"向内

---

① 郎业成.给人以信心和力量：评《肖尔布拉克》[J].朔方，1983（11）.

② 朱健国."回忆病"之一种[J].文学自由谈，2000（3）：22-30.

③ 王正昌.真实的文学真正的人：读《肖尔布拉克》兼与龙化龙、章仲锷同志商榷[J].昭通师专学报，1983（3，4）.

转"的变化，张贤亮有着清醒的认识，他说："如果仅仅以题材的转换来刷新自己，使自己获得新的创作灵感和活力是不够的。真正的智慧，还必须通过这一途径更往前走、更往深走，向自己的内心开掘。""作家只有面对人本身，也就是面对自己内心，才能在'人'这个大题目上和整个人类取得共同性。"①从二十世纪八十年代中期开始，张贤亮的小说风格逐渐趋于成熟，创作方向基本定型，他从一个政治受难者转型为追求心灵超越的文学启蒙者，对心灵世界的关注与人性的探索是这一时期张贤亮小说的主要方向，"向内转"的努力促成了《初吻》《绿化树》《男人的一半是女人》等作品的问世，作家从对人性中善与恶的反思，到对性、对苦难、对知识分子思想改造心路历程的关注，使他的小说艺术真正达到了他创作生涯中的高峰，可以说，他后来的文学创作基本上都是沿着这条路径向前延伸的。

　　自二十世纪八十年代"朦胧诗"大行其道以后，文学的一个中心工作便是拆解"集体"，回到"个人"，告别"我们"，重新回归"自我"。在这个过程当中，张贤亮的小说创作无疑是具有开拓性意义的。他的小说的最大价值，就在于他率先把反思的目光由外部世界转向自己内心，敢于主动解剖并展露自己的灵魂，解剖得较为真诚而且深刻。他的资产阶级家庭出身背景使他在被送上"改造"位置之后，在与劳动人民的接触中逐渐形成了他独特的"忏悔意识"，他坚信像他这样阶级出身的人被扫进生活的最底层正是他们脱胎换骨的必由之路，他认为只有"能够以体力劳动自食其力"的人才是生活中有价值的人。这种认识虽然不无偏颇，但其作品对知识分子自身一些性格弱点的分析却堪称中肯。张贤亮在小说中，冷静地直面真实的自我，暴露出自己尴尬甚至可鄙的一面，并进而对整个中华民族知识分子的灵魂本质进行深刻的剖析。虽然有评论者认为，张贤亮的小说在对知识分子自我解剖的力度上不如王蒙的《活动变人形》，有些地方有自我辩解之嫌。但不论如何，张贤亮的反思小说在"中国知识分子从政治客体的反思向文化主体的反思转化"过程中的确起到了开拓性的作用，延续了郁达夫式的敢于"暴露真我"的文学传统。同时，社会主义时代的爱情、婚姻问题一向是张贤亮十分感兴趣的话

---

① 张贤亮.追求智慧［A］//张贤亮.心安即福地［M］.贵阳：贵州人民出版社，2013：105，107.

题，他在作品中对此做了深入的分析、研究与表现。即使在一些并非专写婚姻、爱情的作品中，他对于爱情、婚姻问题的剖析也同样很深刻，富有哲理性。张贤亮在《龙种》《肖尔布拉克》《河的子孙》《男人的风格》等作品中，在描写主人公的精神、性格时，都深入地触及了他们的婚姻、爱情问题，他将爱情作为美好的、引人向上的力量加以描写并尽力展示出现实生活的复杂性，这种描摹人物内心细腻情感的创作风格对后来的一些女性作家影响深远。

张贤亮的文学创作风格受俄苏文学影响的痕迹很重。他从小接触和阅读了大量的俄罗斯古典文学作品，形成了他早期的资产阶级人道主义观念。"十九世纪的俄罗斯古典文学作品有不少在解放前就已被译成中文。解放后不少译本重新出版，有些版本译者进行了重译或补译，还有不少是新出的译本。在这些译介的俄国古典文学作品中，普希金、果戈理、列夫·托尔斯泰、屠格涅夫、陀思妥耶夫斯基、契诃夫等的作品占很大的比重。"[①] "这些作家所持的人道主义倾向、对普遍人类价值和自由原则的关注，常常是与马列主义的基本要义相悖的。"[②]张贤亮出身资产阶级家庭，他的少年时代正值抗日战争和解放战争的烽火燃遍中国大地的艰难时世，他目睹了战争、饥荒、疫病给无数家庭和民族带来的沉痛灾难，因此，在外国文学作品中，他最喜欢俄罗斯的现实主义文学，其中，托尔斯泰的小说风格对他的影响尤为深远。张贤亮在答《经济观察报》记者问时说："托尔斯泰是我的启蒙者，七八岁就开始看了。"[③]善于描写政治苦难和挖掘人物心理的小说笔法成为他与俄苏文学的共通之处。随着青少年时代的张贤亮对俄国文学作品阅读量的增多，果戈理、屠格涅夫、莱蒙托夫、蒲宁、阿·托尔斯泰、高尔基等俄国小说家的名字越来越多地出现在他后来创作的各类文学作品中。俄罗斯的文学经典成为张贤亮日后复出文坛，进行小说创作的基石。建国初期，我国实行向苏联一边倒的外交政策，在这种外交政策的影响下，以理想主义、爱国主义、革命英雄主

---

① 陈南先.师承与探索：俄苏文学与中国十七年文学［M］.武汉：华中师范大学出版社，2011：41.

② 佛克马.中国文学与苏联影响：1956—1960［M］.季进，聂友军，译，北京：北京大学出版社，2011：251.

③ 雷晓宇.一切从人的解放开始［N］.经济观察报，2013-11-09.

义为特色的苏联文学作品大量传入我国。十七年时期，我国投入大量的人力、物力和财力，翻译了大量的苏联文学作品。即使在中苏关系交恶以后，这种译介活动也没有停止，可以说，二十世纪五十年代成长起来的那一代中国作家是吮吸着苏联文学作品的乳汁成长起来的。冯骥才在《倾听俄罗斯》中说："那时我们的一切都是'苏式'的。从社会理想、政治制度、行政体制到行为方式，再到语言与词汇。从集体农庄、公有制、书记、集体舞、连衣裙、红领巾、革命万岁到'同志'之称，我们是全盘苏化……为此，我们的文化记忆中最深刻的是托尔斯泰、肖洛霍夫、列宾、柴可夫斯基、肖斯塔科维奇、斯坦尼斯拉夫斯基、奥依斯特拉赫、乌兰诺娃和邦达尔丘克。我们几乎被他们全方位地覆盖……于是，他们的文化精华亮闪闪地弥漫在我们的精神世界中。"① 张贤亮作为新中国第一代接受苏氏无产阶级革命教育观成长起来的作家，同样也受到了苏联社会主义现实主义文学的深刻影响。

张贤亮的小说里有俄国现实主义文学描绘生活苦难的压抑与沉重。他的作品注重细节的真实，同时又略带有诗意的忧郁，小说的主人公身上洋溢着破落贵族的精神气质，这些与十九世纪俄国的现实主义文学在艺术风格上极为相似。在《谈俄罗斯文学》一文中，张贤亮曾专门就十九世纪俄国文学深厚的写实传统做过介绍，他对俄罗斯文学作品中表现出来的"如黑森林般的深沉的忧郁和儿童式的天真的乐观"极为推崇，其中特别提到了十月革命后流亡法国的俄国作家蒲宁，他说"蒲宁的短篇小说曾给我很大的震撼"，蒲宁的小说笔法达到了"短篇小说的极致"②。在《浪漫的黑炮》里，他以蒲宁描写爱情故事的短篇小说《中暑》《三个卢布》《在巴黎》为例，说明陌生的青年男女偶然相识后会不自觉地产生渴望"幸福的艳遇"的微妙心理，他对这些"绝妙的小说"大加赞赏③，可能是在蒲宁身上发现了自己命运的影子，张贤亮

---

① 陈南先.师承与探索：俄苏文学与中国十七年文学［M］.武汉：华中师范大学出版社，2011：50.

② 张贤亮.谈俄罗斯文学［A］//张贤亮.心安即福地［M］.贵阳：贵州人民出版社，2013：115-116.

③ 张贤亮.浪漫的黑炮［A］//张贤亮.心安即福地［M］.贵阳：贵州人民出版社，2013：5.

对既有俄国写实精神，又有法国浪漫气息的蒲宁小说推崇备至，蒲宁小说中流露出来的挽歌情绪也正是张贤亮一贯追求的美学风格，二人在某些方面确实有着惊人的相似之处。张贤亮的《吉卜赛人》《夕阳》《灵与肉》《肖尔布拉克》《初吻》等短篇小说都似乎有意在模仿这种蒲宁式的小说写法。《绿化树》开篇的场景描写也很有俄罗斯文学的特点：三匹瘦骨嶙峋的老马走起路来东倒西歪，其中一匹马的嘴角被缰绳勒得流下了殷红的血，血滴落在黄色的尘土里。而车把式却无视这一切，冷漠得似乎不近人情，他忧郁的目光落在了遥远的前方。太阳暖融融的，裸露的原野黄得耀眼。车上是刚从劳改队释放的犯人的被褥行李，大车在通往另一个农场的土路上摇摇晃晃、颠簸前进，车后跟着七八个饥肠辘辘、心情复杂的劳改释放犯，忧郁气氛中透出庄严肃穆，这段描写很自然地让读者联想到浓郁的俄罗斯文学风情[①]。

受俄苏文学的影响，张贤亮的小说以具有忏悔精神和思辨性而著称，"俄罗斯人有了过失以后，常常会产生一种负罪感、不安感，似乎只有经过忏悔才能获得内心的平静。忏悔意识成为俄罗斯民族精神生活的一个重要特点。果戈理的喜剧《钦差大臣》和长篇小说《死魂灵》，曾被赫尔岑（Alexander Herzen）直接称作'现代俄国可怕的忏悔'。托尔斯泰和陀思妥耶夫斯基作品中流露出的忏悔意识，更是动人心魄"[②]。这或许与俄罗斯民族的宗教观有关。这种忏悔意识在张贤亮的《土牢情话》《河的子孙》《绿化树》《男人的一半是女人》等作品中都有所反映。尤其是在《土牢情话》中，石在对乔安萍的内疚，《绿化树》中，章永璘对马缨花的忏悔，表现得十分动人，有力提升了作品的审美意境。同时，俄罗斯文学又具有较强的哲学思辨色彩，对哲学的崇尚，其影响波及俄国整个十九世纪的社会精神生活。怀疑与争辩、论争与思索，已经成为俄罗斯民族的主要精神特点。张贤亮的小说向来以深刻的思辨性和哲理性而见长，这种哲学思辨性有时甚至破坏了作品本身的叙事美学，造成理念大于形象的不足。这在他的改革文学作品《龙种》和《男人的风格》中表现得最为明显。上述种种因素都助推张贤亮在新时期重返文坛之后，迅

---

①　张欣.张贤亮的阅读史［J］.当代作家评论，2016（4）：88-97.

②　陈南先.师承与探索：俄苏文学与中国十七年文学［M］.武汉：华中师范大学出版社，2011：49.

速摆脱了"伤痕文学"的柔弱和感伤，不断地"向内转"，成为一个追求心灵超越的启蒙者。

第三节　做一个"社会主义改革者"

一、《龙种》和《男人的风格》

十一届三中全会以后，为了扭转十年动乱造成的贫穷落后局面，国家开始了自上而下的经济体制改革，经济改革事关每个人的切身利益，人们的注意力很自然地从对"四人帮"罪行的批判和对极"左"政治的反思转移到经济建设上来。在这种情况下，许多作家将创作的重心由历史返回现实，一边关注着热火朝天的经济建设，一边用文学的方式表达他们对社会主义改革前途命运的思考和设想，以蒋子龙的《乔厂长上任记》、李国文的《花园街五号》、柯云路的《新星》、高晓声的《"漏斗户"主》、张洁的《沉重的翅膀》等为代表的一批反映体制改革、观念和生活方式变革的文学作品应运而生。"改革文学"热切追踪现实生活中各个领域的改革活动，从诞生伊始，"改革文学"就熔铸出极富政治蕴涵的主题，同时，还深入到社会历史及民族心态的层次。"改革文学"是作家们对政治生活高度关注的结果，表现了他们对政治生活的强烈参与热情。在"改革文学"的发展初期，作家们侧重于揭示旧体制的种种弊端，强调改革开放的历史必然性。感应着时代的节奏，改革的每一步进展都在作家们的文学作品中得到了及时的反映。叱咤风云、大刀阔斧的"开拓者"与保守势力之间的尖锐冲突，构成了这一时期改革文学作品的基本故事框架。对于这场影响每个中国人命运的改革思潮，张贤亮有着清醒的认识和深刻的体会，他在与作家李国文的通信中说："不改革，中国便没有出路；不改革，党和国家就会灭亡；不改革，你我就又会坠入十八层地狱……不改革，便没有当代文学的繁荣！"又说："作为一个当代中国作家，首先应该是一个社会主义改革者。我们自身具有变革现实的参与意识，我们的作品才有力量。如若我们自身缺乏变革现实的兴趣，远离亿万人的社会实践，我们就等于自己扼杀了自己的艺术生命。我们也就不能再从事这种职业了。"①这一时期的张贤亮自觉地以一名社会主义改革者的身份来从事文学创作，文学成为他参与改革开放的有力工具，顺应着"改革文学"这一创作理念，他先后创作出了中篇小说《龙种》和长篇小说《男人的风格》。

一九八一年，《龙种》发表于《当代》，一九八二年，这部作品获得由《当代》杂志社主办的"《当代》文学奖"。在这部小说里，张贤亮第一次尝试塑造新时期的农场改革者形象，作品讲述"文革"后上河沿农场党委书记龙种大胆改革，建设农场的故事。面对低效的劳动生产率和完全没有工作热情的农场工人，龙种的改革矛头指向不合理的生产关系和分配关系，他认为只有把国营农场的生产资料和生产劳动者直接结合起来，把企业的经济权力交给生产劳动者，打破工资等级制，真正实行按劳分配，才能使工人真正成为农场的主人，从而把农场的生产搞上去，这在当时国家倡导农村经济改革的背景下是非常有现实意义的。张贤亮将龙种置身于转折时期的社会关系中来加以描写，揭露了新时期农村经济改革过程中错综复杂的矛盾和斗争，突显了龙种身上的"社会主义新人"特征。但是，小说明显存在着"主题先行"的问题，作家对马克思主义政治经济学的阐述也显得有些生硬，理念化的成分比较明显地挤压了人物形象的展开，从而削弱了小说的艺术性，因此，这部小说虽然发表于"改革文学"浪潮兴盛之时，但却没有在众多的"改革文学"作品中脱颖而出，也未能引起批评家的更多关注，与之相关的评论文章更是屈指可数。其中主要的评论文章有《清醒严峻的现实主义——评〈龙种〉兼谈塑造改革者形象的社会意义和文学意义》（曾镇南，《当代》1982年第5期）、《一个新时期的革新闯将——〈龙种〉读后》（杨致君，《朔方》1982年第2期）、《一个进攻型的新人形象——〈龙种〉初探》（陈文坚，《朔方》1982年第7期）等。批评家曾镇南阅读《龙种》后认为"（《龙种》）是一部描写国营农场内部以调整生产关系为中心内容的经济改革的作品。这是我们当代文学尚未开掘过的一个题材领域。在仔细读了这部作品之后，我感到它是有创

① 张贤亮.当代中国作家首先应该是社会主义改革者：给李国文同志的信［A］//张贤亮.张贤亮选集（第三卷）［M］.天津：百花文艺出版社，1995：650，657.

见、有重量的力作"。张贤亮将新时期经济改革的迫切性和严重性提了出来，龙种作为具有进攻型性格的改革者形象在作品中得到了淋漓尽致的刻画，但是，"在对待群众的问题上，作品也表现出明显的缺憾。作为改革者的龙种，似乎未充分地认识到没有群众的觉醒和主动精神，改革就寸步难行"①。批评家阎承尧指出："张贤亮的中篇小说《龙种》，是作者对我国社会正在发生的这场经济变革，作出的第一个呼应，从中也可以看出作者开拓题材领域的意向。""作者通过《龙种》所表达的对这场经济改革的热情和题材转换的意向，得到了广大读者的关注。然而《龙种》不是成功之作。尽管作者充分调动了他的生活积累和艺术才能，但是《龙种》还是不可克服地存在着概念化的缺欠。对于这场变革，作者在理念上的认识是充分的，但是在艺术上准备不够。作者没有来得及通过对社会生活的总体审视，把获得的体验和感知化作独特的艺术构思，缺少形象的血肉和震撼人心的艺术力量。"② 这种评价可谓中肯。一九八二年，小说《龙种》被改编为同名电影，作为宁夏第一部彩色故事片，电影《龙种》展示出蓬勃发展中的宁夏新貌，电影在银川市掀起观看热潮，银川市前后共有十家影院放映该片，每家每天播放至少十场。"宁夏也能拍彩色故事片，而且同样也能拍好！"电影获得了宁夏观众的好评。《朔方》为此专门开辟了讨论小说《龙种》与电影改编的笔谈专栏，刊登了刘德一的《小说好，电影也好》(《朔方》1983年第2期)、慕岳的《塞上风情入画来》(《朔方》1983年第2期)等一组文章。宁夏批评界普遍认为《龙种》的电影改编是成功的，刘贻清在《时代要求理想的闯将》(《朔方》1983年第2期)一文中认为银幕上的龙种比原作中塑造的龙种形象更为精彩，原著中的龙种缺乏群众观点，凭借领导人的权势和铁腕来强行推动改革，因此是一个并不理想的闯将，而电影中的龙种修正了小说中人物身上的缺点，电影中的龙种是一个既有坚定信念和探索精神，又有群众观点和革命胆略的开拓者，电影比原作有重大的突破。

张贤亮对小说《龙种》在艺术性上的不足有十分清醒的认识，他在给《朔

① 曾镇南.清醒严峻的现实主义：评《龙种》兼谈塑造改革者形象的社会意义和文学意义[J].当代，1982（5）.

② 阎承尧.黄河东流去：评中篇小说《河的子孙》[J].宁夏社会科学，1984（4）：117-120.

方》编辑汪宗元的一封信中说："我认为，许多关于《龙种》的评论，都没有按住《龙种》的脉搏。""《龙种》的缺点不在于别人评论的这个那个，而在于理念大于艺术形象。这是《龙种》的致命伤，这决定了它不会成为可以传世的作品。"①应该说，张贤亮的判断是准确的，但他同时又提出古今中外很多文学家都在自己的文学作品中"图解"作家个人政治的、哲学的、伦理的观念，《龙种》就是他用文学手段来阐释马克思主义政治经济学的一次尝试。尽管批评家普遍认为《龙种》在文学性上是一部失败之作，作家对此也深表认同，但这并不妨碍这部作品的思想价值，他说："我一直对《龙种》的社会意义抱有很坚定的信心，我相信她的内容是经得起历史的检验的（这意思并不是说作为艺术品她可以传世）。"②《龙种》在艺术上不过平平（说拙劣也未免太过），但我坚定地认为：它所表达的社会主义经济改革的观念，即社会主义经济改革必须从生产者与生产资料的直接结合上入手，必须找到各种为我们现在的生产力所允许的、能反映出生产者与公有或集体所有的生产资料直接结合的分配形式，不仅已被现在正在推行的种种'经济责任制'证实是正确的，而且将为以后的历史证实是马克思主义的科学社会主义在中国的具体实践。""随着这种'结合'形式的巩固和发展，或迟或早，必将引起上层建筑各个方面的一系列社会主义改革。这就是我们社会主义最广阔、最伟大的新局面。"③由此可见，张贤亮追求的不是文学作品的永恒，即非作品本身的文学艺术性，他更加看重的是《龙种》参与社会主义改革的现实针对性，《龙种》因此成了"图解"政治的宣传品。而实际上，抽象的马克思主义政治经济学原理是很难、也不适宜用小说的形式来加以表现的，这是《龙种》在艺术上没有取得成功的一个主要原因。张贤亮上面的这段话其实已经暴露出他将文学看作是推动社会改革的工具论思想。这种文学工具论思想可以说一直存在于张贤亮的潜意识之中，他在一封书信中曾经专门谈到过《龙种》的创作经过，二十多年的劳改生活经历和对马克思《资本论》的阅读，使他对极"左"

---

① 张贤亮.以简代稿谈《龙种》[J].朔方，1983（2）.

② 张贤亮."人是靠头脑，也就是靠思想站着的……"：致孟伟哉[A]//张贤亮.张贤亮选集（第三卷）[M].天津：百花文艺出版社，1995：645.

③ 张贤亮.以简代稿谈《龙种》[J].朔方，1983（2）.

时期社会主义的经济状况有了比较清醒的认识，在他看来"我们全部改革的立足点，其实就是《资本论》第二卷第十八页中关于生产劳动者与生产资料相结合的特殊方式与方法那段话"。《龙种》的创作灵感来自张贤亮和蒋子龙的一次谈话。在一次文学颁奖会上，张贤亮向蒋子龙表达了他对于乔厂长这一人物形象的看法，这时，他突然产生一个想法："为什么我不能向子龙同志学习，写出一个更进一步的经济改革家来呢？这样，龙种也就慢慢在我脑子里孕育成型了。""我之所以以农场为背景，不过是因为我熟悉农场的生活而已。"但由于过分注意作品蕴含的思想性，忽略艺术性，对小说《龙种》的创作造成了不良的影响，主题先行使"多数人在小说的各个环节中变成了用之则来，不用则无的幽灵"，为了"追求戏剧性，引进了不必要的爱情，而对爱情又没作细致的处理"①。在另外一篇文章中，张贤亮说："我当专业作家的时候，所谓的'伤痕文学'已经到了尾声了，党中央已经提出了四项原则，文艺界已经强调起作品积极的社会效果来。而恰恰在这个时候，我有一股不可抑制的想在现实问题上发见和表现自己的激情，于是我写了《龙种》……在写《龙种》时，我是顶着社会上的一股风的。当时风行的是'引进外国现代化农机是促进农场改革的可行办法'这种观点，报刊上大力宣传着黑龙江某大型农场引进美国农机的'先进经验'；农村的生产责任制还被认为在农场是不宜推行的；企业经济责任制的概念还没有完全形成，国营农场的改革不过是固定工资加奖金罢了。"②《龙种》发表后的第三年，即一九八四年，宁夏农垦系统召开工作会议，大会讨论的结果和张贤亮在小说《龙种》中的设想完全一致，改变不合理的生产关系和分配关系，打破工资等级制，实行按劳分配，成为宁夏国有农场的改革方向，这让张贤亮感到无比欣慰，也增添了他以文学创作参与社会改革的信心。小说《龙种》的文学艺术价值虽然不高，但这部作品确立了张贤亮一贯坚持的"中国当代作家首先应该是个社会主义改革家"的政治理念，实现了他将自己的创作与社会改革紧密结合的愿望。

---

① 张贤亮."人是靠头脑，也就是靠思想站着的……"：致孟伟哉［A］//张贤亮.张贤亮选集（第三卷）［M］.天津：百花文艺出版社，1995：644-646.

② 张贤亮.必须进入自由状态：写在专业创作的第三年［A］//张贤亮.张贤亮选集（第三卷）［M］.天津：百花文艺出版社，1995：681.

　　一九八三年，张贤亮发表了城市改革题材的小说《男人的风格》，这是他的第一部长篇作品。《男人的风格》为读者展示出了一幅二十世纪八十年代初期中国城市改革的画卷，塑造了一个有雄心、有魄力、有男子汉气概的新时期改革家陈抱帖的艺术形象。这部小说刚一发表就引起了批评界的关注，被某些批评家看作那一年"改革文学"中的精品。与之相关的评论文章主要有《到生活的大海中塑造当代英雄——评长篇小说〈男人的风格〉》（曾镇南，《光明日报》1983年11月10日）、《谈谈〈男人的风格〉的成就与不足——致张贤亮同志》（何镇邦，《当代作家评论》1984年第2期）、《〈男人的风格〉浅议》（光群，《朔方》1984年第5期）、《〈男人的风格〉"理念大于形象"辩》（任国庆、陈襄民，《当代文坛》1984年第7期）、《笔酣墨饱绘新图　大气磅礴颂英雄——试论张贤亮的长篇小说〈男人的风格〉》（刘岩，《渤海学刊》1985年第3期）等。有批评家指出《男人的风格》最突出的贡献是它成功地塑造了主人公陈抱帖这个具有中国新一代马克思主义政治家特质的改革家的艺术形象，作为一个改革者的形象，陈抱帖身上有一些新的东西。他由一个农民的儿子，成为中央政法大学毕业的大学生、省委书记的秘书，在积累了一定的工作经验后，他被任命为西北一个有四十万人口的城市的市委书记，他身上在有农民家庭中形成的朴实品格，同时，又有较高的文化素养和马列主义理论水平，有较为开阔的视野和胸怀，是一个有"洋派"作风的新型领导干部。"在陈抱帖这个人物身上所体现的典型性和历史感，是远远超过《花园街五号》中的刘钊的。刘钊是一个一出场就没多大变化的，静止、凝固的改革者形象，而陈抱帖则是一个不断地在历史进程中展示自己的'男人的风格'——当代英雄的风格的形象。"[①]评论家何镇邦认为在一九八三年涌现的描写城市改革的小说中，张贤亮的《男人的风格》在表现改革运动波澜壮阔的气势，揭示改革运动的必然性和胜利前景诸方面，展现出了相当的广度和深度，强烈的时代精神和对生活挖掘的深度，使这部作品具有一种催人奋发的力量。论者在充分肯定这部作品表达的思想性的同时，也指出了小说在艺术性上暴露出来的缺憾。何镇邦认为小说中议论的成分过多，似有思想大于形象之嫌，同时，

---

① 丁道希，萧立军.张贤亮在一九八三年［J］.文艺研究，1984（3）：48-57.

存在着把复杂的改革过程描写得过于简单化和理想化的问题①。曾镇南的评论文章则明确指出这部作品存在着"理念大于形象"的问题。陈抱帖发表的议论太多，"当陈抱帖的形象还没有来得及通过他怎么做的具体描写在读者心目中活起来的时候"，作家就让他同人进行长篇谈论、论战以至发表演说，"未免呈现出一种平面的渲露的弊病"，从而使人物形象的"理念思维大于具体个性"②。光群指出作家力求快速、及时地反映出当前社会生活中的变革是非常难能可贵的，表现出作家对生活的热情、敏感和勤思。但是，《男人的风格》中的某些篇章，对现实生活的反映，仍有某些匆忙的痕迹③。实际上，在创作小说《龙种》时，张贤亮就已经显示出这种不良倾向，仓促行文无疑是文学创作的大忌，特别是对一部长篇小说而言，这种做法尤其是不可取的。对于这部作品是否存在"理念大于形象"的问题，批评家内部也有不同的意见。例如，任国庆、陈襄民的《〈男人的风格〉"理念大于形象"辩》一文就认为《男人的风格》对于陈抱帖议论的描写符合人物性格发展的逻辑，是情节发展的必然，有助于主题的表达和作家创作意图的实现，因而是成功的，并非是"理念大于形象"④。而大多数批评家则注意到张贤亮在令人动情的精彩描写之后，喜欢在理性上生发一下。在某些段落和章节的尾部，作家总是喜欢点一下题，这几乎已经成了张贤亮写作中的一个不好的习惯。对这种批评意见，张贤亮在与李国文的通信中说："《风格》（指《男人的风格》，笔者注）发表以后，看到一些评论。在肯定这部作品的同时，许多同志又有'理念大于形象'的感觉。这种批评完全是善意的、诚恳的；我迄今所看到的此类意见，都表现了批评家对作者爱护和从严要求的拳拳之心。这是我在今后创作中应该注意的。但是，我心底也有些不同认识。不知你认为如何；我认为，只要作者不在小说中直接发表议论，而是以书中人物的口来发表适合这个人物性格的议论，就不能算是'理念大于形象'。写这个人物的议论是塑造这个人物必不

---

① 何镇邦.谈谈《男人的风格》的成就与不足：致张贤亮同志［J］.当代作家评论，1984（2）：32-37.

② 曾镇南.到生活的大海中塑造当代英雄：评长篇小说《男人的风格》［N］.光明日报，1983-11-10.

③ 光群.《男人的风格》浅议［J］.朔方，1984（5）.

④ 任国庆，陈襄民.《男人的风格》"理念大于形象"辩［J］.当代文坛，1984（7）：38-40.

可少的一部分。从这种意义上说，他特定的理念就是他特定的形象的一个重
要方面。"①经典的现实主义文学作品固然是以塑造人物形象为主，但理念和议
论对于人物形象的塑造有时也起着极为重要的作用，因此，如何处理好理念
与形象之间的关系不能一概而论，只能依据作品的题材、作家对作品主题的
理解和驾驭故事情节的能力来具体地分析。张贤亮的小说素以理性见长而著
称，因此有批评家称张贤亮是"社会主义文学中杰出的理性主义者代表"②，他
的作品常常表现出理念先行和偏重于议论的特点，但是，这种写法一旦不加
节制而越过了某种限度就会成为作品的缺点。文学批评家黄子平认为："张贤
亮的艺术感觉极好，但是生动的、多义的感觉，每每令人惋惜地被抑制不住
的、单义的、过分明晰的理性说明所限制并被狭窄化了。"③张贤亮在这个度的
把握上，有时的确存在着过于直露和游离于小说情节线索之外的缺憾，过于
铺张、深奥甚至晦涩的理性思考经常会打断叙事流程的连续性、合理性，从
而破坏作品的艺术平衡。张贤亮的小说里往往有丰富深邃的哲理，但是这些
思想性的语言常常需要借助人物的心理，以议论的形式表达出来，这样一来，
作品中大段的议论就显得多了些，必须承认《龙种》和《男人的风格》都存
在这个问题。改革者大段地宣讲理论的做法，使作品变成了时代精神的传声
筒，从而削减了作品的文学美感。

《男人的风格》也深刻地触及了改革者陈抱帖个人的爱情与婚姻问题，作
品中有很大篇幅是对陈抱帖与他的妻子罗海南的婚姻危机的描写，无论是在
工作中还是夫妻关系上，陈抱帖始终都是以一个不屈服的"男子汉"的硬汉
形象出现的，他从不向任何人低头乞求理解和帮助，即使是在打了妻子一记
耳光，妻子负气出走，回到北京的娘家之后，他也没有登门认错，甚至没有
给妻子写一封信、打一个电话、说一句软话。陈抱帖给读者的印象是一个典
型的高仓健式的男子汉的类型。一九七八年，高仓健主演的电影《追捕》作

---

① 张贤亮. 当代中国作家首先应该是社会主义改革者：给李国文同志的信［A］//张贤亮. 张贤亮选集
（第三卷）［M］. 天津：百花文艺出版社，1995：651–652.

② 孙毅. 张贤亮：当代文学的理性主义者［J］. 当代文艺思潮，1985（1）.

③ 黄子平. 正面展开灵与肉的搏斗：读《男人的一半是女人》［A］//评《男人的一半是女人》［C］.
银川：宁夏人民出版社，1987：3.

为"文革"之后登陆中国的第一部日本电影，在中国大陆引起了巨大的轰动。二十世纪七八十年代的中国观众对高仓健有着太多的敬畏和崇拜，鸭舌帽、风衣、冷峻的表情一时间成为时尚的代名词，高仓健本人也成为当时中国大陆一代人的偶像。《追捕》影响了几代中国人的审美观，由于对高仓健扮演的角色的热爱，当时国内甚至引发了一场"寻找男子汉"的热潮。一九八七年，广西电影制片厂还专门拍过一部电影，名字就叫《寻找男子汉》，因此，有评论者联系二十世纪八十年代中国社会兴起的寻找男子汉热潮，认为《男人的风格》是在探讨男性的主体性，特别是知识男性身份认同和主体性重建的问题[①]。通过对主人公事业与婚姻的分析，说明新时期知识分子自信心的回归，这是从一个全新的视角来看待这部"改革文学"作品所得出的结论，这种解读也说明文学评论是一项见仁见智的文学再生产活动。

　　"改革文学"的出现，说明创造社会主义的英雄人物，仍是当前文学创作中的重要课题。读者的阅读审美欣赏心理归根结底是受社会的主导思想、政治和道德风气决定的，社会改革的潮流需要那种把人们引向建设宏伟的社会事业、树立远大的理想和美好的情操，为人们增添生活的经验和力量的文学作品上去，那些充满感伤气息的"伤痕文学"正在越来越远离读者的审美趣味，因此，尽管"改革文学"中的当代改革者形象还带着不少缺点，没有达到艺术上真正成熟的程度，却因为具有一种新鲜、刚健的力量，而受到了读者的热烈欢迎。他们把这些文学中的改革者，视为可以在实际生活中发挥鼓舞教育作用，甚至是可以仿效的人物。张贤亮满怀热情地关注着新时期的社会改革，他笔下的改革者身上虽不乏理想化的色彩，但却真实地反映出那个时代的人们对于改革的乐观情绪与改革必将取得成功的自信。

　　张贤亮是一个具有高度的政治自觉性和历史责任感、积极投身社会主义改革事业的参与型作家，他认为文学作品价值的决定因素，就在于作品要有"力图变革现实的参与意识"，因此，他在进行小说创作时有一种强烈的变革现实的主观意图，"有一股不可抑制的想在现实问题上发见和表现自己的感情"，有一种"急于要赶到生活的前面"的内在情绪。《龙种》是这样，《男人

---

① 详见金曼丽.重塑男性主体性：解读张贤亮长篇小说《男人的风格》[J].济南职业学院学报，2014（5）：115–117.

的风格》也是这样。张贤亮自述他在写《男人的风格》时候的心境是："我已遏制不住对社会主义改革的热情。因为全部情势已经清楚地告诉我们，在如此艰难复杂的征途中，不进行社会主义改革我们国家便寸步难行。我相信《男人的风格》会引起评论界的注意，也可能由于描写了主人公大胆的议论和泼辣的行动而受到这样那样的批评。"① 作家创作《龙种》和《男人的风格》的目的就是塑造具有政治家气质和品格的新的艺术典型，借以发表、张扬自己对当前这场社会改革的独到见解。龙种试图改革的是国有农场的各种积弊，希望用现代企业的管理方式来改革农场，而陈抱帖关注的改革领域则是城市，龙种和陈抱帖对马克思主义政治经济学的见解，其实就是张贤亮本人对马克思主义的理解，他只不过是借这两个人物的嘴说出了他自己的话。小说里龙种和陈抱帖对马克思主义的议论，的确招来了一些人的非议和批评，尤其是陈抱帖的"城市白皮书"被一些批评家看作西方政治体制下的领导人宣言，认为这是与中国国情严重不符的，但后来国家的一系列改革举措证明我国的政治经济改革的一个很重要的方面就是向西方发达国家学习，增加改革政策的公开性和透明度。这说明张贤亮当时是很有先见之明的，他的改革主张从某种程度上说与国家战略达成了一致。张贤亮不仅具有强烈的"变革现实的参与意识"，而且具有高度的认识生活、把握生活的能力，他认为"在一定意义上说，生活积累与对人生、历史、社会现实的思考就是艺术的基础"，"在写小说时没有理性和知解力的参与，小说是写不好的"。因此，在进行文学创作时，他坚持作品要有明晰的"理性和知解力"，让作品充满着发人之所未发的哲理性光彩，这是张贤亮小说创作的一个重要特色。他喜欢并且善于在自己的作品中表现某种启人心志的理念，喜欢并且善于把艺术家的激情和哲学家的思辨有机地结合起来，融为一体，熔铸于小说的创作之中。在他的作品里，给人以强烈的艺术感染的，不仅有心灵上的纯净，更有理性上的深邃，有思想上雄浑深沉的撼人胸臆的力度。张贤亮的这一创作特色在《龙种》和《男人的风格》中有充分的体现。张贤亮并没有为他的主人公陈抱帖的改革事业设置更多的障碍和矛盾，改革的成功似乎过于顺利，作者也没有设计错综

---

① 张贤亮.必须进入自由状态：写在专业创作的第三年［A］// 张贤亮.张贤亮选集（第三卷）［M］.天津：百花文艺出版社，1995：682.

交织的情节事件，整个结构布局也似乎过于显豁，但由于作家所着重表现的是人物的"心灵、才华、智慧和感情"[①]，是作家倾注在人物身上的激情和思索，所以整部作品依然焕发出现实主义的艺术魅力。

二、《河的子孙》和《浪漫的黑炮》

如果说《龙种》和《男人的风格》在创作中明显有"理念大于形象"的不足的话，那么，张贤亮的另外两部小说《河的子孙》和《浪漫的黑炮》则显示出作家在创作改革题材作品时思想的深刻与技巧的圆熟。一九八三年，张贤亮在《应该有史诗般的作品出现》这篇文章中说："我们的生活是绚丽多彩的，然而又不尽如人意的，我们取得了伟大的成就，但同时又出现了种种新问题。从某种意义上说，我们面对的世界，要比过去复杂得多，丰富得多。所以，这就要求我们作家既有历史的反思，又要直面当前的现实……但也应该承认，通过历史的反思，深刻地揭示现实，反映现实的史诗般的作品还寥寥无几。而现在，却是应该并且可能产生史诗般作品的时代。"[②]他以一个启蒙者的姿态，站在时代和民族的制高点上来从事文学写作，呼唤早日出现史诗般的作品，可见作家在二十世纪八十年代的文学抱负之宏大，创作视野之宽广，他是这样说的，也是这样做的，他在这一年推出的中篇小说《河的子孙》就是这样一部具有史诗性质的"改革文学"作品。二十世纪八十年代初，农村实行的家庭联产承包责任制在我国的政治、经济生活中具有十分重大的历史意义。在人们还来不及对这一变革做出清晰的理性判断时，早已经有敏锐的文学家在自觉地表现这一改革举措，张贤亮就是其中的一个。他站在时代的潮头热情赞颂农村发生的土地改革，《河的子孙》中的魏天贵作为西北农村基层干部的艺术典型，是作家的出色创造。魏天贵是魏家桥大队的党支部书记，是个没有多少文化，但性格朴实的庄稼汉，在政治运动不断的年代，他信奉"好汉不吃眼前亏"的"格言"，为了"好好保护乡亲们"，他狡黠得似"半个鬼"。对待上级的错误命令，他阳奉阴违，却居然成了全省农业

---

① 任国庆，陈襄民.《男人的风格》"理念大于形象"辩［J］.当代文坛，1984（7）：38-40.

② 张贤亮.应该有史诗般的作品出现［N］.光明日报，1983-06-18.

战线上的一面红旗，在是否要实行家庭联产承包责任制的问题上，他回顾自己大半辈子颇具传奇性的经历，决心在自己管理下的生产队率先推行家庭联产承包责任制。《河的子孙》写出了像黄河一样永远奔腾向前的民族精神。作品"展示给读者一个极其朴素的真理，人类历史的发展正如奔流不息的黄河，依靠着健康的本能在不停地自我净化，一切污泥浊水都将沉淀下去。庄户人只有掌握了经济自主权，真正成为生活的主人，才会有拥护改革的政治责任心。每个人都承担责任，都来'过滤'，咱们国家的'自我净化'，才能更快点，这是作家在小说《河的子孙》里对我国农民的命运进行了严肃的思考之后所获得的答案，也是他通过对历史的回视和切身的体验，对当前农村的改革作出的呼应"[①]。小说中的魏天贵对生活有着朴实的理解，为庄户人好好办事的心愿，经由"右倾分子"尤小舟的启发，升华为"好好保护乡亲们"的信念，这也成为他阳奉阴违行为的道德依据，面对韩玉梅的热烈追求，为集体而死的独眼郝三的阴影不断出现在他的眼前，对舍生取义者的负疚，以及由此产生的良心自责，一次次熄灭了他心中如火的情欲。在人物强烈的生活欲望与内心矛盾的冲突中，张贤亮写出了传统生活内在的道德力量，这种道德力量，把"半个鬼"的魏天贵的分裂性格重新又统一为一个完整的人。有评论者认为"作者正是通过一个普通中国农民的遭际，深刻地告诉我们：'半个鬼'转化为大写的人，不是靠道德的自我完成，而是和社会的发展变革密切相关，从而在更高的意义上揭示出当前农村这一场改革的历史必然性"[②]。批评家季红真认为"在《河的子孙》中，作者调整了他在《龙种》中的观察角度，不再把现实体制改革的矛盾，仅仅放在经济学的天平上加以权衡。干部之间的思想冲突，更多地在农民群众的原始生活状态中，获得了深厚的历史内容。这不仅是当代文学审美地掌握生活方式的积极改善，也是革命的人道主义精神与客观的历史精神的统一"[③]。从文学艺术性上看，《河的子孙》无疑是一部成功的作品，阎承尧在《黄河东流去——评中篇小说〈河的子孙〉》一文中，高度评价这部反映农村改革的作品，认为"《河的子孙》标志着张贤亮小说创

①　阎承尧.黄河东流去：评中篇小说《河的子孙》[J].宁夏社会科学，1984（4）：117-120.

②　阎承尧.黄河东流去：评中篇小说《河的子孙》[J].宁夏社会科学，1984（4）：117-120.

③　季红真.古老黄河的灵魂：评张贤亮的近作《河的子孙》[J].当代，1983（8）.

作新的里程"。无论是从人物形象的塑造，还是故事情节的构思上，这部作品都远在《龙种》和《男人的风格》之上，说明作家对农村改革问题的思考在逐渐深入，而并非是在单纯地用文学作品图解社会主义改革。与《河的子孙》相关的评论文章主要有季红真的《古老黄河的灵魂——评张贤亮的近作〈河的子孙〉》（《当代》1983年第8期）、陈漱石的《"半个鬼"的团圆与"这一个"的价值》（《朔方》1983年第8期）、陈文坚的《魏天贵、贺立德与郝三——〈河的子孙〉人物浅析》（《朔方》1983年第8期）、刘贻清、马东震的《高尚的爱情才是美好的——评〈河的子孙〉爱情情节的艺术构思》（《朔方》1983年第8期）、阎承尧的《黄河东流去——评中篇小说〈河的子孙〉》（《宁夏社会科学》1984年第4期）、张志忠的《青山遮不住，毕竟东流去——谈张贤亮〈河的子孙〉》（《读书》1984年第6期）等，上述文章探讨的问题主要集中在张贤亮对小说人物形象的刻画以及魏天贵与韩玉梅之间的爱情关系上。对于张贤亮在小说中塑造的几个主要人物形象，批评家一致认为作家描绘了血肉丰满、真实厚重的当代农民形象。"曾几何时，在文学作品、银幕和戏剧舞台上，农村基层干部多是'高、大、全'的概念的化身和苍白无力的政策传声筒，他们失去了血肉，也失去了灵魂，只剩下躯壳。而作者笔下的'这一个'，不仅有着丰满的血肉，还有一颗复杂的灵魂。"[1]但是，在如何看待魏天贵与韩玉梅之间的爱情问题上，批评家们则产生了意见上的分歧。

　　季红真认为"《河的子孙》中的爱情描写是异常成功的。作者摆脱了一般农村小说爱情描写苍白的道德化模式，把握了传统生活自身的矛盾性，写出了人性在现实关系中的多种色彩"[2]。而刘贻清、马东震对魏天贵、韩玉梅之间爱情的真实性与合理性却提出了不同的意见："《河的子孙》爱情情节的艺术构思，我们认为，设计、处理是不当的、失败的。宣扬'婚外恋'的社会效果是不好的。塑造韩玉梅这个人物形象的意义，对主题思想的开拓、深化，对魏天贵这个人物性格的丰满，起的都不是什么积极的作用。大团圆的结局，固然表现了作者良好的愿望、理想和美学追求，实际上破坏了整个情节的合

---

① 　阎承尧．黄河东流去：评中篇小说《河的子孙》[J]．宁夏社会科学，1984（4）：117-120.

② 　季红真．古老黄河的灵魂：评张贤亮的近作《河的子孙》[J]．当代，1983（8）.

理和真实性。"①批评家的这种文学判断显然是站在当时社会婚恋道德评价标准之上而得出的社会学结论，从严格的意义上来说，这不是文学评价而是对于"婚外恋"行为的道德谴责。也有评论者在比较分析了张贤亮的《肖尔布拉克》与《河的子孙》中的婚外恋现象后，指出，"这两篇小说关于爱情关系的描写是符合道德的，它是和社会前进的方向相一致的，具有积极的意义"②。批评家在对待婚姻与爱情的问题上，之所以会出现如此截然不同的反应，说明二十世纪八十年代文学的评价标准正在向多元化方向发展。有的批评家是从伦理道德的层面来看待男女之间的爱情关系，有的批评家则是从文学审美的角度来评价文学作品中的爱情，不同的评价标准导致了评论者对男女爱情关系的差异性评价。这说明新时期的思想解放运动已经对人们的道德观念造成了一定的影响。

很多批评家对《河的子孙》中魏、韩最后的重逢感到不满。有批评家指出韩玉梅的再次出现使魏天贵的形象价值减色，"尽管魏天贵应该得到韩玉梅真挚的爱，但这绝不是、也不应是使魏天贵能搏击于浪潮的动力源泉"③。张志忠认为小说结尾"把魏天贵这样一个丰富多彩的艺术形象纳入了抽象的简单化的理念，这不是深化了人物，而是适得其反。同时人为地编造的大团圆结局，也不仅违背了生活的真实，更破坏了作品'缺陷美'的美学风格的一致性"④。季红真认为和小说中展现出来的广阔的历史背景、复杂的现实矛盾相比，《河的子孙》的结构有失于狭小⑤。批评家们提出的问题再次暴露了张贤亮在文学创作中不惜以损害作品的艺术性为代价，强调抽象的理论宣讲，以实现其积极参与当下社会改革进程的强烈意愿，但《河的子孙》在艺术性上毕竟比《龙种》和《男人的风格》有了明显的进步。

一九八四年，张贤亮创作并发表了风格迥然不同于以往的短篇小说《浪

---

① 刘贻清，马东震.高尚的爱情才是美好的：评《河的子孙》爱情情节的艺术构思［J］.朔方，1983（8）.

② 周致中.试论《河的子孙》和《肖尔布拉克》中爱情关系的描写［J］.朔方，1983（11）.

③ 陈漱石."半个鬼"的团圆与"这一个"的价值［J］.朔方，1983（8）.

④ 张志忠.青山遮不住，毕竟东流去：谈张贤亮《河的子孙》［J］.读书，1984（6）：42–47.

⑤ 季红真.古老黄河的灵魂：评张贤亮的近作《河的子孙》［J］.当代，1983（8）.

漫的黑炮》，在这部作品中，作家用一种看似轻松诙谐实则庄重深刻的笔调，写出了人们在长期的阶级斗争环境中形成的歧视和怀疑知识分子品性的惯性思维，这种习惯意识束缚着人们的思想，并在现实生活中制造出种种的荒诞、混乱和灾难。小说里S市矿务局机械总厂的工程师赵信书因为一纸无关紧要的寻找象棋中的"黑炮"的电文而引起公安部门和单位领导的怀疑，他被内查外调、控制使用，不仅专业才能得不到发挥，国家财产也因此蒙受巨大损失。作品一开始漫不经心的开篇布局仿佛真的是要告诉读者小说是怎样写出来的，但在仔细品读作品之后，读者会觉察到《浪漫的黑炮》的基本立意是要通过生活中的一系列偶然事件揭示"文革"中形成的"左倾"思想遗毒如何成为阻碍新时期人们思想解放的"习惯势力"和政治偏见，在这个近似荒诞的故事背后，抒发了作家对于破除思想禁锢的热切呼唤，新时期迫切需要建立起与党的改革开放目标一致、与四个现代化同步的现代思维，需要有一批技术过硬的专业知识分子。各级领导不仅要从生活上关怀和重视知识分子，而且要打破旧的狭隘思想和思维模式，我们整个民族的文化心理结构也必须翻新，只有这样才能唤起人们对极"左"年代形成的阶级斗争心理的反省与更新，改变我们民族落后的文化心理积淀与现代化物质进程之间的矛盾，从而充分调动知识分子投身社会主义现代化建设的热情。张贤亮在《浪漫的黑炮》中，揭示和抨击的这种惯性思维阻力，与王蒙在二十世纪五十年代创作的《组织部来了个年轻人》中讽刺和揭露官僚主义的写法有异曲同工之妙，作家们观察问题的视角都已经深入到不健全的政治体制下的人性的本质，将人性中的丑陋、懒惰、不求有功、但求无过等阴暗面淋漓尽致地展现出来，这是需要很高的观察能力和表现技巧的。在《浪漫的黑炮》中，张贤亮对新时期落实知识分子政策的问题表现得更加细腻和具有现实感，显示出作家深入观察和描摹现实生活中的小人物内心世界的文学功力，同时，作家的语言风格也显示出鲜明的幽默与达观。因此，从抨击旧体制、旧思想的意义上来说，《浪漫的黑炮》无疑是符合新时期"改革文学"基本特征的一篇讽刺力作。但是，面对这样一篇思想性和艺术性俱佳的"改革文学"作品，文学批评家却没有给予足够的重视，到目前为止，专门的评论文章仅有罗长青的《张贤亮小说〈浪漫的黑炮〉的象征艺术分析》（《扬子江评论》，2012年第5期），而且这篇唯一的评论文章还是在《浪漫的黑炮》已经诞生二十八年之后才出现的，为什么当时没有评论者来撰文分析这篇小说的思想艺术特色呢？这种不正常的批评现象大概与这部作品反映出的问题的尖锐性与敏感性有很大关系，王蒙的《组织部来了个年轻人》在二十世纪五十年代就曾经受到过严厉的政治批判，刚步入新时期的文艺批评家，对此应该是记忆犹新的。一九八三年，国家掀起了"清除精神污染"的思想运动，在这种情形下，批评家们变得十分小心谨慎，对于充满现实讽刺意味的《浪漫的黑炮》自然也就陷入了集体的静默。张贤亮的这篇小说触碰到了当时社会改革的痛点，敏锐的批评家绝不会意识不到《浪漫的黑炮》作为"改革文学"的价值所在，其对于现实的揭示程度远远超过早期的"改革文学"作品，真实地反映出改革初期由于人们思想禁锢造成的艰难局面。同期描写"改革艰难"的作品还有张洁的小说《沉重的翅膀》、李国文的长篇小说《花园街五号》（在城市题材"改革文学"的深化过程中，陆文夫的短篇小说《围墙》也是值得注意的一篇作品）、水运宪的短篇小说《祸起萧墙》、刘宾雁的报告文学《艰难的起飞》等。但可能出于历史原因产生的种种禁忌，批评家对这些干预现实、暴露积弊的作品唯恐避之不及，不约而同地出现了批评的"失语"，这也造成了中国当代文学史对"改革文学"作品的评价整体不高。

与小说发表后的寂寥形成鲜明对比的是，一九八五年，根据《浪漫的黑炮》改编的电影《黑炮事件》却受到了社会的广泛关注，《黑炮事件》成为二十世纪八十年代中期一部重要的影片，电影剧本被选入王蒙、王元化主编的《中国新文学大系（1976—2000）·影视文学卷》，而且还出现了多篇电影评论文章。如，张跃中的《让镜头说话——故事片〈黑炮事件〉观后》（《电影评介》1986年第4期）、解师曾的《深刻隽永的现代寓言诗——评影片〈黑炮事件〉》（《电影评介》1986年第6期）、邹平的《读解：〈黑炮事件〉的荒诞性》（《电影艺术》1986年第10期）、饶曙光的《电影〈黑炮事件〉的美学开拓》（《文艺评论》1987年第1期）、尹晓利的《风格化的红色幽默——从小说〈浪漫的黑炮〉到电影〈黑炮事件〉导演艺术分析》（《小说评论》2007年S1期）等。小说《浪漫的黑炮》与电影《黑炮事件》的命运差距如此之大，说明二十世纪八十年代电影对现实的探索力度要远在文学之上，电影作为一种大众传媒手段具有迅速提升作品影响力的先天优势，但即便如此，在严峻的社会现实面前，电影的刺激也无法改变小说被冷落的命运。

正如学者陈思和所说："从文学史的经验来看，'改革文学'似乎又重复了二十世纪五十年代国家政权利用文学创作来验证一项尚未在社会实践中充分展开其结局的政策的做法，改革事业本身是一项'摸着石头过河'的探索性工作，文学家并不能超验地预言其成功和胜利。"① 二十世纪八十年代中期的国内外政治环境要求中国作家必须以启蒙者和改革者的姿态站在时代的潮头讴歌社会主义改革举措，塑造大刀阔斧的改革者形象，实际上是迫使文学无条件地服从国家政治需要的一种表现。一九八五年之后，改革在现实进程中遭遇的重重困难使得"改革文学"很快退潮，作家们又再次返回到尚未完成的历史反思和文化启蒙层面，文学界兴起了"寻根文学"的热潮。

相对于二十世纪八十年代中期以后文学在艺术和思想上所做的积极探索，"伤痕文学""反思文学"和"改革文学"都多少留有社会政治一体化年代固有的写作模式和表达套路，作家与政治思潮的联系过于紧密，没有以提升文学的审美功能为根本旨归，对小说的语言、形式、风格等也都没有进行深入的探讨与艺术实践，这些问题也都不同程度地反映在张贤亮的小说创作中，这种与时代背景紧密相关的"体制化写作"从整体上限制了张贤亮小说原本可能达到的美学高度。

---

① 陈思和.中国当代文学史教程［M］.上海：复旦大学出版社，1999：230.

第三章

充满争议的 "唯物论者启示录"

中国当代著名文艺思想家刘再复先生在他的《性格组合论》一书中提出中国现代文学史上有三次对"人"的发现，第一次是五四新文化运动，"这个运动首先是发现我国封建专制社会是非人的社会，我国的传统文学很大的一部分是非人的文学"①。第二次是"五四"后的二十世纪二十年代到三四十年代，这是更高层次上的"人"的发现，只可惜这次思想解放到了"文化大革命"时期就逐渐走向极端和异化，从此，文学只能表现一种人，服从一种人，这就是高大完美的无产阶级革命英雄形象。第三次是二十世纪八十年代新时期文学思潮对"人"的重新发现，它主要表现为三个特点：一是对历史的反思，二是"人"的再发现，三是对文学形式的新的探求。其中最核心的问题是对"人"的重新发现，正是在这一过程中，张贤亮等作家的文学努力才显得格外重要，无论是张贤亮对知识分子思想改造问题的关注，还是他对性与政治关系的探讨，也都在这一层面上具有了不平凡的意义，他的文学创作在开时代风气之先的同时也引起了无尽的争议与讨论。

第一节 当代中国知识分子的思想改造

改变张贤亮一生命运的"反右运动"最终被历史证明犯了严重扩大化的错误。据一九七八年平反"右派"过程中公开发布的统计数字，在一九五七

---

① 刘再复.性格组合论［M］.合肥：安徽文艺出版社，1999：21.

年的"反右运动"以及后来的"扩大化"中，全国约有五十五万知识分子先后被划为"右派"，约相当于当时全国知识分子总数的十分之一。在一九八〇年六月十一日，中共中央批转的中央统战部《〈关于爱国人士中的右派复查问题的请示报告〉的通知》中，对二十世纪五十年代的"反右运动"首次下了这样的结论："把一大批人错划为右派分子，误伤了许多同志和朋友，其中有不少是有才能的知识分子。打击面宽了，打击的分量也太重，大批的人处理得不恰当。许多同志和朋友因而受了长时期的委屈和压制，不能在社会主义建设中发挥应有的作用。这不但是他们个人的损失，也是整个国家的损失。"① 中国共产党对旧时代过来的知识分子的思想改造是要将他们身上原有的资产阶级、小资产阶级的文化趣味和看待分析问题的立场观点改造为适合无产阶级和人民大众的思想感情，这对知识分子而言是一次脱胎换骨式的洗礼，也是保证革命胜利的必要手段。二十世纪五十年代的"反右"运动，仅是全国范围内旧知识分子思想改造的一例，其实，这场浩大的思想改造运动早在一九四一年的延安整风运动中就已在当时的解放区内开始，新时期曾做过人民文学出版社社长的韦君宜在《思痛录》一书中记述了中国共产党在新中国成立前后开展的改造知识分子思想的政治运动，其中包括：一九四二年的"抢救运动"；一九五〇年的整风整党运动；一九五二年对电影《武训传》的批判；一九五四年对俞平伯《红楼梦》研究观点及方法的批判；一九五五年对"胡风反革命集团"的批判以及对丁玲、陈企霞"反党小集团"的批判；一九五七年的"反右"运动；一九五九年的"反右倾运动"；等等。在历次政治运动中，帮助知识分子改造思想都是一个重要的目的。然而，大批知识分子却因此不幸成为政治运动的受害者，知识分子自身的软弱、动摇、盲从以及在运动中起到的推波助澜作用，更加剧了自身的灾难。"反右"运动使当时大量知识分子被错划为"右派"，长期饱受苦难的折磨，在后来的"文革"中，还出现了一大批被打倒和被关进牛棚的"反动学术权威"，这场具有反智倾向的思想改造运动，最终演化为一场空前的"文化大革命"，大批的知识青年放弃学业"上山下乡"，加入到了体力劳动者的行列中，中国的文化界、教育界由此出现了可怕的荒芜景象。当代中国知识分子的思想改造无论从运动规模

---

① 罗平汉.春天：1978年的中国知识界［M］.北京：人民出版社，2008：274.

还是持续时间上，在人类思想史上都留下了令人唏嘘、值得反思的一页，这场运动对中国的知识界无疑产生了巨大而深远的影响。

张贤亮是新时期较早以小说的方式持久反思当代中国知识分子思想改造问题的作家。在小说《绿化树》中，他第一次深刻地反思了旧中国知识分子在新政权体制下进行思想改造的艰难，此前他的作品虽然也对这一问题有所触及，如《灵与肉》《土牢情话》等，但都没有就这一问题在作品中展开深入细致的探讨，在《绿化树》中，他开始直面这个异常敏感而尖锐的问题，并用小说的形式进行了艺术的表达，从而引起了社会各界的广泛关注。《绿化树》为中国的旧知识分子描绘了一幅如何被彻底改造成为唯物论者的精神自画像。然而，值得注意的是，张贤亮在小说《绿化树》中的反思不是站在政治批判的立场，而是着重描写知识分子从被迫改造到自觉自愿地接受改造的思想转变过程，这个反思结果恐怕是大大出乎当时人们的预料的，这与其在二十世纪九十年代"下海"后对极"左"政治的强烈批判构成了鲜明的反差。张贤亮在知识分子思想改造这一问题上的态度转变是颇耐人寻味的。

张贤亮的《绿化树》《男人的一半是女人》深刻反映了资产阶级家庭出身的"右派分子"章永璘在知识分子的思想改造运动中遇到的问题，展示出知识分子内心深处的矛盾与痛苦、批判政治苦难与反思阴暗历史的勇气，揭示了"右派"知识分子在精神和肉体上受到的双重挤压，开拓了"反思文学"的表现领域。同时，由于张贤亮率先闯入了当代文学在极"左"思想禁锢下形成的性描写禁区，引发了新时期文学中身体叙事的潮流和女性主义文学批评的觉醒，在二十世纪八十年代自上而下推行政治改革的时代背景下，这两部小说的文学史意义自然引起了批评家的重视。《绿化树》《男人的一半是女人》是张贤亮的总标题为"唯物论者的启示录"系列中的两部，作家真诚而勇敢地描写极"左"政治造成的身体饥饿与性欲的压抑，这既给作家带来了声望与赞誉，同时也引来了无尽的争议，把张贤亮推向了他文学创作评价史上的矛盾顶峰，成为二十世纪八十年代文学批评史上的一个奇特现象。

一、章永璘的思想改造

《绿化树》发表于一九八四年第二期的《十月》杂志，作家以近乎冷酷的自我解剖，展示了一个改造中的"右派"章永璘的心理变化轨迹。在纯自然的生理需求的压力下，两个稗子面馍馍就会使章永璘感到不可抗拒的生的诱惑，饥饿唤起的求生本能无情地驱逐着人性，知识分子的尊严感在生存的危机面前不断丧失。他要尽各种各样的小聪明，把掌握的知识都用来多骗取一些定额外的食物，他刮笼屉布上的食物残渣、利用改装的罐头桶造成的视觉误差每顿多打半勺稀饭、用糊窗户做糨糊的稗子面在铁锹上摊煎饼、用微妙的圈套哄骗老乡的黄萝卜，在为了生存而堕落的过程中，他感到自己变成了一个"生活的全部目的都是为了活着的狼孩"。他一边为生存而搏斗，一边审视自己的饥饿本能所诱发的卑贱和邪恶，并为此而深深自责，每当暂时摆脱了饥饿的困扰，主人公"心里就会有一种比饥饿还要深刻的痛苦。饿了也苦，胀了也苦，但肉体的痛苦总比心灵的痛苦好受"。"深夜，是我最清醒的时刻。白天，我被求生的本能所驱使，我谄媚，我讨好，我妒忌，我耍各式各样的小聪明……但在黑夜，白天的种种卑贱和邪恶念头却使自己吃惊，就像朵连格莱看到被灵猫施了魔法的画像，看到了我灵魂被蒙上的灰尘；回忆在我的眼前默默地展开它的画卷，我审视这一天的生活，带着对自己深深的厌恶。我战栗；我诅咒自己。"[①]从主人公深深的自责中，我们不难感受到比饥饿更严重的痛苦就是人格的扭曲和尊严的丧失，因此，当善良的马缨花无私地给章永璘提供衣食时，章永璘的内心该是多么感动，马缨花的帮助对他"超越自己"起到了多么大的作用！马缨花和《资本论》的出现，让章永璘接续上了过去的记忆，他逐渐从生存需要向精神需要过渡，从而在精神上获得了一种与普通劳动者相距甚大的价值观。有研究者指出，"作者对于这种知识分子的人格扭曲和变形是有清醒认识的，因此常常依靠忏悔来减轻心灵的痛苦，但忏悔无法真正地超越苦难，也没有使他认识到苦难的人性根源。他把自己的罪孽和堕落归于血缘和阶级属性，归于一种不自觉和不由自主。这种不彻底的反省和自审，使他的作品难以达到一定的人性高度，仅仅只是对苦难和创伤的展示"[②]。应该承认，这种分析是有道理的。

① 张贤亮.绿化树［A］//张贤亮.张贤亮选集（第三卷）［M］.天津：百花文艺出版社，1995：187.
② 王庆生，王又平.中国当代文学史［M］.北京：高等教育出版社，2016：135.

在《绿化树》的前言里，张贤亮有过这样的自述："'在清水里泡三次，在血水里浴三次，在碱水里煮三次。'阿·托尔斯泰在《苦难的历程》第二部《一九一八年》的题记中，曾用这样的话，形象地说明旧知识分子思想改造的艰巨性。当然，他指的是从沙俄时代过来的资产阶级知识分子。然而，这话对于曾经生吞活剥地接受过封建文化和资产阶级文化的我和我的同辈人来说，应该承认也是有启迪的。于是，我萌生出一个念头：我要写一部书。这'一部书'将描写一个出身于资产阶级家庭，甚至曾经有过朦胧的资产阶级人道主义和民主主义思想的青年，经过'苦难的历程'，最终变成了一个马克思主义的信仰者。这'一部书'，总标题为《唯物论者的启示录》。确切地说，它不是'一部'，而是在这总标题下的九部'系列中篇'。现在呈献给读者的这部《绿化树》，就是其中的一部。"① 作家的这段自述说明《绿化树》的创作初衷是展示主人公章永璘怎样从一个资产阶级小知识分子，转变成一个马克思主义者的苦难的历程。其实，早在二十世纪八十年代初，张贤亮就在头脑中产生了要创作一部反映这种思想转变过程的作品的艺术冲动，他说："关于这种转变，我将来一定要写出一部书来。我想，一部描写一个具有潜在的反党反社会主义意识的青年，经过了'苦难的历程'最终变成了一个马克思主义者的小说，对祖国、对党是有好处的，对下一代也是有教益的。"② 作家写的不是某一个人的遭遇，而是通过"这一个""我"，写出"我和我的同辈人"整整一代知识分子的苦难的历程，其背后的潜台词显然是对知识分子思想改造运动的认同和接受，这就不可避免地与大多数运动受害者的情感发生了冲突，因而遭到了他们的质疑与反感。批评家王晓明认为像张贤亮、高晓声这类经受过苦难长期的洗礼、身心受到严重伤害的作家，在心理上多少都有点程度不同的扭曲变形，这是他们为生存下来而付出的惨痛代价，因此，他们必须要有尊重过去的诚意、有正视自己的勇气和追求完美人性的信念，才能够在创作中抓住消除这种变形的可能。然而，"理智的崩溃，人性的脆弱，自己以及类似自己这样的灵魂深处的可怕的变形，这一切都引起他们深深的震惊、

---

① 张贤亮.绿化树［A］//张贤亮.张贤亮选集（第三卷）［M］.天津：百花文艺出版社，1995：162.

② 张贤亮."人是靠头脑，也就是靠思想站着的……"：致孟伟哉［A］//张贤亮.张贤亮选集（第一卷）［M］.天津：百花文艺出版社，1995：642.

迷乱和不安"。张贤亮对自己的心理变形看得越清楚，就越不愿意把它和盘托出，他借小说中的叙事人来洗刷自己，在《绿化树》里这个叙事人就是章永璘，在章永璘的自辩声中，依然隐隐透出那股从地狱带来的"鬼气"①。在二十世纪八十年代中期纷纭复杂的观念更新、方法转变的文学批评中，王晓明在《所罗门的瓶子》一文中对张贤亮创作心理的分析无疑是相当深刻且有分量的，他第一次深入到作家的灵魂深处，窥探张贤亮的隐秘心理，这对作家与读者都产生了强烈的震撼力量，对后来的文学批评影响深远。二十世纪九十年代，批评家张旭红、赵淑芳在《试论张贤亮小说的政治思辨色彩》一文中也指出："在章永璘这代知识分子身上，深深地打着时代的烙印，它是不会在他们身上消失的。一个曾经畸变到非人程度的灵魂，即使经过矫正和外表修整，它的内部组织结构，却不能完全复原。我们不怀疑章永璘这代知识分子最终会变成马克思主义信仰者。但是，我们同样不怀疑他也是带着特定时代的心灵创伤，背负着精神十字架的一代人。"②

经过二十多年的劳动改造，张贤亮宣称他已经成为一个信仰马克思主义的唯物论者，在遭受监禁的劳改农场，他把《资本论》和列宁的《哲学笔记》当作救赎和改造自己灵魂的"圣经"。然而，《绿化树》中对"旧知识分子思想改造"这一主题的呈现是矛盾、痛苦而复杂的。一方面，张贤亮承认由于自己青少年时代接受过封建文化和资产阶级文化的熏染而在气质和观点上具有资产阶级小知识分子的思想文化特征，"具有潜在的反党反社会主义意识"，需要在世界观上进行社会主义的改造，而同时"正因为我接受过封建文化和资产阶级文化，我才能比较容易地理解和接受马克思主义"③，表现出他对自己过去所受教育的积极一面的认同和对实现自我思想改造前景的乐观心态。而另一方面，他对新政权对旧知识分子的思想改造手段，从内心深处是持否定和批判态度的，他认为在极"左"路线统治下的中国大地，一切事物都呈现

---

① 王晓明.所罗门的瓶子：论张贤亮的小说创作［J］.上海文学，1986（3）.

② 张旭红，赵淑芳.试论张贤亮小说的政治思辨色彩［J］.甘肃教育学院学报（社会科学版），1998（2）：157–161.

③ 张贤亮."人是靠头脑，也就是靠思想站着的……"：致孟伟哉［A］//张贤亮.张贤亮选集（第三卷）［M］.天津：百花文艺出版社，1995：642.

出荒谬和可笑的面孔。他是在那种压迫人的精神和肉体的长期体力劳动中，在与马缨花、谢队长、海喜喜等劳动人民的长期接触中，在对《资本论》和列宁的《哲学笔记》等马列经典原著的阅读中，来变形地实现了他对于自我思想的艰难改造的。正如作家在小说结尾处怀着由衷的、发自肺腑的激情写下的："马缨花、谢队长、海喜喜……虽然都和我失去了联系，但这些普通的体力劳动者心灵中的闪光点，和那宝石般的中指纹，已经涌进了我的血液中，成了我变为一种新的人的因素。"① 至此，章永璘的思想改造看似已圆满完成，但是，人格的扭曲和心理的变形则注定难以消除。《绿化树》中的章永璘是中国知识分子在苦难历程中自我救赎的一个典型，但他自我救赎的起点则值得商榷：他出身资本家家庭，因此认为自己生而有罪，"我所出身的这个阶级注定迟早要毁灭的。而我呢，不过是最后一个乌兑格人。我这样认识，心里就好受一点，并且还有一种被献在新时代的祭坛上的悲壮感；我个人并没有错，但我身负着几代人的罪孽，就像酒精中毒和梅毒病患者的后代，他要为他前辈人的罪过备受磨难。命运就在这里。我受难的命运是不可摆脱的"。章永璘把自己的现实处境归于命运的安排，表明他并没有真正理解知识分子思想改造的必要性，在对无辜的血统进行忏悔之后，章永璘要在劳动中将自己塑造为体格强壮的"筋肉劳动者"，但当他得到"筋肉劳动者"马缨花的爱慕时，知识分子的政治理想又使他觉得"她和我两人是不相配的"，他急遽地想要恢复他的知识分子身份意识，他"感到劳动者和我有差距，我在精神境界上要比他（她）们优越，属于一个较高的层次"② 。章永璘以马缨花的爱情为载体完成了他对"筋肉劳动者"的超越。

一九八三年，社会上掀起了一场以批判和抵制人道主义、异化、非马克思的经济理论、艺术美学的自由主义为内容的"清除精神污染运动"。这场运动有着复杂的国际国内政治背景。十一届三中全会确立了以经济建设为中心的指导思想，开明的政治环境带来了文艺、新闻、理论界的相对自由，西方敌对势力与国内极右势力利用人们对"文革"的反思肆意诋毁社会主义中国、

① 张贤亮.绿化树［A］// 张贤亮.张贤亮选集（第三卷）［M］.天津：百花文艺出版社，1995：337.

② 张贤亮.绿化树［A］// 张贤亮.张贤亮选集（第三卷）［M］.天津：百花文艺出版社，1995：214–215，300，305.

宣扬资产阶级自由化，妄图在中国实行和平演变。在这种情况下，文艺界出现了关于"现代派"理论与"三个崛起"的讨论。一九八三年三月，周扬在为中宣部、中央党校、中国社会科学院和教育部联合举办的纪念马克思逝世一百周年大会上所做的《关于马克思主义的几个理论问题的探讨》的学术报告中，强调人在马克思主义学说中的重要地位，认为"只有马克思主义的人道主义，才能真正克服资产阶级人道主义"，并认为社会主义仍然存在着异化，改革是克服异化的途径①。这篇文章在当时引起了不小的争论，周扬因此受到主管意识形态的政治局委员胡乔木的严厉批评。一九八三年十月十二日，邓小平在中国共产党第十二届中央委员会第二次全体会议上做了题为《党在组织战线和思想战线上的迫切任务》的讲话，他在讲话中指出，文艺理论界"存在相当严重的混乱，特别是存在精神污染的现象"，"精神污染的实质是散布形形色色的资产阶级和其他剥削阶级腐朽没落的思想，散布对于社会主义、共产主义事业和对于共产党领导的不信任情绪"。"清除精神污染"很快在全国范围内演变为一场声势浩大的政治批判运动。文艺界随之展开了对周扬、王若水关于"人道主义"和"异化"问题的批判，时任中国作协党组书记的刘白羽也在《红旗》杂志上公开表示"清除'社会主义异化'论对文艺创作的不良影响，是关系到社会主义文艺事业前途的全局性大事，是关系到要不要高举社会主义文艺旗帜的根本性问题"②。张贤亮说他写作《绿化树》的时候，"正是消除和抵制精神污染被一些同志理解和执行得最高谱的时候。谣言不断传到我的耳中，先是说中央要点名批判《牧马人》，后又说自治区宣传部召集了一些人研究我的全部作品，'专门寻找精神污染'……那些背离了党中央精神的理解（有的是可以见诸极端的），激起了我理智上的义愤，于是我倾注了全部感情来写这部可以说是长篇的中篇；在写的时候，暗暗地还有一种和错误地理解中央精神的那些人对着干的拗劲。我写了爱情，写了阴暗面，写了一九六〇年普遍的饥饿，写了在某些人看来是'黄色'的东西；主人翁也不是什么'社会主义新人'，却是个出身于资产阶级兼地主家庭的青年知识

---

① 周扬.关于马克思主义的几个理论问题的探讨［N］.人民日报，1983-03-16.

② 刘白羽.清除精神污染，促进文艺创作繁荣［J］.红旗，1984（1）.

分子。而我正是要在这一切中写出生活的壮丽和丰富多彩,写出人民群众内在的健康的理性和浓烈的感情,写出马克思著作的伟大感召力,写出社会主义事业不管经历多少艰难坎坷也会胜利的必然性来"。后来的事实证明,因为在一些人的头脑中没有彻底肃清极"左"思想的流毒,他们仍然习惯于按过去搞阶级斗争与大批判的方式对待学者、艺术家与学术上的问题,常常将一些学术问题当成了两条路线的斗争,不能以平等的方式进行认真的商榷或讨论,结果引起了社会上的混乱与不安。"清污"运动由于胡耀邦等国家领导人的干预,只维持了二十八天就宣告结束。"我们自治区宣传部特地让我在报纸上发表了谈话,在电视上亮了相,也澄清了前一段时间所谓的'寻找'确是谣传。但那时我已经把十二万多字的初稿全部写完了。我感到欣慰的并不是我能写出《绿化树》,而是我能在那种谣诼四起的气氛中写出它来。"①

《绿化树》中的章永璘是现实世界里张贤亮的缩影,通过塑造这个落魄的资本家的后代,作家写出了自己的儿时记忆:"我小时候,教育我的高老太爷式的祖父和吴荪甫式的伯父、父亲,在我偶尔跑到佣人的下房里玩耍时,就会叱责我:'你总爱跟那些粗人在一起!'"②作为剥削阶级家庭出身的青年,怎样看待自己的家庭和过去的经历,这是章永璘在接受思想改造时无法回避的问题。章永璘身上有强烈的原罪感,他虔诚地认为自己是一个必须接受脱胎换骨式改造的资产阶级"右派",他在劳改农场接受惩罚是为了替一个正在走向灭亡的阶级忏悔和赎罪。但是,荒谬的现实迫使他不得不产生疑问:"过去朦胧的理想,在它还没有成形时就被批判得破灭了。尽管我也怀疑为什么把能促使人精神高尚起来的东西、把不平凡的抒情力量都否定掉,但我也不得不承认,现实的否定比一切批判都有力!那么,新的理想、新的生活目的究竟应该是什么呢?据说,我这种家庭出身的人,一生的目的都在于改造自己,但是说'牺牲就是为了改造自己',显然是不合理的。因为那等于说我不死便不能改造好,改造自己也就失去了意义。今天,我已成了自由人,如果说接受惩罚是为了赎罪,那么,惩罚结束了就可说是赎清了'右派'的罪行;

---

① 张贤亮.必须进入自由状态:写在专业创作的第三年 [A] // 张贤亮.张贤亮选集(第三卷)[M].天津:百花文艺出版社,1995:683–684.

② 张贤亮.绿化树 [M].贵阳:贵州人民出版社,2013:36.

如果说释放标志着改造告一段落，那么，对我的改造也就进行得差不多了吧。今后怎么样生活呢？这是不能不考虑的。"为了和饥饿的野兽区别开，弄清"我怎么会落到这种地步""我们今天怎么会成了这种样子"的问题，章永璘开始阅读《资本论》，希望从中找到答案。章永璘在劳改队阅读《资本论》这样的著作不感到艰涩，反倒觉得书中所有的概念对他来说都并不陌生。"我出生在一个资产阶级家庭，在交易所经纪人和工厂资本家的抚养下长大，现在倒有助于我理解马克思的理论。有许多概念，我甚至还有感性知识，比如使用价值与交换价值的区别，金银相对价值的变动，货币流通以及商品的形态变化，货币之作为流通手段、贮藏、支付手段，世界货币的各种机能，等等，这都是我在儿时，常听我那些崇拜摩根的父辈们说过的。我记得，我第一次知道有《资本论》这部书，还是我在十岁的时候，在那间绿色的客厅里，偶尔听四川大学的一位老教授向我父亲介绍的。他说，要办好工厂，会当资本家，非读《资本论》不行。"①阅读《资本论》对章永璘，或者说对张贤亮的思想改造起到了极为重要的作用。

张贤亮在自传性散文《雪夜孤灯读奇书》中说，有这样几本书陪伴他度过了人生中最艰难的岁月，过去的苦难也因此被打上烙印，永远无法忘怀，它们是"马克思的《资本论》一、二、三卷和列宁的《哲学笔记》。特别是《资本论》第一卷和列宁的《哲学笔记》上，密密麻麻地有我当年的眉批和上万字的读书心得"②。在很长时间里，《资本论》是张贤亮在劳改农场少数能够接触到和被允许阅读的书籍，在结束了一天繁重的体力劳动之后，夜晚在昏暗的油灯下阅读《资本论》成了他与外部世界之间唯一的精神联系。"现在，只有这本书作为我和理念世界的联系了，只有这本书能使我重新进入我原来很熟悉的精神生活中去，使我从馍馍渣、黄萝卜、咸菜汤和调稀饭中升华出来，使我和饥饿的野兽区别开……"③《资本论》提升了张贤亮对马克思主义的理论认知，也净化了他的心灵。起初他和《绿化树》里的章永璘一样，完

---

① 张贤亮.绿化树［M］.贵阳：贵州人民出版社，2013：107.

② 张贤亮.雪夜孤灯读奇书［N］.南方周末，2013–07–25.

③ 张贤亮.绿化树［M］.贵阳：贵州人民出版社，2013：23–24.

全是"抱着一种虔诚的忏悔来读《资本论》"①的，原以为阅读《资本论》可以
改造资产阶级世界观，没想到结果却适得其反，《资本论》使他看清了现实的
荒谬与可笑。"这部巨著不仅告诉我当时统治中国的极'左'路线绝对行不通，
鼓励我无论如何要活下去，而且在我活到改革开放后让我能大致预见中国政
治经济的走向。"②在二十二年的劳改岁月中，张贤亮多次阅读《资本论》，对
马克思政治经济学从陌生到熟悉，《资本论》影响和改变了他对政治、经济和
人生的看法，使他在前途渺茫的时候豁然开朗，成熟了许多，借用《绿化树》
里章永璘的话就是"随着我'超越自己'，我也就超越了我现在生存的这个几
乎是蛮荒的沙漠边缘"③。

　　张贤亮早年的生活经历、阅读体验和审美经验都以某种氛围和诗性的情
感为主，隐隐带有感伤、柔弱和不切实际的知识分子色彩。单凭这样的文人
气质，显然已经无法适应狂风骤雨般的革命历史洪流的冲刷。通过对马克思
《资本论》和列宁《哲学笔记》等马列经典原著的阅读，他原本柔弱感伤的诗
人气质加入了哲学思辨的精神强力与洞悉人类社会发展规律的乐观精神。阅
读张贤亮的小说会发现，里面几乎都有一个不断思辨和善于反省的强人形象
存在。这个强人，不管是在灯下阅读《资本论》，还是在土牢中对着月亮抒
怀，都是作者的精神自画像。《绿化树》作为张贤亮九部"唯物主义论者的启
示录"系列作品里的一部，反复出现主人公阅读《资本论》的情节，这本大
书如同一部能够使主人公获得心灵救赎的《圣经》，发挥了知识分子自我启蒙
和治愈精神创伤的功能。"念了这本书可以知道社会发展的自然法则；我们虽
然不能越过社会发展的自然法则，但知道了，就能够把我们必然要经受的痛
苦缩短并且缓和；像知道了春天以后就是夏天，夏天以后就是秋天，秋天以后
就是冬天一样，我们就能按这种自然的法则来决定自己该干什么。""社会的发
展和天气一样，都是可以事先知道的，都有它们的必然性。"④因为有了这种信
念作为支撑，张贤亮在劳改农场没有丧失生存的勇气，他没有像有的人那样选

---

① 张贤亮.绿化树［M］.贵阳：贵州人民出版社，2013：43.

② 张贤亮."文人下海"［A］// 张贤亮.美丽［M］.贵阳：贵州人民出版社，2013：108-109.

③ 张贤亮.绿化树［M］.贵阳：贵州人民出版社，2013：107.

④ 张贤亮.绿化树［M］.贵阳：贵州人民出版社，2013：117.

择自杀，也没有被极"左"政治异化为"非人"，而是依然保持了思想的自由。

《绿化树》获得了一九八四年的"全国优秀中篇小说奖"，这是二十世纪八十年代中国当代中篇小说里规格最高的文学奖项，作品获奖无疑是一种正面而且积极的文学评价，也是文学评价机制对作家进行精神嘉奖的象征，它代表着文学体制对作家创作业绩的认可和鼓励。随着张贤亮文学事业的发展，他本人也被一系列荣誉的光环所笼罩，一九八三年，张贤亮担任全国政协委员，一九八四年，他加入中国共产党，并在宁夏文联第三次文代会上当选宁夏文联副主席、宁夏作协主席，被宁夏回族自治区劳动人事厅记一等功，晋升三级工资。张贤亮获得了新时期知识分子的话语权，成为文学管理体制中的决策成员，张贤亮对官方意识形态的默契与服从姿态，使得这一时期的文化权力机构和批评界对他的文学评价也多为赞誉和宽容。但是，作为全国政协委员和宁夏文联主席的张贤亮，被新时期的政治体制、专业作家体制紧紧包围，他的身份和由于身份而在体制内享受到的种种权利，使得他必须在现有体制允许的范围内从事文学创作。这在无形中对他的创作构成了限制，他在后来的创作中试图突破这种体制上的束缚，进入一种自由的创作状态。

二、《绿化树》的文艺论争

《绿化树》发表后在文坛引起了极大的反响，作品获得了读者的普遍好评。批评家纷纷撰文表达他们阅读小说的体会与感想，大多数评论家认为这部作品在张贤亮的创作生涯中具有某种开拓性的意义，是作家在思想和艺术上趋于成熟的标志。资产阶级出身的章永璘在长期的艰苦劳动中，获得了与广大劳动者一样朴实的无产阶级道德情感，他自觉地改造世界观、成为社会主义新人，这对知识分子来说是具有典型意义的。章永璘灵魂的逐步"净化"、社会主义新人因素的增长，尤其是他认识到"个人的命运和国家的命运是联系在一起的"，这使他的自我解剖从一开始就建立在一个较高的基点上。夏刚的《在灵与肉的搏斗中升华——〈绿化树〉的"心灵辩证法"》一文认为章永璘是在灵与肉的自我搏斗中实现了灵魂的升华，人物的心理描写已臻于成熟，《绿化树》堪称中国当代文学中一部有分量的优秀作品①。敏泽的《〈绿

---

① 夏刚.在灵与肉的搏斗中升华:《绿化树》的"心灵辩证法"[J].当代作家评论,1984（3）:27–31.

化树〉的启示》一文指出《绿化树》包含着丰富的、多方面的启示意义,"可以名副其实地说是在思想艺术上都有真正创新的作品,它敢于'发前人之已发和未发'"①。无论从思想性还是艺术性上,《绿化树》都无疑是一部很有价值的中篇小说,但是对它的价值应该怎么认识,批评家并未局限于知识分子思想改造这一话题,而是对它展开了多元化、全方位的评论。例如,批评家牛洪山撰写评论文章认为《绿化树》标志着张贤亮审美心理结构的一次调整,这个审美心理结构与作家的内在本质更为接近,具有鲜明的时代特征。作家把自身所意识到的历史精神同生活的丰富性结合起来,作品渗透了历史感,从而处于更高的水平②。批评家牛玉秋则从美学风格的角度指出张贤亮的《绿化树》《浪漫的黑炮》等作品的出现代表了一种达观文学风格的萌芽③。韩梅村认为《绿化树》等作品标志着当代小说创作中专业化知识作为一种创作意识进入小说创作领域的新趋势④。批评家的这种看法显然是受到了王蒙倡导的当代作家学者化理念的影响。

在褒奖和赞誉之外,小说对知识分子的过分贬低、对苦难的病态崇拜、对落入俗套的才子佳人爱情模式的沿用、对《资本论》中经济理论的大段论述等,也引起了批评家的诸多争论。胡畔的《〈绿化树〉的严重缺陷》(《文艺报》1984年9月11日)、鲁德的《〈绿化树〉质疑》(《当代文坛》1984年第9期)、李贵仁的《与张贤亮论〈绿化树〉的倾向性》(《小说评论》1985年第1期)、谭解文的《幻造的沙漠中的绿洲——对张贤亮同志〈绿化树〉的一点看法》(《岳阳师专学报》,1985年第1期)、高尔泰的《只有一枝梧叶 不知多少秋声——读〈绿化树〉有感》(《当代作家评论》1985年第5期)等,就属于其中比较有代表性的批评文章。鲁德认为《绿化树》对知识分子思想改造的认识,与历史现实之间存在着明显的偏差。小说使人产生这样的误解:那种正常的、合乎规律的改造自然、改造社会的实践没能使主人公转变过来,反而在党的路线出了偏差,导致主人公受到不公正待遇的"落难"时期,被"改

---

① 敏泽.《绿化树》的启示 [J].当代文坛,1984(9):6-10.

② 牛洪山.从《绿化树》看张贤亮创作的一次转变 [J].当代作家评论,1984(6):9-15.

③ 牛玉秋.一种新的文学风格:达观风格的萌芽 [J].小说评论,1985(1):21-26,56.

④ 韩梅村.论小说发展中的一种新趋势 [J].小说评论,1986(6):15-20.

造"好了，这是无法令人信服的。章永璘的思想改造主要是在一个自我封闭的情况下，以内心反省的方式进行的，缺少社会实践的依据，不具有典型意义。另外，作品中大段的对《资本论》的阐释，是作者主观意念的流露，显得生硬、枯燥①。美学家高尔泰对小说中知识分子改造这一主题，提出了尖锐的批评，他认为作家对历史的认识和反映是虚假的、不真实的，小说的出发点似乎就是要告诉读者知识分子本质上就不好，只是通过劳动改造才变好了。极"左"路线不是阻碍了而是帮助了中国知识分子获得马克思主义世界观。"所有这一切，无异把破坏说成建设，不仅是历史的颠倒，而且是在为极'左'路线辩护和粉饰了。"②这些批评意见与当年围绕小说《灵与肉》产生的争鸣和分歧颇有几分相似之处。李贵仁认为《绿化树》在表现知识分子思想改造这一主题时，带有很强的理念性，未能化入活生生的、有血有肉的艺术形象，章永璘的读书活动大体上只是一种孤立的、充满内省意味的活动，与作品所反映的具体生活内容并无直接关系，即作品的情节与它的思想倾向性之间存在着矛盾。题记中所要表达的知识分子思想改造的主题很大程度上是作家强加给作品的，而不是从作品所表现的生活内容里自然产生的③。金辉认为："《绿化树》中的矛盾太多了，它的题记和内容之间，至少从表面上看，有着相当的差异。作家声明要写知识分子的思想改造，实际展示的却是改造'右派分子'的生活环境。因此，主人公和环境始终处于逆向运动的状态之中。"④杨桂欣在比较了《绿化树》与《土牢情话》之后，对文艺界高度评价《绿化树》而忽视《土牢情话》提出质疑，他认为《土牢情话》的艺术性与思想性都远在《绿化树》之上，而前者却没有受到应有的重视，《绿化树》对于极"左"政治的错误做法态度隐晦暧昧，"陷入了为'左'的那一套辩护乃至张目的泥淖"，却受到批评家的普遍赞誉。这反映出批评界存在着认识不清的问题⑤。客观地讲，《绿化树》确实存在着故事情节与作品思想主旨之间的矛盾。小说

---

① 鲁德.《绿化树》质疑［J］.当代文坛，1984（9）：10-13.

② 高尔泰.只有一枝梧叶 不知多少秋声：读《绿化树》有感［J］.当代作家评论，1985（5）：4-9.

③ 李贵仁.与张贤亮论《绿化树》的倾向性［J］.小说评论，1985（1）：53-56.

④ 金辉.横看成岭侧成峰：《绿化树》之我见［J］.当代作家评论，1985（5）：10-16.

⑤ 杨桂欣.得失由人亦由天：论张贤亮的两部中篇小说［J］.当代作家评论，1984（6）：24-33.

《绿化树》的矛盾性和复杂性，使它成为二十世纪八十年代文坛上一部具有极大争议的作品，但是围绕《绿化树》的论争并没有阻碍小说的传播，反而让张贤亮和他的这部作品的文学影响力大增，争鸣变相地起到了为作品进行宣传的作用。从文学与历史的角度来说，张贤亮在《绿化树》中流露出来的对于知识分子思想改造的复杂心态恰恰是那个时代知识分子内心最真实的想法：一方面既觉得旧时代过来的知识分子应该改造他们的思想，与劳动人民融为一体；另一方面又对无休止的思想改造运动有一种排斥和抗拒心理，而这也正是章永璘这一人物形象不朽的价值所在。

　　一九八四年四月十六日到十七日，宁夏作协、宁夏《文联通讯》编辑室、《朔方》编辑部在银川联合召开关于小说《绿化树》的文艺座谈会。这次会议邀请了一批宁夏知名批评家，会上一批具有代表性的评论文章被集中刊发在《朔方》1984年第7—8期的"《绿化树》笔谈会"专栏中，包括高嵩的《章永璘灵魂的裂变——〈绿化树〉札记》（《朔方》1984年第7期）、陈学兰的《可喜的突破——读〈绿化树〉》（《朔方》1984年第7期）、阎承尧的《赤子情深——读张贤亮近作〈绿化树〉》（《朔方》1984年第7期）、张涧的《读完〈绿化树〉致张贤亮》（《朔方》1984年第7期）、弘石的《读〈绿化树〉》（《朔方》1984年第8期）、曾文渊的《坦诚的自我解剖精神——读张贤亮的〈绿化树〉》（《朔方》1984年第8期）、钟虎的《作为起点的〈绿化树〉》（《朔方》1984年第8期）等。这些评论家对《绿化树》都持积极肯定的评价态度，认为这是一部成功的现实主义作品，写出了一个具有非无产阶级思想的知识分子向马克思主义皈依的过程，体现出作家坦诚的自我解剖精神，在当下的文学创作环境中具有积极的现实意义。但是，这些评论文章大多缺乏新意与创见，没有显示出批评家切中要害的犀利眼光与推陈出新的理论功力，言语之间多为溢美之词，显示出对宁夏作家的偏爱。

　　为了进一步推动争鸣局面的形成，文艺界享有重要影响和权威地位的《文艺报》于一九八四年九月二十六日邀请部分在京的文学评论家、文艺理论工作者、文学刊物编辑和高校研究生召开小说《绿化树》讨论会。与会者"比较一致地肯定了《绿化树》所取得的思想和艺术的成就，认为作品表现出作者生活基础厚实，艺术描写准确、深刻、出色的特点。认为《绿化树》是一部在当代文学史上重要的、有价值的作品"。同时，与会者也指出了作品存在的不足，"其中涉及如何站在今天党的知识分子政策的高度，来正确看待、描写二十世纪六十年代初知识分子的历史道路；如何正确看待和描写知识分子作为个人与劳动群众的关系；主人公章永璘作为一类知识分子的代表，其形象是否典型；等等"①。从一九八四年第九期开始，《文艺报》集中刊发多篇由著名批评家撰写的关于《绿化树》的评论文章，一直持续到第十二期结束。其中包括胡畔的《〈绿化树〉的严重缺陷》（1984年第9期）、蓝翎的《超越自己与超越历史——关于〈绿化树〉人物形象的片断理解》（1984年第10期）、黄子平的《我读〈绿化树〉》（1984年第10期）、张炯的《关于〈绿化树〉评价的思考》（1984年第11期）、严家炎的《读〈绿化树〉随笔》（1984年第12期）、吴方的《对〈绿化树〉的种种看法》（1984年第12期）等。胡畔认为"《绿化树》对于知识分子的贬低显然是错误的，而其中有关苦难的种种教益的描写则主要是把握分寸不准确的问题"②。蓝翎认为"《绿化树》里的章永璘，是充满着复杂矛盾的人物形象，他身上的某些矛盾还是被历史的曲折弄糊涂了的反映"③。虽不乏批评的意见，但这次文艺讨论总体上仍是以肯定的声音为主。多数评论家在文章中表达了他们对这部作品的认可，张炯驳斥了一些批评家对《绿化树》主题思想的质疑。严家炎认为《绿化树》"是一部写得既厚实又深沉的作品"。特别是成功塑造了马缨花这个当代文学画廊里罕见的女性形象，"这样刚强爽朗机智明快的妇女形象在我们的文学中似乎还是第一次出现"④。《文艺报》作为中国作家协会主办的最具理论权威的文学艺术类报纸，历任主编中有茅盾、丁玲、冯雪峰、张光年、冯牧等文化巨匠、文学大师和卓有建树的文学理论家，毛泽东、邓小平等党和国家领导人生前也对《文艺报》的工作做过重要指示。《文艺报》在当代文坛以党的文艺政策的宣传者与阐释者的身份发挥着重要影响。因此，《文艺报》组织的这次文艺争鸣有力地扩大了张贤亮及其小说《绿化树》的文坛影响，确立了《绿化树》在新时期

---

① 文艺报召开《绿化树》讨论会［J］.渤海学刊，1985（51）：95.

② 胡畔.《绿化树》的严重缺陷［N］.文艺报，1984（9）.

③ 蓝翎.超越自己与超越历史：关于《绿化树》人物形象的片断理解［N］.文艺报，1984（10）.

④ 严家炎.读《绿化树》随笔［N］.文艺报，1984（12）.

文学史上的经典地位。有研究者认为作为"反思文学"的《绿化树》，在作品的政治倾向上没有与主流意识形态产生较大分歧，它对知识分子身份与苦难的表述是可以被体制接受的同质声音①。因此，尽管有批评家对这部小说的思想主旨提出了质疑和诘难，它仍然得到了当时占主流的官方文学体制的认可，并最终获得了一九八四年的"全国优秀中篇小说奖"，这种分析不无道理。

许多作家、学者在读过《绿化树》之后，对张贤亮的文学才能和小说笔法都给以极高评价。孙犁说："作者的经历、常识，文学的修养，对事业的严肃性，都是当前不可多得的。"②从维熙对张贤亮在《绿化树》中表现出来的精确的微观描写功夫甚为推崇，他说："《绿化树》在艺术上是成熟的。人物娓娓道来，毫无矫饰之处；文字错落有致，描写浓淡相宜。我特别欣赏你（张贤亮，笔者注）那双既有宏观时代又有微观纹理的作家眼睛。"③著名学者李泽厚"从作品本身给人的审美感受和艺术味道的特征着眼"，肯定了《绿化树》的主旨及精神，他说《绿化树》给人的感觉是"复杂而真实的"，"文艺最忌讳的是假。只要是真的东西，就能牵动你的情感，丰富你的心灵，引起你的思索，这就行了"④。他对《绿化树》的评价"恰如许子东所说，我们要感谢张贤亮，他把一段令人难堪的历史，真实地记录了下来"⑤。他们从历史真实性的角度对《绿化树》给予了高度评价，由此可见《绿化树》在当时文化界人士中的影响之大。

小说《绿化树》之所以能够在广大读者中间产生如此大的反响，很大原因要归于在我们这样一个以马克思主义为立国之本的国度，极"左"时期的种种人为的政治灾难使人们的心灵与肉体都受到了不同程度的摧残，劫后重生的人们难免会对马克思主义的理想信念产生迷茫与动摇，那些曾经被错误地要求进行思想改造的知识分子，他们内心真实的想法会是怎样的呢？《绿化树》恰恰是用文学的方式非常真实地回答了这些疑问。章永璘的感情状态

---

① 曹文慧.论《文艺报》（1978—1985）的"讨论会"［J］.小说评论，2012（4）：16–21.

② 孙犁.老荒集［M］.北京：人民文学出版社，2012：76–77.

③ 从维熙.唯物论者的艺术自白［N］.光明日报，1984–06–21.

④ 李泽厚.走我自己的路［M］.北京：生活·读书·新知三联书店，1986：96–97.

⑤ 转引自白草.我看张贤亮［J］.朔方，2014（11）.

与思维状态和当时许多知识分子在不少地方是相通的。对于《绿化树》的真实感，赞扬者与批评者其实并无多大不同。但对它的历史感，不仅批评者否定，就是好多赞扬者也有保留，这说明作家在思想认识上对历史的认知确实存在着某些自相矛盾的地方。例如，张贤亮将章永璘放在苦难中来磨炼其心志和改造其思想，他在艰难环境中阅读《资本论》，培养自己的马克思主义信仰，结果在苦难中实现了自我超越，最终变成了一个马克思主义的信仰者。这种故事情节也许符合作家当年的事实经历，体现了那个时代知识分子盲从政治意识形态，将苦难当作通过自我改造以实现与工农兵结合的不二途径，然而，在"文革"结束之后，作家仍旧用这样的思想动机来从事文学创作，如果不是出于反讽，其真实性就大可怀疑，从许灵均身上展示出的牵强的"爱国主义"到章永璘历经苦难之后的超然姿态，都表现出新时期之初作家在创作上的小心谨慎。学者孟繁华指出，二十世纪五十年代被错划为"右派"的青年作家和诗人，在重返文坛后，面临着体验与叙事的矛盾，"他们真实地经历了几十年灵与肉的摧残，经历了底层的贫困与愚昧，艺术良知使他们不能不真实地道出这一切；但他们又不能怀疑哺育他们成长的历史故事，这些叙事曾是他们生存下来的理由和依托。那些伟大的历史叙事于这代人来说几近于宗教，他们后来虽然是受难者，但同时又是圣徒"。正是这种近乎宗教徒般的虔诚信仰，使我们的"归来者"经受住了历史的考验，他们在归来之初没有迷惘也没有危机，又重新找回了自己的角色和归属感，在赢得了社会敬意的同时，也获得了文学话语权，成为文坛"重放的鲜花"，"但他们后来的文学实践表明，这一'危机'和'迷惘'并非不存在，只不过是迟到了而已。对'归来'一代文学做检讨式的回顾，并不意味着'彻底的否定'，那些真假参半的叙事及策略带着它们的全部特征成为留给我们的精神遗产。对于研究这代作家来说，它的丰富性还远未被我们揭示"①。以"反思文学"的姿态出现在二十世纪八十年代文坛上的《绿化树》，实际上是知识分子内心深处对历史与现实之间矛盾情感的真实写照，它"没有着力表现思想改造的那种强制、暴力压迫性质，精神自主剥夺的虚妄也未得到有力揭示，相反，倒是试图证

---

① 孟繁华 . 中国当代文学通论［M］. 沈阳：辽宁人民出版社，2009：230，236.

明当代知识分子改造的文化逻辑的合理"①。"章永璘等并不是历史的牺牲品和被动的受害者，而是主动经受苦难并在磨难中最终成长为成熟的'唯物主义战士'的炼狱者。可怕的历史梦魇，在这些小说中，闪耀着神圣的，近乎崇高的受难色彩"，张贤亮"以一个挺身接受考验的成长者、受难者形象"，说明"尽管历史曾经带给知识分子灾难，但一切并不那么可怕，因为这仅仅是一个过程，一个更为成功的社会自我，将在灾难的尽头等待，并将给予受难者丰厚的报酬"②。这无疑是对知识分子受难心理与历史真相进行所谓反思的一种空前的嘲讽，这种巨大的矛盾与复杂之处也许就是哲学家李哲厚所说的作品反映出"思想史上的真实"的确切含义。

虽然有这样或那样的问题存在，然而，这部作品的思想价值与文学价值是无法被抹杀的，张贤亮在《绿化树》中描写了特定历史环境下的严酷的现实生活，他没有回避和掩饰"右派"知识分子内心的矛盾和痛苦，而是以真诚的态度去剖析自己的灵魂，显示出作家敢于直面现实的勇气和胆识，因此，这部小说虽然尚未达到让所有批评家都感觉满意的程度，仍然产生出震撼人心的力量。即使在进入二十世纪九十年代以后，重读《绿化树》的评论文章仍不时在报刊上出现，再次证明了这部作品恒久的艺术魅力，所不同的是读者对于《绿化树》的思考已经超出二十世纪八十年代探讨的话题范围，对作品的研究不断向纵深领域发展，小说的语言特色、西北地域文化风情、民歌的叙事功能、回族人物形象、心理分析、女性主义等日益成为批评家关注的对象。

第二节　掀起了一场关于"性"的革命

一、张贤亮小说中的性与政治

在农场劳动改造的知识分子不仅要忍受饥饿的煎熬和精神的苦闷，还要

---

① 洪子诚.《绿化树》：前辈，强悍然而孱弱［J］.文艺争鸣，2016（7）：7–12.

② 贺桂梅.人文学的想象力［M］.开封：河南大学出版社，2005：219–220.

面对性的压抑。对此，张贤亮有刻骨铭心的体验，他不止一次说过他在长期的劳改生涯里有种挥之不去的孤寂感，年过四十还孤身一人，他特别羡慕那些有家的农工，形影相吊的孤独增加了他对异性的渴望，而从小严父慈母的家庭成长环境，也使他在潜意识里有种强烈的恋母情结。他说他"从每一个怜悯他的女人眼里都能看见母亲的眼睛"，他在每一个女性身上寻找对母亲的忆念，因此，动人的爱情故事注定成为他的小说创作的重要情节元素，他在小说里成功塑造了一批质朴、勤劳、善良而又美丽的女性形象。《吉卜赛人》中的'卡门'，《在这样的春天》中的'她'，《邢老汉和狗的故事》中的女乞丐，《灵与肉》中的秀芝，《土牢情话》中的女看守，这些艺术形象虽然在现实生活中并没有具体的模特儿，但她们的心灵，的确凝聚了我观察过的百十位老老少少劳动妇女身上散射出来的圣洁的光辉……我觉得我并没有欺骗读者，赚取了一掬同情的热泪，因为在她们的塑像中就拌和有我的泪水。在荒村鸡鸣，我燃亮孤灯披衣而起时，我甚至能听到她们在我土坯房中走动的脚步，闻到她们衣衫上散发出的汗味。从某种意义上来说，她们一个个都是实有其人。"① 这些闪耀着"圣洁的光辉"的女性，被他称为"梦中的洛神"。在张贤亮的小说中，落难的知识分子总能得到女性的眷顾，无论身在何处，也无论陷入怎样窘迫的境地，他的身边总会出现一个甘愿奉献、为他牺牲的女性。"卡门"爱上了为躲避"四人帮"抓捕而逃亡的男青年，为了保护一个不知道姓名的"爱人"，她暴露自己引开查车人的注意；女看守乔安萍向一个被关押的"右派分子"大胆表白，并冒着风险为心上人传递书信；马缨花使章永璘摆脱了饥饿的威胁，得以实现精神上的超越，却拒绝了章永璘提出的结婚请求；黄香久帮助章永璘克服了对性的恐惧，让他找回了作为男人的自信，最终却又被章永璘抛弃。这些善良而又痴情的女性抚慰了男主人公濒于崩溃的生命，成为受难知识分子心灵和肉体的拯救者和推动他们超越苦难的力量。张贤亮的小说在结构模式和人物设计上，无意中接续了某些"传统"因素。正如批评家黄子平指出的，《绿化树》等作品暗合了古典戏曲、小说表现"公

---

① 张贤亮.满纸荒唐言［A］//张贤亮.张贤亮选集（第一卷）［M］.天津：百花文艺出版社，1995：190–191.

子落难、小姐搭救"的叙事模式[①]。这种"才子佳人"的叙事模式虽然显得有些老套，但在特定的社会转折时期却获得了新的历史内涵，性、爱情、婚恋都与政治发生了复杂而微妙的联系。很多女性主义文学批评家认为张贤亮的小说中有强烈的男权意识，男权意识也被称作菲勒斯主义（phallocentrism），弗洛伊德心理学认为男性的社会中心地位决定了他们在艺术创作中充当强者角色，男性优于女性，后者只能作为从属或被选择的配角出现。小说中的女性成了被"菲勒斯"拯救的对象，男性对女性身体资源可以任意掠夺，女性依赖男权社会，接受来自男性的创造和忏悔。在《土牢情话》《绿化树》《男人的一半是女人》等作品中，男主人公都以追求更高理想为借口，把女性的身体作为过渡时期的阶梯和忏悔时救赎的工具来看待，结局多落入"始乱终弃"的古典小说窠臼，字里行间浸淫着中国知识分子对传统男权文化的崇拜[②]。

在中国文人的传统观念中，女性经常是被当作一种具有价值衡量功能的社会资源而出现的，对女性资源的配置客观上体现出男性社会地位的高低。这决定了"才子佳人"式的爱情不是现代性爱意义上的爱情，而总是寄寓着小说家许多爱情之外的思想感情和社会内容的构想。张贤亮作品中的"才子"是政治上无权无势的落魄知识分子，"佳人"则是在当时拥有较高社会地位的底层劳动妇女，二者之间的身份和地位差别很大，作家让这些圣洁的女性无一例外地爱上受难中的知识分子，从弗洛伊德精神心理学的角度来看，这实在是一种文人理想化的心理补偿表现，表明特殊时代背景下的知识分子缺少社会应有的尊重和价值认同，知识分子作为精神导师的固有优越感迫使他们从现实世界退向"书中自有颜如玉"的理想世界，从中寻找安慰和寄托。《土牢情话》中乔安萍喜欢石在的原因是"我挺喜欢有文化的人"，"右派都是好人"。《绿化树》里的马缨花拒绝擅长各种农活的海喜喜的原因之一，就是海喜喜是个"没起色的货，放着书不念，倒喜欢满世界乱跑"。她喜欢灯下读书的章永璘，喜欢听他吟诗、讲故事，当海喜喜故意插嘴捣乱时，她就瞪着海

---

① 黄子平. 同是天涯沦落人：一个"叙事模式"的抽样分析［J］. 中国现代文学研究丛刊, 1985（3）：42-62.

② 陈由歆. 谈张贤亮的近作《壹亿陆》中的两性关系［J］. 理论界, 2011（6）：125-126.

喜喜说："你懂啥？！""你就懂得吃饱了不饿！"她拒绝章永璘提出的结婚要求，也是出于怕章永璘婚后吃苦的考虑，她说："你是个念书人，就得念书。只要你念书，哪怕我苦得头上长草也心甘。"在那个知识分子被打成牛鬼蛇神的混乱年代，没有多少文化的底层劳动妇女能够抛开世俗的眼光，钟情于柔弱的文人，实在不能不令人对这种爱情的基础和可信性产生怀疑。然而，我们在阅读这些作品时，往往被张贤亮笔下女性慈母般的悲悯情怀所打动，会自觉地忽略掉这些女性的存在的可疑，这里面就涉及一个问题：即小说反映的时代与作品写作的时代的问题。小说中的故事发生在极"左"路线猖獗的时期，读者从真实性的角度来看这些女性，会觉得不可思议，然而，这些作品发表的年代是拨乱反正、给知识分子恢复名誉的新时期。新时期的文学中有一个"文明与愚昧的冲突"的主题，曾经饱受苦难折磨的知识分子重新掌握了话语权，而此前政治身份价值颇高的"工农"则隐入沉默地带。叙事作品中出现了大量关于农民愚昧的描写，知识分子则被描述为新时代的启蒙者，他们在爱情的竞争中必然处于绝对优势，而过去地位崇高的农民、工人则必定落败。新时期的很多作品，如刘心武的《爱情的位置》、古华的《爬满青藤的木屋》《芙蓉镇》等作品对此都有生动反映。这种变化在张贤亮的短篇小说《夕阳》里表现得格外明显，桑弓在极"左"年代里是被批斗改造的对象，女知青虽然钟情于他，最后也只能嫁给农民出身的县造反派"司令"，新时期桑弓获得平反，成为受人尊敬的作家，昔日的女知青也与她的丈夫结束了不幸的婚姻，知识分子在这场爱情的竞争中终于以胜利者的姿态出现，并收获了如夕阳般迟来的爱情。

张贤亮笔下的女性形象光彩照人、呼之欲出，是因为在她们身上倾注了作家无比真挚的感情，这些女性形象一开始出现就受到了文学批评家的关注。阎纲在《〈灵与肉〉和张贤亮》这篇评论中就曾较早指出张贤亮小说中多次出现的处于底层的劳动妇女是"近几年来短篇小说中不可多得的动人形象"[1]，曾镇南、王晓明、高嵩等批评家也都对张贤亮小说中令人动容的女性形象进行过精彩的点评。但关于张贤亮小说的早期文学评论缺少对这些女性形象的系

---

[1]　阎纲.《灵与肉》和张贤亮［J］.朔方，1981（1）.

统论述，很多评论者只是在分析某部作品时顺带谈及这些女性形象，虽然也有一些评论者为阐明作品的艺术特色或主题思想，而在个别文章中进行过专门论述，但对张贤亮小说中女性形象的专论文章直到二十世纪八十年代中期女性主义文学批评兴起之后才开始大量涌现。批评家大多对张贤亮小说中的女性形象持赞赏态度，认为这些人物是真实感人的，她们能够在极"左"年代里保护和爱慕知识分子，说明了劳动人民的情感是朴素真挚的，她们的选择是对极"左"势力的最有力的反驳，是对知识分子价值的认同。二十世纪八十年代中期，随着当代中国女性意识的觉醒和西方女性主义文学批评理论传入中国，在文学批评领域出现了一批专门分析张贤亮小说中的女性形象、性别立场的评论文章，其中如，王雷的《"梦中的洛神"——张贤亮小说的女性形象》（《辽宁师范大学学报》1985年第2期）、茉莉的《男人的肋骨——张贤亮笔下的女性形象批判》（《文学自由谈》1988年第6期）、田美琳的《张贤亮笔下的劳动妇女形象》（《宁夏大学学报（社会科学版）》1996年第3期）、朱常柏的《论张贤亮小说中的女性形象》（《扬州大学学报（人文社会科学版）》2000年第6期）、景莹的《张贤亮的女性观》（《广西社会科学》2002年第4期）、汪冬梅的《"唤取红巾翠袖，揾英雄泪"——论张贤亮小说的女性意识、苦难意识及其"类士大夫"气质》（《中文自学指导》2002年第4期）、王涣海的《张贤亮作品中的女性情结》（《南京理工大学学报（社会科学版）》2004年第3期）、姚成丽的《男权话语下的女性——张贤亮小说中的女性形象分析》（《时代文学（双月版）》2006年第2期）、邓礼华的《从"女神"到"女奴"——论张贤亮笔下女性的命运》（《科教文汇（下旬刊）》2007年第9期）等。批评家从女性主义的情感立场出发，对张贤亮小说中反映出的女性观和男权思想提出了批评，女性主义批评从而成为适用于张贤亮小说评论的一个独特视角。

　　张贤亮小说里的女性身上几乎都呈现出母性的慈爱。她们在为心爱的男人献出自己的一切的同时，给予情人或丈夫更多的是母亲般的关怀与疼爱，甚至使性爱退居次要地位。男人们从她们怀中得到的也更多的是母爱一样的温暖。汪冬梅认为："张的女性系列似乎皆有如下柔美气质：近乎母性的怜悯、施舍和爱；而且她们对男人的宽恕，并非出自深究原委后的通达，更多的是近乎溺爱的迁就，夹着怜爱的姑息。"①这些女性既是男主人公灵魂的宽恕者和拯救者，又是死心塌地以身相许的女奴。石在的软弱和背叛，使热恋他的乔安萍遭到连首长的奸污，可她却对出卖自己的恋人无怨无悔。章永璘在马缨花的食物和爱情的滋养下变得强壮，却认为劳动人民出身的马缨花跟他这个知识分子之间有着不可能拉齐的距离，她那种爱情的方式和爱情的语言，令他觉得别扭、觉得可笑。"我在她的施恩下生活，我却不能忍受了，我开始觉得这是我的耻辱。我甚至隐隐地觉得她的施舍玷污了我为了一个光辉的愿望而受的苦行。"②黄香久用她火一样的热情和体贴把章永璘变成了一个真正的男人，结果却被章永璘抛弃了。正如批评家王晓明所形容的那样，当张贤亮打开了深藏于心底的所罗门瓶子时，从中涌现了不少对女性的动人的温情印象，但也涌现出了更多的关于背叛的阴暗记忆。这应该是张贤亮精神世界的某种真实写照③。作家赋予他笔下的女性原始自然之美，表达他强烈的"女性崇拜"意识，然而实际上仍旧是一种"拯救男性"的写作策略。景莹在文章中指出张贤亮"在男权意识的支配下更多的是再现这些女性如何貌美体贴而又永远无法与男人主要是知识者进行心灵沟通的蔑视，这种意识在它最初的几篇以农民为主的小说中并不强烈，但在他后来的'系列中篇'《唯物论者的启示录》中则有明显的体现"。张贤亮对女性由崇拜、感激到蔑视的思想根源是他的恋母情结。"他的母亲出生于名门大家，她有贵妇人的雍容、典雅和从容不迫的气度，这毫无疑问地影响了张贤亮对女性的认识态度。而在他经历了风雨磨难之后才发现那些普通的劳动妇女是根本不能跟母亲相提并论的，于是他开始失望，而且是一次又一次的失望，终于导致他对女性态度的转变。"④在这些批评家看来，作家站在男性立场上的女性观显然是有问题的，马缨花等女性只不过是章永璘等男性通往成功路上肆意抛弃的垫脚石，她们心甘情愿地献出一切，却不求回报，面对被抛弃的命运，她们仍然报以宽恕的微笑，这

---

① 汪冬梅."唤取红巾翠袖，揾英雄泪"：论张贤亮小说的女性意识、苦难意识及其"类士大夫"气质［J］.中文自学指导，2002（4）：2–7.

② 张贤亮.绿化树［A］//张贤亮.张贤亮选集（第三卷）［M］.天津：百花文艺出版社，1995：304.

③ 王晓明.所罗门的瓶子：论张贤亮的小说创作［J］.上海文学，1986（3）.

④ 景莹.张贤亮的女性观［J］.广西社会科学，2002（4）：164–165.

是女性主义者所无法理解的，张贤亮长期经受的是一种被人踩在脚下的屈辱，一种不断泯灭男性意识的折磨，因为曾经丧失过男性的尊严和权利，他在小说里反复渲染那个叙事人的男性力量。"尽管他心中躁动着张扬自我的激情，处处想显示男子汉的力度，他实际上并未完全从苦难强加给他的软弱心态中解脱出来。"①作家设立的叙事人原本承担着解脱其道德压力的功能，然而，由于读者被这些女人所感动，从而更不能原谅叙事人的过失。张贤亮小说的理智大堤被感情的潮水冲垮，他自己也始料未及。他把最完美的笔墨投入到那些女人身上即已经反拨了他创作的初衷。这种创作上的矛盾，恰恰成为张贤亮小说的独特魅力。

　　一些批评家还从张贤亮小说中的性描写入手，分析了女性身体与性和政治之间的关系，陈娟的《欲望的幻灭——张贤亮论》（《文艺理论研究》1997年第5期）、陈静梅的《性与政治——重探张贤亮小说中的性描写》（《贵州大学学报（社会科学版）》2005年第5期）、田鹰的《谈张贤亮小说中性爱描写的旨趣》（《名作欣赏》2008年第6期）等就是其中的代表。陈静梅的文章指出："从以'爱情'点题的刘心武的小说《爱情的位置》开始，到张洁讨论爱情和婚姻关系的小说《爱，是不能忘记的》，'爱情'作为一种社会象征资本，不但意味着个人精神的苏醒与解放，同时也成为'美'和'道德'这套从样板戏中沿袭而来的主体性话语的重要组成部分，这就使得尽管身体得以一步步'解放'，却仍然要处于'道德'控制之下。"②直到一九八五年，张贤亮的小说《男人的一半是女人》的出现，才标志着女性的身体真正从善与美的政治神话中还原为现实生活中吸引男性欲望的肉体，所以，这部小说被看作新时期文学由"情"到"欲"的分水岭③。张贤亮对新时期文学创作中性描写禁区的率先突破，使得从二十世纪八十年代后期开始，文坛相继出现了一批描写人的生理欲求的作品，如，刘恒的《狗日的粮食》（1986年）、《伏羲伏羲》（1988年）、王安忆的"三恋"（《荒山之恋》《小城之恋》《锦绣谷之恋》)、《岗上的

---

① 王晓明.所罗门的瓶子：论张贤亮的小说创作［J］.上海文学，1986（3）.

② 陈静梅.性与政治：重探张贤亮小说中的性描写［J］.贵州大学学报（社会科学版），2005（5）：103–108.

③ 何西来，杜书瀛.新时期文学与道德［M］.济南：山东教育出版社，2001：152.

世纪》、铁凝的"三垛"(《麦秸垛》《棉花垛》《青草垛》)、贾平凹的《废都》(1993年)等，因此，有研究者认为"没有张贤亮的作品，中国作家大概还不敢理直气壮地谈情说爱，在小说中横陈裸露的身体"①。因此，可以毫不夸张地说，张贤亮开"性"之先河对二十世纪八十年代的文学创作具有重大的影响。《男人的一半是女人》代表了一种时代思想的转变，即欲望的主体开始代替道德主体粉墨登场，但值得注意的是，这并不意味着从此就丢掉了"美""道德"以及"自由"这类抽象的概念，相反，这些理念被内在化、感觉化和肉身化了，张贤亮的小说实际是通过描写"肉体"来实现人们对于政治自由的某种设想②。

对于那些刚刚从思想禁锢的政治环境中获得解放的读者来说，对女性身体进行细腻描摹的作品基本上等同于涉性文学。这是他们了解异性心理活动和身体特征的一个途径，张贤亮在刻画他小说中的女性的身体外貌特征时十分传神，例如，乔安萍出场时的描写是"齐耳的短发配上圆圆的脸，表现出无邪的稚气：肩膀胸脯和手都厚实、丰满，仿佛勃勃的生气要往外溢出似的"。她背着枪、穿着发黄的绿军装的装束不就是一幅英姿飒爽的革命女将的画像吗？张贤亮笔下虽不乏风流多情的女性，如，韩玉梅、马缨花等，但她们对待爱情的态度是纯洁的、认真的、痴情的。韩玉梅为了在饥荒的年月里抚养孩子，和别村的男人有染，当魏天贵要求她以后别再胡来后，她就真的从此本本分分地过日子，因为她真心喜欢的人是魏天贵，并愿意一直痴情地苦等对方。马缨花家里经常有各种各样的男人光顾，被人讥笑是开着"美国饭店"，可是海喜喜却说："啥'美国饭店'，那都是人胡编哩！我知道，那鬼女子机灵得很，人家送的东西要哩，可不让人沾她身。"这间接说明她并不是那种和任何男人都保持暧昧关系的轻浮女人。

在这场改造知识分子世界观的运动中，张贤亮一方面揭露极"左"政治对正常人性的摧残，长期的性压抑竟然导致了章永璘作为男性功能的丧失，

---

① 蒋晖.当代写作中的性别话语［A］//韩毓海.20世纪的中国：学术与社会（文学卷）［M］.济南：山东人民出版社，2001：448.

② 陈静梅.性与政治：重探张贤亮小说中的性描写［J］.贵州大学学报（社会科学版），2005（5）：103-108.

竟然将"完整的人"变成了"半个人"和"废人",这是何等的残酷;另一方面,作家通过对女性身体被非法占有的血泪控诉来实现对强权政治权威性的挑战。在张贤亮的小说里,女性的身体经常被工农兵出身的掌权者非法占有,《在这样的春天里》的"她"因为没有和"右派"父亲划清界限,被农场领导以"历年来资助右派分子的父亲搞翻案活动"为名,判决为"坚持反动立场的五类分子子女",被群众监督劳动。当国家要为运动中搞错的人落实政策时,她向农场站长提出申诉,结果却被对方利用职权奸污。《河的子孙》里贫农出身的韩玉梅被魏天贵推荐进了棉纺厂工作,因为长相出众,先后有三个技术员、一个科长用诱奸和哄骗的方式与她发生过性关系,她明明是受害者,结果却落下个"拉干部下水"的罪名,被开除厂籍,交回村里成为管制分子。《土牢情话》中的乔安萍被劳改农场的连首长奸污并导致怀孕,最后被迫嫁给了一个她不爱的农民。《肖尔布拉克》中的上海女知青抱着改造自己、建设边疆的决心来到新疆,结果却被连里的"造反派"头目在一片红柳林里欺负,她只能忍气吞声地生下了一个没有父亲的孩子。诸如此类的悲剧,在张贤亮的小说中实在太多了。女性的身体被极"左"政治路线下的掌权者玷污,几乎成为新时期初期文学家表现女性与政治之间隐喻关系的常用手段,对黑暗年代的控诉借此取得了艺术上的成功,而这也成为当时在性欲望禁锢的年代里表达性、了解性的唯一合法途径。正因为如此,当张贤亮推出《男人的一半是女人》时,才会有批评家惊诧于书中对女性身体的露骨描写,批评作品中的性描写成分太多、太过分。章永璘偷看黄香久在芦苇丛中洗澡的一段描写,将女性的身体之美淋漓尽致地展现在读者面前,"(她)挥动着滚圆的胳膊,用窝成勺子状的手掌撩起水洒在自己的脖子上、肩膀上、胸脯上、腰上、小腹上……阳光从两堵绿色的高墙中间直射下来,她的肌肤像绷紧的绸缎似的给人一种舒适的滑爽感和半透明的丝质感。尤其是她不停地抖动着的两肩和不停地颤动着的乳房,更闪耀着晶莹而温暖的光泽。而在高耸的乳房下面,是两弯迷人的阴影"①。如此大胆而具体地描写女性的胴体和男人的欲望、性心理的隐秘文字在张贤亮之前那个特定的历史时期的作家笔下还从未出现过,

---

①　张贤亮.男人的一半是女人 [A]// 张贤亮.张贤亮选集(第三卷)[M].天津:百花文艺出版社,1995:437.

因此，小说《男人的一半是女人》发表后在文学界引起一片哗然。通过塑造女性形象、揭示女性与政治的关系，张贤亮把"性"这个隐秘的话题带入了文学的殿堂，他使人们意识到，那个年代里的知识分子被政治扭曲变形到何种痛苦的程度，他们连人性中最基本的食色之性也无法得到满足，他笔下的男人和女人因此而显得更加真实。其实在《绿化树》中，张贤亮就曾经借当地被人们叫作"河湟花儿"的西北歌谣，抒发过黄河儿女对爱情大胆奔放的热烈追求和痴男怨女无法言说的性欲渴求。小说里马缨花、海喜喜随口吟唱出的"花儿"不就是一首首质朴无华但却能撼动读者心灵的爱情诗吗？只不过这些歌谣是以隐晦的方式表达人们对性的欲求，并没有显得粗俗不堪，反而增加了他小说的诗意境界，而在《男人的一半是女人》中，他则是采用通俗的语言文字来描写和展示性心理和性行为。

《男人的一半是女人》第一次在当代文学的严肃氛围中大胆地描写了健康的性，确实很前卫，但这种"前卫性"更多来自那个特殊的时代。性是生理的，也是社会的，极"左"路线使得中国人的性观念长期被压抑、扭曲，导致许多人生理和心理上受到了伤害。作家因为对知识分子的性压抑与性苦闷有着切身的感受，他才会如此痴迷于书写女性的身体，并成为新时期文坛上率先打破性描写禁忌的作家。在小说《男人的一半是女人》里，张贤亮确实大量地描写到了性，但他的这些描写还是比较含蓄而富有诗意的，同时，作家的创作态度也是严肃的，表达了他对人性的重视与尊重。这与作家后来创作发表的《习惯死亡》《一亿六》等作品中频繁出现的性描写场面是有本质区别的，张贤亮后期在将性作为一种表现知识分子心理变形的惯用手段的同时，暴露出他的文学才情和艺术表现力正在变得日趋匮乏。

二、批评声中的《男人的一半是女人》

李陀认为新时期之初的"伤痕文学""反思文学""改革文学"仍然是在延续"旧"的工农兵文艺路线，真正的"新"文学是从一九八五年开始的[①]。一九八五年是中国新时期文学发展史上的重要年份，当代文学在这一年开始

---

① 李陀，李静.漫话"纯文学"：李陀访谈录［J］.上海文学，2001（3）.

发生一系列重大变化，以前那种一元化状态的文学主潮忽然退落，文学呈现出绚烂的多元化图景，"寻根文学""先锋文学""新写实小说"的出现宣告了一个新的文学时代的来临。也正是在这一年，张贤亮推出了他的长篇小说《男人的一半是女人》。

《男人的一半是女人》在《收获》（1985年第5期）上发表后，因其中的性描写在文坛引起轩然大波，批评家从政治权力的隐喻、婚姻的道德伦理、女性主义批评、弗洛伊德精神分析等各种角度来对这部作品进行阐释和解读，结果一部二十多万字的小说竟然引出了两百多万字的批评文章，成为整个二十世纪八十年代里争议最大的一本书。随着社会的发展和思想解放的深入，今天回头再来看这部小说中的性描写，我们也许会觉得这些已经算不得什么惊世骇俗之举，但在刚刚拨乱反正的年代，这种描写确实让人难以接受。很多批评的声音直接指向章永璘这个人物，批评他对待黄香久的决绝态度，批评他的伪君子性格，批评他的爱情观，甚至批评他的人格。当时有一篇批评文章的题目就叫《章永璘是个伪君子》（周惟波，《文汇报》1985年10月7日），这说明一些批评家并不是从文学的审美角度出发来对作品进行评价，而是在用道德伦理的评价标准来看待这部文学作品，道德评价和政治评价仍然在以一种惯性的力量支配着某些批评家的文学批评思维。《男人的一半是女人》引发了社会广泛而热烈的争鸣，争论的内容包括性描写的禁忌、女性形象的塑造、饥饿和苦难的历史记忆、知识分子的思想改造和批判精神、作家的创作心理等，其中有些讨论的话题已经明显越出了文学的边界，而进入到社会学探讨的领域。批评家许子东指出人们在评论《男人的一半是女人》时，似乎说什么的都有，意见特别纷杂，没有像以往那样，形成截然相反的两种观点，构成针锋相对的争鸣，之所以出现这种"混乱"的局面，乃是由于批评家们同时在不同层次上把握和评判作品，这反映出文学创作和批评观念从单一性的社会政治或伦理判断向社会文化心理结构的多层次变化。《男人的一半是女人》因为具有多层次的意蕴结构，"可以召唤、导致、经受和容纳那种种或愤怒或陶醉或苛刻或奇特的批评"，才造成了多层次批评局面的形成①。同时，张

---

① 许子东. 在批评围困下的《男人的一半是女人》：兼论作品的多层次意蕴和多层次评论［J］. 社会科学，1986（5）：74-77.

贤亮在作品中表现出来的政治姿态、道德姿态与美学姿态的混淆也加剧了批评的混乱。这种多层次批评其实早在《绿化树》的争鸣中就已经初露端倪。作为《绿化树》续篇的《男人的一半是女人》更是以其深厚的哲学思辨的穿透力和对人性不同凡响的探求,刺激了处在不同知识层面上的读者的接受意识,为新时期文学提供了多方面的美学思考和研究角度,因而引起了批评家们的广泛关注。小说发表后仅一年,全国就有四五十家报刊发表评论文章,形成了各抒己见的争鸣态势。

一九八七年,宁夏人民出版社编辑出版的《评〈男人的一半是女人〉》就是一部很有代表性的文学评论总集,从中可以看出当时批评界对这部小说的争论和评价概况。该书收录了一九八五至一九八六年期间发表在各类期刊、报纸上的评论文章四十四篇,其中既有黄子平、李兆忠、蓝棣之、曾镇南等著名评论家的文章,也有韦君宜、张辛欣、王绯等女性作家、女性批评家对这部作品的评论。黄子平在文章中指出《男人的一半是女人》以中国当代文学前所未有的深度,正面地展开"灵与肉"的搏斗及自我搏斗,"'性'的饥渴,是小说中最惊心动魄的段落","封建专制主义('全面专政')和禁欲(禁他人之欲)主义对正常人性的摧残,似乎还从来没有像这样触目惊心地、严肃而勇敢地、深入地得到表现"。但他对章永璘这一人物形象在婚姻中表现出来的自私和冷漠也进行了批评:"章永璘对'女人造就的家庭生活'的'超越',尽管以阴影的压迫为理由,也总让人觉得不近人情。""在生动具体的情欲与尖锐激烈的政治之间,似乎只存在着一种抽象化了的两性之间的永恒搏斗。女人不是首先被看成一个平等的'人',而是首先被看成一个异性。实际上,无论被当作'圣母'来膜拜或当作'超越'的阶梯来利用,都是同一种心理同一种历史偏见的两类变态。"①《男人的一半是女人》在处理章永璘的自然情欲与政治使命感之间的关系上,因缺少必要的中介而显得生硬,这一点远不如《绿化树》对章永璘的描写更令人信服。曾镇南撰文指出像章永璘"这样一个自我暴露的知识分子性格,在当代文学中,确实还从来没有过"。面对他"这样一个多少带着某种自觉的恶意和虚伪的、负荷着时代的痛苦的灵

---

① 黄子平.正面展开灵与肉的搏斗:读《男人的一半是女人》[A]//评《男人的一半是女人》[C].银川:宁夏人民出版社,1987:2-3.

魂",任何同情或贬斥都是软弱无力的,"已有的道德观念很难评判这个人物,只有冷静的社会历史分析和社会心理分析才能帮助我们去理解这个人物内含的一切矛盾"①。蓝棣之则认为《男人的一半是女人》和《绿化树》一样,都是要写出一个人是怎样从食与色这样平庸的世俗生活中获得精神超越的过程,在《男人的一半是女人》里,章永璘"从情欲中超越出来,去追求真正的爱情;从观念的道德束缚下超越出来,去撷取生命的感觉",针对有些读者批评小说中存在的"自然主义描写"和拿了道德原则去衡量主人公行为的做法,他认为这是对作家的误解,是没有看到作品真正深刻的思想所在②。李兆忠在文章里认为《男人的一半是女人》较之《绿化树》,从整体来看水准虽并未见提高,甚至有令人厌恶之处,但作家继续创新以求超越自己的努力却是显而易见并应予以充分肯定的。《男人的一半是女人》"是张贤亮迄今为止写出的全部作品中最有力度和深度、最成功的作品"③。这些批评家能够秉持客观严谨的文艺评论态度,因此,他们对小说《男人的一半是女人》都做出了较为中肯的评价,但是,也有一些评论者从性描写的道德层面完全否定了这部作品的艺术价值。石镝的《一个危险的艺术信号——评〈男人的一半是女人〉的性意识描写》(《今日文坛》1986年第2期)就是其中一篇有代表性的批判文章,论者认为:"《男人的一半是女人》是一部全篇充斥着性意识的作品,它有能量地败坏了严肃文学的声誉,串连起了部分读者龌龊的审美追求和猎奇猎色情趣。这是应该引起今日文坛所要警觉的。""《男人的一半是女人》的审美趣味似乎全在于女性的人体上,艺术理想似乎也全在于男女性欲追求满足的所谓'幸福'上。""作家忘却了他应该具备并已曾经被公认的强烈的社会责任感,不是去写阴暗时代人们潜藏的健康的心理意识、品德情操,而是以所有娴熟的艺术手段去大力渲染人物的阴暗心理、变态情绪、卑鄙意识和可恶行为。可以说,《男人的一半是女人》的问世,是作家偏离自己光明的艺

---

① 曾镇南.负荷着时代的痛苦的灵魂:评《男人的一半是女人》[A]//评《男人的一半是女人》[C].银川:宁夏人民出版社,1987:346,356.

② 蓝棣之.谈谈张贤亮的《唯物论者启示录》[A]//评《男人的一半是女人》[C].银川:宁夏人民出版社,1987:212.

③ 李兆忠.在艺术与哲学之间:《男人的一半是女人》的象征意蕴[A]//评《男人的一半是女人》[C].银川:宁夏人民出版社,1987:111.

术航道的一个确证，同时也是作家的艺术创造力萎蜕的一个表现。"①这种评价显然有失公允，在《男人的一半是女人》里虽然有比较大胆的性描写，但它的主题是严肃的，它并非像论者所批评的那样是一部充满低俗趣味的色情文学作品。论者使用的是一种十分情绪化的批判式语言，批评的态度也显得咄咄逼人，很多地方还留有极"左"年代的思想斗争痕迹，读来无法令人信服。此外，韦君宜的《一本畅销书引起的思考》（《文艺报》1985年12月28日）、林之丰的《反映性爱和婚姻问题要有正确的态度》（《作品与争鸣》1986年第1期）、王绯的《性崇拜：对社会修正和审美改造的偏离——从〈男人的一半是女人〉的性描写说开去》（《文学自由谈》1986年第3期）等文章也都对张贤亮的这部小说持否定和批评意见。时任人民文学出版社社长的韦君宜撰文说："我自己作为一个女读者，就觉得受不了书里那种自然主义的描写，我想还会有不少女读者也是如此……很受不了被人看成单纯只是'性'的符号，只以性别而存在。那实在是对人的侮辱。""我并非说作者有意迎合读者的低级趣味，或说它与黄色淫秽的书等同，但是，对于两性关系的自然主义的描写实在太多了一些。"作品"在众多的读者中发生那种不良社会效果，难以全怪读者。作品本身是应负主要责任的"②。王绯认为由于作家在对性的认识和艺术实践的把握上表现出的性崇拜，造成了小说对人类性本能的社会修正和性描写所必需的审美改造的偏离，从而使作品本该有的严肃政治性主题庸俗化了。《男人的一半是女人》使人看到的是对堕落的高扬。黄香久"是带着男性的而且是囿于生物学的眼光观照社会生活所塑造出来的男性心目中的女性，是被作者的性崇拜扭曲的女性"。"这类性描写，不能作为审美对象，只能是官能感受对象；进入不了审美层次，只能停留在官能刺激的层次。"③林之丰认为《男人的一半是女人》"如此露骨地大段描写性心理与性行为，不论其主观意图如何，都是不严肃、不慎重的"。"作品的格调，是作者思想境界的反映。这些格调低下的性描写，充斥于通篇小说，反映了作者思想境界的低下。由

---

① 石镧 . 一个危险的艺术信号：评《男人的一半是女人》的性意识描写［J］. 今日文坛，1986（2）.

② 韦君宜 . 一本畅销书引起的思考［N］. 文艺报，1985-12-28.

③ 王绯 . 性崇拜：对社会修正和审美改造的偏离：从《男人的一半是女人》的性描写说开去［J］.
　　文学自由谈，1986（3）.

于作者是带着欣赏的态度来刻画和描写这些人的本能，对读者的不良诱惑更甚。"①笔者认为这样的评价实在是误解了张贤亮的创作初衷，《男人的一半是女人》是在当时"创作自由"的文艺背景下出现的一部严肃文学作品，而并非是二十世纪八十年代的《金瓶梅》。女批评家囿于自身情感经验而得出的偏激结论恰恰也说明极"左"文艺思潮，尤其是"文化大革命"期间的禁欲主义对女性性观念禁锢的严重程度，张贤亮对女性身体和性心理、性行为的大胆描摹，使这些女性批评家觉得受到了侮辱，因而无法容忍，但我们不能因此而否定这部作品的思想价值。一九八八年，漓江出版社出版的《新十年争议作品选（1976—1986小说卷）》第三卷中收录了《男人的一半是女人》，同一卷中还有莫言的《透明的红萝卜》、王安忆的《小城之恋》等作品。其中对《男人的一半是女人》的争议最多，光论文目录就罗列了九页之多，因该书收录的评论文章与宁夏人民出版社的《评〈男人的一半是女人〉》多有重合，故此处不再赘述。

《男人的一半是女人》发表后，在批评界引起强烈反响，《当代文坛》《当代作家评论》《小说评论》《文学自由谈》《读书》等刊物都纷纷设立专栏发表与之相关的评论文章，其中主要有孙毅的《理性超越中的感性困惑——关于〈男人的一半是女人〉的思考》（《当代作家评论》1986年第1期）、吴方的《断想〈男人的一半是女人〉》（《当代作家评论》1986年第2期）、刘蓓蓓的《兽·人·神——关于〈男人的一半是女人〉》（《当代作家评论》1986年第2期）、李树声的《难得的永恒 难释的解——漫谈〈男人的一半是女人〉》（《当代作家评论》1986年第2期）、蔡葵的《"习惯于从容地谈论"它——读〈男人的一半是女人〉》（《当代作家评论》1986年第2期）、邱成学的《真诚，呼唤批评睁开第三只眼睛——我读张贤亮中篇系列小说及其评论》（《当代作家评论》1986年第4期）、丁小卒的《是"解放"，还是扭曲的加深——漫谈〈男人的一半是女人〉》（《当代文坛》1986年第4期）、石天河的《与批评家谈〈男人的一半是女人〉》（《当代文坛》1986年第4期）、李贵仁的《一个特定时代的"忏悔录"——〈男人的一半是女人〉辨析》（《小说评论》1986年第3期）、

---

① 林之丰.反映性爱和婚姻问题要有正确的态度［J］.作品与争鸣，1986（1）.

李劼的《创造，应该是相互的——评〈男人的一半是女人〉的性观念》(《读书》1986年第9期)、李书磊的《〈男人的一半是女人〉接受检讨》(《文学自由谈》1989年第1期)等，这些争鸣文章从多个视角对《男人的一半是女人》展开了文学与思想上的探讨。如此集中而且大规模地讨论同一部作品，在二十世纪八十年代的批评界是比较罕见的。大多数批评家将这部作品当作道德小说或政治小说来解读，其中既有中肯的评价，也不乏严厉批评的声音。值得一提的是，那个年代的读者普遍将其作为一部性启蒙的教科书来看待，刊载小说的杂志被抢购一空，许多年轻人抢着阅读，仿佛在偷尝禁果一般。中国社会科学院文学研究所的研究员杨早说："《男人的一半是女人》是共和国文学中第一篇大面积进行性爱描写的公开发表的作品。无数人（包括我）第一次从这篇小说中得到性的启蒙，尽管这种'启蒙'杂乱而怪异，但对于大多数读者而言，它仍是第一次目睹肉欲在白纸黑字间释放。这让张贤亮与其他'伤痕文学'作者在识别度方面高下立判，也成为新时期文学'性浪潮'的滥觞。"[1]在严肃文学面临危机、通俗文学大行其道的二十世纪八十年代末，这本书却能轰动一时，这的确不能不引起人们的思考。

张贤亮在《男人的一半是女人》中大胆地描写女性的身体器官，刚刚走出禁欲时代的人们第一次在书本中读到了这样的字眼：窈窕的身躯、高耸的乳房、富有曲线美的胸脯和小腹，像"紧绷的绸缎一样，给人一种舒适的爽滑感和半透明的丝质感"的肌肤，对于二十世纪八十年代中期的青年读者来说，这些句子无疑能够强烈地震颤他们的每一根神经，简直是一种奇妙到超验的"出格"描写。在中国的文化传统中，"性"与"爱"向来是不能合一的，"性"从来就被视为淫秽、色情的代名词，难登大雅之堂。在当代文学前三十年的文学作品中，身体不仅是与铅字绝缘的，在现实生活中也是被遮盖和回避的，十七年文学中的女性形象以女烈士和女干部为主，不管是在电影银幕上还是现实生活中，年轻的女性一概穿着宽大的军装或工装，她们的形象如同第三套人民币画面规定的那样整齐划一，"文化大革命"时期的样板戏更加有意识地去消解女性的身体特征。张贤亮第一次剥掉了女性身上宽大的工装，

---

① 杨早.张贤亮：文学史里的坏小子［EB/OL］.氧分子网，2014-10-03.

他让人们惊奇地发现，女性的身体原来竟如此美妙。从张贤亮的《男人的一半是女人》开始，女性躯体和性爱描写大量出现在新时期作家的笔下，并成为歌颂和赞美的对象。但是，很多文艺界人士对这种写法却表现得相当反感。据曾任《收获》副主编的程永新回忆说，《男人的一半是女人》寄给《收获》，"编辑部看了这个小说以后都觉得不错，认为张贤亮写出了人性，有一些真实的体验在里面。之后，把它作为一部重要作品，由李小林编发了"。小说在《收获》上发表以后，"北京的一些女作家对此很有意见，说张贤亮的作品不尊重女性。作家冰心也因此打电话对巴金说：你要管管《收获》了"。巴金看完小说之后认为没有什么问题。李小林还记录下了巴金的大概意思：这是一部严肃的小说，不是为了迎合市场化的需要而写的；最后的一笔写得有一点"黄"，但是写得确实好 ①。因为巴金的肯定，这场风波才逐渐平息。

虽然很多批评家因为作品"性裸露"的程度而对它进行指责，但也有一些作家、批评家从这个角度为它辩护。如女作家张辛欣在《我看〈男人的一半是女人〉的性心理描写》一文中说，"我认为：单就这部小说的个体性心理的过程描述来看，是合乎心理和生理逻辑的"。"在这部作品里，人性中最基本的性心理的扭曲正揭示、控诉和剖析了那个特定时代的气氛，整个社会的状态和每一个个体的隐秘的内心状态互相构成着总体氛围，互相决定着。"② 长期的劳改生涯和禁欲氛围使主人公章永璘丧失了性能力，在一次劳动抢险中他成了群众眼中的英雄，在黄香久的抚慰下，他的性能力突然得到恢复。"如果说迫害，说摧残，还能有比这更甚的吗？把性心理、性意识的描写，有机地融进那个特殊的环境和特定的社会背景，并且又写得那么合乎情理，不能不说是对作品历史感的一种有力的深化。"③ 如果我们将章永璘这个人物的性观念、性意识，放置在那个特殊社会历史、文化的大背景中去考察，就会发现这部作品对极"左"政治扼杀人性的批判和控诉真是达到了前所未有的深度。面对激烈的批评，张贤亮说把这部小说当作性文学，他感到很冤枉："我是用很严肃的态度去写这篇小说的。我想通过人性的被扭曲，来反映一个可怕的

---

① 程永新，吴越.巴金与《收获》[N].新民晚报，2016-09-07.

② 张辛欣.我看《男人的一半是女人》的性心理描写[N].文艺报，1985-12-28.

③ 苑坪玉.性与象征：评《男人的一半是女人》[J].今日文坛，1986（2）.

时代，告诉世间这样的时代不能再存在下去。"①作家借男女之间的情爱故事来表现"文化大革命"的历史，从而使性与政治建立起了某种关联。正如胡少卿在《中国当代文学中的"性"叙事（1978—）》一书中指出的："《男人的一半是女人》为'性'争取到了一个重要的话语据点。它成功的秘诀在于将'性'与'政治'同构，将'性压抑'与'政治压抑'同构，在'阳痿'和'政治压抑'之间建立一种必然联系。'欲望'和'压抑'都被编织到一个有关控诉的大叙事中去了，从而在大历史中获得了命名。"②性描写被张贤亮编织到对于黑暗历史的控诉和揭露之中，借助这种深层控诉的名义，性欲望被合法化，性描写在"文化大革命"后第一次获得了人们正面而积极的评价，读者从政治批判的意义上接受性，把性看成是人们日常生活中的合理要求，这部小说由此被文学研究者和文学批评家评价为新时期文学中率先打破性描写禁忌的破冰之作。然而，刚刚走出"文化大革命"历史阴霾的人们，还没有做好充分的准备来考虑文学中性描写的合法化问题，也可以说，人们虽然在于政治层面的意识形态问题上，已经达成了"解放思想""实事求是"的共识，但是，在伦理道德层面，仍然被极"左"时期的禁欲主义思想束缚，人们耻于谈论性爱和婚恋方面的私密话题，这导致很多文艺评论家在评价张贤亮的《男人的一半是女人》时，首先是以激烈批判的态度出现的。张贤亮虽然是以新时期文学性描写禁区开拓者的姿态出现的，但胡少卿分析后认为《男人的一半是女人》"仍然是在'罪感叙事'的范畴内展开，这决定了它既召唤'性'，又必然要超越'性'"。小说里"始终存在着'灵'与'肉'两个层次，一边是极度的性饥渴，一边则是孜孜不倦地对国家前途命运的焦灼。'生活难道仅仅是吃羊肉吗？'小说中，章永璘不停地追问自己，在他心灵的天平上，'灵'显然远远重于'肉'。这种对'性'的罪感逻辑促使他离开了黄香久（许多女性主义批评家正是从性别角度对这一结局进行指责）"③。

福柯（Michel Foucault）说过："在社会领域中，有一些话语是被允许出现，而另一些则是不让出现的，而受到最为严格控制和禁止的话语领域是：性和

①　林树.是性文学吗：评《男人的一半是女人》[J].今日中国，1986（6）.

②　胡少卿.中国当代文学中的"性"叙事［M］.合肥：安徽教育出版社，2008：49.

③　胡少卿.中国当代文学中的"性"叙事［M］.合肥：安徽教育出版社，2008：51.

政治。因为性和政治的讨论绝非中性的，它们同欲望和权力有关。对欲望的谈论本身就是欲望的对象，对政治的谈论本身同样是政治的对象。"①《男人的一半是女人》既奠定了张贤亮在新时期文学史上的性描写禁区开拓者的地位，开启了二十世纪八九十年代文学创作中性描写的滥觞，同时，这种写作方法以及他对女性的态度也让他在一些文学批评家，尤其是女性批评家心目中的形象受到了一定的损害。一九九五年，《文学自由谈》刊登了一篇题为《当代某些男性作家的落后妇女观》的文章，批评张贤亮、苏童、贾平凹小说中体现出的妇女观，认为他们的作品"无视妇女的独立人格，无视她们的社会存在和精神世界，把她们丑化为男子的工具、玩物甚至奴仆"。章永璘身上流露出的"自私的占有欲事实上是将女人沦为私有的赏玩工具，男人附属品的一种观念表现"。论者认为这是当代男性作家大男子主义和封建士大夫思想的反映，说明很多作家头脑中还没有彻底摆脱封建思想，因此必须加强女权主义的文学批评②。对于批评家的指责，张贤亮说爱一个人必然就会想要占有对方，这是男人和女人共有的心理特征，批评家以道德标准来对章永璘进行批判是有失公正的。"我只能说我描写的就是'这一个'。不管'先进'也好，'落后'也罢，那个（或这个）时代的男女就是'这个样'……我只是真实地写出了我们这一代人就是这么一副'德行'，也许将来的读者看了会觉得真可笑、真落后（现在已有人觉得可笑和落后了）！然而，作品的价值大概也就在这里了吧。"③

《男人的一半是女人》是二十世纪八十年代中后期影响最为深远，同时也是争议最大的作品之一，它让张贤亮长期处于"低俗"作家的批评漩涡中，改变了一些批评家对他的原有印象。小说在社会上掀起了一场关于"男人和女人"的性文化旋风，引发了新时期女性主义文学批评的觉醒，王安忆、铁凝等作家都多少受到过这部小说的影响。王安忆对张贤亮的《男人的一半是女人》给予了高度评价，认为它完成了新时期文学"关于写性的革命"④。章

①　汪安民.福柯的界限［M］.北京：中国社会科学出版社，2002：150.

②　余小惠，鲍震培.当代某些男性作家的落后妇女观［J］.文学自由谈，1995（3）.

③　张贤亮.睡前絮语［A］//张贤亮.心安即福地［M］.贵阳：贵州人民出版社，2013：109-110.

④　王安忆，张新颖.谈话录［M］.桂林：广西师范大学出版社，2008：63.

永璘是张贤亮作品中最具有争议性的人物，这一人物的价值，"不只它所包含的深广的社会内容和社会批评意义，还在于它蕴含的美学，乃至人类学、历史学的意义，在于它以文学的手段，从审美的角度，把对人类精神深层的开掘向前推进了一步"①。可以这样说，是一次次激烈的争论使张贤亮迅速成为二十世纪八十年代知名度很高的作家。总体来说，张贤亮以描写人物的食、色两方面的欲望为落笔点，借此揭示人性、反思人性，是成功的。然而，这也容易转移注意力，导致作品在对政治、历史的批判与反思上面用力不够。一九八五年十月，作家出版社以《感情的历程》为题，出版了"唯物论者的启示录"第一部，其中包括短篇小说《初吻》、中篇小说《绿化树》和长篇小说《男人的一半是女人》。著名评论家夏志清在读完《感情的历程》后，对张贤亮的文学才能进行了高度评价，他说："如果要为二十世纪八十年代中国内地小说发展的杰出成就选一位代表作家，我会选择张贤亮……当我第一次碰巧读到他的小说《男人的一半是女人》（一九八五年）时，我便震惊于张氏写作水平之高，同时也为此阅读经历而感到欣喜。那时我就想，就文学技巧与思维的活跃度而言，在我读过的为数不多的二十世纪八十年代作家中，尚没有人（包括评价甚高的阿城）能与张氏比肩。""后来进一步读了张贤亮的小说，我便确信，如果不是从创作实绩而仅就创造的天赋来说，张贤亮确可与张爱玲、沈从文等量齐观，其水准应在老舍、茅盾这样的二十世纪三四十年代的小说家之上……无疑地，张贤亮是当代中国最重要的作家之一。"②

"一九七九年到一九八四年前后，是新时期文学的第一个段落。"③这一时期张贤亮的文坛地位不断攀升，迅速成为当代重要作家。批评家对他这一时期的文学评价整体上以肯定其成绩为主，他的小说很好地与这一阶段的政治环境相契合，既展现出对过去不合理的"左"的政治路线的批判，又传达出他对新时期改革开放政策的支持与积极投身现代化事业的参与热情。张贤亮前中期的小说之所以能在二十世纪八十年代不断引起读者和批评界的重

---

① 张志英，张世甲.张贤亮代表作·前言［M］.郑州：黄河文艺出版社，1989：1.

② 夏志清.张贤亮：作者与男主人公：我读《感情的历程》［J］.李凤亮，译.中山大学学报（社会科学版），2008（5）：56-63，211.

③ 洪子诚.中国当代文学概说［M］.北京：北京大学出版社，2010：93.

视,一方面是由于作品本身的艺术价值,张贤亮可以说是二十世纪三十年代出生的那一批作家里面最有才华的人之一,他的诗人气质在小说中得到了很好的展示和发挥,丰富的人生经历使他的作品具有哲理性、思辨性;另一方面,张贤亮的小说与二十世纪八十年代那种社会转型的时代背景互动融合,与政治联系得十分紧密,张贤亮曾说他的所有小说都是政治小说,而二十世纪八十年代最牵动人们注意力的就是政治风向的转变,是大的政治环境成就了张贤亮的文学创作。文学思潮在张贤亮前中期的小说创作中具有很大影响,在一九八五年之前那种具有一元化的文学主潮的文学年代,迎合与追赶文学思潮无疑是取得成功的捷径,张贤亮在二十世纪八十年代的很多想法都与国家当时倡导的政治走向不谋而合,用作家的话说就是他具有某种超前性、前瞻性,因此,他的小说更容易得到主流意识形态的青睐并引起批评家的注意。一九八五年之后,文学多元化的趋势日益明显,纯文学的地位遭到通俗文学和新媒体的挑战而变得式微,张贤亮的小说失去了一元化时代文学主潮的引领,对极"左"政治的批判和反思,变成了某些作家的个人写作方向,尤其是进入二十世纪九十年代以后,张贤亮等"右派"作家迅速被市场控制下的文坛边缘化,逐渐淡出了读者的视线。在这个过程中,张贤亮发觉了文学的无力,他要继续扮演社会改革参与者的角色就必须投身于与时代结合最紧密的商业大潮,在这种情况下,他创办了镇北堡西部影城,成为"文人下海"的典型。

第四章

商业大潮中的"下海"文人

　　进入二十世纪九十年代,在"文人下海"的热潮中,张贤亮以他小说的全部海外版税收入作为抵押向银行贷款,在宁夏银川创办了镇北堡西部影城,从此,他将大部分的时间与精力放在影视城的经营与管理上,小说创作进入低潮并最终停滞,到他逝世前的二十一年中,只有短篇小说《普贤寺》(《芙蓉》1996年第5期),中篇小说《无法苏醒》(《中国作家》1995年第5期)、《青春期》(《收获》1999年第6期),长篇小说《我的菩提树》(又名《烦恼就是智慧》,上部发表于《小说界》1992年第5期、下部发表于《小说界》1994年第2期)、《一亿六》(《收获》2009年第1期)等为数不多的几部作品问世,从读者反馈和批评家对这些作品的评价情况来看,张贤亮的文学影响已经明显失去了二十世纪八十年代时的那种轰动效应。《一亿六》甚至被一些批评家指责为情趣低俗、完全丧失了一个知识分子应有的批判精神。张贤亮之所以没有被人们彻底遗忘,得归功于他在市场经济大潮中创办了"出卖荒凉"的镇北堡西部影城,媒体的宣传使他成为"文人下海"的成功典型,而这实际上也是作家主动迎合时代需求、远离文坛的结果。

第一节　张贤亮与"文人下海"现象

　　二十世纪九十年代是中国全面由计划经济向市场经济转型的深化时期。一九九二年六月,邓小平"南方讲话"发表不久,中共中央、国务院出台了

《关于加快发展第三产业的决定》，规划争取用十年左右或更长一些时间，逐步建立起适合我国国情的社会主义统一市场体系。同年十月，党的第十四次全国代表大会更明确提出我国经济体制改革的目标是建立社会主义市场经济，这标志着中国的改革开放和现代化建设迈入了新的历史阶段。此后，诸如"股份""公司""下海""国企改革""下岗"等大量带有鲜活时代印记的经济词汇频繁出现在新闻媒体的报道之中。随着市场经济活动向市民生活领域的渗透，人们的日常生活日益呈现出商业化的特征。知识分子陷入前所未有的尴尬境地。"很多文化人茫然不知所措：是继续坚持自己的专业还是随波逐流，也涌到杂乱而又繁荣的，嫌嫌而又诱人的市场上去？"①这成了摆在知识分子面前的一个亟待回答的问题。重商主义风气也影响到文坛，作家张洁因为向杂志社预支稿费而遭到无端指责，她愤然在报纸上撰文表示："从今以后我决心不再清高，请别再高抬我，也别再指望我将那知识分子的美德发扬光大。"②市场经济激发起人们脱贫致富的理想，改变了人们在计划经济体制下形成的平均主义财富价值观。与二十世纪八十年代相比，大家更关心自己的腰包而不是对形而上问题的思考，人们的生活态度趋于理性、务实，纯文学读者大量流失，文学期刊遭遇生存危机，纷纷改刊或停刊，文学的地位大幅下降。为此，作家冯骥才不无感慨地说："'新时期文学'这个概念在我们心中愈来愈淡薄。那个曾经惊涛骇浪的文学大潮那景象、劲势、气概、精髓，都已经无影无踪，魂儿没了，连那种'感觉'也找不到了。"③一个文学的时代彻底宣告结束了。

一九九二年，文学体制改革作为一项文化产业政策被提了出来，作家和文学刊物、出版社进入市场成为大势所趋。在这种情况下，作家队伍迅速完成了自身的分化。有的作家坚守书斋，继续从事纯文学的写作；有的作家迎合读者需求，制造畅销书籍；有的作家进入政界或"下海"经商。这一年，北京作家王朔创办了海马影视创作中心，成为二十世纪九十年代"下海"文人中的第一个弄潮儿。随后，杨争光、张贤亮、陆文夫、魏明伦、沙叶新、

---

① 张贤亮.文化型商人宣言：致我亲密的商业伙伴［J］.朔方，1993（2）.

② 张洁.不再清高［N］.光明日报，1994-04-26.

③ 冯骥才.一个时代结束了［J］.文学自由谈，1993（3）：23-24.

宗福先、胡万春等人也都纷纷"下海","下海"作家有的创办公司,有的经营企业,有的则干脆脱离作协体制,成为签约作家和自由撰稿人。一时间,"下海"成为作家圈里最时髦的现象。

　　"文人下海"现象引发了社会的广泛关注,人们由此对二十世纪九十年代知识分子的生存状态展开了热烈的讨论。赞同者认为"文人下海"是顺应时代潮流的明智之举,作家更新观念、参与竞争,为熟悉市场经济条件下的社会生活而"下海",有助于将来创作出更贴近时代的作品;反对者则认为"下海"是文人耐不住寂寞,想借助名人效应发财,"污染了文艺的圣洁殿堂"①。但无论是赞成者还是反对者都能感受到市场经济大潮对知识分子人文理想的猛烈冲击。时任中国作协党组书记的唐达成认为:"文人下海是社会转型期一种心理失衡状态造成的。面对商品经济浪潮汹涌而来,文人也会产生常人一样的困惑。"②在计划经济体制下,物质生活的匮乏是一种普遍状态,精神上的优越感可以使知识分子获得心理上的极大安慰,然而,二十世纪九十年代经济体制的变革带来了社会文化的转型,以商品经济为核心的社会生活催生出世俗化的大众文化价值取向,导致知识分子社会角色、社会地位的变化。知识分子感到他们从二十世纪八十年代思想启蒙的中心位置一下子被抛向了边缘,启蒙者的地位面临着民营企业家和个体暴发户的深刻挑战,知识分子由于这场急遽的转型而陷入迷惘、失落与焦虑,由此引发了一九九三至一九九五年间关于"人文精神"的大讨论。正像有的学者指出的,二十世纪八十年代的社会转型还只是一种观念上的转型,停留在思想意识的层次,二十世纪九十年代则进入了提倡实践与物质层次的阶段。"一个富于中国特色的世俗化社会从官方到民间对那些惯于编织理想主义、英雄主义、精神主义、奉献主义神话,以启蒙领袖与生活导师自居的人文知识分子形成了双重挤压。"③采取何种方式参与现实文化实践,站在什么样的文化立场发言,成为二十世纪九十年代知识分子首先需要解决的问题。"人文精神"大讨论是知识分子在市场经济刺激下自发的一场自救运动,其根本目的是要解决知识分

---

① 洪钟.文艺家"下海"之我见［J］.当代文坛,1993（3）.

② 张宝珍,曹静.保住心爱的笔［J］.中国软科学,1994（12）.

③ 陶东风.社会转型与当代知识分子［M］.上海:三联书店,2005:141.

子在市场经济体制下的身份认同危机,通过探寻商业环境中人文精神的失落,试图重建知识分子的话语中心地位,重返二十世纪八十年代那种具有集体性热情的启蒙时代。张承志、张炜、王蒙、陈村、蔡翔、南帆、张汝伦、朱学勤、许纪霖、王彬彬等一批作家、学者、理论家都加入到了这场讨论中来,然而,事实证明"人文精神"大讨论并没能在汹涌的商品经济大潮中力挽狂澜,文学边缘化的趋势仍然在不断加剧,知识分子的身份认同危机仍然悬而未决,作家清贫艰辛的生活状况依然如故。在这种情况下,张贤亮对外界宣布了他"下海"的决定。

一九九二年十一月七日,在银川的一个由各界代表参加的座谈会上,张贤亮动情地说:"改革十四年来,我一共发表了三百多万字的作品,被翻译成十七种文字介绍到国外。作为宁夏文联主席,在自治区所有的正厅职干部中,唯有我一个没有小汽车。我花了三年完成的作品《烦恼就是智慧》,稿酬只有四千一百元,还不值刘欢唱一首歌。我曾试图劝阻许多改行'下海'和走出宁夏到外面'捞世界'的同仁。然而他们一句话就把我顶回来:'你张贤亮这么高的成就,就这么个待遇,你还让我们指望什么?'中国现代作品集从鲁迅开始仅出过二十多本,我的作品也出版了,仅仅只有三百元稿费。今年政府所给的财政费用从四十四万元下降到二十四万。从一九八五年以来,宁夏没有给一个优秀作家和一部优秀作品发过奖金。自治区音协主席调到了江苏,《朔方》杂志主编调到了北京。有的同志下了海南,还有的开了饮食店,有的开了装潢部。""宁夏文化界面临一个重大问题就是怎样才能稳定队伍,因为没有人何谈繁荣?!与其让文化人各自'下海',不如把他们组织起来。目前,我们文联已开办了联谊实业总公司。采取股份制,我就是董事长。我就把我的名字捐出来,用我来为文联的实体做广告,我要把宁夏的文化人都团结起来。"[1]会后,他对记者说:"我个人愿借用我在国内外的文学声望,在宁夏充当红色买办,接受海内外有意在宁夏投资和做生意的朋友的委托,替他们代理经营业务。我将向人们证明:我不仅有文学才能,也有商业才能!"[2]

---

[1] 沉默.文人下海忧思录[J].新疆艺术,1994(1).亦可参见2008年7月2日《银川晚报》上《张贤亮"下海"》一文的相关报道。

[2] 沉默.文人下海忧思录[J].新疆艺术,1994(1).

　　这里提到的联谊实业总公司，是宁夏文联为解决经济困境而兴办的第三产业经济实体的统称，包括艺海实业发展有限公司和宁夏商业快讯社等营利性机构，"经营包括广告业务在内的一切可以买卖的物资"①。公司在银川市最热闹的商业地段设立了三十个电子广告屏，收取广告服务费，此后不久，张贤亮以他作品的全部海外版税收入做抵押向银行贷款五十多万元人民币，再加上部分募集到的资金，以九十三万元注册资金（实际七十八万元），以股份制的形式，创建了宁夏华夏西部影视城公司，即镇北堡西部影城。

　　然而，宁夏文联的经济困境并不是促使张贤亮"下海"的全部原因，他还有更深层的考虑，他说："作家办企业，或曰'下海'，别人我不知道，反正我不只是为'挣钱'，更重要的是贴近生活，贴近火热的市场经济生活，把自己的实际与现实生活紧密地联系起来，写出自己的真实情感的东西来。试想，成天关起门来创作，躺在被窝里写东西能有什么好的！"②"我认为作家要深入当前市场经济生活，最好的方式无过于亲自操办一个企业，就趁着这个潮流'下海'，创办了'宁夏华夏西部影视城公司'，公司的基地在镇北堡，称为'镇北堡西部影城'。"③张贤亮一开始的确是把"下海"当作作家深入生活的一种方式来看待的，他"下海"的主要目的是创作出更符合生活实际的作品，这显然是出于一个将文学作为毕生事业的作家的考量。但他又说："我不是一个轻易被时尚所动的人，只是对专业作家制度一直有自己的看法，认为文学创作与学术研究不同，作家应该多读社会这部大书，而专业作家制度突出了文学创作的技能性，将文学创作当作一种特殊的职业，从而无形中使文学的生命脱离了它依赖的土壤。许多有才华的作家在这种类似'铁饭碗'的写与不写都一样的'优越'制度中逐渐丧失灵气及敏锐的艺术感觉，不幸地变成'写家''坐家''爬格子的''码字儿的'，或是从此辍笔。在编制上，我虽然是一名所谓的'专业作家'，但我总在寻找一种与现实生活能紧密联系的结合点。当市场经济已经成了中国社会中最'热火朝天'的生活，在紧锣

① 张贤亮.文化型商人宣言：致我亲密的商业伙伴［J］.朔方，1993（2）.

② 刘彦生.张贤亮：我的所有小说都是政治小说［J］.文化月刊，1994（6）.

③ 张贤亮."文人下海"［A］//张贤亮.美丽［M］.贵阳：贵州人民出版社，2013：108.

密鼓地'大办第三产业''寻找第二职业'中，我'下海'也就成了必然。"①从这些话可以看出张贤亮"下海"的初衷是保持敏锐的艺术感觉，然而，这番话也表达了他对中国作协体制的不满，有想从体制中挣脱出来的意思。作协，这一从苏联继承下来的文学制度已经对一些作家的创作构成了限制，但作协体制对作家的创作更多的还是起着保障作用，使作家可以没有后顾之忧，全身心地投入到文学创作之中，身为宁夏作协主席的张贤亮自然明白这个道理，因此，他并没有像有些作家那样最终完全脱离作协，而是转型成为一个既创作又经商的文化型商人。

在"下海"是否会影响创作的问题上，张贤亮的态度显得十分矛盾。他一方面认为，"下海可以让被'养起来'的作家走出象牙之塔，脚踏实地地体验生活，介入生活，学会生存，创造出富有生活实感和时代气息的艺术作品"；另一方面，他又不得不承认，"真正的艺术家，应该全身心地投入艺术的空间，较少地受外物干扰，不被形形色色的非艺术因素所左右"②。应该说张贤亮"下海"之初对如何处理经商与创作之间关系的估计显得过于乐观，后来的事实证明，"下海"作家都付出了惨痛的代价，一些文人在尝到了海水苦涩的滋味后，甚至无法重新回归文坛，而这是他们在刚"下海"时没有料想到的。二十世纪九十年代初兼职做房地产中介的台湾女作家陈若曦说："从商，或从事任何一种工作，对写作都会分心，这是无可置疑的事……我现在从事的工作，对我的写作便有影响：不利于创作小说，较适合专栏文章。因为这种工作把一周的时间零碎分割了，总投入时间不算多，但空闲时间却显得支离破碎。而小说创作（对我而言）则需要较完整的时间作思考，不宜分心为佳。"在谈到大陆作家的"下海"现象时，她说："我并不主张文化人都'下海'从商或兼职赚钱。事实上也没有这么多生意好让知识分子去做。我相信，目前的纷乱，部分是以前禁制太凶而出现的反弹现象，为多元文化催生的阵痛。当然，若长此下去则毛病大矣，整个民族一起退化沉沦下去，那将是大悲剧。"③对"文人下海"现象，读者和批评家往往从文人传统和对文学的圣洁

---

① 张贤亮.出卖"荒凉"[A]//张贤亮.美丽[M].贵阳：贵州人民出版社，2013：134.

② 程明."东方好莱坞"与文人"下海"：张贤亮访谈录[J].唯实：1994（9）：47-50.

③ 戈云.文人"下海"及其他：与陈若曦笔谈[J].学术研究，1994（2）.

情感出发，更欣赏那些能够在商海浪潮中自觉抵御金钱的诱惑，将文学事业视为崇高使命，全身心投入文学创作的作家。"下海"经商对一个作家创作灵感的伤害是不言而喻的，从某种意义上说，"文人下海"即意味着纯文学创作道路的终结，那些在商业上取得成功的作家最后大多淡出了读者的视线。张贤亮是二十世纪九十年代"下海"文人中为数不多的成功者之一，但他的文学园地也在"下海"后日趋荒芜。

《文学报》刊登过王蒙与张贤亮关于"文人下海"和作家心态的通信，王蒙对张贤亮"下海"表示由衷的惋惜，然而，张贤亮却不以为然，他在致王蒙的公开信中阐明了他的价值观"就是阻止极'左'路线在中国复活，不能让我们国家民族再次陷入全面疯狂和全面贫困的深渊"①。张贤亮说："我认为搞市场经济是中国近百年来最深刻的一场变革。只有市场经济建设成功，中国人向往的繁荣富强的日子才可能到来。只有建设一个商品经济形态的社会，我们的社会才能兴旺发达。如果我不亲自参与这次变革，将是我最大的遗憾。"②"虽然近些年我在文学上似乎止步不前，但至少我为社会提供了两百多个就业机会，给镇北堡西部影城周边的农民每年提供五万个工作日，原来举目荒凉的地方被我带动成为繁荣的小镇，附近数千人靠我吃饭，这总使我感到自豪。"③

参与政治经济改革的热情促使张贤亮最终做出了"下海"的决定。在一次访谈中，张贤亮说："我被打成右派后，研究了二十二年《资本论》，我的兴趣早在经济方面了。""如果说过去我是一个专业作家，主要从事文学创作，业余爱好是经济学的话，那么我现在爱好的是经济学并主要从事经济方面的事，业余时间当作家。这不是什么赶潮流，也非人们所理解的那样，是被时代异化了的一种现象。""如果说以前在作品中讴歌改革家，我只是一个热心而不乏好奇的旁观者的话，那么现在我就是一个身体力行的参与者了，将自己的理论完美地运用于经济实践中。"④这番话颇能够说明张贤亮的人生志

---

① 王若谷.刍议职业作家制［J］.理论与当代，1994（7）.

② 程明."东方好莱坞"与文人"下海"：张贤亮访谈录［J］.唯实，1994（9）：47–50.

③ 张贤亮."文人下海"［A］// 张贤亮.美丽［M］.贵阳：贵州人民出版社，2013：113–114.

④ 程明."东方好莱坞"与文人"下海"：张贤亮访谈录［J］.唯实，1994（9）：47–50.

向，他的理想就是做一个紧跟时代的社会主义改革者，以最有效的方式，亲身参与中国的改革开放进程。创办和经营镇北堡西部影城，贯穿了张贤亮对社会主义市场经济的全部理解，而他对待文学的态度则是典型的文学工具论。二十世纪八十年代，文学是影响思想变革的有力武器，通过文学创作，他扮演着人文精神启蒙者的角色，进入二十世纪九十年代，文学的辉煌不再，发展市场经济成为社会主旋律，他失去了继续坚守文学的信心和耐心，于是，他选择"下海"经商，转型成为民营企业家，可以说，他一直在循社会潮流而动。在文学事业与社会改革之间，张贤亮的态度是明确的，他不止一次说过他对于社会改革的重视程度远远超过文学，文学在他看来仅是改革社会的一种手段。"有权发表文章以来，我一直没有将'作家'当作一门职业，仅靠写小说安身立命。提起笔我便想参与社会活动，我是把写作当成社会活动的一种方式来对待。说是'主题先行'也好，说是'文以载道'也罢，我总是把我的作品能给人以什么这个问题放在首位。个人的作为和个人的作品相比，我重视前者。我不愿做一个除了会写写文章之外别无它能的人。今天看来，事实证明我这种生活态度或说是生存方式是对的。"①在谈到二十世纪九十年代纯文学地位的式微时，张贤亮说："我倒以为文学今天真正降落到了它应该待的那个位置，这就是汉武帝早就给规定了的'俳优文学'。听说张承志要告别文学，我猜想他并不完全是对当今'文学的堕落'表示激愤，也有一种整个文学的无力感。而我，我早已看惯了比'堕落'更堕落的人和事，面对作家见'意义'就躲、'纯文学'变成了高智商文字游戏的书摊，我丝毫没有激愤，我采取的方式是干脆宣布我所有的小说都是'政治小说'，在人们的印象中尽量减弱它的文学性。""我把文学创作当作参与社会活动，便真正发挥了语言的基质——用有意义的工具做有意义的事情——因而它就比任何玩弄语言以逃避现实的猜谜游戏式的作品具有生命力。"②这番话虽不无偏激，充满了实用主义、功利主义的处世哲学味道，但这也许恰恰是二十二年劳改经历赋予他的真实人生感悟：一切为了生存、一切为了有用。

---

①　张贤亮.对生命的贪婪［A］//张贤亮.心安即福地［M］.贵阳：贵州人民出版社，2013：98-99.

②　张贤亮.对生命的贪婪［A］//张贤亮.心安即福地［M］.贵阳：贵州人民出版社，2013：98-99.

　　张贤亮是一个对社会改革抱有极高热情的参与者，不论是在新时期发表批判极"左"政治的文学作品，还是在市场经济大潮中创办镇北堡西部影城，都是他积极参与社会政治生活的一种表现。面对二十世纪九十年代的商业化语境，文学发生了全方位的转型，文学的非意识形态特征得到强化，人文精神被淡化，娱乐功能被强调，政治小说的最佳创作时期已经过去，相对于文学的边缘化，影视等大众传媒的影响力却在逐渐增强。张贤亮感受到了作为一个小说家在市场经济体制下的无力，为了能够在社会的改革进程中继续扮演文化先锋的角色，张贤亮停止了在文学王国里的探索，选择了一条与时代需求联系更为紧密的道路，从而蜕变为一个文化型的商人。一个作家如果不写作，无异于丢弃了时代赋予他的使命，浪费了他的文学才能。张贤亮对于中国的社会主义改革而言，其作为作家的生命意义其实要远远超过作为商人的价值，张贤亮"下海"对于中国新时期文学来说是个莫大的损失。

　　张贤亮在二十世纪九十年代的转型具有特殊性，他的转型是积极参与社会改革的必然结果，主动改变以适应时代发展的意味更浓，而非像其他作家那样是出于被迫和无奈。同时，他的转型又具有某种代表性，在成功转型的过程中，他和其他知识分子一样，同样经历了蜕变带来的各种阵痛，并付出了沉重的代价，这位有才华的作家做出"下海"的选择，即意味着文学生命的行将终结。对此，无论我们今天做何评价，张贤亮在二十世纪九十年代人生岔路口的抉择都能代表中国知识分子在社会转型大背景下的一种蜕变方式，一种新的知识分子形态。

第二节　"下海"后的小说创作与评价

　　"下海"后的张贤亮将大部分时间与精力放在影视城的经营和管理上，小说创作进入低潮并最终停滞。虽然他一直没有放弃自己的作家身份，保持着勤于写作的习惯，并经常接受各大新闻媒体的采访，但到他逝世前的二十余年中，只有为数不多的几部作品问世，从读者反馈和批评家对这些作品的评价情况来看，这些新作没有受到读者的欢迎和批评家的重视，可以这样说，张贤亮"下海"后的小说创作已经完全失去了二十世纪八十年代的那种轰动效应。这种情况不只发生在张贤亮一个人身上，二十世纪九十年代以后，整个"右派"作家队伍在当代文学史上的地位都出现了大幅度的下滑，对比新时期之初，由茅盾、周扬、巴金、陈荒煤、冯牧担任顾问，中国社会科学院文学研究所主编，苏州大学、复旦大学、杭州大学等多所院校协作编纂的大型丛书《中国当代文学研究资料》将王蒙、从维熙、刘绍棠等"右派"作家的研究资料以专集的形式整理出版，足见对其的重视程度，而到了二〇〇六年，由孔范今、雷达、吴义勤、施战军主编的大型文艺丛书《中国新时期文学研究资料汇编》出版时，其中的《中国新时期小说研究资料》卷中已经看不到王蒙、张贤亮等"右派"作家的身影，这说明文学研究界和批评界对当年那批"右派"作家的整体文学评价正在发生新的历史认知。张贤亮"下海"后的小说创作与文学评价就是这种变化的一个缩影。

一、《我的菩提树》及其他

二十世纪九十年代的张贤亮小说创作没有取得更大的突破，作品的题材和内容仍是以他在往昔岁月中遭受极"左"政治迫害的惨痛经历为主。作家继承并延续了他在二十世纪八十年代的那种写作思路，揭露痛苦的人生经历在当事人身上留下的心理阴影和无法治愈的精神创伤，只是批判和反思的力度更为深刻，这就决定了张贤亮在二十世纪九十年代的小说创作与政治的联系仍然十分密切，没有超越所谓的"政治小说"创作模式。也许是因为人到晚年格外怀旧的缘故，张贤亮小说中对他童年、青年时期往事的回忆描写颇多，人生自传的色彩十分浓厚，他试图将他对黑暗年代政治的批判与当下社会的某些不正常现象联系起来，希望以此引起人们对极"左"思潮可能回潮的警觉，这使他的作品又具有了一定的现实意义。他于一九九二至一九九四年期间创作完成的长篇小说《我的菩提树》（原名《烦恼就是智慧》）用日记体的形式描绘了"低标准，瓜菜代"时期的严重饥荒，对"大跃进"和人民公社化时期的各种天灾人祸进行了无情的嘲讽；他在中篇小说《青春期》里通过回忆主人公生命中不同时期的人生经历，再现了那个荒谬可笑、秩序失常的社会怎样一步步剥夺了人的尊严、良知和美好青春，从而表达了他的"世纪末情怀"；在中篇小说《无法苏醒》里，他通过主人公赵鸷（"照旧"的谐音）做的一场噩梦，以时而现实、时而荒诞的意识流笔法，把主人公又拉回不堪回首的"文革"时期，一切仿佛都处在令人恐惧的、无法苏醒的梦幻之中；而在短篇小说《普贤寺》里，他以佛教的仁慈与宽厚之心，劝慰世人放下一切烦恼，彻悟人生的苦难，营造内心宁静平和的精神世界，展现出作家晚年对"终极关怀"问题的关注与思考，这部作品也因此在张贤亮晚期的小说创作中具有特殊的意义。但是，这些作品都没有引起批评家和读者应有的重视，其中有些小说还被认为存在着严重的政治倾向问题而受到评论家的指责。总体来说，二十世纪八十年代的文学创作是一种由作协、文联等权威机构主导作品评价走向的"体制化写作"，而二十世纪九十年代以后，作家创作则进入到一种"个人化写作"时代，许多作家与市场消费主体、出版商、新闻媒体发生直接的联系，因而，在市场经济面前，老作家原有的创作思维一时之间还无法适应这一转变。张贤亮在二十世纪九十年代的文学创作既无法受到二十世纪五六十年代出生的老读者和传统批评家的持续关注，又无法引起在新时期语境下成长起来的年轻读者和新锐批评家的阅读兴趣，处境极为艰难，这一时期的张贤亮也因此在心理上承受着巨大的失落感。

《我的菩提树》是张贤亮在"下海"前后创作完成的一部长篇小说，是在他二十世纪六十年代初在劳改农场改造期间的一本日记的基础上，经过作家后期的注释加工整理而成的。这本日记记录了他从一九六〇年七月十一日到同年十二月二十日半年间的劳改生活经历。在那个特殊的年代，为了防备日记落入他人之手，成为新的"罪证"，他只能把日记记得像一本流水账，不敢出现任何与当时政策不符的"反动"言论，日记所述的事情大多语焉不详，张贤亮在新时期获得平反后，日记和其他档案被农场政治处退还给他，二十世纪九十年代初，张贤亮通过给日记做注释的形式创作出了这部形式颇为奇特的小说，作品再现了当年劳改生活的可怕与残酷，饥饿与死亡是小说的全部内容。张贤亮在这部小说的开篇部分说："我写这部书，正是要一反我过去的笔法：我在尝试一次对一般性文学手法的挑战。"①这部日记体的作品在张贤亮看来是他对小说艺术形式的一次全新探索。小说初刊名是《烦恼就是智慧》，分上下两部在《小说界》杂志发表。一九九四年，《烦恼就是智慧》由作家出版社出版时，正式更名为《我的菩提树》。书出版后不久，北大的"批评家周末"（一个批评家学术沙龙）就有感于当时批评界对张贤亮这部新作的冷淡，曾专门组织过一次作品讨论会，然而，他们的努力并没能改变这本书的命运，批评界仍然鲜有人关注此书并撰写相关的评论文章，《我的菩提树》在国内读者中间一直处于不温不火的状态。与国内形成强烈反差的是，一九九三年，美国的马撒·艾弗里女士（Martha Auery）以极大的兴趣将《烦恼就是智慧》翻译成英文，取名《野菜汤》，在英国出版发行。这部小说在国外出版后，引起了英美批评界的注意，受到了当地读者的追捧，英国的《文学评论》月刊紧跟配合，于该刊一九九四年四月号上发表了署名马特·西顿的评论文章《在社会主义知识分子的活地狱中》，文章认为，"这是一部关于知识分子的羞辱的书。它是中国知识分子默认他们自己的耻辱和受压迫的一个记录"②。内"冷"外"热"的出版状况和读者评价成为当代文坛上的一大怪闻。

《我的菩提树》在国内的主要相关评论文章有谢冕的《我读〈我的菩提树〉》（《作品与争鸣》1995年第12期），孟繁华的《体验自由——重读〈走向混沌〉〈我的菩提树〉》（《小说评论》1995年第6期），谢冕、史成芳、陈顺馨等人的小说讨论实录《〈我的菩提树〉读法几种》（《小说评论》1996年第3期），张贤亮致友人的书信《为何不能"彻悟"》（《文学自由谈》1996年第2期），白草的《对知识分子理性的剖析和批判——读〈我的菩提树〉札记》（《朔方》1997年第4期），孙静波的《理性颓退和销铄的挽歌——〈我的菩提树〉的一种解读》（《伊犁师范学院学报》2004年第2期）等为数不多的几篇。谢冕等北大学者对张贤亮这部小说的艺术价值进行了高度评价，谢冕认为这部没有主题、结构、情节，甚至没有技巧的小说，体现出新文体所蕴含的新价值，在充斥着迎合浅薄趣味的二十世纪九十年代文坛，这本书的出现昭示出

---

① 张贤亮.我的菩提树［M］.贵阳：贵州人民出版社，2013：147.

② 刘贻清.评说张贤亮的《我的菩提树》：兼谈张先生的失落感和困惑［J］.作品与争鸣,1995(12).

超常的文本价值。他认为，"《我的菩提树》不仅有文献的意义、社会档案的意义，而且也有美学风范的意义"①。谢冕还在《小说评论》上主持了关于《我的菩提树》的小说讨论会，他在"主持人的话"中说："张贤亮写过许多小说，但是这一本《我的菩提树》的价值超过了以往的任何一本。""在遍地都是迎合世俗趣味的矫情之作的今天，凭空出现了这样一本朴素无华的书，的确让人耳目一新。"②批评家孟繁华在《体验自由——重读〈走向混沌〉〈我的菩提树〉》一文中也认为《我的菩提树》是张贤亮迄今为止所有作品中最优秀的一部，它"写出了那一时代人们真实的心态，同时触及了知识分子性格中最脆弱、卑微而又长期被掩盖了的那一部分"③。宁夏社科院研究员白草认为，"《我的菩提树》是部知识分子心灵退化的活的历史。它也是映照知识分子心灵的一面镜子"④。小说虽然得到了北大学人和一些批评家的好评，但是国内读者的冷淡反应还是让张贤亮感受到了"过去从未受过的冷落"，他说："《烦恼就是智慧》和我的其他作品相比，似乎是遭到了空前的冷落，并没有引起多大的反响。虽然也有读者寄来热情洋溢或行文哀痛的信，而比起我以前发表作品后所收到的信件，也少得多，仅有十几封而已。这对别的作者来说也许属于正常，不能奢望每部作品都会有强烈的反应，但我好像是习惯了每发表一部作品就坐等四面八方传来的喧嚣，习惯了把自己的书桌当作旋风的中心，于是，在周围这样冷清的时候，便不由自主地产生了失落感和某种困惑。"又说："我以前所发表的作品几乎每部都帮助我与失散的一同劳改过的难友取得了联系。可是，唯独此书发表后，我竟没有接到一封当年的同伴的来信。人们不是已经淡忘便是不愿再去回忆，无暇再去回忆，连我这部描述当年生活的真实故事也不能震动他们。我叙述的事情在他们读来应该是历历在目，应该是记忆犹新的，难道直到今天还使我颤抖、使我经常在熟睡中惊醒的事就这样像风一般地消失了么？我当然不想让人们再度陷入沉痛，但是，至少我应该得到个会心的微笑吧！"读者的冷淡反应令张贤亮感到费解和疑惑，"由

---

① 谢冕.我读《我的菩提树》[J].作品与争鸣，1995（12）.

② 谢冕，史成芳，陈顺馨，等.《我的菩提树》读法几种[J].小说评论，1996（3）：32-38.

③ 孟繁华.体验自由：重读《走向混沌》《我的菩提树》[J].小说评论，1995（6）：12-13，52.

④ 白草.对知识分子理性的剖析和批判：读《我的菩提树》札记[J].朔方，1997（4）.

于受到我过去从未受过的冷落，我也曾对此书的艺术表达方面做过检查。我一页一页地翻下来，就我的文学水平来说，我并没有发现此书在艺术的表达上有什么明显的不足，只是发现所有的人物都似乎以一种漫画式的形象在活动或在死亡。这好像违反了我们中国文学一贯遵循的典型化和重视细节描绘的原则"①。但他接着自我辩解道这不能怪他不善于刻画人物，而是他的描绘是当时的社会环境粗暴地将人变为动物的真实反映。谢冕认为这部小说在国内遇冷的原因，是二十世纪九十年代的"写作界充斥着迎合浅薄趣味的热情，读者的胃口和判断力因而受到了损害"②。他认为问题不在作家和作品，而是时代和读者出现了问题。但是，也有批评家认为《我的菩提树》在客观上迎合了西方敌对势力对我国人权状况和社会主义制度进行攻击和污蔑的政治需要，因此它在国内才遭到广大读者的空前冷落，而在国外受到某些居心叵测的人的热烈欢迎。被张贤亮称作"批张专业户"的刘贻清对这部小说进行了措辞严厉的批评，他认为《我的菩提树》充满了胡编乱造出来的"天方夜谭"式的政治笑话，完全是子虚乌有的谎言，"为西方敌对势力提供了反华的一枚炮弹"，这部作品在错误的路上比《习惯死亡》走得更远，产生的社会效果也更坏。正是这种不正确的政治倾向导致了这部小说在国内外引起了截然不同的反应。他希望张贤亮回到正确的创作道路上来，写出真正符合当代读者需求的艺术作品③。刘绪源为此撰文指出刘贻清等批评家的思维逻辑和对待外国评论的态度是有问题的，论者将政治立场是否正确作为评价文学作品优劣的唯一标准，这种简单粗暴的批评方式"实在离文艺批评相去得太远"④。刘贻清对张贤亮的批评很大程度上是政治意识形态批判的产物，而非严格意义上的文艺批评，小说毕竟是带有虚构成分的文学创作，不同于追求客观效果的真实历史材料，刘贻清的批评思维带有极"左"年代的政治批判色彩，他认为文学是一种社会意识形态，从而将文学与政治混为一谈，忽视了二者之间的差异，他对作品价值的判断，不是看作家"写什么"，而是看作家"怎么写"，

---

①　张贤亮.我的菩提树［M］.贵阳：贵州人民出版社，2013：145–147.

②　谢冕.我读《我的菩提树》［J］.作品与争鸣，1995（12）.

③　刘贻清.评说张贤亮的《我的菩提树》：兼谈张先生的失落感和困惑［J］.作品与争鸣，1995（12）.

④　刘绪源.怎样看外国的评论［J］.文学自由谈，1997（1）.

即站在什么立场，用什么观点，以什么思想感情去认识和表现作品中的人物和生活，这种批评模式在刚刚拨乱反正的政治敏感时期或许还有用武之地，但在多元化、个性化特征不断突出的二十世纪九十年代文坛则缺乏有效的说服力。从二十世纪八十年代末的《习惯死亡》到二十世纪九十年代初的《我的菩提树》，张贤亮通过种种细节描写，真实地再现了知识分子精神的全面萎缩和异化，小说的真实性令人战栗，文学的感染力却十分缺乏。在这些作品中，也透露出张贤亮创作面临的精神危机和艺术危机。

张贤亮对《我的菩提树》遇冷原因的分析，其实已经触及了问题的关键所在，那段并不光彩的岁月带给那个时代的人的痛苦实在是太沉重了，为了避免再次引发伤痛，经历过那段往事的人们不愿再去回忆（这也符合官方维护稳定的政治意愿）。老读者不愿回忆、新读者不感兴趣，而作家却还要不厌其烦地旧事重提，这种出力不讨好的创作必然导致小说读者的流失和作品影响力的下降。张贤亮则认为遗忘有可能导致历史悲剧的重演，他不安地感到"读者现在仿佛对幻想与虚构比对历史的真实更有兴趣，或者说对用颜料涂抹过或经过编造的历史比白描的历史更有兴趣"①。这恰恰是他所不愿意看到的。在一次访谈中，张贤亮说："这部小说是邓小平同志南方谈话之后的产物。""我的所有小说都是政治小说。我已经没有那样的闲心为文学而文学；也不想远离政治而在艺术上攀什么高峰，使作品传之久远。我只是想在小说里用我真实的血和泪告诉人们：如果不按小平同志设计的具有中国特色的社会主义道路走，而走那条通往蛮荒去的小道，全体中国人民将会再过我小说中描写的生活！"②在《我的菩提树》"代后记"中，张贤亮说他是新时期作家中受批评最多的一个，这显然与他小说中表达的政治见解有关。他在与友人的通信中，专门谈到他写作这本书的初衷："我们这十几年来一直对过去所受的灾难性影响估计不足，尤其是对在精神上的恶劣影响估计不足，对过去的所谓'思想'的余毒清除不力，我们还没有深刻地认识到今天的困难并不是改革开放带来的，而是我们还没有完全从恶梦中苏醒过来。"③作家认为《我的

---

① 张贤亮.我的菩提树［M］.贵阳：贵州人民出版社，2013：146.

② 刘彦生.张贤亮：我的所有小说都是政治小说［J］.文化月刊，1994（6）.

③ 张贤亮.为何不能"彻悟"［J］.文学自由谈，1996（2）.

菩提树》对当下读者的历史警示意义就是这部作品的价值所在。同时，张贤亮还认为《我的菩提树》遇冷与二十世纪九十年代"文学已经失去了轰动效应"的整个社会文化氛围有关，"文学家、作家，像以前那样充当人民的唯一代言人和民意表达者的'文学辉煌期'肯定已一去不复返；文学只能是文学，小说只能是小说，文学正慢慢地移向她应该待的那个位置"。"读者对文学作品的态度正逐渐正常化……把阅读文学作品当成消遣和享受，而不是像过去一样企图从中寻觅某种教育和启迪。"读者不再"急需文学家、作家通过作品去加以开导。"①知识分子作为社会启蒙者的地位在二十世纪九十年代已经基本丧失，意味着在大众文化和新媒体面前，知识分子失去了他们的文化领导权，特别是在经过二十世纪八十年代末的政治风波后，人们回避谈论敏感的政治话题，张贤亮选择在二十世纪九十年代初推出《我的菩提树》，注定了这部小说被冷落的命运。

一九九五年，张贤亮在《中国作家》杂志上发表了中篇小说《无法苏醒》，作品问世至今已有二十余年，但笔者在中国知网进行检索竟然没有发现一篇专门的评论文章。虽然张贤亮的文学影响在二十世纪九十年代急遽下降，但是，这样的检索结果还是令笔者感到诧异。批评家刘贻清认为这部作品之所以没有产生什么反响，乃是由于张贤亮用荒诞的梦境影射中国改革开放的现实，污蔑当时社会上极"左"路线已经回潮②。一些评论家将《无法苏醒》看成是《习惯死亡》创作思路的延续，认为主人公"无法苏醒"的病态心理是过去严酷的政治运动造成的，过去的经历像毒瘤一样留在主人公的记忆里，时时影响着他现在的思维和生活，以至于主人公在获得平反后，失去了精神上的信仰，他想在新的现实生活中寻求精神支柱，却无法获得，想清醒却无法从现实与梦境交织的梦魇中彻底醒来。《无法苏醒》与《习惯死亡》一样，都表达了知识分子精神信仰的失落和政治追求的迷惘，"他们无法摆脱右派情结的缠绕，只好在死亡与堕落中徘徊"③。这种说法似乎更为合理可信。从《无

---

① 张贤亮.我的菩提树［M］.贵阳：贵州人民出版社，2013：146.

② 刘贻清.张贤亮现象：从现象到本质的透视［EB/OL］.文艺新生，2009-10-20.

③ 张旭红，赵淑芳.试论张贤亮小说的政治思辨色彩［J］.甘肃教育学院学报（社会科学版），1998（2）：157-161.

法苏醒》使用的荒诞笔法和表达的主题来看，它确实是对《习惯死亡》的继承和发展。这部小说没有在读者中间引起任何反响，原因是多方面的，除了有作品自身的因素，还有许多其他方面的原因，绝不能仅仅归咎于文学作品的政治倾向性有问题。一九九五年的中国文坛颇为热闹，有人总结出了这一年文坛的十大热点事件，包括：人文精神论争、"二张"（张承志、张炜）热、"二王"（王蒙、王彬彬）之争、新市民小说的兴起、《鲁迅全集》的重编、火凤凰批评丛书受关注、晚生代作家丛书的出版、张爱玲热等。在这种众声喧哗的文化氛围中，张贤亮的《无法苏醒》被冷落，也就成了一件不难理解的事情。

　　一九九九年，不甘寂寞的张贤亮又在《收获》杂志上推出了他的中篇小说《青春期》，在小说前的序言中，张贤亮说：他的这部作品表达了一种"世纪末的情怀"，他认为这部作品比十四年前发表于《收获》上的《男人的一半是女人》有所提高，"至少不比它逊色"①。对于作家自己给出的评价意见，读者和批评家却并不认同。很多评论者在阅读完这篇小说后表达了他们对作品的失望。刘永昶在《从〈青春期〉看张贤亮创作情感的变化》一文中说，阅读《青春期》时的感受"仿佛是在冬天温暖的炉火旁，静静地听一位老人无休无止的絮叨"。作家在小说《青春期》中的心态和表达方式与早期相比已经迥然不同，少了当年的冲动、激情和自负，更多的是表现出老年人的成熟、感伤和无奈，流露出一种浓重的暮年心态②。牧歌在《堕落的张贤亮》一文中对这部小说进行了激烈的批评，评论者认为小说"叙述多于展示，议论多于描绘，许多毫不相干的事件就在唠叨中被连缀成了《青春期》。作为小说家的张贤亮好像看家本领都丢了，以至于这唠叨像白开水一杯，平淡得实在难以卒读"，针对小说主人公与农民因争地而险些发生械斗的纠纷描写，论者认为张贤亮从《灵与肉》到《青春期》，对农民的感情发生了明显变化，由充满感恩之情到变为极端憎恶，导致变化的直接原因是张贤亮的影视城与当地农民发生利益冲突，因此，农民在他的笔下被丑化为无理取闹的刁民，主人公表现出的是"一幅欺压百姓的恶霸嘴脸"，在小说《青春期》里看不到张贤亮作

---

① 张贤亮.《青春期》序言：秋天的话 [J].收获，1999（6）.

② 刘永昶.从《青春期》看张贤亮创作情感的变化 [J].盐城师范学院学报（人文社会科学版），2000（3）：42-44.

为一个作家的正义和良知，"下海"后的"张贤亮已经堕落了"，"完全堕落成为一个贪婪的不择手段弱肉强食的市场经济动物"，为此论者发出疑问："这还是曾写过《灵与肉》《绿化树》《男人的一半是女人》的那个张贤亮吗？"①但也有一些评论者对这部作品持肯定态度。例如，惠继东的《一部民族劣根性的批判书——析〈青春期〉主题意向》认为："《青春期》的深刻主题是文学反思精神和批判精神的继续和发展，其锐利的批判锋芒体现在对民族劣根性的批判上。"小说表现了作家反思历史、批判现实的勇气和呼唤改革的心声，同时，也流露出作家的愤懑与无奈、忧虑与期待②。二〇〇〇年一月十八日，《朔方》编辑陈继明专门就小说《青春期》采访了张贤亮，对于作品蕴含的"世纪末情怀"，张贤亮解释说："我觉得在展望新世纪的一刻，重要的是反思我们过去所受的苦难、挫折，反思我们所饱尝的痛苦。只有这样才能鞭策和鼓舞我们前进。""那一段岁月，凡经历者都有切肤之痛，我再次将它凸显出来，可以提醒人们在我们探索前进道路的历史时刻，认识到什么路都可以走，就是不能走回头路！""有些人责难我的作品充满了荒诞感，写到了一些粗俗的东西，我不理解，为什么责难我？却不去责难制造和产生这种荒诞和粗俗的根本原因？"③当别人都在憧憬未来的时候，张贤亮却仍然在执拗地回顾过去，他拒绝遗忘过去，更不赞成年轻的一代遗忘历史，但在商业化的社会环境中，年轻读者更期待阅读的愉悦，而不是对沉痛历史的思索。《青春期》发表于文学早已被排挤到社会边缘的年代，世纪末的中国众声喧哗，信息拥塞，商业动机左右一切，人们竞相追逐的是金钱与物质享受，以及新媒体带来的感官刺激，正如批评家陈晓明在《无边的挑战》一书中所说："那个'大写的人'却无论如何也无法修复，那个怀抱昨天的太阳灿烂而别的历史主体，再也找不到回归的精神家园。"④不合时宜的写作观念造成了张贤亮的小说与青年读者之间无法克服的疏离感。这导致了张贤亮小说评论热度的下降。

---

① 牧歌 . 堕落的张贤亮［J］. 大舞台，2000（5）：16-22.

② 惠继东 . 一部民族劣根性的批判书：析《青春期》主题意向［J］. 宁夏大学学报（人文社会科学版），2001（5）：53-55.

③ 石舒清 . 就《青春期》访张贤亮［J］. 朔方，2000（2）.

④ 陈晓明 . 无边的挑战［M］. 北京：时代文艺出版社，1993：237.

　　张贤亮在"下海"后发现民间企业发展的难点在于周边环境的不宁静与地方势力的干扰，而政府对一些地方邪恶势力无可奈何。"在这种地方邪恶势力面前，若无一种'青春期'的勇气、魄力、胆识、断然手段，则必倒台无疑。我觉得，面向二十一世纪……我们不缺乏想法，不缺乏信息，缺乏的正是青春的勇气和胆量。"①正是这种想法促使他去写作《青春期》这样一部小说。"下海"后的张贤亮更加务实，为了办好影视城，他倾注了大量的心血与汗水，经营的艰辛唤起了他昂扬的斗志与不服老、不认输的精神状态，《青春期》在很大程度上正是他晚年带有自我标榜性质的一部作品，但其文学意义和文学影响显然都无法与《男人的一半是女人》相媲美，而且作品的主人公身上带有太多的作家自己的影子，以至于使人无法分清哪些是虚构哪些是写实。作品结构过于琐碎，叙事逻辑也不够清晰，难以说是一部发人深省的高水平之作。

　　《普贤寺》是张贤亮在二十世纪九十年代创作、发表的唯一的短篇小说，也是他晚年在艺术风格上转变的一个尝试，是一部很有特色的作品，但小说发表后却一直未能得到应有的重视和评价。笔者在中国知网进行检索发现，专门评论《普贤寺》的文章只有两篇，分别是：杜秀华的《从精神的炼狱中超拔——论〈普贤寺〉的"终极关怀"兼谈张贤亮创作思想的发展》（《锦州师范学院学报·哲学社会科学版》1998年第3期）、白草的《被忽视了的〈普贤寺〉》（《朔方》2004年第10期）。小说写在化工局工作了几十年的工程师"罗"，是一位印尼华侨的儿子，他年轻时在大学里学的专业在单位派不上用场，因为有海外关系又得不到单位领导的信任。他一辈子谨小慎微、郁郁不得志，退休后在一次佛教徒静坐请愿要求政府机关归还普贤寺的集会中，偶遇命运同样坎坷艰辛的老妇人"梅"，梅的丈夫在"文化大革命"期间被打成"反革命"，她在街道靠给人洗衣服度日达二十年，以致手指如鸟爪一般拘挛着，好不容易等到丈夫平反回家，没过几天老伴却又中风去世，她想不通为什么坏事都落在了自己身上，非常痛苦，但"自信了佛，心里亮堂多了"，心中放下一切挂碍，烦恼也少了，一切都想开了，她劝导罗凡事要看开。两人

---

　　① 石舒清.就《青春期》访张贤亮［J］.朔方，2000（2）.

在畅谈佛理、相互照顾的过程中产生好感，最终决定结成善缘，相扶度此残生。小说用散文化的笔法写成，语言清新优美，显示出不同于作家以往的创作风格。杜秀华认为："《普贤寺》在张贤亮的小说创作中具有特殊意义。小说以佛宗禅理观照主人公的心性，展示他们彻悟自己坎坷多难的一生，看破世事，放下烦恼，构建了快乐、安详、崇高的精神世界的过程。这种独特的'终极关怀'带有浓郁的佛学色彩。"[①]在经历了劳改、平反、成名、"下海"等人生风雨之后，张贤亮从踌躇满志的中年逐渐步入到惜时伤春的老年，不堪回首的往事带给他的有无尽的沧桑，也有对人世荣辱的深刻体认，命运的沉浮让他最终把佛教看作解除人世间一切苦难的精神家园。晚年的张贤亮认识到佛理对于人们超脱苦难的彻悟作用，他开始专心研读佛教典籍，创作心态逐渐趋于平和。小说《普贤寺》为那些有不幸遭遇的人们，特别是为曾经饱受政治摧残的知识分子提供了一个从精神的炼狱中超拔的范例[②]。白草评价小说《普贤寺》是张贤亮晚年的一部非常优秀的短篇，是他自我超越的一个尝试和实践，《普贤寺》似乎是张贤亮小说中的一个"异数"。"它没有明确的社会性主题，也没有紧张焦虑的情绪，写法上显得从容、平和，而又包含着丰富的意味。"他认为这部作品之所以被读者和批评家忽视，原因是多方面的，最主要的有三点：一是张贤亮在二十世纪八十年代曾经创作出产生过不同凡响乃至轰动性的作品，如《灵与肉》《绿化树》《男人的一半是女人》《习惯死亡》等，它们对这部短篇起到了某种"遮蔽"作用，使其未能进入读者和批评家的阅读与评价视野；二是与张贤亮在二十世纪九十年代逐渐淡出文坛的个人选择有关；三是评论界自二十世纪八十年代中后期以来对张贤亮小说主题、创作理念形成的认识上的"偏见"，影响了读者对作品的期待[③]。除了作家自身的因素与文学环境的变迁之外，笔者觉得《普贤寺》不被重视与二十世纪九十年代以后长篇小说越来越受关注，短篇小说优势地位丧失也有很大关

---

① 杜秀华．从精神的炼狱中超拔：论《普贤寺》的"终极关怀"兼谈张贤亮创作思想的发展［J］．锦州师范学院学报（哲学社会科学版），1998（3）．

② 关于张贤亮晚年转而信佛、研读佛学典籍的材料，可以参见拙作张贤亮的阅读史［J］．当代作家评论，2016（4）：88-97．

③ 白草．被忽视了的《普贤寺》[J]．朔方，2004（10）．

系，但作家作品自身的原因肯定是最关键的因素。二十世纪九十年代的张贤亮已经不是严格意义上的纯文学作家，他既有人大代表、政协委员的从政背景，又是一个文化型的商人，是一个有着多副面孔和多重身份的非职业化作家，这势必会影响读者、批评家对他的阅读选择与文学评价。

回顾二十世纪九十年代以来批评界对张贤亮小说创作情况的评价，笔者发现这一时期批评家对张贤亮新推出的作品失去了如二十世纪八十年代时的那种浓厚兴趣，对他的文学创作多表现为不满和责难。这一时期涌现出的张贤亮小说评论文章大多集中在对过去某些问题的重复性阐释上，不同的是批评家的观察视角更为细致，从作品的思想内容、人物形象到抒情方式、语言特色无所不包，但是其中由著名批评家撰写的有影响、有洞见的文学评论明显减少，有关张贤亮小说的评论文章的发刊级别也普遍不高。二十世纪九十年代以后，学术界没有产生一部对张贤亮小说的研究专著，仅在一些学者撰写的批评著作的个别章节里有关于张贤亮小说的文学综论，其中较为重要的有陈晓明的《失乐园里的舞者：张贤亮的伤痕与信念》(《陈晓明小说时评》，河南大学出版社，2002年版)、邓晓芒的《张贤亮：返回子宫》(《灵魂之旅——90年代以来中国文学的生存意境》，上海文艺出版社，2009年版)等，这些变化说明二十世纪九十年代批评界关注的焦点和研究的兴趣已经不在张贤亮这样的"右派"作家和"下海"文人身上。此外，张贤亮小说在海内外的文学评价失衡现象也说明生活在不同地域文化圈子中的读者具有不同的阅读审美趣味，对同一部作品的文学评价不仅具有时间差异性，而且具有地域差异性。

二、"以俗制俗"的《一亿六》

二○○九年春节期间，《收获》杂志推出了张贤亮的长篇新作《一亿六》，随后上海文艺出版社出版了小说的单行本。张贤亮说，他写作《一亿六》最初只是因为《收获》主编李小林向他约稿。"我曾答应给《收获》写一个短篇的，但一直没有写。二○○八年九月，我抓了个题材，就开始动笔了。没想到，一发就不可收。本来只是一个短篇的构思，写着写着就变成了长篇。"[1]

---

① 徐颖. 张贤亮"荒诞"新作《壹亿陆》惹争议［N］.新闻晨报，2009-02-06.

《一亿六》是张贤亮逝世前公开发表的最后一部长篇小说，作品以荒诞的形式，讲述了一个优异"人种"保卫战的故事。借着改革开放而迅速暴富的农民企业家王草根收购了一家医院，他想生一个儿子传宗接代，可是他的精子已经绝灭，需要借种生子。恰在此时，优生专家刘主任发现一个品行高尚的年轻人竟然拥有高度活跃的一亿六千万个精子和比例完美的身体，他就是"一亿六"，为了实现借种生子的计划，一场围绕"一亿六"的精子争夺战和保卫战随之拉开帷幕。张贤亮说这部作品的灵感来源于一则关于精子研究的科普文章，"二〇〇八年八月份，我到重庆开会，住宿宾馆有当地的报纸，我打开后看到一个很短的科普文章"[1]，文章说金融危机并不可怕（二〇〇八年正在上演金融危机），人类的"精子危机"才是个大问题，搞不好会使人类绝灭。"我觉得很有趣，就随手拿这个'精子危机'做引头。当然仅有这个引头也不足以成为故事，联想到自己多年对社会的观察，就想借这个借种生子的故事把当代现实世界的风情画描摹出来。"[2]张贤亮觉得可以用这个素材写一个调侃性的小说，而这也正是他擅长的，此前他曾写过中篇小说《浪漫的黑炮》和短篇小说《临街的窗》，运用的主要就是调侃、讽刺和黑色幽默的荒诞笔法。在写这部小说时，张贤亮的精神处于一种信马由缰的自由状态，小说写得很顺利也很快乐，"我于二〇〇八年中秋节动笔，当时正在做白内障手术，我每天对着电脑不能超过两个小时，但我一动笔，最近二十多年目睹的社会怪现象全都涌到我眼前来了。种种社会怪现象都在里面，但我还是努力写出希望来，毕竟里面还没有坏人，于是我就用了四十天，每天两个小时完成了这部小说"[3]。小说中的人物都没有原型，完全是他多年来观察和感受到的社会现象在脑海中自然堆积的一个个形象。作品一问世，立刻引起了争议，很多人看完小说之后，觉得故事太过离奇和荒诞，而张贤亮却觉得，他只是通过一个荒诞的形式，来全面展开一幅当代社会的风情画。"我的形式必须荒诞，但书中提到的处处都是现实问题。很多作家喜欢绕开当代题材，但我就是要直指当代城市，也连带到农村，通过一个男人和三个女人的故事来展开当代社会的

---

① 赵兴红.张贤亮小说的戏剧性［J］.南方文坛，2015（2）：132-134.

② 卜昌伟."一亿六"遭批 张贤亮"制俗"［N］.京华时报，2009-03-30.

③ 赵兴红.张贤亮小说的戏剧性［J］.南方文坛，2015（2）：132-134.

风情画，这是'八〇后'们根本写不出来的东西。"① 又说："我写作向来喜欢剑走偏锋，我的作品从来都是评论家们无法评价的。"② "大家都以为我只会写苦难、劳改和反右，如果他们读过我的《浪漫的黑炮》，就知道我不是一个走套路的作家。"③ 任何作家都不希望自己的创作模式化、固定化，张贤亮也不例外，他知道缺乏新鲜感的作品在当下已很难引起读者的阅读欲望，因此，追求文学内容和形式上的创新与突破就成为市场化的必然选择。张贤亮在创作《一亿六》时存在主动迎合市场和读者心理的企图，他要通过这部作品向读者展示一个完全不同于以往的张贤亮。小说《一亿六》出版时，正值贾平凹的《废都》解禁重版，两部作品都因为有大量的性描写，而被一些媒体炒得沸沸扬扬，据说上海文艺出版社首印的五万册《一亿六》很快就被销售一空。有批评家指出："正如小说封面对'一亿六'的媒体阐释，'一亿六是关乎生命的神奇数字，一亿六又是某俊男的雅号，一亿六竟成各方人马激烈争夺的优异"人种"，一亿六和三个女人的情感纠葛离奇又曲折'，故作神秘、性暗示、金钱与权力争夺，情感纠葛成为整部作品的卖点和实质指向。"④ 这说明在市场经济语境下，一些昔日的严肃文学作家开始主动向消费文化靠拢，并与媒体达成了以追求利益最大化为目标的互动与合谋。经过多年的"下海"历练，张贤亮对社会有了更为深刻的观察和体会，然而，作品却因为刻画了一幅金钱万能、伦理颠覆、浮躁纵欲的现实世界而备受争议和指责。在小说中，暴发户、妓女、嫖客、国学大师等一一登场，很多人物对话是用四川方言写成，充满了市井百姓戏谑笑骂的粗俗俚语，这也被一些读者看作小说低俗的一大表现，不少人看完后大跌眼镜，小说写得如此之俗，这还是当年那个写下了《灵与肉》《绿化树》等经典文学作品的张贤亮吗？很多读者对著名作家张贤亮竟然写出了一部如此低俗的作品感到极大的失望。长期主持北京大学"当代最新作品点评论坛"的青年批评家邵燕君，在《西湖》杂志二〇〇九年第

---

① 王达敏 . 余华论［M］. 上海：上海人民出版社，2006：207-208.

② 徐颖 . 张贤亮"荒诞"新作《壹亿陆》惹争议［N］. 新闻晨报，2009-02-06.

③ 田志凌 . 张贤亮新长篇被批"俗"久蛰复出写精子危机［N］. 南方都市报，2009-02-10.

④ 江飞 . "以俗制俗"：虚妄的知识分子想象：张贤亮长篇小说《一亿六》批评［J］. 艺术广角，2010（3）：49-52.

七期的"'北大刊评'主持人语"中对当年各大文学期刊上发表的长篇小说进行回顾与评价时，提到了刘震云的《一句顶一万句》、王刚的《福布斯咒语》、苏童的《河岸》、张洁的《灵魂是用来流浪的》、黄永玉的《无愁河上的浪荡汉子》和张贤亮的《一亿六》。在评价《一亿六》时，邵燕君不无感慨地说："最令人失望的是张贤亮的《一亿六》（《收获》第1期），满纸荒唐言，一副市井腔，让人深感对于功成名就的老作家而言，节制是基本美德。"①婉转的批评话语背后透露出的是失望和惋惜。这一期的"北大刊评"栏目刊登了晓南的文章《用市井腔讲述俗故事——评张贤亮长篇新作〈壹亿陆〉》，论者认为在《一亿六》里，读者丝毫找不到过去张贤亮的痕迹，"掩卷回忆，竟想不起一个令人难忘的细节、画面或者令人感动的人物、情感。故事之外，一无所有"。"小说的人物语言采用四川腔调，本是讨巧之举，但叙述语言却也变得和大白话一样的直陈无味，甚而流于粗俗。不仅如此，作者也一任灵魂附身于市井勾栏人物、匍匐在市井哲学的思维上，津津有味地与小说中所表现的生活融为了一体。"张贤亮沉沦于世俗的"合理性"，丧失了对现实的怀疑与诘问，没有体现出作为一个作家的思辨高度和道德批判力量②。这种批评意见虽不无偏激之处，却很有代表性。《云梦学刊》二〇〇九年第五期刊登了郭恋东的文章《花斑鹩、猴子还是人？——评张贤亮〈壹亿陆〉》，论者指出："在这个充满了道德沦丧与价值观混乱的时代，我们需要的是作家、知识分子对现实困境的有力批判之声，而不是仅仅沉浸在语言快感中的闹剧，更不是一种借靠生物学的戏谑之说。"③文章批评张贤亮丧失了作家应有的批判精神，与现实同流合污。吴梅在《呼唤文学的回归——试论张贤亮新作〈一亿六〉》一文中表达了与之相同的观点，"张贤亮主动从知识分子的精英立场退向大众世俗化的观照视点。视点下沉，致使他以世俗的感受能力和眼光去写作，主动遁入了流俗文化的现实语境，销蚀掉对小说诗情境界的追求"。"面对不断下滑的道德和人性，张贤亮主动放弃了作家存在的意义，不再以罪恶为罪恶，

---

① 邵燕君."北大刊评"主持人语［J］.西湖，2009（7）.

② 晓南.用市井腔讲述俗故事：评张贤亮长篇新作《壹亿陆》［J］.西湖，2009（7）.

③ 郭恋东.花斑鹩、猴子还是人？：评张贤亮《壹亿陆》［J］.云梦学刊，2009，30（5）：108-111.

不再以羞耻为羞耻，放弃了严肃和崇高，将创作投向了世俗化生活的平面，丧失了作为一个作家应具有的思辨高度。张作家这种精神和热情的卑微，使他笔下的文学阻断了文学超越性的根本意义而跌进了现实的泥潭，只能任作品格调急剧下移与媚俗。"①

　　面对读者和批评家的指责，张贤亮在接受媒体采访时表示，他写这部作品就是要"以低俗制低俗"的方式，抨击当下低俗的社会现象。他认为，在现代西方文明的冲击下，中华传统文化不管是糟粕还是精华都随风而去，与此同时，人们精神空虚、价值标准一切向"钱"看、人文精神失落，海外的影视文化商品成为老百姓乃至青少年的精神食粮和启蒙教材。"说我写得低俗？可是大家正眼看一下，这不就是我们生活的现实吗？其实我们每一个人都在低俗中穿行，我们就是生活在一个有严重低俗化倾向的社会之中。这是我长期以来忧虑的社会问题。""说我的作品低俗，其实生活中的现实比我的作品还要低俗，还要恶劣。就说借种生子这事吧，你真当现实生活中没有啊，多着呢，生活其实比小说要精彩。""当然小说还是重在讲故事，如果读者从中能读出我这一丁点良苦用心，那就是我的意外之喜。"对于质疑和争议，在文坛闯荡多年的张贤亮早已习以为常，他说："当年我写《绿化树》《男人的一半是女人》时，一开始也是叫骂声一片。但让我欣慰的是，许多年后，它们终于打败了时间、成了经典。所以对于读者指责的声音，我一点也不在意。"②在张贤亮看来，《一亿六》显示了他敢于直面现实生活的勇气："现在很多作家要么写历史故事，要么写个人情感，很少有人涉及现实。我的小说却是直指当下的社会现实。""以这个荒诞的'精子战争'故事为包装，目的是让小说更好看，可读性强，现在你写现实社会的种种问题，如果写得严肃没人看的。"③针对一些读者提出的小说语言粗俗化的问题，张贤亮说："我写的就是现实的世俗社会，底层的人物注定他的语言就是粗俗的，你让我怎么把他们写雅呢？""俗人说出来的话如果文绉绉的，那就完全不对路了。"④虽然张贤

---

① 吴梅.呼唤文学的回归:试论张贤亮新作《一亿六》[J].当代小说（下半月），2010（2）.

② 卜昌伟."一亿六"遭批 张贤亮"制俗"[N].京华时报，2009-03-30.

③ 田志凌.张贤亮新长篇被批"俗"久蛰复出写精子危机[N].南方都市报，2009-02-10.

④ 田志凌.张贤亮新长篇被批"俗"久蛰复出写精子危机[N].南方都市报，2009-02-10.

亮在媒体上一再发声，力挺他的这部作品，但《一亿六》在文坛的反响却并不尽如人意，绝大多数的中国当代文学史对这部作品都只字不提，批评家对这部小说也多以否定看法和负面评价为主。

不得不承认，《一亿六》确实深刻、逼真地摹写了当前的社会现实，部分内容触碰到了当下生活的痛点，金钱如何决定人的地位与尊严、国家在医疗、教育、商业、环境治理和法制建设等方面存在的问题在小说里都有所展示。为了吸引读者，张贤亮把迎合大众文化消费心理的通俗元素融入新作里，小说的可读性很强，他很注意小说故事情节的通俗化、大众化以及由此而产生的市场价值。但是，他在《一亿六》中表现出来的创作态度却不能说是严肃的，一蹴而就的创作过程给读者的感觉是作家在调侃文学，因为欠下《收获》的文债而去仓促写作，对作品缺乏足够的文体自觉、控制力和预见性，没有将文学作为知识分子对社会批判或审美的神圣事业，而是表现出一种游戏文学的娱乐姿态，这是对纯文学写作精神的背叛和遗弃。他在媒体上为自己做出的辩解，也没有抓住问题的关键，人们并没有否认他作品的真实性，但严肃文学的价值不仅在于作品的真实，还在于作家对现实永不妥协的批判精神，在这一点上，张贤亮恰恰是一直在避重就轻，他自"下海"以后的作品逐渐缺少了对当下社会的有力批判，更多表现出的只是对自身不幸遭遇的顾影自怜。在《一亿六》的最后，张贤亮让小说主人公从四川来到宁夏镇北堡，并在古堡城外的一片灿烂如金的向日葵丛中野合，这种类似于影视剧的"植入式广告"的做法，显然也是严肃作家所不取的。而张贤亮则认为广告无可厚非，他就是要借机宣传宁夏，提高当地的知名度[①]。这与作家的"下海"经历以及由此形成的重视市场价值的商业化思维有着密不可分的联系，张贤亮"下海"后的作品中流露出强烈的商人气息。小说的主人公"一亿六"是土地和质朴生活方式的象征，他拥有健壮的身体、纯净的心智、善良的天性，是个天赋异禀的道德完人，却没有根植于现代社会的真实灵魂。这种艺术处理方式使他无形中成了一个虚化的理想人物、一个远离世俗社会且面目模糊的人物，无法使读者对其产生深刻的印象，这无疑是小说人物塑造上的失败之处。

---

① 李志强，石雷.《一亿六》：入木三分写众生——访著名作家张贤亮 [J].共产党人，2009（10）.

张贤亮在《一亿六》中一如既往地延续了关于性的描写与叙述，批评家吴炫评论他的小说时提到"重要的不在于写性，而在于我们在性的问题上能否获得启迪"①。读者在这部小说中，显然无法获得像在《男人的一半是女人》中的那种性的启蒙与政治批判力量。小说被各种欲望话语遮蔽，没有显示出任何的批判精神。批评家南帆曾说："文学应当在生存的表象后面附加什么，作家应当在种种形而下的骚动后面给出一个精神家园。文学当然有义务告知与揭示现实所包含的平庸。然而，更为重要的是，文学必须同时具有反抗平庸的功能。即便是反抗不合理的现实，文学的反抗精神仍应保持在艺术的维度之上，存留在审美方式之中。这即是审美与平庸的抗争。"②张贤亮自称写作《一亿六》是为了"把当今社会低俗的东西砸碎给人家看"，可是读者并没有从中看到他将低俗的东西砸碎，看到的反而是他抱着一种欣赏的态度在观看玩味。"以俗制俗"成了作家貌似反抗实则妥协、貌似拯救实则堕落的自欺和诡辩之词。当然，也有一些批评家以较为宽容的态度表达了他们对张贤亮这部作品的理解。例如，有评论者认为："张贤亮在《一亿六》中表达了他对当前种种社会问题的思考，忧国忧民的同时极具悲悯情怀，体现了一个老作家、老知识分子的真诚。"③在狂欢和戏谑背后，在平凡、琐屑、粗鄙乃至荒诞的市井生活题材之下，《一亿六》表达了"天人合一"的文化旨归④。还有人评价《一亿六》是"一部解剖现代人的生活的小说，一部反映都市人生活的小说，把所有人的面具都扯了下来，让你看其真实的嘴脸。从这个意义上来说，它是值得你一读的好小说"⑤。鲁迅文学院研究员赵兴红认为《一亿六》是呈现中国当代社会乱象和反观人类自身危机的寓言，是作家在他的写作走向成熟之后，其思维方式上升到哲学层面的思考。"虽然小说写的社会现象是低俗的，但我

---

① 吴炫 . 穿越中国当代文学［M］. 南京：江苏教育出版社，2007：166.

② 南帆 . 文学的维度［M］. 上海：三联书店出版社，1997：193–194.

③ 徐玉松 . 多维度鉴赏，多一分理解：对《一亿六》的多维解读［J］. 宿州学院学报，2012，27（3）：60–62.

④ 姬志海 . 在狂欢与戏谑的背后：《一亿六》"天人合一"的精神旨归［J］. 朔方，2010（4）.

⑤ 王海珺 . 荒诞背后的真实社会剖析：张贤亮长篇小说《一亿六》的世象解剖和人性雕刻［J］. 湖南第一师范学院学报，2016，16（2）：69–72.

仍然要说这部小说的立意是高境界的，是大手笔写出来的。"①虽然得到了部分批评家的肯定，但无论是在艺术性上还是在思想性上，《一亿六》仍然被大多数批评家看作一部流于低俗的不堪之作。

对《一亿六》创作失败的教训，不少批评家进行了鞭辟入里的分析。其中，江飞的《"以俗制俗"：虚妄的知识分子想象——张贤亮长篇小说〈一亿六〉批评》一文分析得相当透辟而精彩，论者指出："'以俗制俗'是张贤亮为最新长篇小说《一亿六》低俗倾向寻求的自辩之辞；然而，我以为'以俗制俗'是一种虚妄的知识分子想象，它无力拯救社会文化的低俗倾向。在内是由于作家自觉放弃了知识分子的主体性和批判精神，为追求多元而弃雅从俗、误用其才；在外是由于当下社会文化语境对文学精神的魅惑与遮蔽。所以，我们更迫切地呼唤让崇高、良知、理想、尊严等人类最可宝贵的东西重新回到我们的文学中来，成为知识分子内心世界必须追求的'想象和希望'。"江飞认为作家必须抵制不正常的社会现象，在物欲冲击一切的市场经济条件下，作家应自觉"以'拒绝和批评'的方式关注现实、贴近现实、切入现实，拓垦出当代社会生活中最深刻、最丰富和最能说明人与人性的部分来，以深邃透彻的思想品位和精广渊深的审美情趣去打动、感染人的心灵，唤起人们对低俗、堕落的质疑与鄙弃，对文学独立的反抗精神的关注和热爱"②。此外，吴梅在《呼唤文学的回归——试论张贤亮新作〈一亿六〉》一文中对张贤亮晚年的创作状态进行了异常尖锐的批评："聪明的读者已敏锐感到这位昔日著名的作家如今已深陷写作困境：'右派'经历为主的写作资源早已耗尽，新的资源又不能从阅读、体验和思考中生成，更无意于艰难的小说技巧探索和创作力的积聚，其写作才能已濒临江郎才尽。为了掩盖其写作境地的荒凉，张贤亮只能孤注一掷，竭尽全力将'人种'保卫战这一故事编织得光怪陆离，以期迎合大众的刺激和猎奇的心理。"③江飞、吴梅等青年批评家对《一亿六》与张贤亮的指责无疑是凌厉而切中要害的，他们的批评话语在向来以中庸者和

---

① 赵兴红. 张贤亮小说的戏剧性［J］. 南方文坛，2015（2）：132-134.

② 江飞. "以俗制俗"：虚妄的知识分子想象：张贤亮长篇小说《一亿六》批评［J］. 艺术广角，2010（3）：49-52.

③ 吴梅. 呼唤文学的回归：试论张贤亮新作《一亿六》［J］. 当代小说（下半月），2010（2）.

温和派居多的文艺批评界，显示出一种令人耳目一新的矫健风格。在作家随波逐流、放弃文学批判精神的时候，批评家理应抱着对作家作品高度负责的态度站出来展示他们敢讲真话的勇气与不凡的艺术见解。沉默不语或毫无原则地赞誉绝不是健康的文艺批评风气。

在创作方法上，张贤亮在《一亿六》与《浪漫的黑炮》两部作品中都大量地使用了具有荒诞感的黑色幽默笔法，然而，《浪漫的黑炮》却能够凸显出相对严肃的主题，表达了知识分子在平反后仍然得不到社会信任的问题，而《一亿六》则试图通过"精子争夺战"反观人类自身的生存危机，但它明显缺失了张贤亮以往作品中那种严峻、清醒而又深刻的哲学思辨色彩与理性批判意味，这导致了《一亿六》总的格调不高。在故事形式的荒诞离奇和叙事话语的"低俗"问题上，作家的辩解尤其应引起批评家的足够警惕，因为这些自辩之词很容易蒙蔽某些批评家的眼睛。从作家对媒体和市场的主动迎合态度可以看出张贤亮"下海"后小说创作观念的转变，从这个意义上讲，这部作品无疑是一个值得分析的文本，然而，多数批评家显然不愿意在一个已经被读者遗忘的作家身上花费更多的精力，这不仅是落幕作家的悲哀，也是批评界追新逐异不良风气的表现。

"七〇后"小说家石一枫从作家视角，表达了他对《一亿六》遇冷现象的独特理解，他说："通观近年的长篇小说创作，一个壮观景象，就是成名作家一窝蜂地折戟沉沙。从王安忆《遍地枭雄》的无人喝彩，到张贤亮《一亿六》所受的冷嘲热讽，似乎真的证明八十年代成名的作家逐渐被'翻过去了'。他们已经被写进了文学史，但仿佛只剩下了文学史的意义，而新作则越来越难在今天的读者中获得反响。究其原因，创作能力衰退、写作方法陈旧等等，仿佛都说得通。而最致命的一个'短板'，应该还要算生活经验、社会经验的缺失。比如说《一亿六》，张贤亮津津乐道地列举了我们这个时代的种种耸人听闻、光怪陆离，但其中又有几件事情是他真有实际感触的呢？作家以为新鲜的，读者已觉不新鲜，作家啧啧称奇的，读者早就司空见惯。"[①]他认为老作家们由于跟不上读者和社会发展的要求而导致作品遇冷，文坛永远只属于那

---

① 石一枫.再次炫技：读莫言《蛙》[J].当代（长篇小说选刊），2010（1）.

些充满创作潜力与时代气息的新生代作家。他的这番话引出了一个很有意思的话题，即，作家是否会因为年龄、知识体系、生活经验的落伍而被读者淘汰，晚年的张贤亮被文坛冷落到底是一种个别现象，还是一代作家无法摆脱的宿命。在这一点上，张贤亮与柯云路的遭遇很相似，二十世纪八十年代中期，刚刚步入文坛的柯云路就以描写改革题材的长篇小说《新星》而一举成名，而在此后，他陆续推出的许多新作却并没有产生太大的反响，尤其是进入二十世纪九十年代以后，他基本上已经被读者遗忘，淡出了主流作家行列。张贤亮和柯云路都属于那种只靠一两部作品就迅速在文坛成名，并在文学史上占有一席之地的新时期作家，他们被时代黯然冷落的命运，也恰如他们成为文坛新星一样充满了时代的伟力。在文学史上，这样的作家并不在少数，昙花一现、过眼云烟，这些词语用在他们身上都再恰当不过，他们的创作本身无疑存在着这样或那样的缺陷，但他们遇冷更为关键的原因似乎却不在于此，他们是时代的宠儿同时又是时代的弃子，他们是应时而生的天才作家，但辉煌期却如天上的流星一闪即逝。不能否认，作家作品的命运除了受社会政治、文化环境的制约之外，与批评家、读者代际更迭的变化也有很大关系。作家的创作理念与读者的阅读情趣无疑是可能存在着代际上的差异的，尽管有时这种差异表现得并不十分明显。"五〇后"作家与"七〇后"作家所关注的内容、惯用的语言风格是不同的；"六〇后"批评家与"八〇后"批评家的知识构成也显然是有区别的；二十世纪八十年代的读者与二十一世纪的读者在阅读审美标准上更是有天壤之别。二十世纪八十年代以后，张贤亮的文学评价不断下降，其中既有作家自身的问题，与读者、批评家新老更迭的代际原因也有一定关联。"当代文坛新老作家间的交替过渡是一个很有意思的话题，也是文学史研究者十分关注的现象，从新老两代作家'冷'与'热'的兴替过程中，我们不仅能够窥见不同时代的读者在审美趣味上的差异，以及由此在作家创作心理上造成的积极或消极影响，而且也能借此把握一代作家由稚嫩到成熟的创作转变过程。青年作家总是以赶超成名的老作家为目的，而老作家总是要尽力维护他们的文学权威，为了应对青年作家的挑战，不被读者过早地遗忘，老作家不得不对自己已经定型的创作风格做出改变，然而，他们被迫做出的这种求新求变之举，有时却并不为批评家和读者所看好，有时甚至增加了作品失败的风险。在老作家的阴影下成长起来的青年作家，面对前辈作家的辉煌和骄傲，心中难免有压抑不平之气，但他们身上那股初生牛犊不怕虎的闯劲，使得他们敢于睥睨一切成规，敢于挑战一切权威，新老作家间的这种'明争暗斗'最终总是以老作家被文坛新秀取代而画上句号，青年作家终将迎来属于他们的文学时代，这是代际发展的自然规律。"[1] 二十世纪八十年代初，张贤亮曾向老作家萧军提出一个问题：一个作家到了多大岁数就写不成小说了？萧军风趣地说："到多大岁数都能写，越老越成熟。问题是写小说就像谈恋爱一样，是青年人的事。到我这么大岁数，谈恋爱的心劲儿没有了，写小说的心劲儿当然也没有了。"[2] 萧军显然没有真正理解张贤亮问题背后包含的忧虑，像张贤亮这批重返文坛的"右派"作家，由于政治原因曾经搁笔二十年，对他们来说写作的黄金时代已经随青春年华一同消逝，新时期重新复出时，他们已经人到中年，因此，年龄对他们来说就显得格外紧迫重要。虽然年龄并不是能不能写小说的绝对界限，但一个作家对生活的激情，往往也会随着年龄的增长而变得迟钝，而一个对生活缺少激情的作家是无论如何也写不出优秀的作品的，应该说，张贤亮的忧虑不无道理。除了年龄因素之外，基于文学观念和与此相关的创造力的变化也是导致作家分化和更替的重要原因。既然二十世纪九十年代后的社会生活和文学环境已经发生了翻天覆地的变化，作家也将做出选择和面临被选择。

福柯说过："重要的不是话语讲述的年代，重要的是讲述话语的年代。"[3] 任何作家、批评家都无法脱离他们生活的年代去从事文学创作与文学批评，张贤亮发表《灵与肉》《绿化树》等作品时正是举国上下拨乱反正、痛定思痛的转型年代，而他"下海"以后的社会文化环境则发生了惊人的改变，在张贤亮由"热"到"冷"的文学评价演变过程中，作家个人的变化比起时代的巨变显然要小得多，而政治环境、社会文化、代际更迭等因素对文学批评的影响似乎起了更为关键的作用。在"下海"之前，张贤亮本以为"下海"的

---

① 张欣."70后"作家的代际特征与小说创作［J］.当代文坛，2017（2）.

② 张贤亮.写小说的辩证法［M］//张贤亮.张贤亮选集：第三卷.天津：百花文艺出版社，1995：670.

③ 陈晓明.无边的挑战［M］.北京：时代文艺出版社，1993：264.

经历可以使他亲身参与到社会主义市场经济建设的洪流之中,从而激励他创作出更多贴近生活、贴近时代的文学作品,但是,结果却并不完全如他所愿,他在《张贤亮近作·自序》中说:"据我所知,中国作家中只有我与市场经济的结合最紧密……我对目前的社会改革和社会经济生活比一般中国作家熟悉得多,又比一般企业家有一种'边缘优势'。可是,有很多人生经验及社会批判是很难用我所熟悉的小说形式表达的。"① "下海"对一个作家文学情感的戕害和破坏作用是不言而喻的,尤其是当张贤亮凭借出色的智慧和才能成为成功的文化型商人之后,他晚年的社交活动异常丰富多彩,从政、经商、习书法、读佛经、关注慈善,作家的创作精力被严重分散,再无暇进行认真的阅读与思考,更不能沉下心来专心地写作,更多的时候是出于朋友的请托为应对杂志社约稿而去完成文债,缺少明确的写作计划和创作动力。"作为二十世纪八十年代以来中国最有争议的作家之一,张贤亮似乎早已习惯了站在风口浪尖享受明星似的荣光,其浪漫气质、苦难传奇、多重身份、政治激情等都让他有足够理由离经叛道,徜徉于文坛与商界之间。"② 而张贤亮晚年的处境恰如批评家南帆所说:"无论作家和企业家有没有可能在终极的意义上殊途同归,人们必须承认,美学和经济学意味了两种解读生活的方式。不知不觉之间,张贤亮愈来愈多地以企业家的身份发言。"③ 张贤亮作品中原先具有的知识分子批判意识与哲学思辨性的逐渐丧失,使得他从新时期文学的开拓者、性描写禁区的破冰者蜕变为与世俗社会"同流合污"的庸俗作家,这并非是一个偶然现象,而是"文人下海"的必然结果。

---

① 张贤亮.张贤亮近作:自序[M].上海:文汇出版社,2006:2-3.

② 江飞."以俗制俗":虚妄的知识分子想象:张贤亮长篇小说《一亿六》批评[J].艺术广角,2010(3):49-52.

③ 南帆.后革命的转移[M].北京:北京大学出版社,2005:74.

第五章

对张贤亮文学评价史的反思

张贤亮的文学评价史与新时期以来的当代文学批评状况、文学史话语权威地位的确立与发展以及张贤亮小说自身独特的思想价值、文学价值等有着不可分割的关联。首先，批评家对张贤亮在不同时期的文学创作的评价与新时期的文学批评史之间具有同构性，我们从对张贤亮文学评价史的生成过程的考察中，可以反观整个新时期中国文学批评理论的发展演变轨迹，对张贤亮文学评价史的研究工作的开展将有助于我们对新时期的文学评价机制与作家作品命运关系的认知。其次，中国当代文学史对张贤亮的文学评价有一个从无到有、从简略介绍到重点阐述其思想复杂性和作品开拓性的书写转变过程。二十世纪八十年代学者编写的文学史教材和二十世纪九十年代以至二十一世纪出版的文学史著作在对张贤亮文学形象的建构与文学创作评价上均有不同之处。通过阅读其中一些具有代表性的权威版本的文学史著作，可以看出张贤亮在文学史家心目中的地位和形象是在逐渐发生变化的，同时，也可以从中发现文学批评对文学史写作的介入和影响。最后，一个作家的评价史只有在与同类作家的比较中才会被看得更清楚。与张贤亮同时代的王蒙、高晓声、从维熙、李国文、邓友梅、刘绍棠等作家的身份虽然同属"文革"后复出文坛的"右派"作家，也都曾在各自的作品中批判过极"左"政治对国家、民族、社会、个人造成的巨大伤害，但是，文学批评家和文学史研究者对他们的文学评价却有很大的不同，特别是张贤亮与王蒙之间的文学评价差异性显得尤为突出。为什么会有这种不同？是什么原因导致了不同？这些问题应该引起文学研究者的重视和思考。通过比较分析张贤亮与王蒙在人生经历、创作心理、作品风格等方面的差异，笔者试图回答上述问题。以上这些构成了笔者对张贤亮文学评价史的反思内容。

第一节　批评史视野中的张贤亮文学评价

从文学社会学的意义上来讲，对作家作品的评价总是发生在一个相互作用、协调运作的系统之内，这个系统是隶属于整个文学制度的一种隐性的存在，作家作品的评价总是受到这个系统内各因素合力作用的制约，我们将这种具有制度规约力的系统称为文学评价机制。文学评价机制的建构是政治、经济、社会、历史、文化等各种力量博弈的结果，掺杂了大量非文学的偶然因素，作为整个文学生产制度链条上的组成部分，文学评价机制是一个判断文学产品是否满足国家意识形态需求和读者阅读期待的检验系统。它是一个动态的演进体系，随着历史语境与制度环境的变迁而不断发生调整，有时甚至是颠覆性的重构，因而，相应地，作家作品的命运也就表现出跌宕起伏的状态，同时，由于系统具有较好的稳定性结构，文学评价机制总是要努力维护自身的权威性和连贯性，除非是在发生重大政治变革的社会转型时期，一般情况下，文学评价机制的内部调整是缓慢而不易被察觉的，文学评价机制因此得以在一个或长或短的历史时期内相对平稳地运行并发生作用，对于作家作品的评价也就具有了在一定的时间范围内实现读者共识的可能性。

从毛泽东的《在延安文艺座谈会上的讲话》发表至今，当代文学生态经过八十多年的体制建构和制度完善，逐步形成了当下中国的文学评价机制。文学评价机制是国家权力意志的间接表达，是一种与国家意识形态相关联的文学制度。文学制度是一个大的范畴，它包括文学生产机制、文学传播机制、文学消费机制、文学评价机制等子系统。文学评价机制是在对作家作品、文学现象、文学思潮等做出历史评价时无法回避的制度环境，它直接影响到对作家作品进行评价的目的、方式和标准，简言之，文学评价机制就是对作家作品评价发生规约与引导作用的制度体系，如，文学评奖制度、文化权力机构、文学批评生态、书报检查制度等。当然，必须看到，文学制度的各个子系统之间不是孤立存在并单独发生作用的，而是相互关联、交错渗透的，因为作家选择生产什么样的文学产品，本身就暗含着一种价值判断，而能够进入流通、消费领域的作品，本身就意味着得到了文化权力机构的认同和许可，这在无形中就是一种暗含了肯定态度的评价。所以，在考察当代文学评价机制的时候，我们难免要跨越界限，进入文学生产和文学传播等领域中去全方位地看待作家作品，从这种角度出发，文学制度的各个子系统之间就无法再明确而细致地区分你我，而只能是你中有我、我中有你，或者可以这样说，整个文学制度都关系到作家作品的命运，从作品创作到出版发行再到文学评价，文学制度本身就是一种广义的文学评价系统。

　　"文学评价对文学活动而言是一个优胜劣汰的过程，也是一个为作家、作品在文学史上准确定位的过程，因此，文学评价所依附的文学制度直接影响到文学评价的最终效果，影响到文学活动的进程。""文学制度以观念和意识形态的形式积淀于文学传统和文学惯例之中，建构了文学主体意识和行为的发生，进而影响着文学的评价。主体是带着符合社会及文学制度的意识形态色彩审视每一项文学活动的，对文学活动的评价标准、评价取向、评价态度、评价方法以及评价效果等一系列评价因素和行为就必然具有维护意识形态的诸多特征。因此，文学评价是一种制度化、体制化、规范化的文学实践活动和行为。在文学制度的保障和规范下，文学评价活动逐步建立并完善了评价机制，形成评价标准。从某种意义上说，文学评价活动参与了文学秩序和规则的制定，事实上起到了引导文学活动和文学价值朝文学制度要求的方向进展的重要作用，也促成了文学制度的建构和发展。"[①]文学评价机制通过文学评奖、文学会议、文学批评、重写文学史等多种手段从观念和制度上影响主体的文学活动，从而保证文学制度的合法性。

　　文学评价机制为考察和理解当代作家的生存状态提供了一个独特的视角，在分析和评判当代文学评价机制的时候，我们不仅要看到这种体制的局限性，同时，也要承认我国的文学制度对作家创作起到的保障作用，"戴着镣铐跳舞"是人类一切艺术创作必须遵循的规律，文学作为审美意识形态的特殊形

---

① 王坤.文学制度对文学主体活动的潜在建构［J］.江苏教育学院学报（社会科学版），2005（3）：82–84.

式，在遵循文学制度的同时，必须要有效地突破和超越社会制度的束缚，与文学以外的因素保持适当的距离，只有这样，才有可能产生真正超越时代的经典作品，因此，怎样看待"文学是意识形态的手段，同时又是使其崩溃的工具"①，无疑是一个发人深省的问题。

文学评价机制命题的提出是对已有的文学制度研究的一种深化，能够拓宽作家作品研究的学术视野。以往的作家作品研究大都是一种评传性质的文学内部研究，作家作品评价史研究也常常停留在批评史的述评阶段，缺乏对文学外部制度因素的深入分析。在文学评价机制这一大的制度环境中考察当代作家作品，不但可以发掘文学制度与作家作品之间的错综复杂的关系，而且可以反思当代文学评价机制暴露出来的制度缺陷，为建设合理的文学生态环境提出构想。

张贤亮是二十世纪八十年代最具争议的作家之一，关于他的文学创作留下了许多值得重新审视的评论文章，对张贤亮小说的文学批评构成了张贤亮文学创作评价史的主要内容，通过梳理这些批评文章，可以建构起人们对张贤亮文学评价史的整体认知。目前，很多研究者只是从文本考证和精神分析的角度来考察张贤亮的作品，而忽略了作家作品依存的制度环境，因此，研究成果缺乏有效的说服力。文学批评在文学制度体系中是影响作家作品命运走向的重要因素，通过分析张贤亮文学评价史的形成过程，阐释政治权力、道德规范、伦理观念、时代环境、美学风格等因素对文学批评的影响，可以揭示文学批评与作家作品经典化之间的内在关系，从而反思当代文学批评的制度性问题，最终在事实与材料的基础上，得出结论：当代文学批评经历了从以政治和道德评价为主向社会历史、文艺美学评价为主的转型过程，同时，也经历了由泛政治化的大众言说向学术化专业研究的转型过程。

中国当代文学批评迄今经历了六十余年的发展进化，文学批评的话语形态在各个时期的批评实践中形成了自身鲜明的时代特征，这种时代特征，既与当代文学自身的发展状态、演变逻辑等直接相关，也显著地受到政治走向、社会环境、文化思潮等宏观条件的影响或制约。尤其是在当代国家权力范围

---

① ［美］乔纳森·卡勒.当代学术入门：文学理论［M］.李平，译.沈阳：辽宁教育出版社，1998：41.

边界模糊、制度变革进退矛盾的转型时期，文学批评往往成为国家内部各种权力话语之间相互博弈的工具，因此，可以说当代文学批评关联、关涉国家意识形态直接或间接的表达。对当代文学批评史的研究，在很大程度上具有当代中国政治研究的意义。这也就意味着，可以将当代文学批评视为一种与国家文化权力相关联的特定的文学政治。张贤亮的文学创作评价史反映出来的最为突出的问题就是文学批评与中国当代政治的关系问题。建国初的"中国社会在其整体上仍然是一个文化极端落后的社会，这决定了政治对中国社会整体的决定性作用，也决定了政治关系对整个社会关系的主导作用。新文学的读者不论在其主观上多么重视新文学，但实际进入的莫不是本质上属于政治关系的社会关系的网络，新文学意识的淡化以及政治意识的强化几乎是每一个中国知识分子自身成长和发展过程中一个不可避免的'大趋势'。在这里，固有的国家机器当然是政治性的，即使那些不满于现实社会的大量新派知识分子，也不能不越来越感到以政治的力量改造现实社会的重要性和急切性，强化的是政治意识"①。这导致很多文学批评家站在政治的立场上批评文学，而不是站在文学创作的立场来批评文学。新时期的文学批评是从反思"文化大革命"及其之前的文学批评的基础上发展起来的。极"左"时期的政治批评给中国当代知识分子带来了太多的痛感，对中国当代文学艺术的发展也造成了诸多的实际伤害，但我们在反思的时候，却极少注意分析这种文学批评的内在根据以及它在当时能够成为主流批评话语的原因。文学批评一旦与政治相结合就会具有决定作家作品命运的强大力量，文学批评家的地位也因此而得到空前的提升，正是这一原因，作家和批评家在新时期之初成为最令人羡慕、最具有魅力的职业之一。作家和批评家出现的地方总是会受到人们的尊重和热烈欢迎。二十世纪九十年代以来，文学批评逐渐摆脱了政治的桎梏，成为相对独立的文学实践活动，批评家的社会地位因此大幅下降，这种巨大的落差难免会使有些批评家感到失落和心理上的不平衡。文学失去了往昔的社会影响力，文学的边缘化一度让有些作家和批评家觉得不习惯、不适应，因此，很多文人主动放弃了他们的专业作家身份，投身于"文人下海"

---

① 王富仁.中国现代文学批评略说［J］.北京师范大学学报（社会科学版），2011（3）：47–58.

的热潮，然而，正如有的学者所指出的那样："二十余年来的试图使文学在远离或逃避政治这一带有强大社会能量的话语、制度、作用力的文学努力，同样是使文学步入歧途和困境。新世纪的文学面临着一个'再政治化'的问题。"[①]文学批评话语是一个宽泛和笼统的概念，而非正规学术意义上的文学批评术语，它既可以指文学批评模式，同时也包括决定批评家知识构成和精神状况的批评观念、批评态度。当代文学批评话语在内涵与形式上有一个随时代变化而变化的转型轨迹，而这种转型最直接的表现就是批评家对作家作品评价目的、评价标准、评价方式的改变。张贤亮的文学评价史与中国当代文学批评史之间具有相同的话语属性，它以作家作品个案研究的方式体现出中国当代文学批评史观与文学批评模式的发展、演变，将张贤亮的文学评价史放置在当代文学批评史的整体学术视野和发展线索中进行考察和把握，可以探寻张贤亮及其作品被批评家不断阐释和重构的历史原因。

赵俊贤在《中国当代文学批评史研究刍议》一文中指出："中国当代文学批评史，是赓续不断的文学批评模式、包括内涵与形态的嬗变史。""所谓文学批评模式，指的是由批评主体与客体相结合而形成的相对稳定的批评系统或类型。它的主要组成因素是文学批评目的、文学批评标准及文学批评方式。""制约不同批评模式的最直接的条件是文学批评家的批评态度、批评观与哲学思想。间接地看，不同文学批评模式的形成原因则在于社会背景，个中以政治文化环境与创作态势尤为重要。换言之，不同的社会环境、不同的创作作用于不同群体的文学批评家，因而构成了不同的文学批评模式。"[②]他认为中国当代文学批评发展的内在动因主要是批评模式的历史嬗变。从建国初到"文革"前的十七年，文艺界奉行的是马克思主义批评史观指导下的政治批评模式，"政治批评模式以评判文学作品或文学现象的政治是非、功过为目的或主要目的，以政治标准第一、艺术标准第二或者以唯一的政治标准为批评标准，其批评方式有的遵循着辩证逻辑，有的则只是顺从形式逻辑，思

---

① 郑国友. 新时期文学的"去政治化"趋向与新世纪文学的"再政治化"[J]. 湖南科技学院学报，2010，31（5）：42–45.

② 赵俊贤. 中国当代文学批评史研究刍议[J]. 西北大学学报（哲学社会科学版），1992（2）：14–20.

维方式较为单一乃至浅表、片面。这种模式常用的概念是：社会现实、真实、现实主义、典型、英雄人物、阶级斗争、思想斗争等。对于这些概念，批评家的具体理解并不完全一致，但在总体上大致统一。批评家表明或在主观上意在坚持马克思主义的文学批评观，事实上，有的批评家对文学批评本质及功能的理解较为正确，有的则相当狭隘与片面"。十七年时期的政治批评模式以一九五七年"反右"斗争为界线又可分被为前期与后期两个段落。"前期的政治批评模式虽在草创，较为稚嫩、肤浅，但还朴实清新，而后期有正常的政治批评，也有错误的、过火的政治批评。"①前期产生了一些积极干预生活的好作品，但受制于当时的国际国内形势，作家创作整体上以引导教育人民群众树立起热爱中国共产党、拥护社会主义的政治自觉性为主要目的。因此，文学家的创作就主要表现为配合新政府歌颂新政权的合法性与合理性，颂扬革命理想主义的红色经典文艺作品得到了主流批评界和官方意识形态的一致肯定，《红岩》《红日》《红旗谱》《创业史》《山乡巨变》《青春之歌》《林海雪原》等一批革命英雄主义作品盛极一时。从二十世纪五十年代中后期开始直至"文革"结束，这一时期，在中国文坛占统治地位的是日益偏离正确轨道、失去控制的极"左"文艺思潮。文艺作品必须经过严格的政治审查才得以发表，"三突出"与"两结合"的创作方法成为通行的文艺准则，所有的文艺作品呈现出千人一面的共同特征，这一时期的文艺批评虽然仍是延续此前的政治批评模式，但更加强化阶级斗争意识，不加分辨地批判资本主义的一切经济产物和文化成果。其中，一九五七年的反右派运动对当时文艺界的影响十分严重和突出，不少小说、杂文和理论文章都被裁决为反党反社会主义的"毒草"，文学批评在极"左"思潮的严密监控下，失去了对文学创作的促进作用，反而成为粗暴打击和干预作家创作的政治斗争工具。在这种严厉的批判形势下，公刘的《斥〈大风歌〉》才会具有改变张贤亮命运的力量，王蒙、邓友梅、从维熙、刘绍棠、李国文、陆文夫、张弦、方之、白桦、邵燕君、流沙河等许多青年作者也都因为批评家的评论文章而被错划成"右派分子"，中断了刚刚展露才华的宝贵的创作生命，造成了创作队伍的严重损失。应该说，政治

---

① 赵俊贤 . 中国当代文学批评史研究刍议［J］. 西北大学学报（哲学社会科学版）. 1992（2）：14–20.

批评模式的出现是新中国建国初期特定历史阶段的必然产物。当时，我国虽已转入和平建设时期，但仍然处于东西方两大敌对阵营的"冷战"格局之中，国家强调进行阶级斗争，保卫无产阶级革命的胜利果实，重视文学批评的价值判断和教育引导功能，特别是辨别政治是非的工具作用，而且当时的文学创作也自觉地以意识形态领域的斗争为主要潮流，因此，文艺批评界选择政治批评模式就成为与创作倾向的必然契合。不幸的是，"文革"期间政治批评模式被进一步扭曲，林彪和"四人帮"集团利用、夸大了政治批评模式争夺政治话语权的作用，从而走向反面，出现了"大批判"的文学批评模式。这种批评模式以服务于"路线斗争"为目的，以无产阶级革命路线作为衡量文学作品与文艺现象在政治上正确与否的唯一标准，采取简单化的对照、比附、推理的主观化思维方式。这一批评模式通常使用的概念有：毒草、反党、反社会主义、阶级斗争、路线斗争、三突出、两结合、无产阶级英雄等。这些概念并无科学的界定，使用者可以随心所欲地为我所用。它发生在极其独特而又复杂的政治运动与狂热的社会情绪之中，所谓的批评家并不追求真理，而是信奉与实践功利主义实用哲学。正是在这一阶段，张贤亮在劳改农场受到严酷的政治迫害，不但被剥夺了创作的权利，也被剥夺了起码的人的尊严，同时也造成很多知识分子为了生存下去而不择手段的扭曲性格与阴暗心理，面对自身的屈辱、懦弱和卑劣，这些知识分子常常需要在新时期进行人格的反省与忏悔。

一九七六年十月"四人帮"的覆灭和一九七八年十二月党的十一届三中全会的召开，宣告了"文化大革命"的结束，中国从此进入了改革开放的新时代，中国当代文学也迎来了快速发展的新时期。一九七九年十月三十日至十一月十六日，第四次文代会在北京召开，它标志着文艺界的全面"解冻"，大会提出了新的文艺指导思想——"为社会主义服务，为人民服务"，这为新时期文学在恢复期里走向繁荣起到了积极的推动作用。邓小平代表党中央、国务院为大会做《祝词》，《祝词》总结经验教训，明确提出了新时期社会主义文艺的总任务，成为我国新时期文学艺术的战斗纲领。文代会闭幕不久，邓小平在题为《目前的形势和任务》的讲话中进一步强调，"不继续提文艺从属于政治这样的口号，因为这个口号容易成为对文艺横加干涉的理论根据，长期的实践证明它对文艺的发展利少害多"①。一九八〇年七月二十六日,《人民日报》发表社论《文艺为人民服务,为社会主义服务》,用新的口号取代了过去长期使用的"文艺为工农兵服务""文艺为政治服务"的提法,"文艺为人民服务,为社会主义服务"和"百花齐放,百家争鸣"作为新时期社会主义文艺的基本方针被确立下来。中国当代文艺理论批评自此掀开了新的一页。

　　"文革"结束后至二十世纪八十年代初,文学批评界形成了新政治批评的文艺批评模式。这种批评模式是对"文革"前政治批评模式的扬弃与发展,它企图恢复前者的现实主义批评传统,同时又迎合时代的潮流,引进了人文主义的内容。新政治批评除"文革"前的常用概念之外,增加了人性、人道主义等范畴。它试图正本清源,实现马克思主义的文学批评。虽然这种批评模式也有过失误,有其不足与局限,但是,它的主要功绩不可低估:它对"文革"中的反动文艺批评展开批判,为"文革"前正确或基本正确的文艺理论辩诬,为"文革"前优秀作品遭受的批判平反并展开重评,对现实主义的新作大力扶持,这种批评模式的功利性目的与批评方式,是历史转折、新旧交替时期政治、文化状况的规定。这一时期,批评家大多能够坚持马克思主义、历史唯物主义、现实主义的文学批评观,文艺批评的风貌为之一新。宽松而开明的政治环境促成了新时期之初文艺理论和文学批评的活跃和繁荣,批评家们从极"左"思想的禁锢中挣脱出来,对文艺理论和文学作品的探讨和争鸣呈现出异常活跃的局面,发表论文之多、涉及范围之广、争论气氛之热烈、探讨问题之深入,都为新中国成立以来所罕见。革命现实主义传统的恢复和发展顺应了时代和人民的心声,但由于长期受极"左"文艺思潮的影响,更由于十年"文革"期间造成的种种谬论流毒既广且深,所以,在革命现实主义理论复苏的道路上,布满了政治上的各种障碍。因此,文学批评家为配合揭批林彪、"四人帮"迫害作家、扼杀作品的罪行,一开始主要偏重于对"四人帮"推行的极"左"文艺路线进行批判,为被诬蔑的作家与作品恢复名誉。正是在这种政治背景下,尚未获得彻底平反的张贤亮才能够在《宁夏文艺》上接连发表《四封信》《四十三次快车》《霜重色愈浓》《吉卜赛人》等作品,并获得好评。"文学理论批评本身,在拨乱反正中也得到了飞跃的发展。无论

---

①　邓小平.邓小平文选(第2卷)[M].北京:人民出版社,1994:255.

是论著数量之丰，还是开拓领域之广，抑或是思想学术水平之高，都超过了建国后的任何时期。"①过去批评家评论作品，常常只注重分析作家的政治立场和社会观点是否正确，而忽视对作家的美学追求、艺术修养和艺术趣味的研究，而且动辄上纲上线，新时期的文学批评在这方面有了明显的进步，改变了文学批评对作家作品主要做政治裁判的面貌，使文学批评重新回到文学的轨道上来，文学批评家开始注重阐明作品的社会内容、客观意义，又注重探讨作品的艺术特色、表现技巧，力求把思想评价与艺术评价统一起来，并进而探寻作家独特的美学理想和艺术风格。在研究方法上，批评家也开始注意纠正过去就作品论作品、孤立地分析问题的现象，力求用开阔的视野，从广泛的社会生活，从中外文学思潮、文学传统的影响，以及作家独特的人生道路、思想感情、艺术气质、创作方法等方面出发，进行综合考察，从而得出较为贴切的结论。

　　这一时期，文学批评为现实主义传统的恢复和深化，为艺术个性的解放和发扬，起了鸣锣开道的作用。批评家围绕张贤亮作品中的文学思潮表现、爱国主义、人性论、人道主义精神回归、新时期的婚姻爱情伦理关系以及性描写展开了热烈的探讨和争鸣，《邢老汉和狗的故事》《灵与肉》《肖尔布拉克》《绿化树》《男人的一半是女人》等作品因为触及这些敏感的话题，而成为批评家争论的重点。在这中间，张贤亮虽然也受到来自代表政治保守势力的批评家的指责和攻击，但是却没有遭到不同政见者行政手段的干预与迫害，持不同意见的评论者之间的争论，都是以发表商榷文章、开研讨会的形式进行，这是一个国家走向民主、法治的表现，也是文学批评步入学术理性时代的反映，其后虽然有十二届二中全会推行的"清污运动"，但这并未能从根本上阻碍中国文学批评界健康风气的形成，此后，越来越多的批评家敢于进行学术争鸣、热衷于学术争鸣，甚至于部分评论家到了"不争不快"的地步，时常一副"虎视眈眈"的样子。作家和学者们敢于发表意见、追求与探寻文学创作中的真理，那种长期以来单调、一元、非此即彼的思维模式被打破。二十世纪八十年代的学者和评论家们在关于"伤痕文学""反思文学"的论争、关

---

① 朱寨.中国当代文学思潮史［M］.北京：人民文学出版社，1987：535.

于"现代主义"的论争、关于人道主义和异化问题的论争、关于"寻根文学"的论争、关于"重写文学史"的论争中开始有了自己的批评意识和学术立场，为中国未来的文学发展、思想走向奠定了一个良好的开端，厘清了一些基本概念的内涵关系，如，文学与政治、文学与生活的关系问题，文学为谁代言的问题，歌颂与暴露的关系问题，"写什么"和"怎么写"的问题，对作家与批评家关系的认识问题等。这对新时期文学理论的深入发展无疑是大有裨益且影响深远的。

二十世纪八十年代中期以后，文学批评的模式再次发生了较大的变化，并一直持续至今。概括地说，就是形成了以历史审美批评模式为主导而又多元化批评模式蜂起的态势。历史审美批评是新时期批评家实践马克思主义美学的产物，是对政治批评模式、新政治批评模式的积极扬弃。历史审美批评的目的在于对文学作品做出符合社会历史的、美学的评估，历史审美批评要求作品具有真实性、思想性与审美性，即做到真、善、美的有机统一。关于真，不仅要求所反映的事物的真实、包括现象真实与不同层面的本质真实，而且要求作家的创作态度真诚。关于善，要求对党、对无产阶级、对人民大众具有道德引导的功利价值。关于美，要求将人的本质力量对象化为文学作品中的形象与情感。这种批评模式通常使用的概念有：党性、人民性、政治、道德、历史、审美、社会现实、世界观、价值观、现实主义、典型环境、典型人物、结构、语言、风格、社会效果、美学价值等。这一时期的批评家大多能够自觉坚持马克思主义的文学批评观，在文学本质的认识上，他们既重视文学的意识形态性，又重视其审美性，关于文学的发生，他们既坚持现实生活是文学发生的唯一源泉，又不忽视作家的主观表现因素，而关于文学的功能，他们力图全面把握文学的认识功能、教育功能与审美功能。这一时期，张贤亮的《早安！朋友》《习惯死亡》《我的菩提树》《青春期》《一亿六》等作品，之所以相继受到读者和批评家的负面评价，有的甚至遭到指责与抨击，就是评论家在社会主义的政治与道德前提下，自觉运用历史审美批评对作品进行价值判断的结果。当然，在这一过程中，有些批评家更多地关注了作品的思想性与审美性，即善与美的层次，因而，也就更多地发现了张贤亮作品中的不足与缺陷。

历史审美批评是二十世纪八十年代后的主要批评模式，但绝不是唯一的批评模式。新时期的文学批评家从国外引进了许多新观念、新方法，女性主义、精神分析、原型批评、英美新批评、结构主义、解构主义等西方文艺理论大行其道，文学批评界一度出现了方法论热，但也造成了部分批评家对西方文学理论的生搬硬套、消化不良，这在批评家对张贤亮小说的评论中也有所表现。吴秉杰在《新批评：目标与发展》一文中指出："张贤亮的创作，社会—历史的批评无疑会注重其作品的时代背景，社会生活的形势，作品表现的极'左'路线与政治等等。这种批评向人本主义方向发展，又会引出人性与异化、复归与超越等。但若运用弗洛伊德深层心理学的理论与方法，从张贤亮作品中塑造的那些成熟的、大多具有母性光辉的女性身上，以及主人公与这些女性的关系中，或许能发现某种'恋母情结'。按结构主义方法，他作品中又有知识分子与劳动人民'两个互相参照的世界'。再进一步，主人公则是在这两个世界之间滑移，由此产生种种复杂、矛盾的价值观及含义。采用语言学批评，张贤亮作品交替着梦幻的语言与清醒的语言，不同的叙述方式反映了作者个性世界对象化的不同的把握形态。当然，还可以有原型批评，即把他所描绘的苦难的历史视为是'死亡与新生'主题的反复变奏。这儿，明显地能看出不同批评切入作品的角度，批评指向的不同目标与价值取向。发展一步，它们都可能在具体的深入中达到极有价值的审美发现；而退后一步，则又可能仅仅成为单纯为印证某种理论的一些模糊、苍白的'拷贝'。"①应该承认，这些批评模式各有其合理依据，各有其功能，但它们大多处于探索阶段，不如历史审美批评模式更为合理与完善。一九八五年，著名西方马克思主义学者、文化理论家詹姆逊（Jameson）在北京大学进行了为期四个月的讲学，其间他将"后现代主义文化理论"介绍给中国学术界，受到中国学者的重视。后现代主义文化理论作为一种方法论为其后的中国文学批评家们提供了一种新的批评视角，从此文化研究成为新潮批评家解读文本的重要方式。尤其是新时期以经济建设为中心的国家发展战略的实施，使国内快速进行着城市化、市场化与国际化的建设，商业广告、影视剧、时装杂志等新兴

---

① 吴秉杰.新批评：目标与发展［N］.光明日报，1988-08-19.

的日常生活审美符号大量出现在大众眼前，西方的意识流、后现代主义与荒诞派等艺术形式不断出现在中国作家的创作中，如何解读这些文化现象是摆在批评家面前的难题，后现代主义文化理论为他们提供了一个可资借鉴的方法论。一九九二年，"邓小平南方谈话"之后，中国市场经济进入了快速发展时期，各种传统文论方法解决不了的新生事物相继涌现，这进一步促成了后现代主义理论在中国的传播与接受。随着西方文论尤其是后现代主义理论的引入，中国当代文学批评界出现了前所未有的景象，批评家主动寻求借鉴各种西方理论，并将其运用于批评实践，但是这些批评理论并不能真正为大多数人所理解，因此，文学批评逐渐游离于读者和文本之外，阅读文学批评的圈子越来越狭小，以至于出现了文学批评的可信性和权威性不断被作家、读者质疑的现象。

二十世纪九十年代，伴随着中国社会主义市场经济体制的初步建立，重商主义风气开始在整个社会蔓延，作家和批评家也未能幸免，文学的市场化和批评的功利化倾向越发明显和严重。在这种文化大环境下，作家由之前的官方意识形态"宣传干部""文艺工作者"变成了文学的商品制造者，"作家对文学市场化的迎合姿态与长时期以来作家经济待遇不高有必然的联系，部分作家有过出国的经历，对于国外作家的产业化早有期待，待到国内出版界、文学界开始走向产业化的时候，他们终于获得了蓄势待发的机会"①。二十世纪九十年代初，张贤亮"下海"即是其中的一个例子，而文艺一旦进入机械复制时代也就等于被资本异化掉其本该有的独创性——本雅明所说的"灵光"，因此，这一阶段，张贤亮的小说创作及对其的文学评价开始出现由"热"向"冷"的转变。在这个过程中，一些批评家未能发挥自己应有的知识分子精神捍卫者的作用，不仅没有指出文学市场化的危害，反而以学者的身份加入市场化的活动中，配合大众媒体撰写功利化的文学批评，对作家、作品进行不负责任的赞美或批评。正如别林斯基所说，文学批评的前提应当是"不虚伪、不做作"，在张贤亮刚刚"下海"经商时，很多媒体和批评家对作家的这一大胆

---

① 韩晗 . 新文学档案：1978—2008［M］. 北京：电子工业出版社，2011：186.

举动是持鼓励和赞赏态度的，然而，随着市场化对文学创作负面影响的逐渐显现，批评家又开始以文艺卫道者的姿态对其进行指责与批评，这必然会导致作家与批评家之间关系的紧张与矛盾的升级，从而使作家对批评家失去最基本的信任，同时，反过来又进一步造成了批评家对作家作品评价的下降。

二十世纪八十年代的文学活动主要是由文学期刊组织起来的。《十月》《当代》《收获》《人民文学》等期刊在当时具有很强的文学实力和组织能力，这其中也包括开展文学批评的工作。二十世纪九十年代后，随着市场经济活动向市民生活领域的渗透，人们的日常生活日益出现商业化的特征，复苏的通俗文学向纯文学发起了新的挑战，纯文学读者大量流失，文学期刊遭遇生存危机，纷纷改刊或停刊，影响力急剧下降。与文学的边缘化同步，文学批评的边缘化似乎更加迅疾，文学批评变成一件吃力不讨好的事情，不再对大众读者具有一种引领作用，似乎切断了与现实的各个通路。失去了以新启蒙时代语境作为精神寄托的知识分子，处于一种极端尴尬的境地之中，很多作家和批评家转而投身大学等学术机构，文学研究、文学批评开始大部分转由大学承担，学院派批评力量随之崛起。学院派批评家挣脱了二十世纪八十年代那种文学与政治紧密互动的时代背景，又能够与作家作品保持适当的距离，因此，进入二十世纪九十年代以后，批评家对张贤亮小说的评论数量虽然逐渐减少，但对张贤亮的文学评价却显得更为理性和客观。由于现在的大学教育普遍认为感想式的批评不是真正意义上的学术研究，因此，二十一世纪的文学批评更加看重理论和方法在作家作品研究中的价值，文学批评的专业性、学理性特征更为突出。同时，在方法上，文学批评从内部研究转向更为注重实证主义的外部考察，发掘文学作品产生的时代背景和社会文化内涵，文学批评与文学研究出现了彼此借鉴、相互融合的发展势头。文学批评家能够以学者的眼光来重新打量二十世纪八十年代的作家作品和文化现象，关于张贤亮的文学评论也借此出现了一些有新意的文章。如，王德领的《性与政治的复杂缠绕——重评张贤亮上世纪80年代的小说》（《长城》2011年第1期）、白草的《我看张贤亮》（《朔方》2014年第11期），他们对张贤亮的文学成就做出了较为中肯的评价。

第二节　文学史上的张贤亮文学评价演变

一九七九年五月，上海文艺出版社出版了一部在当时反响很大的诗歌、小说作品合集，名为《重放的鲜花》，这本作品集收录了公刘、流沙河、刘宾雁、耿简、邓友梅、王蒙、陆文夫、李国文、刘绍棠等十七位作家的二十篇作品，这些作品都发表于二十世纪五十年代"百花齐放，百家争鸣"的文化背景下，其中很多书写的是所谓"干预生活"、揭露社会阴暗面的题材，因此，曾在全国性的刊物上被公开批判过。如，刘宾雁的《本报内部消息》、王蒙的《组织部来了个年轻人》、李国文的《改选》、耿龙祥的《入党》、柳溪的《爬在旗杆上的人》、何又化的《沉默》、白危的《被围困的农庄主席》、南丁的《科长》等。这些作品发表后，曾在社会上引起过不小的争论，因为在这些作品诞生前的文艺界，曾长期存在着回避现实生活中的矛盾冲突，只能歌颂，不能批判，只写光明面，不写阴暗面的极"左"倾向。这些作品的出现勇敢地冲决了人为设置的创作禁区，批判了横亘在社会发展道路上的形形色色的反面人物和消极现象，虽然这些作品在揭示问题的深浅和艺术成就的高低方面各有不同，但都具有揭示社会现实矛盾，引起疗救者注意的功效。其中很多作品还塑造了与反面人物、消极现象做斗争的先进分子，使人们看到了奋发的希望，因而受到了读者的欢迎。这些作品真实地反映出当时社会存在的矛盾，在读者中间产生了较大的影响。但是由于"反右运动扩大化"，"这些作品或被指责为'恶毒攻击'，或被批判为'宣扬人性论''宣扬资产阶级生活方式'，全部成了反党反社会主义的大毒草，这些青年作家在这之后的二十多年再也没有写过一篇小说"[1]。从此，这些作品长期遭受禁锢，二十多年里不允许出版流传，直到"四人帮"被粉碎后，新时期在"双百"文艺方针

---

[1]　出自江曾培的《〈重放的鲜花〉与拨乱反正》，转引自冰心玉树的博客，http://blog.sina.com.cn/s/blog_5c2501bb0101758a.html

的鼓舞下，这批作家才重返文坛，先前被批为"毒草"的作品也得以重见天
日，得到了公正的评价。《重放的鲜花》首印二十万册，很快就被销售一空。
"文艺界的反应尤其强烈，各地报刊、广播先后推荐评介不下几十处，并且引
起了国外文艺界的注意，有的报纸也发表评介文章，有的出版社准备翻译出
版。全国第四次文代会还把它的出版载入了六十年来文艺大事的史册。总之，
《重放的鲜花》的出版，成了文艺界拨乱反正，给作家、作品落实政策的一个
标志，也成了十七年里存在过极"左"倾向的一个佐证。"① 当年曾见证此书编
辑出版经过的江曾培编辑回忆说，该书出版后，"从新华社、《人民日报》、中
央人民广播电台，到各个省市的报刊，都是一片赞誉，大概有八十多个新闻
单位参与了报道，成了当时社会各界关注的一个热点。读者来信也很多，有
人高兴地在信里说：'掩埋了二十多年的玉石，又从大地深处被挖出来了。'有
些地方甚至放起鞭炮庆祝此书的出版"。陆文夫有两篇小说（《小巷深处》和
《平原的歌颂》）被该书收录其中，一篇文章描述了陆文夫看到这本作品集时
的激动心情："他拿着《重放的鲜花》泪流满面，双手颤抖，曾经流血的伤口，
变成了两朵鲜花，左右各一，佩戴在胸前。他说他现在才知道原来他根本没
偷过东西，偷的或许是火吧，那是普罗米修斯的行为！"② 这本作品集出版时，
有的作者已经获得平反，被调回原单位；有的只摘帽不平反，仍就地工作；
有的尚未平反；有的还不知下落。《重放的鲜花》的出版为这些作品和作者正
名，成为出版界解放思想的一个重要象征，标志着文艺界的拨乱反正工作全
面展开，在经历了漫长的寒冬之后，文艺界终于从极"左"思潮的束缚中解
放出来，迎来了文艺繁荣的春天，这本作品集的文学史意义即在于此。

很多当代文学史著作都提到了《重放的鲜花》一书的出版，可见该书对
中国新时期文学影响之大，在一九七九年底举行的全国第四次文代会上，巴
金发言两次提到《重放的鲜花》的出版，文代会和文化部合编的《六十年
（1919 — 1979）文艺大事记》，特别将它列入了条目。《重放的鲜花》的出版

---

① 出自《重放的鲜花》，转引自冰心玉树的博客，http://blog.sina.com.cn/s/blog_5c2501bb0101758a.
html
② 出自江曾培的《〈重放的鲜花〉与拨乱反正》，转引自冰心玉树的博客，http://blog.sina.com.cn/s/
blog_5c2501bb0101758a.html

不仅在当时文学荒芜的状况下，为人们提供了一本好读物，而且传达出人们要求深入批判极"左"路线的愿望。有作品收入在这部作品集中的作家，后来大多成为"五七族"作家的主力，在改革开放的新时期焕发出璀璨的光芒，"重放的鲜花"于是成为"归来"作家在文学史上的代名词。借助《重放的鲜花》的历史正名作用，张贤亮以极"左"政治受难者的身份重返文坛，他以自身的经历为写作资源，很快创作出一系列与时代思潮紧密结合的作品，成为新时期文学花园中的一颗耀眼"新星"，并和其他"五七族"作家一道被载入文学史。《重放的鲜花》一书的出版是张贤亮等"右派"作家以集体之名得以重新进入文学史的开端，标志着新时期的文学史正式接纳了这批"归来"作家，并事先已经为他们预设好了一个悲情的群体形象。然而，需要指出的是，张贤亮一开始在"五七族"作家队伍中的地位并不突出，二十世纪五十年代，"五七族"作家中的宗璞、王蒙、李国文即分别以小说《红豆》《组织部来了个年轻人》和《改选》引起文坛关注，展示出不同于当时文学主流的创作才华，而张贤亮在五十年代初还只是一个不太出名的青年诗人，文学影响十分有限，远不及王蒙等人，直到二十世纪七十年代末，他才开始接触小说创作，小说创作的资历和时间都远不如其他"复出"作家，因为这个原因，《重放的鲜花》没有收录他的作品，但他是新时期作家队伍中文学史地位上升速度最快的一个，也是"归来"作家中最富激情和影响力的一个。这从张贤亮在文学史上的文学评价变化情况就能够看得出来。

从一九七九年唐弢主编的《中国现代文学史》（人民文学出版社出版）被教育部指定为高校文科通用教材开始，现当代文学史的编撰工作就日益受到教育部门和文学史研究者的重视，编写一套符合当时意识形态需要的中国当代文学史教材遂被提上了议事日程。虽然唐弢、王瑶等现代文学开拓者认为"当代文学不宜写史"，但饶有意味的是，新时期学者编写当代文学史蔚然成风。一九八〇年十二月，由郭志刚、董健、曲本陆、陈美兰等主编的《中国当代文学史初稿（上下册）》由人民文学出版社出版，该书是新时期最早由多所高等院校学者联合编写的当代文学史教材之一，亦为教育部指定的大学文科教材。该书描述了从建国后到新时期之初三十年的文学发展历程，全书最后一章即是对"社会主义新时期文学的开端"的介绍。由于历史眼光的局限和时间的距离过近，以及受十七年时期意识形态的影响，这部文学史对新时期文学的描述显得过于简单，既缺乏对新时期文学思潮的整体把握，也没有形成"归来"作家、"知青"作家等概念划分。在谈到新时期主要的作家作品时，编写者只列举了高晓声的《李顺大造屋》、周克芹的《许茂和他的女儿们》、刘宾雁的《人妖之间》等作为重点篇目进行介绍，对王蒙的《最宝贵的》、张弦的《记忆》简略提及，由于张贤亮的小说创作在一九八〇年尚处于起步阶段，因此，该书对张贤亮及其作品并未提及。但是该书在最后一章对新时期文学的单独介绍毕竟标志着新时期文学已经开始作为一个独立的书写单元正式进入当代文学史的研究视野之中。一九八二年，王瑶撰写的《中国新文学史稿》（1919—1949）作为高校文科教材修订重版，由上海文艺出版社出版发行，王瑶为重版本写了《重版后记》，该版本成为《中国新文学史稿》的定版本①。这部文学史的重版激发了文学史研究者编写中国当代文学史的热情，为适应高校中文系教学的需要，一九八五年，由陆士清等主编、山东大学等二十二所院校编写组负责编写的《中国当代文学史（上中下三册）》历时五年由福建人民出版社出齐。这部文学史的时间跨度从一九四九年至一九八二年，编写者将三十三年的当代文学发展史分成四编，对各个时期文学运动、文学思潮与文艺批评情况进行概述，同时按照小说、散文、诗歌、戏剧的文体形式进行分类介绍。在该书第四编"1977—1982年的文学"的"短篇小说概述"一节中，编写者首次提到了张贤亮的《灵与肉》、陆文夫的《献身》、宗璞的《我是谁》等描写知识分子生活的作品，认为这些作品冲破禁区、广泛开拓，创作题材填补了十七年文学的空白。据笔者掌握的资料显示，这是张贤亮的名字第一次出现在新时期的文学史著作中，但此时他的创作并不突出，文学地位远不及王蒙等"右派"作家重要，甚至也不如蒋子龙、刘心武、张洁、谌容等文学新人受重视，这从编写者在该书"本时期的小说创作"三章中对王蒙、高晓声、宗璞、谌容、从维熙、邓友梅、刘绍棠、冯骥才、张弦、张一弓、蒋子龙、刘心武、张洁等新老作家的作品都有单独一节的阐述就可以看得出来。一九八五年之前的张贤亮在"右派"作家群里并不引人

---

① 谢泳.《中国新文学史稿》的版本变迁［J］.中国现代文学研究丛刊，2009（6）：129–136.

注意，文学史编撰者也没有将他作为重要作家来书写。这一时期的文学史编撰者仍然把书写的重点放在"十七年"时期受到党和人民高度评价的作家、诗人身上，这说明"复出"作家在文学史上的地位有一个逐渐上升的过程，也说明文学史的编写具有一定的滞后性。但是正如洪子诚所说："既然社会生活和文学环境已发生了'转折性'变化，作家也将做出选择和面临被选择。除了年龄上的因素以外，最重要的是基于文学观念和与此相关的创造力导致的分化和更替。""文化大革命"结束后不久，文坛也出现了类似四五十年代之交的作家分化、重组现象，"不同的是，八十年代的重组，虽然也借助政治权力机制进行，但更主要是以社会需求、读者选择的方式实现。五十年代中期到'文化大革命'前这段时间，被当时的文学界所举荐的作家，在'新时期'大多数已失去其文坛的'中心'地位。在一个对'社会主义现实主义'话语，对'十七年'确立的政治、文学规则感到厌倦的时期，不愿、或无法更新感知和表达方式的作家的'边缘化'，就在所必然；即使他们中一些人的新作仍得到某些赞赏，甚且获得重要文学奖，也无法改变这种情况"①。李准、梁斌、杨沫、浩然、魏巍、欧阳山等一批作家虽然在二十世纪八十年代继续有作品问世，但是已经很难引起读者的关注，而王蒙、张贤亮、从维熙、李国文、冯骥才等"五七族"作家则凭借"受难者"的政治身份和苦难的历史记忆，打动了无数读者和批评家，并最终取代了"十七年"时期的作家，这是历史潮流向前发展和时代选择的结果。一九八五年，湖南人民出版社出版了汪华藻、陈远征、曹毓生主编的《中国当代文学简史》，"这是一部供师范院校教学、中学教师进修和文学青年自学用的当代文学史。它树起了一面新时期文学在当代文学中占有特殊地位的旗帜，在分叙当代小说、诗歌、戏剧、散文等文学形式发展过程的描述中，都突出了对新时期文学成果的记述，因而显示了这部文学史与众不同的佳处"②。在论述"新中国成立后的小说"时，编写者用一节的篇幅对王蒙、高晓声、刘绍棠、张贤亮的小说做了较为全面的介绍。编者说："在当代的作家队伍中，一批被迫沉默了多年而又重新拿起笔的

---

① 洪子诚.中国当代文学史［M］.北京：北京大学出版社，2007：193.

② 陈辽.独树一帜，佳处自显：读《中国当代文学简史》［J］.中国文学研究，1986（1）142–145.

中年作家——王蒙、高晓声、刘绍棠、从维熙、陆文夫、邓友梅、张贤亮等，格外引人注目。"其中，张贤亮的"成就和影响日见其大"。这本文学史第一次简略地介绍了张贤亮的生平经历，编写者在评价他的文学作品时，认为《灵与肉》《绿化树》"具有一种严峻的深沉的美感和思辨色彩，笔底下常腾起一股怆凉之气"，而《龙种》《河的子孙》《男人的风格》等作品"浸透着作家勇于进取的豪迈之气"，"具有一种高亢、明快、雄健的美"，"胸次阔大与哀乐过人在张贤亮身上是统一的，思索与热情，怆凉与雄健、现实与理想在张贤亮的作品中也是高度统一的。他那充满进取精神的人生态度和丰富的人生经验，使他的作品在反映时代风貌时具有深沉而广阔的特色。他的作品常呈现出鲜明的历史感，具有推动历史潮流前进的热情与胆识；同时，也呈现出美的追求的活力和理性思维的光芒"①。这无疑是对张贤亮前期创作的中肯评价，表明张贤亮的文学史地位在一九八五年之后有了大幅度的提升。随着张贤亮在二十世纪八十年代文学知名度的不断提高，二十世纪八十年代末出版的文学史已经把他当作新时期无法绕开的重要作家来加以介绍。一九八九年，高文升等主编、十二院校合编的《中国当代文学史稿（上下册）》由河南人民出版社出版。这部文学史对"复出"作家的重视程度和论述篇幅明显增加，书中多次提到张贤亮的代表性作品，对张贤亮的小说创作情况也进行了比较详细的介绍。

　　一九八五年，黄子平、陈平原、钱理群联合发表题为《论"二十世纪中国文学"》的长文，明确提出了"二十世纪中国文学"的概念，他们认为，"二十世纪中国文学"是一个中国文学逐步走向世界的"文学现代化"的过程，因此，他们主张把二十世纪中国文学作为一个不可分割的有机整体来把握②。这一观念，得到了学术界的广泛认同，并很快被付诸文学史的编纂实践，带动了新一轮中国现代文学史编纂与出版的热潮。一九八八年，陈思和、王晓明在《上海文论》上开辟了一个"重写文学史"的专栏，他们把二十世纪中国文学作为一个有机整体，以有别于传统教科书的价值体系和审美标准对中

---

① 汪华藻，陈远征，曹毓生.中国当代文学简史［M］.长沙：湖南人民出版社，1985：206-207，215，216.

② 黄子平，陈平原，钱理群.论"二十世纪中国文学"［J］.文学评论，1985（5）：3-14.

国现当代文学史上已有定评的一些作家作品和文学现象，提出了某些质疑性的探询和多元化的阐释，以打破以往文学史一元化的视角。"重写文学史"口号的提出，进一步激发了学术界对以往的中国现当代文学史编写模式的不满和重写文学史的热情。在二十世纪九十年代出版的文学史著作中，张贤亮的文学史地位及对其作品的文学评价得到了进一步提升。一九九四年，辽宁大学出版社出版了徐国纶、王春荣主编的《二十世纪中国两岸文学史（续编）》，该书在编写体例上进一步凸显了张贤亮在新时期文学史上的地位。在该书第十三章"反思文学"中，编者以一节的篇幅对张贤亮的"唯物论者的启示录"进行了深入阐释，除对张贤亮的生平经历介绍得更为具体以外，该书还重点解读了《绿化树》《男人的一半是女人》两部作品，指出"采用'自剖式'和诉诸生理感受的方法揭示人物灵魂深处的隐秘，亦是两部作品的特色之一。作家调动了各种艺术手法，以期逼近和窥视心灵，并把心灵的每一丝颤抖如实地传达给读者"，这种写法"是一种新的成功的尝试"①。这种细腻化的文学解读方式比起二十世纪八十年代文学史对作品情节的粗略复述有了明显的进步。一九九六年，在刘锡庆主编的《新中国文学史略》（北京师范大学出版社出版，该书曾作为高等院校汉语言文学专业的必修课教材）一书中，张贤亮作为与新时期文学思潮联系密切的作家之一，多次出现在"伤痕文学""反思文学""改革文学"等与二十世纪八十年代思潮流变有关的章节中，在讲述现实主义的深化与发展、现代派文学创作手法的多样化时，编者也列举了张贤亮的部分作品，也许是限于该书的简史风格，编者没有对张贤亮的小说进行过多的分析和文学史评价，但编写者的态度是明确的，张贤亮被看作是新时期重返文坛的比较具有创作潜力和艺术特色的"复兴"作家，而这也是此后很长一段时间里，大多数文学史家对张贤亮的基本定位。一九九七年，山东文艺出版社出版了孔范今主编的《二十世纪中国文学史（上下册）》，该书编写者对张贤亮的文学评价更为准确和深刻。在谈到张贤亮的一系列具有反思性质的"自叙传"小说时，编写者说："从整体上看，张贤亮对历史的反思不仅仅通过人物命运表现历史的曲折，而且往往通过主人公自我的内省展开，

① 徐国纶，王春荣.二十世纪中国两岸文学史：续编［M］.沈阳：辽宁大学出版社，1994：317.

小说的主人公往往要在灵与肉的搏斗中'超越自己',通过对自身的痛苦反省和拷问,努力寻求'比活着更高的东西',最终完成人格的蜕变和升华。张贤亮在表现历史的苦难时特别注重在历史的苦难中发现美好的东西,发现'痛苦中的快乐'和'伤痕上的美',在苦难的背景上表现智慧的美、感情的美,在阴暗的背景上表现闪光的人性和劳动者的美好情愫。"① 编写者对张贤亮的介绍不再停留于对作品情节的复述,而是进入作家与作品的灵魂深处,发掘张贤亮小说独特的思想价值和美学价值。因此,这部文学史在编写体例和剖析深度上比起以往的文学史教材均有显著进步。一九九九年,陈思和主编的《中国当代文学史教程》由复旦大学出版社出版,这本文学史著作贯穿了编者对"重写文学史"理念的写作构想,编者以"共时性"的文学创作为线索,重点放在对文学作品的艺术分析上,以此构筑新文学创作的整体观,这本书在当时众多的文学史教材中给人耳目一新的印象,影响很大,该书将张贤亮视为"归来"作家中的重要成员,认为这批"归来者"面对劫难的历史反思复活了"五四"一代知识分子的现实战斗精神。编写者在"为了人的尊严与权利"一章中,以单独一节的篇幅来论述张贤亮的《邢老汉和狗的故事》,指出《邢老汉和狗的故事》以民间情义的形态表现出文学创作中人道主义思想的复兴。同年,洪子诚在他独著的《中国当代文学史》一书中,将张贤亮作为地位仅次于王蒙的"复出小说家"进行了重点介绍,他高度评价张贤亮在二十世纪八十年代的小说创作,认为"张贤亮在八十年代小说艺术上的突出贡献,是细致、'逼真'地展示他在作品中展开的生活情境和人物复杂心理活动;这是另外一些写近似'题材'的'复出'作家难以企及的"。此后,张贤亮的创作题材虽有所拓展,但始终无法摆脱苦难的历史记忆,这限制了张贤亮文学才能的发挥②。应该说,洪子诚对张贤亮的文学评价是非常准确的,显示出他在文学史研究领域深厚的洞察力。在二十世纪九十年代出版的文学史教材中,张贤亮已经跻身重要作家的行列,他在文学史上的地位超过了很多同为"右派"身份的"归来作家",文学史对他的文学评价和作品价值阐释也不再仅仅

---

① 孔范今.二十世纪中国文学史 [M].济南:山东文艺出版社,1997:1289.

② 洪子诚.中国当代文学史 [M].北京:北京大学出版社,2007:266.

停留于"伤痕文学""反思文学"的层面，而是拓展到了对人性、人道主义、知识分子的自我认识、苦难叙述、性描写与女性观等问题的探讨上，同时，编写者也指出了他小说中的传统文学痕迹和作家的传统文人趣味，从而揭示出张贤亮小说的多层次性。

　　纵观二十世纪八九十年代的文学史写作，可以发现《灵与肉》《绿化树》《男人的一半是女人》三部作品奠定了张贤亮在新时期文坛的地位，而作家在二十世纪八十年代获得全国优秀短篇小说奖和全国优秀中篇小说奖更是直接推动了张贤亮文学史地位的上升，可见能否获得重要的文学奖项是影响新时期作家文学史地位的一个重要因素。另外，二十世纪八十年代出版的中国当代文学史均未能突破一元化的政治标准至上原则，而二十世纪九十年代以来的文学史则在二十世纪大文学史观的背景下，日益显示出多元化的编写倾向。张贤亮的文学史书写经历了从简单概括到重点介绍的变化，说明作家地位的变化。文学史编撰者普遍认为张贤亮的文学贡献主要体现在二十世纪八十年代初的人性与人道主义讨论以及之后的"反思文学"思潮中，强烈的哲理性和自叙传色彩是张贤亮小说的主要艺术特征。

　　进入新世纪以后，张贤亮在文学史上的地位进一步获得彰显，二〇〇三年，王庆生、王又平主编的《中国当代文学史》由高等教育出版社出版，编写者将张贤亮作为"反思文学"的代表作家，认为张贤亮的小说既有对中国政治问题的反思、对中国知识分子命运的思考，也有对人性的深刻剖析。张贤亮塑造的性格鲜明的女性形象是作家对新时期文学的一大贡献。在艺术表现上，张贤亮小说的突出特点是强烈的思辨色彩，不过他对哲理性的追求表现得过于直露和急切，作品反而给人以游离、抽象、思想大于形象的感觉[①]。在吴秀明主编的《中国当代文学史写真》一书中，编者将张贤亮作为新时期现实主义文学的代表性作家进行了重点介绍，该书评价张贤亮是一位理性的现实主义作家，他的作品，"不论写历史的伤痕、现实的改革还是知识分子的苦难的历程，大都能在灰暗的底色上展示出生活的亮色，热情讴歌处在逆境中的普通劳动者和知识分子的美好情操；他在对生活进行'令人战栗'的现

---

　　① 王庆生，王又平.中国当代文学史［M］.北京：高等教育出版社，2016：136.

实主义的描绘中，往往渗透着对历史、社会、人生的宏观性的哲理思索，具有浓重的理性色彩"[1]。二〇〇五年，董健、丁帆、王彬彬合编的《中国当代文学史新稿》由人民文学出版社出版，该书对王蒙、张贤亮、从维熙、高晓声等"归来作家"进行了重点介绍，认为个人的和社会的创伤记忆是这批作家在新时期小说创作取材的中心，编写者对"归来"作家的创作局限性进行了含蓄的批评，同时也指出在这批"归来"的中老年作家里，张贤亮的独特审美气质在他的那些以书写自身经验为主要内容的小说中表现得十分强烈，他把那个年代的知识分子扭曲的人性表现得比其他"右派"作家更为充分、细致，他对受难知识分子命运、性格的揭示达到了同期同类题材作品少有的艺术深度。与同时代作家相比，张贤亮的另一个突出贡献是他较早地涉及了"性"这一曾带有浓厚禁忌色彩的领域，从而对那个扼杀人性的非常时代进行了独特而深刻的批判和反思[2]。二〇〇七年，朱栋霖、朱晓进、吴义勤主编的《中国现代文学史（1917—2000）》由北京大学出版社出版，在"八十年代小说"一章中，编者将张贤亮放在与王蒙并重的位置，用很大的篇幅对张贤亮在二十世纪八十年代前中期的作品进行了阐释。二〇〇八年，由张健主编、北京师范大学文学院组织编写的《新中国文学史（上下卷）》一书认为张贤亮是二十世纪八十年代"最具精神深度的作家之一"，编者对王蒙、张贤亮的历史反思题材作品极为推崇，并对他们的代表性作品进行了深入分析。在二〇〇九年出版的张志忠主编的《中国当代文学60年》（高等教育出版社出版）一书中，编者对张贤亮的"章永璘系列小说"进行了专节阐述，重点分析了章永璘的知识分子自省意识，认为章永璘形象是中国知识分子在苦难历程中自我救赎的一个典型，表现出中国当代知识分子的某些精神特征。编者特别强调"在八十年代至九十年代初期，张贤亮其人其文，一直遭受那些具有保守倾向的文化人的批判，被看作是政治上的异类；同时，张贤亮处理男性知识分子与女性之关系的方式和评判，缺少对女性的自主意识和独立品格的尊重，也表现出某种精神缺陷，因而受到持女性主义理论的学人的批

---

[1] 吴秀明．中国当代文学史写真［M］．杭州：浙江大学出版社，2002：594．

[2] 董健，丁帆，王彬彬．中国当代文学史新稿［M］．北京：人民文学出版社，2005：426．

评"①。二〇一〇年，严家炎主编的《二十世纪中国文学史（上中下三册）》由高等教育出版社出版，这部文学史将张贤亮作为新时期"复出小说家"群体中的重要成员，用一节的篇幅论述张贤亮等"右派"作家的小说创作，认为从一九七九年到一九八四年是张贤亮的小说不断引起轰动的阶段，张贤亮是二十世纪八十年代前中期受争议最多的作家之一。"俄罗斯式的'忏悔情结'与中国式的对历史苦难的深切体验，在经济基础决定上层建筑的逻辑中结合起来，这种思维和情感表达方式，成为张贤亮作品的基本构思方式。"二十世纪八十年代后的张贤亮逐渐走出了以前作品的叙述圈套，小说观发生了变化，章永璘不再是徘徊在肉欲和传统道德之间的人物，他要寻求自我价值和自由的真正实现，但作家情感的过分宣泄又遮蔽了作品的思想内涵②。同年，朱寿桐主编的《汉语新文学通史（上下卷）》由广东人民出版社出版，张贤亮在该书中被编者置于"归来者""反思文学"代表作家的行列，其作品被进行了重点介绍，编撰者在肯定"张贤亮以描写人物的食、色两方面的欲望为落笔点，借此来揭示人性、反思人性"的同时，也指出了张贤亮小说思想上的不足，这表现为张贤亮的作品中有一种赞美苦难的宗教意识，过去的苦难在张贤亮笔下是"天将降大任于斯人也"的考验，这样的苦难终会有所回报，苦难因此成为应该感谢的对象，这在一定程度上消解了小说的悲剧意味，削弱了作品在反思、批判等方面本应该达到的思想深度③。二〇一一年，孟繁华、程光炜合著的《中国当代文学发展史》由北京大学出版社出版，在介绍新时期的"归来作家"时，该书对王蒙、高晓声、张贤亮的作品进行了重点解读。二〇一二年，樊星主编的《中国现当代文学史（上下册）》（武汉大学出版社出版）将王蒙、张贤亮、古华作为"反思文学"成就最高的代表性作家予以详细介绍，认为理性色彩与塑造多情的底层劳动妇女形象是张贤亮小说的两大特色。

纵观二十一世纪出版的各类文学史著作，可以发现编写者对张贤亮文学史地位的评价更加细致化和经典化，研究者普遍认为反思历史创伤记忆的作

---

① 张志忠.中国当代文学60年［M］.北京：高等教育出版社，2009：178.

② 严家炎.二十世纪中国文学史［M］.北京：高等教育出版社，2010：242-243.

③ 朱寿桐.汉语新文学通史：下卷［M］.广州：广东人民出版社，2010：516，517.

品最能够代表张贤亮的艺术风格和文学成就，张贤亮对新时期文学性描写的开拓作用得到了重视和认可，同时，张贤亮对知识分子思想改造的反思也被认为是同时代作家中最深刻的一位，文学史对张贤亮的正面评价与这一时期批评家对张贤亮的负面评价构成了强烈的反差，这说明文学史写作与文学批评并不同步，文学批评紧随时代潮流而动，而文学史写作则具有滞后性，需要经过历史的沉淀与检验，并与当下保持一定的距离。与文学批评的时效性、敏锐性相比，文学史更强调去伪存真，因此，在作家作品的评价问题上，文学史虽然具有一定的滞后性，但它对作家作品的评价也正因此显得更为正式和权威。此外，这些文学史的编写者大多是一些学院派出身的知名教授、中年学者，他们的文学史编撰理念与思维方式与年轻一代的文学史研究者之间存在着很大的不同，韩晗的《新文学档案：1978—2008》①就是一部很能代表"八〇后"研究者的文学史态度与新潮观点的文学史著作。该书以新时期文坛三十年出现的文学现象、文学思潮为线索，打破传统的当代文学史按政治风向来划分阶段的编写体例，重在对当代文坛文学场特征的揭示与分析。作者将张贤亮与戴厚英作为一九七八至一九八四年间新时期文学解冻与去蔽时期最有思想深度的代表性作家，作者以张贤亮的《灵与肉》为例，说明这部作品在如何描摹中国在日益开放的全球化背景下遇到的中西文化冲突方面有着非常罕见的文化意义。韩晗对张贤亮小说的文学史价值进行了新的发现与阐释，体现出"八〇后"文学研究者的后现代理论背景和文学价值判断。可以说，个性化与多元化的文学史观在这本年轻的文学史著作中得到了充分的体现。

德国接受美学的代表人物姚斯（Hans Robert Jauss）认为文学史有别于纯粹的历史学，它有自己的独特性，是文学本体的审美呈现和历史嬗变。在他看来，文学史应该属于接受美学的范畴。文学史研究的对象一定都是经典，作品被生产出来以后，作家就"死了"，文学经典是一代一代读者和阐释者创造的，而不是作家打造的，文学史的一个重要内涵就是考察读者对文学的"历时性"和"共时性"的阅读感受和审美体验。从历时性角度讲，不同时代的读者阅读同一部作品和同一个作家会得到不同的阅读效果，做出不同的阐释

---

① 韩晗. 新文学档案：1978—2008［M］. 北京：电子工业出版社，2011. 该书作者1985年生，该书自称是"第一本用民间语汇与草根精神撰写的新时期文学史"。

和评价。这正是文学"经典"化的过程。从共时性的角度讲，同一时代的读者的审美期待和批评标准也有所不同，不同的审美期待对作家的创作心态和审美选择也会产生很大的影响，从这个意义上说文学史也是一部"读者接受史"。随着近代以来文学史观念的形成、文学史学科的确立和发展、文学史教育的体制化，文学史的话语权威以教科书的形式得到了确认和巩固，对张贤亮的文学评价与张贤亮的文学地位也在这一过程中得到了不同的阐释。文学批评具有及时性、敏感性、文学再创造的经验性特征，而文学史则具有滞后性、积淀性、史学研究的学理性特征。"从一般文学评价、文学史的发生来看，在相当程度上，所谓文学史其实是由批评史所支持甚至塑造的。只是相对于后来文学史研究的明显强势，批评史本身倒被边缘化了，或被置入了广义的文学史。"①我们从张贤亮在文学史上的地位和评价的演变也可以看出文学批评对文学史写作的介入和影响。

第三节　张贤亮与王蒙的文学评价差异性

因为长期受极"左"文艺路线的束缚，"文革"期间当代作家队伍遭到了严重破坏，文坛呈现出青黄不接的衰败景象，因此，在新时期之初百废待兴的局面下，以王蒙、高晓声、张贤亮、宗璞、张弦、刘绍棠、从维熙、李国文、陆文夫等为代表的"五七族"作家的回归就显得弥足珍贵，他们的文学创作也显得特别抢眼，这批"右派"作家中的大多数出生在二十世纪三十年代，五十年代完成了学业，确立了他们的知识结构和精神气质，走上了各自的工作岗位，成为新中国第一代的干部、教师、编辑、记者、科技工作者等现代知识分子，这批作家从小接受革命理想主义信念教育，受其影响很深，心态、眼光、观察和体验生活的角度都比较政治化，正因为如此，"五十年代起就被'放逐'的作家，在相当时间里有一种'弃民'的身份意识"②，当他们

---

① 吴俊.中国当代文学批评史研究刍议［J］.当代文坛，2012（4）：19-22.

② 洪子诚.中国当代文学史［M］.北京：北京大学出版社，2007：194.

历经劫难"归来"后，很自然地就会重新找到一种政治归属感，重新接续自己对革命事业的美好记忆，重新燃起建设社会主义的政治热情，"他们控诉、批判践踏人的尊严和身心的愚昧的现实，尤其是'文革'中的血腥记忆，却不会对产生这些现象的整个社会体制提出'现代主义'式的质疑。像传统社会的大多数中国知识分子一样，他们只会从体制的某些局部方面，而不会从体制本身去思考问题。相反，他们还会真挚地把人生理想寄托在体制的未来发展和完善上"①。因此，有学者这样评价这批作家："在一九四九年后的历次政治运动中，最苦难深重的是知识分子。而知识分子作为现代社会结构中极为特殊的群体，其精神是最为敏感的，对其苦难历程的反思往往可以抵达劫难与人性的幽深，但这群'归来者'对自身苦难历程的反思已然与这样的抵达擦肩而过。于是，至今都还没有出现类似帕斯捷尔纳克的《日瓦戈医生》和索尔仁尼琴《古拉格群岛》这样的反思之作。"②这种整体性的分析与批评当然是有一定道理的，然而，这一总体描述，并不能覆盖这批作家中的每一个个体，"因为纠正冤假错案的先后，以及获得新的荣誉、地位的不同，'复出'小说家群并不像人们想象的那么'一致'。有的虽说属于'反思文学'，潜意识里还在受为政治服务的流行文学观念的约束，有的较多受到五四传统的启发，能与流行主题保持一定距离，但总的说，人道主义关怀和对历史创伤的揭露，是他们都比较感兴趣、创作也比较集中的题材领域"③。在这批作家中，王蒙和张贤亮常常被研究者放在一起来谈论，但无论是在文学创作上还是在批评家的文学评价上，他们都有很大的不同，他们的这种文学差异性是一个很值得我们深入研究的问题。

王蒙与张贤亮同属新时期复出文坛的"右派"作家，但是他们早期的人生经历却截然不同。王蒙，一九三四年出生于北京，原籍河北南皮，一九四〇年入北平师范学校附属小学就读，二十世纪四十年代末，他在北平私立平民中学（现在北京四十一中学）学习期间，与共产党地下党员接触，受其影响，秘密加入中国共产党，二十世纪五十年代后在北京市东城区从事

---

① 严家炎.二十世纪中国文学史［M］.北京：高等教育出版社，2010：232.

② 董健，丁帆，王彬彬.中国当代文学史新稿［M］.北京：人民文学出版社，2005：409.

③ 严家炎.二十世纪中国文学史［M］.北京：高等教育出版社，2010：233.

共青团工作，并开始文学创作，一九五六年以"干预生活"的小说《组织部来了个年轻人》而引起轰动，一九五七年，因这篇作品被补划为"右派"，随即在北京郊区下放劳动五年，一九六二年曾在北京师范学院短暂任教，一九六三年"右派"摘帽后，举家迁往新疆维吾尔族自治区，先后在新疆维吾尔族自治区文联、新疆维吾尔族自治区文化局工作，后落户伊犁，在新疆伊犁地区的巴彦岱公社"劳动锻炼"，任汉语翻译，并一度兼任公社二大队的副大队长，一九七八年重新发表小说，并调回北京作协，一九七九年夏正式返回北京定居，一九八三至一九八六年任《人民文学》主编，一九八六年当选为中共中央委员，同年任中国作协副主席、书记处书记，同年六月任中央政府文化部部长，一九九〇年卸任。王蒙是一位高产作家，他在新时期创作发表了大量的小说、散文、诗歌、创作谈、文学评论、古典文学研究等，成为最富创作活力和探索精神的"复出作家"。建国初期的工作经历和在新疆的生活是王蒙新时期从事文学创作的重要精神源头，在新疆的十六年里，他和当地老农生活在一起，不仅学会了维吾尔族语言，而且也学会了维吾尔族人的幽默、宽容和乐观，新疆成为王蒙不断重返的精神故乡①。王蒙曾说："不能简单把我去新疆说成被'流放'，去新疆是一件好事，是我自愿的，大大充实了我的生活经验、见闻，对中国，对汉民族、对内地和边疆的了解，使我有可能从内地—边疆，城市—乡村，汉民族—兄弟民族的一系列比较中，学到、悟到一些东西。对于去新疆十六年，我毫不后悔，也无怨嗟，相反，觉得很有收获。"②平民思想的孕育、历史意识的确立和对苦难的宽宥和担当，使王蒙的心理一直处于比较平和的状态。王蒙、高晓声、刘绍棠等"右派"作家在二十世纪五十年代"反右运动"扩大化到来之前一直发展得比较顺利，他们由于阶级出身好，再加上早慧的文学才华，很受所在单位领导的重视。例如，王蒙出身教师家庭，从小受到良好的教育，他在二十世纪五十年代初即被破格提拔加入中国作协；刘绍棠出生于普通农家，从小有"神童作家"的美誉，一九五六年三月，二十岁的刘绍棠经康濯和秦兆阳两位作家介绍，加入中国

---

① 朱栋霖，朱晓进，吴义勤．中国现代文学史（1917—2012）：下 ［M］．北京：北京大学出版社，2014：167.

② 王蒙．我在寻找什么 ［N］．文艺报，1980（10）．

作家协会，成为作协当时最年轻的会员，成为广大文学青年心目中的偶像。相比之下，张贤亮早年的生活经历则比较复杂，新中国成立前，他是官僚资本家的长房长孙，生活优越、衣食无忧，新中国成立后，因为出身问题，他被扫地出门，流亡北京，在学校也饱受老师和同学的歧视和欺负，最后在临毕业的前夕被学校开除，被迫移民宁夏，没想到却因为受过高中教育、有文化，被推荐进了甘肃干部文化学校做教员。但不久，他再次受到运动冲击，沦为劳教人员。他的特殊经历使他不可能像王蒙那样有一种昂扬的"少布情结"。因此，张贤亮十分反感与痛恨极"左"派提出的血统论，对一些带有阶级成分特征的身份识别制度也表现出反感、排斥情绪，他对于马克思的政治、经济制度有着自己的独特理解，他既想要成为体制内的一分子，受到体制的承认与庇护，同时又想跳出体制之外，不受体制约束与管辖，表现出无所归依的游牧思想与矛盾心理。

　　在极"左"路线肆虐时期，王蒙虽然也曾沉入人生的谷底，但他和张贤亮的苦难经历却有所不同。王蒙在二十世纪五十年代即已成名，此后虽受到当权者的打压，但始终没有沦落到名誉扫地、蹲监坐狱的境地，他主动要求赴新疆劳动锻炼、改造思想，也并非出于被迫和无奈，而张贤亮的资产阶级家庭出身首先就决定了他在新中国成立初期郁郁不得志的命运，在运动风暴中他的尊严全无、经济毫无保障，他在新中国成立前后经历的巨大的经济落差是同时代的其他作家根本无法想象和体会的，当时的新生政权对于他这样家庭出身的子女，采取的是敌视和歧视的政策，他在北京无法立足，为了生存，不得已才移民去宁夏。在"反右"运动中，王蒙和张贤亮虽然同被划为"右派"，但当局对他们的处罚力度并不相同，在新疆，王蒙没有受到当地群众的监管和歧视，工作和生活都比较舒心，而张贤亮在宁夏的劳改农场却经受了常人难以想象的折磨和各种不公正对待，他被判刑、批斗、监禁，每天从事高强度的体力劳动，这导致了作家心理的扭曲变形。王蒙"复出"的经历也比张贤亮顺利得多，他在"复出"后，即重返政治的中心——北京，进入到新时期的文化权力机制之中，再次成为荣誉和光环笼罩下的知名作家，尤其是他后来身居高位，成为文化制度的决策者、维护者，文坛地位和影响力显著提升。张贤亮复出的经历则艰难曲折得多，他在新时期之初转向小说创作，为的是引起别人的注意，早日平反，他在获得平反后，一直留在宁夏从事专业创作，他从一个知名度不高的地方刊物普通编辑成长为全国知名的作家，成功可谓来之不易。不同的人生经历和政治遭遇导致了王蒙与张贤亮不同的创作心态，对过去经历的苦难，王蒙从内心深处是无怨无悔的，而张贤亮的心态则要复杂得多，作品中时常流露出哀怨不平之气，思想上也有比较消极、阴暗的一面，而王蒙则没有这种心理上的阴郁气质，他大多数时候表现出的是革命者的慷慨激昂和面对苦难的宽阔胸襟。

　　细读王蒙的小说，读者会发现一股感人的炽热情绪始终在作品中流动。知识分子在追寻社会理想过程中的探索、困惑和挫折、"少年布尔什维克"的历史情结，始终是支配他小说构思和情节展开的情感因素，对过去美好生活的"怀旧"，构成了王蒙个人历史记忆的基础，王蒙曾经说，那些在解放前后积极投入革命斗争的青年人，那些热情地迎接解放，又热情地投入了建设新生活的斗争的青年人，值得他永远怀念[①]。对这种带有革命性质的"少共"情结，曾镇南评价说，王蒙经常是把"历史报应的思想""和重大的历史现象联系在一起的，至少也是和重大历史变迁在人的命运中的投影联系在一起的。因此，就赋予它以一种严峻的、惊心动魄的历史哲学的意味"[②]。从某种意义上说，王蒙的反思是深刻的，也是温柔敦厚、富有哲理的，他的小说充满了革命理想主义的昂扬激情，重返文坛后，王蒙自觉重温二十世纪五十年代的"少共"理想主义，并且深刻表现了这一主题。批评家郜元宝认为："七十年代末到八十年代中期，王蒙的贡献首先在于为'反思文学'提供了一个特殊的品种。它既不同于张贤亮等右派作家痛定思痛、痛心疾首、饱含怨毒的诅咒与控诉乃至在新形势下理所当然地带有一点补偿心理的放纵恣肆，也不同于大多数知青作家急于撇开过去而投入当下的取向。他更欣赏张承志、梁晓声的理想主义或英雄主义气质，欣赏乃至激赏铁凝的从早期孙犁的抗日小说继承下来的骨子里的柔顺之德。"[③]郜元宝极为准确地抓住了八十年代王蒙文学创作

---

① 王蒙.文学与我［A］//曾镇南.王蒙论［M］.北京：中国社会科学出版社，1987：389.

② 曾镇南.王蒙论［M］.北京：中国社会科学出版社，1987：19.

③ 郜元宝.当蝴蝶飞舞时：王蒙创作的几个阶段与方面［J］.当代作家评论，2007（2）：29-56.

的神韵和精髓。作家赵玫称王蒙是二十世纪八十年代中国文学的"旗手"①，在张贤亮等"右派"作家的文学创作活力在二十世纪八十年代末与二十世纪九十年代初明显衰减、文学评价日趋下降的时候，王蒙依然保持了旺盛的创作活力，并成功转型，"王蒙是同代人中最有艺术探索精神的作家之一，他对当代小说艺术的探索和实践是多方面而且卓有成效的。他的创新影响了中国当代小说艺术的创新"②。王蒙对意识流小说的实验、对作家"学者化"的提倡、对"人文精神大讨论"的参与，都对当代文学思潮产生了较大影响，他的多方面的贡献和创作生命，显示了特异的丰富性和持久性。尽管文艺批评界对王蒙在创作上的探索毁誉不一，但应该说，他的这种探索精神与党在新时期政治上、经济上的思想解放潮流是一致的，多数批评家对他的具有开拓意义的意识流小说也都持正面与积极的评价，如，冯牧就评价说"他是一个有着各种技能和武器的作家"③。他对西方意识流小说的借鉴不是照搬照抄，而是融合了中国传统文化因子，形成了具有中国特色的"东方意识流小说"，既有厚重的历史感，又飘逸空灵。因此，曾经有评论家指出王蒙的小说实验"是中华人民共和国成立以来小说创作中所无的艺术新探索"④。张贤亮也试图在小说创作中借鉴西方现代派技巧，拓展新的艺术表现形式，但批评家对他的这些创新之作却普遍评价不高。

"复出"后的王蒙和张贤亮都关注政治、热心改革，但平心而论，王蒙身上政治理想主义的色彩更为浓厚，政治态度比较保守和谨慎，而张贤亮则是个懂得如何务实经营的实干派，张贤亮是在劳改期间，通过阅读自学马列经典原著获得的马克思主义理论知识，王蒙则是在多年的工作实践中，历练了他的政治分析与判断能力，这就决定了王蒙的政治驾驭和掌控能力在张贤亮之上，张贤亮运用政治理论解决实际问题的能力远不及王蒙成熟老练，但他

---

① 赵玫，任芙康.旗手王蒙［A］//温奉桥.多维视野中的王蒙：第一届王蒙文学创作国际学术研讨会论文集［C］.青岛：中国海洋大学出版社，2004：48.

② 朱栋霖，朱晓进，吴义勤.中国现代文学史（1917—2012）：下［M］.北京：北京大学出版社，2014：171-172.

③ 冯牧.关于文学的创新问题：新时期的文学主流［M］.北京：人民文学出版社，1981：78.

④ 克非.引人注目的探索：评王蒙的近作兼论创作方法的多样性［J］.学习与探索，1980（6）：127-130.

的政治改革勇气与胆量却远在王蒙之上。"在小说艺术上，王蒙明显比同代作家进行了更积极的探索。这一方面是作家感到直接针砭现实存在风险，另一方面这时外国文学翻译也在影响他对小说的看法。他的小说实验，很大程度来自两方面的相互作用，这使其作品具有了一般人难以理解的多重色调。"①王蒙和张贤亮都是一九五七年"反右运动"扩大化的受难者，他们的创作被迫中断了二十年，新时期归来后，他们创作发表了许多具有反思性质的作品，与政治的联系十分紧密，他们的小说注重艺术形式的创新，作品不同程度地受到了文坛的关注，但批评家和文学史研究者对他们的文学评价却有很大不同。在王蒙的文学评价中，正面的肯定因素似乎更多一些，王蒙是以一个久经考验的布尔什维克主义者的形象出现在世人面前的，而张贤亮则经常处于争议不断的风口浪尖，遭受来自各方势力的批评指责，他以自己的惨痛经历为创作资源书写具有自叙传色彩的作品，歌颂新时期党的拨乱反正政策，积极投身社会主义改革事业，防止极"左"思潮卷土重来，但文学对他而言只是一种可以帮助他达到上述目的的工具和手段。相比较而言，王蒙有一种文学的宗教情怀，他把文学作为安身立命的崇高事业来看待，文学态度极为虔诚，通过文学，他要实现的是"公民的社会责任感"，"对祖国大地、对人民、对生活的热爱和对革命的追求，对共产主义理想的追求"②。因此，他完全是以一种赞赏的、投入的甚至是怀有郑重的敬意来塑造他心爱的主人公的。无论是《布礼》中的钟亦成、《蝴蝶》中的张思远、《杂色》中的曹千里，还是《相见时难》中的翁式含，他们对祖国和人民、对共产主义和党的伟大事业都怀有无限热情和庄严的使命感，虽屡遭打击，被怀疑、受委屈、遭侮辱，却始终信念坚贞、无怨无悔，这些人物的命运和品格很容易让人联想到作家自己，而王蒙也毫不隐晦地说："在我的许多作品中的人物身上，正面人物身上有我的某种影子。"③在谈到自己长期遭受的不公正待遇时，"复出"不久的王蒙心情格外激动，他说："二十年来……我得到的仍然超过于我失去的，我得到的是大有作为的广阔天地，得到的是经风雨、见世面，得到的是二十年的生聚

---

① 孟繁华，程光炜. 中国当代文学发展史［M］. 北京：北京大学出版社，2011：245.

② 王蒙. 创作是一种燃烧［M］. 北京：人民文学出版社，1985：103.

③ 王蒙. 创作是一种燃烧［M］. 北京：人民文学出版社，1985：100-101.

和教训。"当"党重新把笔交给了我，我重新被确认为光荣的、却是责任沉重、道路艰难的共产党人。革命和文学复归于统一，我的灵魂和人格复归于统一，这叫作复活于文坛"①。在第四次文代会上，王蒙说："我们是新中国的第一代青年，革命点燃了我们的青春，启示我们拿起笔来歌唱革命。基于我们对党的赤诚的爱，当然也包含着年轻人的理想主义和不尽切合实际的要求，我们也正视了生活中的一些消极因素，我们也曾尝试着把自己的幼稚的观察和思索的果实交给党、交给人民。初生牛犊不怕虎，我们也可能有幼稚、有冒失甚至也有某些荒唐，但我们没有二心，没有市侩气，不懂得阿谀奉承和投其所好，在党组织和领导同志面前，我们从不设防。"②王蒙的这些话很有代表性，从中我们可以感受到当时社会的政治语境以及新时期之初人们对被错划为"右派"的知识分子在整体上所能达到的历史认知。这种服从大局、公而忘私的政治态度无疑得到了主流意识形态的高度认同和官方权力机构的一致赞赏。文艺批评家和文学史家也自然对王蒙作品中传达出来的这种"虽九死其犹未悔"的革命忠诚进行了高度评价。

严家炎认为："对王蒙这一时期'文学地位'的讨论，还可以在个人与革命的'关系史'的维度中展开。在'新时期'文坛，王蒙被目为'复出'作家、'意识流'作家或'现实主义'作家等，某种程度上他还可以被称作'新时期'的'革命作家'。他的'革命情结'（或说'政治情结'）比同时代人如李国文、从维熙和张贤亮等显然都强烈、自觉得多——当然也表现得更加迂回、暧昧和复杂。作家这种特殊的'革命心态'，在《布礼》《蝴蝶》《杂色》等一批当时发表的小说中，都有程度不同的反映。在二十世纪八十年代初，'十七年'（包括'文革文学'）因与'左倾'文艺路线的牵连而受到广大作家的质疑，但以它们为代表的'革命文学'的主题活力和想象方式这时并没有完全丧失。在西方'现代派'文学尚未涌入中国的时候，'革命文学'仍然是支持、帮助和建构'新时期文学'的重要资源之一。某种意义上，王蒙本时期大部

---

① 王蒙.我在寻找什么［N］.文艺报，1980（10）.亦见于王蒙.王蒙小说报告文学选：自序［M］.北京：北京出版社，1981.

② 开辟社会主义文艺繁荣的新时期［A］//朱寨.中国当代文学思潮史［M］.北京：人民文学出版社，1987：330.

分的小说，大多是通过对'革命文学'的'改写'和'增补'的艺术方式而赋予其新的历史活力的，而这一努力的重要性也因此在'文学转型'中显示出来。"① 王蒙小说里受难归来的知识分子是历经精神和肉体双重戕害而矢志不渝的现代中国知识分子的典型，强烈的责任感、使命感和忧患意识是他们的精神内核，这些作品适逢其时地产生在出现信仰危机的社会转折时代，自然引起了人们对信仰问题的思考。二十世纪八十年代中期以后，王蒙笔下人物这种"虽九死其犹未悔"的对理想和信念的忠诚，为忧愤深广的文化反省所代替，这标志着王蒙对历史的思考在不断深入。王蒙的小说之所以能够长期受到人们的关注与喜爱与他这种顺时而变的文学创作理念不无关系。

王蒙深受十七年时期形成的革命文艺观的影响，他认为"文学与革命天生地是一致的和不可分割的。它们有着共同的目标——把旧世界打个落花流水，鲜红的太阳照遍全球。文学是革命的脉搏，革命的讯号，革命的良心；而革命是文学的主导，文学的灵魂，文学的源泉"②。因此，当批评家李子云用"少布精神"来概括他的作品时，王蒙竟被感动得"眼睛发热"③。我们不怀疑王蒙创作时的真诚，也为他作品中人物的忠诚所感动，但那种"我不悲观，也不埋怨。比起我们的党、国家和人民这些年付出的巨大代价，个人的一点坎坷遭遇又算得了什么"④ 的苦难认知，以及他对待革命事业的那种毫无保留的接受与服从，甚至是抛弃了个体意识的忠诚，现在看来，只是一种被严重异化的革命理想主义。个人的苦难被遮蔽在集体生存的宏大框架中，甚至心甘情愿地成为伟大历史叙事的祭坛上的牺牲品。"右派"作家的创作之所以能够在新时期之初迅速成为文坛主流，恰恰是因为他们适应了意识形态重建信仰希望的要求。这显然不是真正意义上的对于历史的反思，与新时期之初广泛讨论的人道主义也是不相容的。张贤亮在二十世纪八十年代中期以前的创作，也基本上是以这样的一种姿态出现的，他的"带有反思性质的创作主要

---

① 严家炎.二十世纪中国文学史［M］.北京：高等教育出版社，2010：236.

② 王蒙.我在寻找什么［N］.文艺报，1980（10）.

③ 李子云，王蒙.关于创作的通信［J］.读书，1982（12）：72-87.

④ 这是王蒙"复出"后的一次谈话的内容，详见孟繁华.1978：激情岁月［M］.济南：山东教育出版社，1998：99.

不在总结历史的教训，而是集中于对自我灵魂的严峻拷问，即从道德、历史和哲学的高度审视自己既往的人生历史，从充满苦难的人生中体悟，经过艰难的熬炼和痛苦的洗礼而获得升华的新的人生境界，是一种意在超越现实人生的'启示录'式的反思"①。这决定了他前期的作品无论有多少争议都必定会得到主流批评家的宽容与好评。但是，在二十世纪八十年代中期以后，张贤亮的创作越来越偏离了这个既定轨道，他在创作中强调对极"左"政治的深刻反思与持续批判，凸显知识分子的主体性和对性与政治内涵的阐释，在展示人物经历时，他对人性、人道主义、知识分子的苦难等问题的反思力度远远超过了当时其他的"右派"作家。尤其值得一提的是，张贤亮对于知识分子落难心理的准确描摹和对女性形象的塑造令人印象深刻，但作家在同情、赞美劳动妇女勤劳、善良品格的同时，也暴露出他潜意识中对女性的偏见，流露出以男性为本位的封建士大夫思想。张贤亮小说创作的目的性极强，其中的人物，大多是一些不倦的、自觉的思索者，如《灵与肉》中的许灵均、《绿化树》中的章永璘，作品的哲学思辨意味有时也掩盖了故事本身的叙事美学，造成理念大于形象的不足，他小说中大胆的性描写与激进的政治、经济改革主张使得他后期的作品常常受到来自不同政见者的批评和攻击。

王蒙与张贤亮的创作有相似的地方，对生活的深邃思索、对人生哲理的探求是他们小说艺术的共同特征。王蒙的创作也常常探求超出故事情节的一种哲理上的含义，形成作品主题的多元性，有人称之为"复调小说"，这虽给读者以想象和再创造的空间，但有时也会造成过分注重内心剖析、人物性格不鲜明、晦涩难懂的处境。王蒙对于历史和自身的乐观态度，使他的小说避免了"反思文学"普遍的感伤，然而，坚贞的信仰有时也会因为被抽离了具体的历史形态和实践内容，而在他的小说中成为不可怀疑的教条，转化为对人的压迫力量。种种的矛盾和复杂性，构成了王蒙小说较为丰厚的内涵，但同时也存在一种含糊不清的历史观和精神态度，而"辩证"观点所具有的穿透力与精神上策略性的暧昧的界限也常常难以分清。张贤亮专注于对其个人经历和社会经验的书写，前者如《灵与肉》《土牢情话》《绿化树》《男人的一

---

① 吴秀明.中国当代文学史写真［M］.北京：北京大学出版社，2010：601–602.

半是女人》，后者如《邢老汉和狗的故事》《河的子孙》《肖尔布拉克》《浪漫的黑炮》，作品多以过去的不幸和苦难为主要内容。相比之下，王蒙的生活视野和创作领域显得更为开阔，目光更为深沉敏锐，所涉及的问题也更为广泛，体现在王蒙作品中的是作家对时代做出的深刻理解和认识，王蒙的小说也可以大致分为两类，一类是作家采用现实主义手法创作出来的作品，如《最宝贵的》《光明》《悠悠寸草心》《说客盈门》《温暖》等，另一类是吸收借鉴现代派艺术手法创作的意识流小说，如《夜的眼》《布礼》《蝴蝶》《春之声》《海的梦》等。如果说二十世纪五十年代王蒙的作品特色是"革命加青春"的话，那么"复出"后的王蒙的创作特色则是"信念加沉思"。他的多数作品都把党和群众的关系，党员和革命者的理想、信念、情操作为关切和反思的对象，认为党员对党的忠诚和共产主义信仰应该是永恒的。与二十世纪五十年代相比，王蒙对于青春、爱情、生活的信念，对革命理想的追求，始终忠贞不渝、一往情深。在歌颂的同时，他敢于正视生活中消极和阴暗的东西，目的都是塑造一种更深沉、更美丽、更丰富也更文明的灵魂，避免重走弯路、再蹈覆辙，张贤亮则把生活描绘得过于苦难和沉重，缺少阳光和亮色，这也导致他的读者不断流失。王蒙的艺术探索是多方面的，却不失幽默、温馨的基本风格，他的意识流小说虽然受到过一些批评，但对于打破传统的时空观念、情节结构，对于多侧面、多层次、多角度、多色调地塑造人物，给当代小说创作开辟了新的天地。他在艺术上的探索精神，受到了文艺界人士的普遍肯定，而张贤亮的那些借鉴现代派艺术手法创作出来的作品（如《习惯死亡》《无法苏醒》等）则无一例外地受到了读者的质疑与批评，这说明张贤亮的小说创新并没有取得真正意义上的成功，他没有实现对自己以往作品的超越。

在"复出"文坛的"右派"作家中，王蒙的文学成就最大。从二十世纪五十年代发表《组织部来了个年轻人》开始，王蒙就已经显露出他对社会敏感问题的惊人洞察力和艺术表现力，敢于针砭时弊、干预生活，使他很早就名重一时，有学者认为，王蒙之所以能够成为"复出作家"的代表，取决于历史对这代作家的选择。"七八十年代之交，'改革开放'的政治模式取代了'文革模式'，对过去作有限度的'反思'和在此基础上'展望'未来，成为主流叙述的舆论导向。"王蒙"早年即已形成的社会敏感和创作经验，使他很容易在这一'导向'中复出文坛，并成为中坚。但八十年代初的文学写作是一种典型的'政治写作'，而王蒙恰恰又是一个对社会政治异常敏感和有特殊把握能力的作家，而他所抓的题材，恰恰又是当时人们非常关注且具有'重大性'的类型。于是经他处理的题材和人物，很快就变成文学的热门话题"。王蒙的高明之处在于"即使面对敏感而重大的社会题材，他也不像一般人那么直露、肤浅，而是绵里藏针、极善经营，不光在叙述姿态上反复变化，而且艺术手法也花样翻新，呈现出更加多层的蕴含和文学意味。同时，王蒙的个性又具有'文坛领袖'的气质和智慧，他把文学创作转换为一种文坛社会活动，与此同时又把文坛活动变成象征性极强的文学创作。他是作家中的'政治家'，同时又是政治家中的'书生'。这种'复合型'的文坛领袖是当代中国社会的特殊国情培养的，而这种复合型的作家的出现，恰恰又揭示了当代中国作家所身处的历史环境。应该说，王蒙是他那代作家中将这些'点'与'面'的辩证关系发挥到了极致的一个人"①。

长期的西北"流放"生活是王蒙和张贤亮在新时期"复出"后共同的创作资源，但他们对"流放地"和当地群众的态度却有很大不同。王蒙是带着一种自豪和悲壮之情来看待他在新疆的艰苦岁月的，并把这段经历当作他最宝贵的回忆，当年他主动要求去新疆劳动锻炼，和当地老百姓之间建立起了深厚的友谊和感情，他对维吾尔族群众给予他的帮助始终怀着真挚的感恩与回报之情，他在新疆结交了很多当地的朋友，新时期重返文坛后，他与这些人大多还保持着联系，即使身在北京也经常牵挂伊犁的父老乡亲，这在他"归来"后的作品集《在伊犁》中有所反映。在他用意识流手法创作的小说《蝴蝶》里，王蒙通过主人公张思远到山村找"魂"的心路历程，透视了这个革命干部的灵魂净化轨迹。张思远原本只是当年革命队伍中的一名普通战士，随着革命的胜利和手中权力的增大，他从革命队伍里的"小石头"变成了人们口中的张指导员、张书记、张部长，然而，他的思想也随着地位的变化发生了改变，与群众的距离越来越远，到了"文化大革命"时期，这位老革命受到了"革命小将"的冲击，被打成了"大叛徒""大特务"，他又成了人们口中

---

① 严家炎.二十世纪中国文学史［M］.北京：高等教育出版社，2010：235.

的老张头，身份的巨变使他产生了庄周梦蝶、真幻莫辨的迷失感，在平凡的劳动环境里，在乡村淳朴的人际关系中，张思远重新发现了"人"的价值，并最终找到了曾经失掉的"魂"，懂得了领导干部就像飞机一样，"不管飞得多高，它来自大地和必定回到大地"，"无论人还是蝴蝶，都是大地的儿子"①。而人民群众就是大地，就是母亲，这篇作品表明了王蒙的心迹，他对那些脱离群众的革命干部是极为反感和厌恶的，新疆不仅是王蒙的受难地，更是他不断重返的精神故乡，是永远善待他的大地母亲。

　　与王蒙不同，张贤亮在宁夏的劳改生活充满了血泪和辛酸，张贤亮每每回忆起这段往事，总是带着一种难言的痛苦和不安。他在宁夏的劳改农场受到过各种不公正的待遇，遭受批斗、蹲监、陪绑、假枪毙的惩罚，每天从事繁重的体力劳动，还常常吃不饱，甚至差点被饿死，他在劳动改造期间毫无人的尊严感可言，当地干部和群众在他的眼中更多暴露出来的是人性的弱点和丑陋不堪，与他真正交好的是为数不多的几个同命相连的劳改犯和他幻想出来的几个如"梦中的洛神"一般善良美丽的劳动妇女，作家的心灵深处总有一个孤独感的内核，因此，批评家王晓明在《所罗门的瓶子》一文中才会说："从炼狱中生还的人总带有鬼魂的影子。"②据王鸿谅在《一个作家的"野蛮生长"——张贤亮的人生考察》一文中的记述，与张贤亮关系不错的农民屈指可数，而在张贤亮"复出"文坛以后，他与这些推心置腹的朋友也都慢慢失去了联系，多数受访者也都忌谈当年张贤亮在农场备受压抑的生活③。这些人是张贤亮人生落寞时期的见证者，与他们保持联系，必定会让张贤亮总是回想起过去那段卑贱、屈辱，甚至为了得到一支香烟而去巴结讨好农场领导的日子，这是张贤亮所不愿的，他想把这段记忆从头脑中彻底抹掉，然而，他又无力做到，因为这段经历已经渗入作家的血液之中，成为他终生无法摆脱的梦魇，这段不堪回首的经历又是他最主要的创作资源，这些创伤性记忆刺激他不断写出一部部作品，改变了他的人生命运，他在新时期因此成为受人尊敬的作家，可想而知，凭借那长久积压在心灵深处的痛苦记忆进行创作，

---

①　王蒙.蝴蝶［J］.十月，1980（4）.

②　王晓明.所罗门的瓶子：论张贤亮的小说创作［J］.上海文学，1986（3）.

③　王鸿谅.一个作家的"野蛮生长"：张贤亮的人生考察［J］.三联生活周刊，2014（42）.

作家的态度绝不会是空灵超然的，回忆那些令人不愉快的往事，无异于一次次揭开已经愈合的伤疤给人看，因此，宁夏既是他人生中的心安福地，同时也是伤心之地，他把所经历的苦难与在苦难中的挣扎，沾着血泪的艰辛和对人生的感悟、追求熔铸在一起，从而构筑起一个与自我灵魂搏斗的艺术世界。二十世纪八十年代，张贤亮拒绝了王蒙提出调他出任《人民文学》主编的邀请，一直留在这个令他既爱且恨的地方，二十世纪九十年代，他在创办镇北堡西部影城的过程中，在企业刚见效益、准备征用牧民的土地进一步开发扩建的时候，他多次和当地的农牧民发生严重的摩擦和冲突，甚至险些发展到械斗的地步，这在他的小说《青春期》中有过详细的描述，他与当地群众的关系一度变得十分紧张，在小说《早安！朋友》准备推出之际，宁夏的教育界一片哗然，一致认为他写出了一部有害青少年身心健康的坏书，还有人不断上访，要求查禁此书，他为此事着急上火，住了好几天医院。这些似乎都能说明张贤亮与宁夏以及当地群众关系之微妙复杂。虽然，张贤亮在描写知识分子的苦难时，也为他们提供了肉体和精神的救赎者——"种种来自劳动人民的温情、同情和怜悯，以及劳动者粗犷的原始的内在美"①，从而让受难的"右派"们孤独悲凉的心感受到温暖，并得到精神的升华，尤其是那些泼辣、能干而又痴情的女性，如李秀芝、乔安萍、马缨花、黄香久等，她们帮助和抚慰落难者，成为他们超越苦难的力量源泉，然而，这些女性所施予知识分子的情感、肉身只不过是一场献祭，等到这些"右派"否极泰来，就难逃被抛弃的命运，这种反复出现的始乱终弃的情节模式流露出张贤亮不自觉的封建士大夫思想，从另一个侧面说明他对流放地群众的情感是极其矛盾而复杂的。

　　不同的人生经历、心理特征、历史态度，导致了王蒙与张贤亮文学评价的差异性。王蒙和张贤亮都备受争议，但王蒙的争议主要在于文学内部，张贤亮的争议主要来自政治层面，批评家、文学史家对王蒙表现出的更多的是政治正确前提下的普遍赞誉与褒扬，而对张贤亮的叛逆和大胆则始终有所顾忌与保留，尤其是那些以警惕"反党小说"为己任的批评界战士更是时常表现出严厉的苛责态度。但是，必须承认，批评史与文学史对张贤亮的特立独

---

① 张贤亮.满纸荒唐言［A］//张贤亮.张贤亮选集（第一卷）［M］.天津：百花文艺出版社，1995：190.

行与胆大妄为又表现出了足够的宽容与大度，因为当与时代变迁、政治诉求的相关性构成了作家作品评价的一个标准时，大多数文学评论家和文学史研究者仍然能够把张贤亮的那些有争议的作品放在文学审美的范畴内来进行讨论，这本身就是一个巨大的进步。事实上，我们可以把张贤亮看作"右派"作家中的一个不安分的特例，他的所有问题也都可以归结到作家的传奇经历和心理变形上来，但在二十世纪八九十年代，那个以强调文学的新政治性为使命的特殊转折年代，像张贤亮这样的"复出"作家的文学命运又很有典型性，能够折射出政治、道德等文学外在因素对作家作品评价的影响，值得庆幸的是，介入到文学之中的各种世俗化的评判力量没有让张贤亮再次沉入生活的谷底，张贤亮有惊无险地闯过了一次次对他的批判浪潮。这说明一种比以往任何时候都更为开放包容的文学评价机制正在成为当代文坛的主流。

结　语

张贤亮的"冷"与"热"

　　二十世纪八十年代是中国当代文学史上的黄金时代，而这个黄金时代是建筑在创作与批评共同繁荣的基础之上的，张贤亮有幸赶上了这个文学的黄金时代，对他创作的各种评价，也说明了那个时代，文学在人们心目中的重要程度。"八十年代初，人们对文学的需要主要不是审美的，而是政治化的；人们对文学的要求，不是看它怎样塑造了人物、表现出多高的艺术技巧，而是看它怎样形象化地'再现'了历史——集中表达了人民群众'纠正冤假错案'的强烈愿望，揭露了'四人帮'及其跟随者的嘴脸。换句话说，就是怎样'干预'了'生活'，并把社会推向更进步和文明的新阶段。"在这个过程中，"'复出'小说家群以深刻的历史洞察、严峻的批判态度使八十年代初期的文学在思想上达到了历史难得的高度，他们对历史'真相'的揭露是震撼人心的，充分显示了批判现实主义文学精神的悲剧感"[①]。那时人们憧憬未来，憧憬未来的最大特征不是把未来想得多好，而是把过去看得更坏，把过去描述得越悲情，走向未来的冲动就越强，而张贤亮的作品正是那个历史转折点的灵光[②]。他的《绿化树》等作品真实地再现了极"左"政治年代的黑暗、压抑与知识分子的苦闷、无助，他重返文坛后的创作优先考虑和涉足的题材基本上都围绕着政治信仰、道德伦理、真挚爱情观的重建问题而展开，张贤亮在他的作品中自觉呼唤人道主义的回归，强调恢复人的尊严、自由、爱情，这与"五四"以来的知识分子启蒙传统一脉相承。作为"五七族"作家中争议最多的一个，张贤亮给当代文学批评史与文学史都留下了太多值得认真清理与反

---

① 严家炎.二十世纪中国文学史［M］.北京：高等教育出版社，2010：234.

② 陈九.张贤亮也在乎文学史吗？［J］.文学自由谈，2014（6）：145–146.

思的话题。

　　本书以张贤亮的文学创作评价史作为研究对象，并不代表张贤亮的文学创作达到了多么高的艺术境界，也不意味着作家的文学成就被文学史有意遮蔽或埋没，而只是力求客观描述张贤亮的文学评价发展历程，借以展现二十世纪八十年代以来中国当代文学批评的演变进化轨迹，揭示文学批评对文学史写作的介入和影响。通过比较二十世纪八九十年代张贤亮文学评价"冷"与"热"的变化，笔者试图阐释的是作家作品文学评价的标准、目的、方法在各个时期的不同，这些不同导致了文学评价的差异，张贤亮是新时期具有传奇性经历与心理震撼力的作家，他的饥饿心理学、他大胆的性描写、他对知识分子思想改造的暧昧态度和他的政治经济学使他备受文学批评家的争议与诘难，但同时，我们也可以这样理解，恰恰是巨大的争议成就了张贤亮作为当代文坛重要作家的文学地位，张贤亮的那些最优秀的作品都产生于二十世纪八十年代，张贤亮的文学价值主要体现在他对知识分子改造问题的反思与性的文学启蒙两个方面，对性与政治关系的文学书写和意义揭示是他的独特创造，这个创造在今天到底具有多大意义已很难说，但在当时它无疑是具有开拓性的创举，因此，不管怎样，张贤亮都是新时期文学史上一个绕不过去的人物，是新时期思想解放的闯将。

　　张贤亮其实是一个很在乎文学史评价的作家，虽然他曾经明确表示他不在意读者和批评家对他的责难，但是他对批评家的各种在他看来是错误的批评进行反批评的行为就说明了他是很在意读者对他的文学评价的。作家总是希望自己的作品发表以后能够引起回响，哪怕听到的是负面的评价也比寂寂无闻要好，因此，任何作家都不可能对批评家的文学评价置若罔闻、无动于衷，都会产生一定程度的互动行为，张贤亮对批评家的反批评也恰恰说明了文学评价对他从事文学创作的影响。张贤亮对他的文学业绩以及文学史上的地位，有着非常清醒的认识。在《小说中国》（1997 年）一书中，他谈到了"新时期文学"，亦可视为他对自己文学价值的一个定位："七十年代末期八十年代初期，中国作家曾是风云一时、万众瞩目的人物。那时，一篇小小的短篇小说出来便可轰动世间，家家传诵，洛阳纸贵，当时人们认为中国作家很可能就是人民的代言人。其实，那不过是作家们说了人民群众'想说又不敢说的话，要说又说不好的话'罢了，不是思想上的代言人而是感情上的代言人。
作家们并不比一般人民群众有思想，而是比一般人民群众有勇气和写作才能，
只要他（她）突破了某个'禁区'，就会成为闻名全国、众口赞誉的闯将。而
那时中国社会的确需要闯将。不论现在和将来怎样评价所谓'新时期文学'，
当时的中国作家绝对功不可没，在拨乱反正及改变中国社会面貌方面起了巨
大作用，有力地配合了思想解放运动，推动了中国的进步。那时交口赞誉的
名篇中有的也许现在看来没有什么艺术价值，但像古董一样，具有决不会贬
值而且还会升值的历史价值。"[①] 对于批评家的"批评"，张贤亮一直以各种方
式进行着他的"反批评"，只不过他的"反批评"常常是以恣肆放纵，甚至
是漠不关心的姿态呈现出来的。成名前，张贤亮渴望有批评家关注他的作品，
对批评家提出的意见，他大都能虚心接受，成名后，他越来越轻视和反感批
评家的批评，认为批评家没有真正理解他的创作意图就随便发表议论，批评
家对于成名前的张贤亮多宽容和鼓励，对于成名后的张贤亮，则显得态度苛
刻，批评家一度是掌握文坛话语权威的专家，具有决定作家作品命运的力量，
他们在文学作品经典化和认定作家在文学史上的地位的过程中扮演着重要的
角色。出于这种原因，作家在成名前对批评家一直心存敬畏，但是一旦文学
批评失去了政治赋予它的特殊权力，作家对批评家的敬畏也就随之淡化或消
失。作家与批评家之间的微妙关系，实际上反映出当下文学批评的尴尬处境。
面对批评家，作家应该容许来自各种角度的批评、挑剔和鉴别，这比脱离实
际的赞誉、毫无原则的宽容对作家更为有利。为此，我们应该积极营造开放
包容的文学创作与文学评价环境。

二十世纪八九十年代的张贤亮文学创作评价史经历了由"热"到"冷"
的毁誉交织的变化过程。二十世纪八十年代，张贤亮是极"左"政治的受难
者、是反思历史阴霾的文化先锋与人道主义精神启蒙者，而在市场经济为社
会主旋律的时代，在文学的"感伤"不再那么美好的二十世纪九十年代，他
的那种自艾自怜式的感伤作品越来越难以引起读者的兴趣，别人都在远离历
史的伤痛记忆，而他则拒绝遗忘，这种出力不讨好的做法，使他无法依靠文

---

① 张贤亮.小说中国［M］.北京：经济日报出版社，1997：32，39-40.

学创作继续保持他社会主义改革者的文化英雄的角色，就连出格的性描写也由时代解放的讯号沦为《一亿六》中取悦读者的媚俗因素，所有这一切都说明二十世纪八十年代的时代语境已经不复存在，再大胆开放的性观念似乎都无法在商品经济时代引起读者的惊诧。时代环境的改变迫使张贤亮在二十世纪九十年代初毅然做出了"下海"经商的抉择，这可以说是作家在时代变迁中的某种无奈之举。批评家张闳说："一个好的作家，时代会拣选他成为其代言人。一个一般的作家，则始终在努力追赶时代。一九八〇年代初中期，时代塑造了张贤亮。一九九〇年代之后的张贤亮，则试图追赶时代。"① 张贤亮文学创作的成败得失最后似乎都可以归结到个人与时代的关系问题上，对作家作品的文学评价似乎也难以跳出时间与空间的局限。张贤亮的小说在二十世纪八九十年代读者中的不同际遇及其在海内外文学评价的失衡，有力地证明了这一点。批评家对张贤亮前中期作品表现出的宽容、赞誉态度与对其后期小说的严厉指责，构成了强烈的反差，这种"热"与"冷"的评价史转变与人们的审美趣味、社会生活的主题、时代的政治风向变化都有密切的关系，但同时我们也应该注意到作家独特的个性与心理也是让张贤亮备受争议的重要原因。张贤亮是个现实介入很深的作家，也许是受家族从政与经商基因的遗传影响，再加上长期在社会的底层摸爬滚打，和各种人打过交道，他很有经营的眼光，他"在复杂环境下，知道怎样去'讨好'，也知道如何以有限的方式去'抗议'"，而其全部目的只是让自己生存下去，在极"左"政治猖獗的年代，这无疑是应该得到谅解的处世哲学，然而，在新时期获得平反后，张贤亮更关心的却是他作为曾经的受难者如何获得国家和人民最大限度的补偿。洪子诚认为张贤亮在文学创作中"长期保留，并不断提醒他人自己的受害者身份，也就是试图长期保留申诉、抗争和索求的权利，获取更大补偿的权利"。这种苦难的补偿心理"也许就是张贤亮写作的主要驱动力和心理机制"②。张贤亮的心理变形为我们提供了认识历史真实的另一种可能。

　　张贤亮实际上是中国知识分子对极"左"政治反思不彻底的一个典型，

---

①　张闳.关于张贤亮及其文学的闲言碎语［J］.上海采风，2014（12）.

②　洪子诚.《绿化树》：前辈，强悍然而孱弱［J］.文艺争鸣，2016（7）：7-12.

中国知识分子缺少深入反思历史的责任感与使命感，经历过极"左"政治的知识分子在从受难者向启蒙者、改革者的形象转变过程中，他们并未对自身与国家权力的依赖关系做出认真深刻的反省。中国知识分子总是寄希望于与国家权力话语联系在一起而实现个人的价值与理想，正如《绿化树》结尾处的章永璘必须要走上参政议政的红地毯一样，张贤亮笔下的男主人公对那些深爱并帮助过他们的女性的背叛行为证明了知识分子在政治权力欲望与性欲望搏斗的过程中，权力欲总是占据上风。在国家政治昌明的平稳时期，知识分子享受了国家赋予知识阶层的特权，在国家前途出现危机的动荡时期，知识分子也必须肩负起相应的义务，承担相应的责任，然而，中国的知识分子总是喜欢批判过去，而对当下社会缺乏应有的批判意识，他们或保持沉默或一味歌颂，极"左"政治的出现与某些知识阶层的推波助澜不无关系，如建国后大量出现的颂歌和赞歌，就是知识分子丧失对当下进行批判的精神与警觉性的表现，新时期成为"落难英雄"的张贤亮并未对他作为知识分子的失职做出应有的反省，而是以受难者的形象去博取广大读者的同情和怜悯，从而换取国家和人民最大限度的利益补偿，张贤亮在新时期对极"左"政治的批判与苦难展示，使他具有了与国家现有的政治体制捆绑在一起的政治资本，从而成为体制内的作家，直到二十世纪九十年代"下海"经商后，因为有了经济上的保障，他才敢于对自身过去的经历做出相对彻底的反省，他批判文化专制，极力推崇《资本论》，认为市场经济是挽救中国知识分子的一条出路，但他对马克思的政治经济学的过度阐释破坏了他的作品的艺术美感，他借小说人物之口发表的"过激言论"，使他常常成为政治保守势力的攻击对象。因此，从揭露苦难的"伤痕文学"向"反思文学""改革文学"和追求现代性的"先锋文学"的创作思想转变过程，只是研究张贤亮文学创作评价史的一个维度，张贤亮的文学评价史还可以跳出文学的范畴，进入到对作家的生平经历、创作思想、心理特征的分析中，"文人下海"这类评价文章也可以作为全面了解作家思想演变情况的辅助材料。从这个意义上来说，张贤亮的文学创作评价史具有研究知识分子思想史的价值和意义。

每个作家都会有自己的创作终点，好作品永远代表过去。在张贤亮逝世后，批评家杨早在微信上发表了题为《张贤亮：文学史里的坏小子》的文章，杨早这样评价张贤亮："他是文学史上的坏小子。这种坏小子是有谱系的，上承郁达夫，下接王朔。""他们将最宏大的与最私密的，最精神的与最肉体的，用欲望与青春的针线缝在一起，成就了大时代的另类传奇。"[①]张贤亮的知识分子书写在某些地方确实与郁达夫十分相像，尤其是他们汪洋恣肆的情感宣泄、炽热大胆的性欲描写，以及知识分子的龌龊、压抑而又自卑、怯懦的心理，在他们的笔下都得到了前所未有的表现，他的无拘无束、放浪不羁的性格，从他那不拘小节的私生活上也可略见端倪。张贤亮的作品为那个苏醒的年代燃起一堆篝火，与其说他留下的是思想，倒不如说他留下的是浓烈的情感更为恰切，他的文字煽情胜于说理，而这正是他的优秀与不同凡响之处。张贤亮是一个具有挑衅精神的作家，但他骨子里始终是一个向往得到别人夸奖与承认的乖孩子，然而，凡放浪形骸者都会付出沉重代价，折抵一生功名，这是历史评价人物的潜在法则，张贤亮也不例外，他因此而受到了过多世俗性的攻击与责难，成为至今仍争议不断的人物。张贤亮的文学评价史因为作家的多重身份和特立独行的率真个性而成为他留给文坛的一份特殊的遗产。

---

① 杨早.张贤亮：文学史里的坏小子［EB/OL］.氧分子网，2014-10-03.

附录一

张贤亮文学创作年谱

　　张贤亮（1936—2014）是新时期的"归来"作家，也是二十世纪八九十年代文坛上素有争议的重要小说家、宁夏文学的领军人物，他的文学作品有诗歌、小说、散文、评论、电影剧本、报告文学等多种。迄今为止，尚未有学者对张贤亮一生的文学创作情况以作品年谱的形式进行过完整的梳理，笔者所做的"张贤亮文学创作年谱"，能够反映出作家的文学创作发表情况，以及他文学思想演变的轨迹，有助于未来张贤亮文集收录和相关研究工作的开展，具有一定的文学史料价值。

　　张贤亮，1936年12月生于南京，祖籍江苏盱眙，出身官僚资产阶级家庭，1937年因日寇侵略举家逃难到重庆，在重庆生活了九年，抗日战争胜利后重返沪宁两地，在重庆、上海读完了小学，在南京建南中学、南京市三中读完了初中。1951年，张贤亮入北京读高中，开始诗歌创作。1955年，移民至宁夏，在甘肃贺兰县京星乡落户当农民，后调往甘肃省干部文化学校任教员，1957年因发表诗歌《大风歌》被划为"右派"，1958年至1976年，被剥夺创作权利，在宁夏西湖农场和南梁农场之间辗转，经历了劳教、管制、判刑、群专、关监。1978年，重返文坛开始创作小说，1979年获得平反，"复出"后创作了小说、散文、评论、电影剧本、报告文学等多种作品，逐渐成为新时期文坛上的重要作家，他的小说曾在不同时期引发热烈反响，并产生巨大争议，《灵与肉》《肖尔布拉克》分别获1980、1983年全国优秀短篇小说奖，《绿化树》获1983—1984年全国优秀中篇小说奖，有九部作品被改编成影视剧，作品被译成三十多种文字，有较为广泛的国际影响，被外媒誉为中国的索尔仁尼琴和米兰·昆德拉。张贤亮长期担任宁夏文联主席、宁夏作协主席，对提升新时期宁夏文学在全国的知名度有积极作用，成为宁夏文学的领军人物。2014年9月27日，张贤亮在宁夏银川逝世。迄今为止，尚未有学者对张贤亮一生的文学创作情况以作品年谱的形式进行过完整的梳理，笔者所做的"张贤亮文学创作年谱"，能够反映出作家的文学创作发表情况，以及他文学思想演变的轨迹，有助于未来张贤亮文集收录和相关研究工作的开展，具有一定的文学史料价值。

1957年（21岁）

诗歌《夜》发表于《延河》第1期

诗歌《在收工后唱的歌》发表于《延河》第2期

诗歌《在傍晚唱的歌》发表于《延河》第3期

诗歌《大风歌》发表于《延河》第7期

书信《给延河编辑部的信》发表于《延河》第8期

1962年（26岁）

诗歌《春》（外一首）（署名张贤良）发表于《宁夏文艺》第5期

诗歌《在碉堡的废墟旁》（署名张贤良）发表于《宁夏文艺》第7期

1979年（43岁）

短篇小说《四封信》发表于《宁夏文艺》第1期

短篇小说《四十三次快车》发表于《宁夏文艺》第2期

短篇小说《霜重色愈浓》发表于《宁夏文艺》第3期

短篇小说《吉卜赛人》发表于《宁夏文艺》第5期

1980年（44岁）

短篇小说《在这样的春天里》（与邵振国合写）发表于《宁夏文艺》第1期

短篇小说《邢老汉和狗的故事》发表于《宁夏文艺》第2期

短篇小说《灵与肉》发表于《朔方》（《宁夏文艺》自1980年4月更名为《朔方》）第9期

1981年（45岁）

创作谈《从库图佐夫的独眼和纳尔逊的断臂谈起——〈灵与肉〉之外的话》发表于《小说选刊》第1期

创作谈《满纸荒唐言》发表于《飞天》第3期

创作谈《心灵和肉体的变化——关于短篇〈灵与肉〉的通讯》发表于《鸭绿江》第4期

中篇小说《土牢情话》发表于《十月》第1期

中篇小说《龙种》发表于《当代》第5期

短篇小说《夕阳》发表于《人民文学》第9期

短篇小说《垅上秋色》发表于《朔方》第12期

小说集《灵与肉》由百花文艺出版社出版

小说集《霜重色愈浓》由宁夏人民出版社出版

1982年（46岁）

创作谈《牧马人的灵与肉》发表于《文汇报》（4月18日）

创作谈《〈牧马人〉的画外音》发表于《大众电影》第5期

文论《深入生活与学习理论》发表于《朔方》第5期

书信《“人是靠头脑，也就是靠思想站着的……”——致孟伟哉》发表于《人民文学》第6期

中篇小说《龙种》由百花文艺出版社出版

1983年（47岁）

散文《伊犁，伊犁！——旅疆随笔之一》发表于《伊犁河》第1期

散文《人比青山更妩媚——旅疆随笔之二》发表于《朔方》第1期

散文《古今中外——旅疆随笔之三》发表于《绿洲》第2期

中篇小说《河的子孙》发表于《当代》第1期

短篇小说《肖尔布拉克》发表于《文汇月刊》第2期

长篇小说《男人的风格》发表于《小说家》第2期

创作谈《以简代稿谈〈龙种〉》（致汪宗元的信）发表于《朔方》第2期

书信《写小说的辩证法》（致冯骥才、何士光的信）发表于《小说家》第

3期

创作谈《不可取的经验》发表于《中篇小说选刊》第4期

创作谈《〈肖尔布拉克〉与〈河的子孙〉》发表于《中篇小说选刊》第5期

文论《应该有史诗般的作品出现》发表于《光明日报》（6月18日）

文论《学习毛泽东文艺思想的笔记》发表于《朔方》第12期

中篇小说《河的子孙》由百花文艺出版社出版

长篇小说《男人的风格》由百花文艺出版社出版

长篇小说《男人的风格》由人民文学出版社出版

1984年（48岁）

中篇小说《绿化树》发表于《十月》第2期

中篇小说《浪漫的黑炮》发表于《文学家》第2期

书信《当代中国作家首先应该是社会主义改革者——给李国文同志的信》发表于《百花洲》第2期

创作谈《张贤亮谈创作——在一次座谈会上答文学青年问》发表于《青春》第3期

书信《关于时代与文学的思考——致从维熙》发表于《光明日报》（7月25日）

创作谈《关于〈绿化树〉——在〈十月〉召开的座谈会上的发言》发表于《小说选刊》第7期

创作谈《必须进入自由状态——写在专业创作的第三年》发表于《文学家》创刊号

创作谈《努力提高认识生活的能力》发表于《人民日报》（4月23日）

散文《第一次悼念——悼谢荣同志》（与冯剑华合写）发表于《朔方》第4期

散文《飞越欧罗巴——"维京"的后代》发表于《朔方》第10期

小说集《肖尔布拉克》由上海文艺出版社出版

中篇小说《绿化树》由北京十月文艺出版社出版

1985年（49岁）

短篇小说《初吻》发表于《中国作家》第1期

短篇小说《临街的窗》发表于《小说家》第2期

长篇小说《男人的一半是女人》发表于《收获》第5期

文论《谈谈小说创作的问题》发表于《新月》第1期

文论《西部文学与宁夏文学》发表于《朔方》第1期

文论《对创作自由的回顾与展望——答〈宁夏社会科学〉编辑部》发表于《宁夏社会科学》第2期

散文《飞越欧罗巴——北欧的汉学家》发表于《朔方》第2期

散文《飞越欧罗巴——北欧的福利和"大锅饭"》发表于《朔方》第3期

散文《飞越欧罗巴——东方、西方》发表于《朔方》第4期

长篇小说《男人的一半是女人》由中国文联出版公司出版

小说集《感情的历程——唯物论者的启示录（第一部）》由作家出版社出版

1986年（50岁）

文论《中国当代作家在艺术上的追求》发表于《朔方》第2期

散文《悼念程造之先生》发表于《朔方》第10期

书信《社会改革与文学繁荣——与温元凯书》发表于《文艺报》（8月23日）

作品集《张贤亮选集》（三卷本）由百花文艺出版社出版

小说集《张贤亮集》（"新时期中篇小说名作丛书"）由海峡文艺出版社出版

散文集《飞越欧罗巴》由百花文艺出版社出版

法文版《绿化树》由中国文学杂志社出版

日文版《男人的一半是女人》由日本二见书房株式会社出版

1987年（51岁）

中篇小说《早安！朋友》发表于《朔方》第1期

中篇小说《早安！朋友》由百花文艺出版社出版

中篇小说《早安！朋友》由远景出版事业公司（台北）出版

长篇小说《男人的一半是女人》由明窗出版社（香港）出版

中篇小说《浪漫的黑炮》由圆神出版社（台北）出版

中篇小说《土牢情话》由林白出版社有限公司（台北）出版

作品集《张贤亮自选集》由宁夏人民出版社出版

1988年（52岁）

散文《银川的爱与忧》发表于《朔方》第10期

长篇小说《男人的一半是女人》由远景出版事业公司（台北）出版

长篇小说《男人的一半是女人》由九歌出版社（台北）出版

日文版《早安！朋友》由日本二见书房株式会社出版

1989年（53岁）

长篇小说《习惯死亡》发表于《文学四季》（夏之卷）第2期

散文《我必须要告诉你》发表于《中篇小说选刊》第4期

书信《关于〈习惯死亡〉的两封信》发表于《民生报》（台湾）（5月14日）

长篇小说《习惯死亡》由百花文艺出版社出版

日文版《绿化树》由日本响文社编辑部出版

1990年（54岁）

散文《〈宁夏文艺〉与我——为〈朔方〉200期而作》发表于《朔方》第
3期

中篇小说《土牢情话》由耕耘出版社出版

斯洛文尼亚版《男人的一半是女人》由中国文联出版公司出版

意大利文版《灵与肉》由外文出版社出版

1991年（55岁）

散文《夜歌》发表于《朔方》第1期

英文版《习惯死亡》由 COLLINS 出版社出版

英文版《习惯死亡》由 Larper Collins Publishers 出版

1992年（56岁）

散文《追求智慧》发表于《文学自由谈》第3期

长篇小说《烦恼就是智慧》（上部）发表于《小说界》第5期

1993年（57岁）

散文《文化型商人宣言——致我亲密的商业伙伴》发表于《朔方》第2期

政论《加快改革步伐 繁荣宁夏文艺——在宁夏文联第四次代表大会上的工作报告》发表于《朔方》第5期

日文版《土牢情话》由日本文学协会出版

作品集《张贤亮自选集·感情的历程》由作家出版社出版

英文版《烦恼就是智慧》（上部）由英国 SECK-ER-WARBUIG 出版社出版

1994年（58岁）

长篇小说《烦恼就是智慧》（下部）发表于《小说界》第2期

散文《遗传——"父子篇"之三、之四》发表于《大家》第5期

散文《儒将颂——〈胡世浩将军书画珍藏集〉代序》发表于《朔方》第5期

散文《出卖荒凉》发表于《旅游》第7期

长篇小说《我的菩提树》由作家出版社出版

小说集《张贤亮中短篇精选》由宁夏人民出版社出版

作品集《张贤亮自选集》由作家出版社出版

作品集《张贤亮集》（"中国当代作家选集丛书"）由人民文学出版社出版

1995年（59岁）

中篇小说《无法苏醒》发表于《中国作家》第5期

文论《高扬精神 面对挑战——在青年小说家座谈会上的讲话》发表于《朔方》第3期

散文《我为什么不买日本货》发表于《北京青年报》（9月14日）

散文《短篇的功夫——〈世界微型小说名家传世精品〉序》发表于《飞天》第10期

散文《"中国电影从这里走向世界"——镇北堡电影拍摄基地导游词》发表于《朔方》第11期

散文集《边缘小品》由陕西人民出版社出版

小说集《张贤亮小说自选集》由漓江出版社出版

作品集《张贤亮选集》（1—4卷）由百花文艺出版社出版

长篇小说《张贤亮自选集·习惯死亡》由作家出版社出版

长篇小说《张贤亮自选集·早安！朋友》由作家出版社出版

长篇小说《张贤亮近作·我的菩提树》由珠海出版社出版

中篇小说《张贤亮近作·无法苏醒》由珠海出版社出版

作品集《张贤亮近作·我为什么不买日货》由珠海出版社出版

1996年（60岁）

散文《电脑写作及其他》发表于《朔方》第1期

散文《睡前絮语》发表于《文学自由谈》第1期

散文《访英问答》发表于《文学自由谈》第1期

书信《为何不能"彻悟"？》发表于《文学自由谈》第2期

散文《一年好景》发表于《中华散文》第2期

散文《宫雪花现象》发表于《广州文艺》第4期

短篇小说《普贤寺》发表于《芙蓉》第5期

小说集《张贤亮小说新编》（上中下）由宁夏人民出版社出版

小说集《张贤亮小说自选集》由漓江出版社出版

散文集《小说编余》由宁夏人民出版社出版

1997年（61岁）

散文《对一种负疚的分析》发表于《中国残疾人》第5期

长篇小说《我的菩提树》由九歌出版社（台北）出版

长篇文学性政论随笔《小说中国》由经济日报出版社、陕西旅游出版社联合出版

1998年（62岁）

散文《宁夏，黄河边上一盆景》发表于《中国旅游》第4期

散文《我的"无差别"境界》发表于《民族团结》第10期

政论《团结激励广大文艺工作者为繁荣宁夏的社会主义文艺事业实现跨世纪的宏伟目标而奋斗——在宁夏回族自治区文学艺术界联合会第五次代表大会上的工作报告》发表于《朔方》第12期

散文《严重的问题是教育老板》发表于《中国民营科技与经济》总第119期

长篇小说《男人的一半是女人》由经济日报出版社、山东文艺出版社联合出版

长篇小说《习惯死亡》由经济日报出版社、山东文艺出版社联合出版

中篇小说《无法苏醒》由经济日报出版社、山东文艺出版社联合出版

报告文学《挽狂澜》发表于《光明日报》（9月17日）

长篇小说《男人的风格》由陕西旅游出版社出版

小说集《初吻》由陕西旅游出版社出版

散文集《追求智慧》由中国华侨出版社出版

1999年（63岁）

散文《老照片》发表于《朔方》第2期

散文《我与张曼新》发表于《海内与海外》第7期

散文《我与〈朔方〉》发表于《朔方》第10期

小说集《张贤亮小说精选》由四川人民出版社出版

中篇小说《青春期》发表于《收获》第6期

中篇小说《青春期》由经济日报、陕西旅游出版社联合出版

中篇小说《无法苏醒》由河南文艺出版社出版

中篇小说《绿化树》由新地出版社出版

2000年（64岁）

文论《请用现代汉语及现代方式批判我》发表于《文学自由谈》第2期

政论《惰性：一张无形的网——西部大开发"人文生态环境"谈》发表于《21世纪》第3期

散文《西部生意随想》（张贤亮、侯志刚）发表于《中国西部》第5期

散文《老板三昧》发表于《领导文萃》第 6 期

散文《西部生意随想（英文）》（张贤亮、朱鸿）发表于《Women of China》第 11 期

散文《文化，民族的灵魂》发表于《中国文化报》（6 月 29 日）

小说集《张贤亮小说精选》由太白文艺出版社出版

2001 年（65 岁）

文论《西部企业管理秘笈——张贤亮在北大国际 MBA "大管理" 论坛的演讲》发表于《中国企业家》第 5 期

文论《西部，你准备好了吗？》发表于《新西部》第 6 期

文论《侃侃西部生意经》发表于《中国乡镇企业报》（3 月 20 日）

长篇小说《男人的一半是女人》由时代文艺出版社出版

2002 年（66 岁）

散文《庆祝与希望》发表于《朔方》第 1 期

散文《从 "发现" 镇北堡到 "出卖荒凉"》发表于《中国民族》第 1 期

散文《感觉西部入世》发表于《中国民族》第 1 期

散文《以人文的名义书写财富》发表于《中国商界》第 1 期

文论《我怎样把 "黄河水" 卖出去——用文化进行商品创新》发表于《新西部》第 1 期

访谈《张贤亮：我是一个文化资本家》发表于《今日东方》第 2 期

文论《环保意识：现代人的主要标志》发表于《新西部》第 3 期

文论《给中国西部 "把脉"》发表于《新西部》第 8 期

散文《今日再说〈大风歌〉》发表于《诗刊》第 11 期

散文《国际接轨第一功——小浪底随想》发表于《中国水利报》（2 月 9 日）

散文《小说的昨天》（张贤亮、梁晓声、蒋子龙）发表于《光明日报》（9 月 11 日）

散文集《"张贤亮作品精萃" 系列之·散文集》由作家出版社出版

小说集《"张贤亮作品精萃" 系列之·中短篇小说集》由作家出版社出版

2003年（67岁）

散文《流放银川》发表于《文化月刊》第5期

散文《经得住研讨的人》发表于《文学自由谈》第6期

散文《故乡行》发表于《人民文学》第9期

文论《与时俱进 老而弥坚》发表于《人民政协报》（3月3日）

长篇小说《习惯死亡》由明报出版社（香港）出版

2004年（68岁）

散文《我看到了一种少有的气度——〈远离北京的地方〉序》发表于《工人日报》（1月16日）

政论《宁夏回族自治区文学艺术界联合会第六次代表大会开幕词》发表于《朔方》第2期

长篇小说《男人的一半是女人》由九歌出版社（台北）再版

2005年（69岁）

散文《美丽》发表于《收获》第1期

散文《法眼看人生漫画》发表于《美术之友》第2期

散文《随风而去》发表于《海内与海外》第2期

散文《抚掌之交》发表于《时代文学》第4期

散文《我失去了我的报晓鸡》发表于《上海文学》第7期

小说集《感情的历程》由作家出版社出版

2006年（70岁）

散文《大话狗儿》发表于《上海文学》第8期

散文《妙道自然 天人合一——胡正伟的绘画艺术》发表于《中国书画》第8期

作品集《张贤亮精选集》由北京燕山出版社出版

作品集《张贤亮读本》由时代文艺出版社出版

作品集《张贤亮近作》由文汇出版社出版

长篇文学性政论随笔《小说中国》由时代文艺出版社出版

2007年（71岁）

散文《大地行吟——马启智诗集〈大地行吟〉序》发表于《中国改革报》（3月24日）

散文《"偷得浮生半日闲"》发表于《西部论丛》第8期

散文《未死已知万事空》发表于"张贤亮镇北堡西部影城的博客"（11月16日）

文论《保护我们民族的"知识产权"》发表于《人民日报》（1月5日）

文论《雨·天话语——与余秋雨、易中天的对话》发表于《朔方》第1期

文论《一句哲言支撑了我的人生》发表于《秘书工作》第3期

文论《我用文化经营荒凉》发表于《21世纪商业评论》第4期

文论《西部影城——和谐的乐园——谈谈如何运用和谐理念做好管理工作》发表于《秘书工作》第12期

长篇小说《男人的一半是女人》由九歌出版社有限公司（台北）出版

长篇小说《男人的一半是女人》由人民文学出版社出版

散文集《中国文人的另一种思路》由中国海关出版社出版

2008年（72岁）

散文《丫头·婆姨》发表于《读书文摘》第6期

散文《一切从人的解放开始》发表于《朔方》第6期

散文《废墟上的升华》发表于《朔方》第7期

散文《玉缘》发表于《全国新书目》第8期

散文《奥运圣火亮宁夏》发表于《电影》第8期

文论《我看当前中国文化产业》发表于《书摘》第8期

散文《自出机杼 不落窠臼——介绍张贤亮书画》发表于《文化交流》第8期

散文《我与银川》发表于《共产党人》第9期

散文《亦师亦友说谢晋》发表于《文汇报》（10月18日）

诗词《张贤亮旧体诗词选》（三十首）发表于《朔方》第10期

文论《一句话启动中国》发表于《报刊荟萃》第11期

散文《我来告诉你，宁夏在这里》发表于《宁夏日报》（6月27日）

散文集《张贤亮散文》由新世界出版社出版

散文集《中国文人的另一种思路》由中国海关出版社出版

作品集《张贤亮自选集·一切从人的解放开始》由宁夏人民出版社出版

2009年（73岁）

长篇小说《一亿六》发表于《收获》第1期

散文《风起于青萍之末》发表于《文学界（专辑版）》第1期

散文《感谢上帝对我如此厚爱》发表于《文学界（专辑版）》第1期

散文《我比"80后"还激情》发表于《文学界（专辑版）》第1期

访谈《让更多的作家富起来》（方华、张贤亮）发表于《文学界（专辑版）》第1期

散文《我的人生就是一部厚重的小说》发表于《文学界（专辑版）》第1期

散文《谦和为人　认真从艺——善璋其人其书》发表于《人民日报》（3月1日）

散文《小说牛尔惠》发表于《黄河文学》第5期

散文《六十年，印象深刻的文学往事》（阎纲、张贤亮、王宏甲）发表于《文学报》（9月17日）

文论《知识产权参股撬动文化产业》发表于《人民日报》（11月19日）

长篇小说《一亿六》由上海文艺出版社出版

长篇小说《一亿六》由台北INK印刻文学生活杂志出版有限公司出版

长篇小说《习惯死亡》由作家出版社出版

长篇小说《男人的风格》由作家出版社出版

长篇小说《男人的一半是女人》由作家出版社出版

中篇小说《绿化树》由花城出版社出版

2010年（74岁）

诗词《张贤亮旧体诗词选》（三十一首）发表于《朔方》第4期

散文《地阔天宽任君行——为育宁先生〈友声同鸣集〉作的序》发表于

《草原》第9期

文论《现在面临的最大问题是重构文化》发表于《社会科学报》（10月21日）

文论《我们不能丢了敬畏心》发表于《北京日报》（12月6日）

语录集《张贤亮经典语录——人很重要》由中华工商联合出版社出版

2011年（75岁）

访谈《最具永恒价值的是人间烟火》（张贤亮、和歌）发表于《黄河文学》第1期

政论《社会主义先进文化应该是有传承性的、兼容并蓄包罗万象的系统——在中共银川市委"周末讲座"上的讲话》发表于《银川晚报》（12月13日）

2012年（76岁）

文论《我对发展文化产业的看法》发表于《人民政协报》（3月19日）

长篇小说《男人的一半是女人》由上海人民出版社出版

2013年（77岁）

散文《闲话书法》发表于《书法》第12期

散文《雪夜孤灯读奇书》（自传节选）发表于《南方周末》2013年7月25日，第23版，总第1536期

散文集《中国文人的另类思路》由上海人民出版社出版

作品集《张贤亮精选集》由北京燕山出版社出版

作品集《张贤亮作品典藏》（十卷本）由贵州人民出版社出版

2014年（78岁）

书信《新年快乐——致镇北堡西部影城员工的最后一封信》发表于《朔方》第11期

小说集《张贤亮长篇小说系列》由人民文学出版社出版

附录二

张贤亮小说重要评论年表

1957年

公刘:《斥"大风歌"》,《人民日报》9月1日

1979年

潘自强:《像他们那样生活——读短篇小说〈霜重色愈浓〉》,《宁夏文艺》
第4期

刘佚:《文艺要敢于探索——读张贤亮的小说想到的》,《宁夏文艺》第5期

李凤:《初读〈吉卜赛人〉》,《宁夏文艺》第6期

1980年

李震杰:《塞上文苑一枝春——试评〈霜重色愈浓〉》,《朔方》第7期

沐阳:《在严峻的生活面前》,《文艺报》第11期

黎平:《邢老汉之死琐忆》,《朔方》第12期

陈学兰:《有感于真实的力量——也谈邢老汉的形象》,《朔方》第12期

1981年

阎纲:《〈灵与肉〉和张贤亮》,《朔方》第1期

西来:《劳动者的爱国深情》,《人民日报》2月11日

丁玲:《一首爱国主义的赞歌》,《文学报》4月22日

汤本:《一个浑浑噩噩的人——评小说〈灵与肉〉的主人公许灵均的形
象》,《朔方》第4期

胡德培:《"最美的最高尚的灵魂"——关于〈灵与肉〉的主人公许灵均
的形象剖析》,《朔方》第5期

孙叙伦，陈同方：《一个畸形的灵魂——评〈灵与肉〉的主人公许灵均》，《朔方》第5期

李镜如，田美琳：《也评〈灵与肉〉——兼与汤本同志商榷》，《朔方》第5期

何光汉：《要尊重作家的创作个性——与否定小说〈灵与肉〉的同志争鸣》，《朔方》第6期

曾镇南：《灵与肉，在严酷的劳动中更新——谈〈灵与肉〉内在的意蕴》，《朔方》第9期

艾华：《不是新时代的"阿Q"，而是新时代的新人——也谈小说〈灵与肉〉中的许灵均》，《作品与争鸣》第9期

1982年

曾镇南：《清醒严峻的现实主义——评〈龙种〉兼谈塑造改革者形象的社会意义和文学意义》，《当代》第5期

1983年

季红真：《古老黄河的灵魂——评张贤亮的近作〈河的子孙〉》，《当代》第4期

刘贻清，马东震：《高尚的爱情才是美好的——评〈河的子孙〉爱情情节的艺术构思》，《朔方》第8期

陈漱石：《"半个鬼"的团圆与"这一个"的价值》，《朔方》第8期

郎业成：《给人以信心和力量——评〈肖尔布拉克〉》，《朔方》第11期

周致中：《试论〈河的子孙〉和〈肖尔布拉克〉中爱情关系的描写》，《朔方》第11期

曾镇南：《到生活的大海中塑造当代英雄—— 评长篇小说〈男人的风格〉》，《光明日报》11月10日

1984年

曾镇南：《深沉而广阔地反映时代风貌——张贤亮论》，《文学评论》第1期

何镇邦：《谈谈〈男人的风格〉的成就与不足——致张贤亮同志》，《当代作家评论》第2期

丁道希，萧立军:《张贤亮在一九八三年》,《文艺研究》第3期

夏刚:《在灵与肉的搏斗中升华——〈绿化树〉的"心灵辩证法"》,《当代作家评论》第3期

阎承尧:《黄河东流去——评中篇小说〈河的子孙〉》,《宁夏社会科学》第4期

张志忠:《青山遮不住，毕竟东流去——谈张贤亮〈河的子孙〉》,《读书》第6期

牛洪山:《从〈绿化树〉看张贤亮创作的一次转变》,《当代作家评论》第6期

杨桂欣:《得失由人亦由天——论张贤亮的两部中篇小说》,《当代作家评论》第6期

任国庆，陈襄民:《〈男人的风格〉"理念大于形象"辩》,《当代文坛》第7期

敏泽:《〈绿化树〉的启示》,《当代文坛》第9期

鲁德:《〈绿化树〉质疑》,《当代文坛》第9期

胡畔:《〈绿化树〉的严重缺陷》,《文艺报》第9期

蓝翎:《超越自己与超越历史——关于〈绿化树〉人物形象的片断理解》,《文艺报》第10期

黄子平:《我读〈绿化树〉》,《文艺报》第11期

严家炎:《读〈绿化树〉随笔》,《文艺报》第12期

从维熙:《唯物论者的艺术自白》,《光明日报》6月21日

1985年

高嵩:《脱毛之隼在长天搏击——论张贤亮的小说》,《朔方》第1期

李贵仁:《与张贤亮论〈绿化树〉的倾向性》,《小说评论》第1期

孙毅:《张贤亮——当代文学的理性主义者》,《当代文艺思潮》第1期

黄子平:《同是天涯沦落人——一个"叙事模式"的抽样分析》,《中国现代文学研究丛刊》第3期

高尔泰:《只有一枝梧叶 不知多少秋声——读〈绿化树〉有感》,《当代作家评论》第5期

金辉：《横看成岭侧成峰——〈绿化树〉之我见》，《当代作家评论》第5期

季红真：《两个彼此参照的世界——论张贤亮的创作》，《读书》第6期

黄子平：《正面展开灵与肉的搏斗——读〈男人的一半是女人〉》，《文汇报》10月7日

周惟波：《章永璘是个伪君子》，《文汇报》10月7日

韦宜君：《一本畅销书引起的思考》，《文艺报》12月28日

张辛欣：《我看〈男人的一半是女人〉的性心理描写》，《文艺报》12月28日

1986年

孙毅：《理性超越中的感性困惑——关于〈男人的一半是女人〉的思考》，《当代作家评论》第1期

林之丰：《反映性爱和婚姻问题要有正确的态度》，《作品与争鸣》第1期

许子东：《陀思妥耶夫斯基与张贤亮——兼谈俄罗斯与中国近现代文学中的知识分子"忏悔"主题》，《文艺理论研究》第1期

王晓明：《所罗门的瓶子——论张贤亮的小说创作》，《上海文学》第2期

石镕：《一个危险的艺术信号——评〈男人的一半是女人〉的性意识描写》，《今日文坛》第2期

苑坪玉：《性与象征——评〈男人的一半是女人〉》，《今日文坛》第2期

李兆忠：《在艺术与哲学之间——〈男人的一半是女人〉的象征意蕴》，《当代作家评论》第2期

北川，庆国：《令人遗憾的审美错位——〈男人的一半是女人〉中的探索与失误》，《文艺争鸣》第2期

蔡葵：《"习惯于从容地谈论"它——读〈男人的一半是女人〉》，《当代作家评论》第2期

王绯：《性崇拜：对社会修正和审美改造的偏离———从〈男人的一半是女人〉的性描写说开去》，《文学自由谈》第3期

蓝棣之：《谈谈张贤亮的〈唯物论者启示录〉》，《博览群书》第3期

李贵仁：《一个特定时代的"忏悔录"——〈男人的一半是女人〉辨析》，《小说评论》第3期

马裕民：《章永璘和他的精神分析学——〈男人的一半是女人〉读后》，《社会科学》第3期

石天河：《与批评家谈〈男人的一半是女人〉》，《当代文坛》第4期

许子东：《在批评围困下的〈男人的一半是女人〉——兼论作品的多层次意蕴和多层次评论》，《社会科学》第5期

马修雯，张渝国：《也是思考——兼与韦君宜商榷》，《作品与争鸣》第6期

刘小林：《张贤亮与高尔基、艾芜笔下之流浪汉形象比较》，《朔方》第6期

陈圣生：《对〈男人的一半是女人〉的审美道德批评》，《作品与争鸣》第8期

曾镇南：《负荷着时代的痛苦的灵魂——评〈男人的一半是女人〉》，《读书》第8期

李劼：《创造，应该是相互的——评〈男人的一半是女人〉的性观念》，《读书》第9期

1987年

赵福生：《灵与肉：从郁达夫到张贤亮》，《中国文学研究》第3期

1988年

石明：《两种不同的生命流程——王蒙和张贤亮文学创作比较》，《小说评论》第2期

何满子：《对艺术和人生的庄严感》，《瞭望周刊》第12期

樊建川：《论张贤亮和马克思谁更值得维护》，《瞭望周刊》第27期

柯晓达：《莫不是在维护一头骗马》，《瞭望周刊》第28期

何满子：《对答：谈谈张贤亮的小说》，《瞭望周刊》第35期

黄钢：《张贤亮臆造的马克思幽灵》，《瞭望周刊》第36期

卢英宏：《对艺术形象的非艺术批评——与黄钢先生交换意见》，《瞭望周刊》第41期

彭彬：《走钢丝的张贤亮》，《瞭望周刊》第42期

吴颖：《从张贤亮小说谈起》，《瞭望周刊》第48期

何满子：《张贤亮的钢丝》，《瞭望周刊》第51期

1990年

张子良：《在死亡的阴影下——读中篇小说〈习惯死亡〉》，《当代文坛》第1期

李扬：《〈习惯死亡〉叙事批评》，《当代作家评论》第4期

1991年

董学文：《一头两脚兽的表演——评〈习惯死亡〉》，《中国教育报》4月18日

张散：《〈习惯死亡〉疏评——试说张贤亮的旨趣究竟何在？》，《北京社会科学》第4期

1992年

布白：《为"性自由""性解放"推波助澜的〈习惯死亡〉》，《作品与争鸣》第4期

1993年

李建军：《〈习惯死亡〉：粗鄙肤浅的文本》，《文学自由谈》第1期

洪钟：《文艺家"下海"之我见》，《当代文坛》第3期

毕光明：《王蒙、张贤亮：在政治与文学之间》，《文学自由谈》第3期

刘润为：《评长篇小说〈习惯死亡〉》，《文艺理论与批评》第6期

1994年

沉默：《文人下海忧思录》，《新疆艺术》第1期

程明：《张贤亮访谈录》，《东方艺术》第4期

刘彦生：《张贤亮：我的所有小说都是政治小说》，《文化月刊》第6期

程明：《"东方好莱坞"与文人"下海"——张贤亮访谈录》，《唯实》第9期

1995年

叶海声：《从劳伦斯和张贤亮说起》，《文学自由谈》第2期

樊星:《"57族"的命运——"当代思想史"片断》,《文艺评论》第2期

孟繁华:《体验自由——重读〈走向混沌〉〈我的菩提树〉》,《小说评论》第6期

谢冕:《我读〈我的菩提树〉》,《作品与争鸣》第12期

刘贻清:《评说张贤亮的〈我的菩提树〉——兼谈张先生的失落感和困惑》,《作品与争鸣》第12期

1996年

谢冕,史成芳,等:《〈我的菩提树〉读法几种》,《小说评论》第3期

1997年

白草:《对知识分子理性的剖析和批判——读〈我的菩提树〉札记》,《朔方》第4期

1998年

陈世丹:《两幅不同时代的荒原画卷——海明威和张贤亮的作品比较》,《河南师范大学学报·哲学社会科学版》第2期

张旭红,赵淑芳:《试论张贤亮小说的政治思辨色彩》,《甘肃教育学院学报(社会科学版)》第2期

杜秀华:《从精神的炼狱中超拔——论〈普贤寺〉的"终极关怀"兼谈张贤亮创作思想的发展》,《锦州师范学院学报(哲学社会科学版)》第3期

1999年

朱望:《乔治·奥韦尔的〈一九八四〉与张贤亮系列中篇小说之比较》,《外国文学》第2期

2000年

石舒清:《就〈青春期〉访张贤亮》,《朔方》第2期

刘永昶:《从〈青春期〉看张贤亮创作情感的变化》,《盐城师范学院学报(人文社会科学版)》第3期

牧歌:《堕落的张贤亮》,《大舞台》第5期

2001年

惠继东:《一部民族劣根性的批判书——析〈青春期〉主题意向》,《宁夏大学学报(人文社会科学版)》第5期

李遇春:《世纪末的忏悔——从王蒙和张贤亮的二部长篇近作说起》,《小说评论》第6期

2002年

汪冬梅:《"唤取红巾翠袖,揾英雄泪"——论张贤亮小说的女性意识、苦难意识及其"类士大夫"气质》,《中文自学指导》第4期

景莹:《张贤亮的女性观》,《广西社会科学》第4期

刘永昶:《张贤亮小说论》,《广西社会科学》第6期

2003年

陈平:《一代启蒙者的历史宿命与精神启示——从〈男人的一半是女人〉看张贤亮的新启蒙意识》,《理论与创作》第1期

贺仲明:《自我的书写——"文革"后"五七作家"笔下的50年代》,《文艺争鸣》第4期

2004年

白草:《被忽视了的〈普贤寺〉》,《朔方》第10期

2005年

陈静梅:《性与政治——重探张贤亮小说中的性描写》,《贵州大学学报(社会科学版)》第5期

2006年

贾永雄:《形而上与形而下:张贤亮小说创作的困境》,《小说评论》第4期

2008年

马国川:《张贤亮:一个启蒙小说家的八十年代》,《经济观察报》4月19日

夏志清:《张贤亮:作者与男主人公——我读〈感情的历程〉》,李凤亮译,《中山大学学报·社会科学版》第5期

2009 年

黄健:《米兰·昆德拉与张贤亮小说中死亡意识之比较》,《广西大学学报·哲学社会科学版》第 2 期

郭恋东:《花斑鹩、猴子还是人?——评张贤亮〈壹亿陆〉》,《云梦学刊》第 5 期

晓南:《用市井腔讲述俗故事——评张贤亮长篇新作〈壹亿陆〉》,《西湖》第 7 期

2010 年

吴梅:《呼唤文学的回归——试论张贤亮新作〈一亿六〉》,《当代小说(下半月)》第 2 期

江飞:《"以俗制俗":虚妄的知识分子想象——张贤亮长篇小说〈一亿六〉批评》,《艺术广角》第 3 期

姬志海:《在狂欢与戏谑的背后——〈一亿六〉"天人合一"的精神旨归》,《朔方》第 4 期

2011 年

刘稳良:《试析劳伦斯与张贤亮的社会批判思想》,《西北师大学报·社会科学版》第 5 期

陈由歆:《谈张贤亮的近作〈壹亿陆〉中的两性关系》,《理论界》第 6 期

2012 年

徐玉松:《多维度鉴赏 多一份理解——对〈一亿六〉的多维解读》,《宿州学院学报》第 3 期

张志忠:《流放地的爱情罗曼史——米兰·昆德拉〈玩笑〉与张贤亮〈绿化树〉之比较》,《中国现代文学研究丛刊》第 4 期

2014 年

陈九:《张贤亮也在乎文学史吗?》,《文学自由谈》第 6 期

吴道毅:《论反思小说的政治向度——以张贤亮、王蒙作品为重心》,《吉林大学社会科学学报》第 6 期

白草:《我看张贤亮》,《朔方》第11期

张闳:《关于张贤亮及其文学的闲言碎语》,《上海采风》第12期

王鸿谅:《一个作家的"野蛮生长"——张贤亮的人生考察》,《三联生活周刊》第42期

2015年

赵兴红:《张贤亮小说的戏剧性》,《南方文坛》第2期

张欣:《张贤亮与九十年代文学生态》,《小说评论》第5期

2016年

白草:《张贤亮的〈早安!朋友〉》,《朔方》第2期

王海珺:《荒诞背后的真实社会剖析——张贤亮长篇小说〈一亿六〉的世象解剖和人性雕刻》,《湖南第一师范学院学报》第2期

张欣:《张贤亮的阅读史》,《当代作家评论》第4期

洪子诚:《〈绿化树〉:前辈,强悍然而孱弱》,《文艺争鸣》第7期

主要参考文献

一、作家作品：

［1］张贤亮.张贤亮选集（3卷本）［M］.天津：百花文艺出版社，1986.

［2］张贤亮.感情的历程［M］.北京：作家出版社，1993.

［3］张贤亮.张贤亮选集（4卷本）［M］.天津：百花文艺出版社，1995.

［4］张贤亮.小说中国［M］.北京：经济日报出版社，西安：陕西旅游出版社，1997.

［5］张贤亮，杨宪益，等.亲历历史［M］.北京：中信出版社，2008.

［6］张贤亮.张贤亮作品典藏（10卷本）［M］.贵阳：贵州人民出版社，2013.

二、学术著作：

［1］汪华藻，陈远征，曹毓生.中国当代文学简史［M］.长沙：湖南人民出版社，1985.

［2］高嵩.张贤亮小说论［M］.成都：四川文艺出版社，1986.

［3］季红真.文明与愚昧的冲突［M］.杭州：浙江文艺出版社，1986.

［4］黄子平.沉思的老树的精灵［M］.杭州：浙江文艺出版社，1986.

［5］评《男人的一半是女人》［M］.银川：宁夏人民出版社，1987.

［6］朱寨.中国当代文学思潮史［M］.北京：人民文学出版社，1987.

［7］曾镇南.王蒙论［M］.北京：中国社会科学出版社，1987.

［8］王晓明.所罗门的瓶子［M］.杭州：浙江文艺出版社，1989.

［9］徐国纶，王春荣.二十世纪中国两岸文学史（续编）［M］.沈阳：辽宁大学出版社，1994.

［10］刘锡庆. 新中国文学史略［M］. 北京：北京师范大学出版社，1996.

［11］孔范今. 二十世纪中国文学史［M］. 济南：山东文艺出版社，1997.

［12］黄曼君. 中国近百年文学理论批评史（1895—1990）［M］. 武汉：湖北教育出版社，1997.

［13］孟繁华.1978：激情岁月［M］. 济南：山东教育出版社，1998.

［14］屈雅君，李继凯. 新时期文学批评模式研究［M］. 西安：陕西人民教育出版社，1997.

［15］姚鹤鸣. 理性的追踪：新时期文学批评论纲［M］. 南京：江苏教育出版社，1998.

［16］王本朝. 中国现代文学制度研究［M］. 重庆：西南师范大学出版社，2002.

［17］周海波. 中国现代文学批评史论［M］. 上海：上海人民出版社，2002.

［18］许道明. 中国现代文学批评史新编［M］. 上海：复旦大学出版社，2002.

［19］张景超. 滞重的跋涉：新时期文学批评透视［M］. 哈尔滨：黑龙江教育出版社，2002.

［20］吴秀明. 中国当代文学史写真［M］. 杭州：浙江大学出版社，2002.

［21］孟繁华. 传媒与文化领导权：当代中国的文化生产与文化认同［M］. 济南：山东教育出版社，2003.

［22］蓝爱国. 游牧与栖居：当代文学批评的文化身份［M］. 北京：中国社会科学出版社，2005.

［23］董健，丁帆，王彬彬. 中国当代文学史新稿［M］. 北京：人民文学出版社，2005.

［24］古远清. 中国当代文学理论批评史［M］. 济南：山东文艺出版社，2005.

［25］洪子诚. 中国当代文学史（修订版）［M］. 北京：北京大学出版社，2007.

［26］王本朝. 中国当代文学制度研究（1949—1976）［M］. 北京：新星

出版社，2007.

［27］王春荣，吴玉杰.文学史话语权威的确立与发展："中国当代文学史"史学研究［M］.沈阳：辽宁人民出版社，2007.

［28］徐艳蕊.当代中国女性主义文学批评二十年［M］.桂林：广西师范大学出版社，2008.

［29］罗平汉.春天：1978年的中国知识界［M］.北京：人民出版社，2008.

［30］胡少卿.中国当代文学中的"性"叙事［M］.合肥：安徽教育出版社，2008.

［31］孟繁华.中国当代文学通论［M］.沈阳：辽宁人民出版社，2009.

［32］张志忠.中国当代文学60年［M］.北京：高等教育出版社，2009.

［33］范国英.茅盾文学奖的文学制度研究［M］.北京：中国社会科学出版社，2009.

［34］李秀萍.文学研究会与中国现代文学制度［M］.北京：中国传媒大学出版社，2010.

［35］范国英.新时期以来文学制度研究：以茅盾文学奖为中心的考察［M］.成都：巴蜀书社，2010.

［36］严家炎.二十世纪中国文学史［M］.北京：高等教育出版社，2010.

［37］朱寿桐.汉语新文学通史：下卷［M］.广州：广东人民出版社，2010.

［38］韩晗.新文学档案（1978—2008）［M］.北京：电子工业出版社，2011.

［39］程光炜.当代文学的"历史化"［M］.北京：北京大学出版社，2011.

［40］张均.中国当代文学制度研究（1949—1976）［M］.北京：北京大学出版社，2011.

［41］孟繁华，程光炜.中国当代文学发展史（修订版）［M］.北京：北京大学出版社，2011.

［42］戚学英.作家身份认同与中国当代文学的生成（1949—1966）［M］.

武汉：华中师范大学出版社，2013.

　　［43］陈晓明.中国当代文学主潮［M］.北京：北京大学出版社，2013.

　　［44］吴义勤.文学制度改革与中国新时期文学［M］.北京：文化艺术出版社，2013.

　　［45］王秀涛.中国当代文学生产与传播制度研究［M］.北京：文化艺术出版社，2013.

　　［46］金永兵.后理论时代的中国文论［M］.北京：文化艺术出版社，2014.

　　［47］李遇春.走向实证的文学批评［M］.广州：广东人民出版社，2014.

　　［48］李洁非.文学史微观察［M］.北京：生活·读书·新知三联书店，2014.

　　［49］旷新年.中国现代文学理论批评概念［M］.北京：清华大学出版社，2014.

　　［50］周保欣，荆亚平."文学"观念：理论、批评与文学史［M］.杭州：浙江大学出版社，2014.

　　［51］朱栋霖，朱晓进，吴义勤.中国现代文学史（1917—2012）［M］.北京：北京大学出版社，2014.

　　［52］陈思和.中国当代文学史教程［M］.上海：复旦大学出版社，2014.

　　［53］王庆生，王又平.中国当代文学史［M］.北京：高等教育出版社，2016.

三、博士、硕士论文：

　　［1］刘宁.评价论与中国当代文学理论建设［D］.桂林：广西师范大学，2000.

　　［2］刘春慧.性别视角下的透视：海明威张贤亮女性意识的比较［D］.哈尔滨：黑龙江大学，2002

　　［3］王军.十七年文学批评中的合法性问题［D］.上海：华东师范大学，2004.

　　［4］梁娅.建构中的网络文学评判机制［D］.武汉：华中师范大学，

2006.

[5]王艳丽.迷失·确认·超越:论张贤亮小说知识分子身份的变异[D].济南:山东大学,2006.

[6]徐艳华.论张贤亮的小说创作及其死亡意识[D].长春:吉林大学,2007.

[7]林逸玉.张贤亮笔下的"臣服"女性[D].广州:暨南大学,2007.

[8]任美衡.茅盾文学奖研究[D].兰州:兰州大学,2007.

[9]王海生.揭开男性的人格面具:以张贤亮小说为中心[D].北京:首都师范大学,2008.

[10]佘萧群.张贤亮小说中自我生存的艺术呈现[D].济南:山东师范大学,2008.

[11]涂志勇.论张贤亮小说中的知识分子形象[D].海口:海南师范大学,2008.

[12]朱文涛.批判、反思与超越:张贤亮小说之"拯救"主题再探[D].北京:北京语言大学,2009.

[13]钟坤.郁达夫与张贤亮小说创作之比较[D].长沙:湖南师范大学,2009.

[14]刘玲.市场经济语境下的当代文学生产机制研究[D].武汉:华中师范大学,2009.

[15]殷宏霞.论张贤亮小说的性别意识[D].苏州:苏州大学,2009.

[16]林筠昕.那些年的知识分子:张贤亮小说重读[D].上海:华东师范大学,2010.

[17]甄广旭.张贤亮小说与"人"的文学[D].呼和浩特:内蒙古大学,2011.

[18]郭向.论"归来"后张贤亮的创作[D].海口:海南师范大学,2011.

[19]梁晓君.浩然创作的本土性与评价史[D].长春:吉林大学,2011.

[20]汤先红.从纷争突起到尘埃未定:《青春之歌》的评价史研究[D].沈阳:沈阳师范大学,2011.

［21］李虹.茅盾文学奖评奖问题研究［D］.南昌：江西师范大学，2011.

［22］李阳.当代文学生产机制转型初探：以《上海文学》1980年代的文学实践为探索［D］.上海：华东师范大学，2011.

［23］李显鸿.中国当代文学监狱叙事话语的嬗变［D］.武汉：武汉大学，2011.

［24］刘琳.论张贤亮小说的身体叙事［D］.重庆：西南大学，2012.

［25］周明敏.无法游离在国家文学制度之外的悲剧：对导致胡风案三个事件的文献还原式考察［D］.温州：温州大学，2012.

［26］郑婕.20世纪80年代中期文学场域研究：突围与反思后的重建［D］.宁波：宁波大学，2012.

［27］陈蕴茜.茅盾文学奖评奖机制研究［D］.桂林：广西师范大学，2013.

［28］刘大磊.张贤亮创作心理论［D］.南京：南京大学，2013.

四、期刊、报纸文章：

［1］沙汀.祝贺与希望［J］.人民文学，1979（4）.

［2］王蒙.我在寻找什么［J］.文艺报，1980（10）.

［3］克非.引人注目的探索：评王蒙的近作兼论创作方法的多样性［J］.学习与探索，1980（6）.

［4］税海模.《灵与肉》的成败及其缘由试析［J］.朔方，1981（8）.

［5］周扬.按照人民的意志和艺术科学的标准来评奖作品［J］.文艺报，1981（12）.

［6］李子云，王蒙.关于创作的通信［J］.读书，1982（12）.

［7］何镇邦.作家的"冷"与"热"［J］.学习与研究，1983（9）.

［8］刘白羽.清除精神污染，促进文艺创作繁荣［J］.红旗，1984（1）.

［9］夏中义.当代文学中的英雄交响曲［J］.清明，1984（4）.

［10］光群.《男人的风格》浅议［J］.朔方，1984（5）.

［11］陈诏.苦难历程中"熟悉的陌生人"：谈《绿化树》和《灵与肉》中的人物形象［J］.上海文学，1984（8）.

［12］阎纲.文学在改革声中［J］.当代文坛，1984（10）.

［13］牛玉秋.一种新的文学风格：达观风格的萌芽［J］.小说评论，1985（1）.

［14］黄子平，陈平原，钱理群.论"二十世纪中国文学"［J］.文学评论，1985（5）.

［15］陈辽.独树一帜 佳处自显：读《中国当代文学简史》［J］.中国文学研究，1986（1）.

［16］韩梅村.论小说发展中的一种新趋势［J］.小说评论，1986（6）.

［17］黄良.新时期文学批评的思维走向［J］.重庆师院学报（哲学社会科学版），1987（1）.

［18］徐岱.批评的功能与批评家的使命［J］.文艺理论研究，1987（2）.

［19］赵福生.灵与肉：从郁达夫到张贤亮［J］.中国文学研究，1987（3）.

［20］程麻.文学的实与虚:《唯物论者的启示录》启示之四［J］.当代作家评论，1990（6）.

［21］赵俊贤.中国当代文学批评史研究刍议［J］.西北大学学报（哲学社会科学版），1992（2）.

［22］南帆.好作家，或者重要的作家［J］.当代作家评论，1993（1）.

［23］戈云.文人"下海"及其他:与陈若曦笔谈［J］.学术研究，1994（2）.

［24］刘彦生.张贤亮：我的所有小说都是政治小说［J］.文化月刊，1994（6）.

［25］王若谷.刍议职业作家制［J］.理论与当代，1994（7）.

［26］程德培.十年与五年：商品消费大潮冲击下的新时期文学分期［J］.作家，1994（5）.

［27］张宝珍，曹静.保住心爱的笔［J］.中国软科学，1994（12）.

［28］钱念孙.人文精神与知识分子［J］.江淮论坛，1995（1）.

［29］樊星."57族"的命运："当代思想史"片断［J］.文艺评论，1995（2）.

［30］谢有顺.重写爱情的时代［J］.文艺评论，1995（3）.

［31］逄增玉.文化转型中的文学分流［J］.新长征，1995（4）.

［32］黎风.走出混沌：新时期文学的"矛盾论"［J］.当代文坛，1995（5）.

［33］孟繁华.被追怀的精神传统：新时期作家心态研究［J］.中国文化研究，1996（3）.

［34］刘绪源.怎样看外国的评论［J］.文学自由谈，1997（1）.

［35］孟繁华.1978年的评奖制度［J］.南方文坛，1997（6）.

［36］张旭红，赵淑芳.试论张贤亮小说的政治思辨色彩［J］.甘肃教育学院学报（社会科学版），1998（2）.

［37］洪治纲.旷野中的嚎叫：对新时期以来小说批评的回巡与思考［J］.当代作家评论，1998（5）.

［38］萧乾.怎么评价我们的文学［J］.散文，2000（1）.

［39］张贤亮.请用现代汉语及现代方式批判我［J］.文学自由谈，2000（2）.

［40］朱健国."回忆病"之一种［J］.文学自由谈，2000（3）.

［41］张抗抗.当代文学中的性爱与女性书写［J］.北京文学，2000（3）.

［42］洪子诚.当代文学的"一体化"［J］.中国现代文学研究丛刊，2000（3）.

［43］贺桂梅.世纪末的自我救赎之路：1998年"反右"书籍热的文化分析［J］.上海文学，2000（4）.

［44］南帆.文学、革命与性［J］.文艺争鸣，2000（5）.

［45］李陀，李静.漫话"纯文学"：李陀访谈录［J］.上海文学，2001（3）.

［46］陈晓明.记忆的抹去与解脱［J］.读书，2001（3）.

［47］刘永昶.张贤亮小说论［J］.广西社会科学，2002（6）.

［48］陈平.一代启蒙者的历史宿命与精神启示：从《男人的一半是女人》看张贤亮的新启蒙意识［J］.理论与创作，2003（1）.

［49］贺仲明.自我的书写："文革"后"五七作家"笔下的50年代［J］.文艺争鸣，2003（4）.

［50］刘小新，郑国庆.文本分析与社会批评［J］.天涯，2004（3）.

［51］李新宇.艰难的主体重建：20世纪80年代中国文学的知识分子话语［J］.天津社会科学，2005（2）.

［52］王坤.文学制度对文学主体活动的潜在建构［J］.江苏教育学院学报（社会科学版），2005（3）.

［53］舒敏.新时期爱情文学的审美评价［J］.当代文坛，2005（4）.

［54］张志云.当下文学批评中的文化感受：从王晓明近来的文学批评谈起［J］.当代文坛，2006（6）.

［55］李松.走向后经典批评：对20世纪90年代以来中国文学批评趋向的考察［J］.理论月刊，2005（6）.

［56］张利群.论文学评价标准的三元构成与建构条件［J］.文学评论，2007（1）.

［57］刘法民.反常态艺术的评价标准［J］.信阳师范学院学报（哲学社会科学版），2007（2）.

［58］郜元宝.当蝴蝶飞舞时：王蒙创作的几个阶段与方面［J］.当代作家评论，2007（2）.

［59］张清华.二十世纪中国文学中的知识分子谱系［J］.粤海风，2007（5）.

［60］王志清.怎样拯救堕落的文艺批评［J］.探索与争鸣，2008（8）.

［61］周俊生.镇北堡的"资本家"［J］.中国民族，2008（9）.

［62］程光炜.评价新时期文学三十年的几个问题［J］.浙江旅游职业学院学报，2009（1）.

［63］谢泳.《中国新文学史稿》的版本变迁［J］.中国现代文学研究丛刊，2009（6）.

［64］李志强，石雷《一亿六》：入木三分写众生：访著名作家张贤亮［J］.共产党人，2009（10）.

［65］石一枫.再次炫技：读莫言《蛙》［J］.当代（长篇小说选刊），2010（1）.

［66］徐兆寿.论近三十年文学中情爱主题的演变与批评［J］.小说评论，2010（2）.

［67］魏宝涛.《文艺报》与"十七年"作家自我批评空间建构：以作家"成长"轨迹为中心［J］.辽宁大学学报（哲学社会科学版），2010，38（2）.

［68］李雯清.文学评价现实主义的多元化的分析［J］.北方文学（下半月），2010（4）.

［69］马小敏.从文坛"80后"反思当下文学体制［J］.云南社会科学，

2010（6）.

[70] 程光炜."批评"与"作家作品"的差异性：谈80年代文学批评与作家作品之间没有被认识到的复杂关系 [J]. 文艺争鸣，2010（17）.

[71] 南帆.八十年代：话语场域与叙事的转换 [J]. 文学评论，2011（2）.

[72] 吴俊.文学的权利博弈：国家文学与文学批评 [J]. 当代作家评论，2011（2）.

[73] 李建东.对当代批评话语的省思 [J]. 中国中外文艺理论学会年刊，2011（6）.

[74] 贺仲明.去批评化：对当代文学研究方法的思考 [J]. 山东师范大学学报（人文社会科学版），2012（3）.

[75] 李丹."一九七八年全国优秀短篇小说评选"对于当代文学批评的意义 [J]. 当代作家评论，2012（3）.

[76] 吴俊.中国当代文学批评史研究刍议 [J]. 当代文坛，2012（4）.

[77] 徐舒.批评过程中的内省精神：我看王晓明的文学批评 [J]. 朔方，2012（4）.

[78] 吴俊.批评史、文学史和制度研究：当代文学批评研究的若干问题 [J]. 当代作家评论，2012（4）.

[79] 曹文慧.论《文艺报》（1978—1985）的"讨论会" [J]. 小说评论，2012（4）.

[80] 盖生.文学理论与批评关系的调适及新文学体制的建立 [J]. 湖南社会科学，2012（6）.

[81] 吴玉杰.新时期文学与传媒关系研究的缘起 [J]. 文艺争鸣，2013（4）.

[82] 贺桂梅.超越"现代性"视野：赵树理文学评价史反思 [J]. 解放军艺术学院学报，2013（4）.

[83] 金曼丽.重塑男性主体性：解读张贤亮长篇小说《男人的风格》 [J]. 济南职业学院学报，2014（5）.

[84] 程永新.批评家的悟性 [J]. 上海文学，2014（7）.

[85] 吴义勤.对于中国当代文学现状的认识 [J]. 延河，2014（8）.

[86] 吴惟珺.张贤亮年表 [J]. 朔方，2014（11）.

［87］夏志清.张贤亮的三件宝：浪漫路线、想象力和幽默感［J］.李凤亮，译.朔方，2014（11）.

［88］张闳.关于张贤亮及其文学的闲言碎语［J］.上海采风，2014（12）.

［89］王鸿谅.一个作家的"野蛮生长"：张贤亮的人生考察［J］.三联生活周刊，2014（42）.

［90］洪子诚.当代的文学制度问题［J］.中国现代文学研究丛刊，2015（2）.

［91］张欣.张贤亮与九十年代文学生态［J］.小说评论，2015（5）.

［92］张欣.文学评价机制与作家作品命运［J］.宁夏大学学报（人文社会科学版），2016，38（2）.

［93］张欣.张贤亮的阅读史［J］.当代作家评论，2016（4）.

［94］洪子诚.《绿化树》：前辈，强悍然而孱弱［J］.文艺争鸣，2016（7）.

［95］周扬.关于马克思主义的几个理论问题的探讨［N］.人民日报，1983-03-16.

［96］张贤亮.应该有史诗般的作品出现［N］.光明日报，1983-06-18.

［97］龙化龙.人，应该有崇高的情操［N］.人民日报，1983-08-30.

［98］张贤亮.社会改革与文学繁荣：与温元凯书［N］.文艺报，1986-08-23.

［99］鲁枢元.论新时期文学的"向内转"［N］.文艺报，1986-10-18.

［100］吴秉杰.新批评：目标与发展［N］.光明日报，1988-08-19.

［101］张洁.不再清高［N］.光明日报，1994-04-26.

［102］林建法.建立文学批评的秩序［N］.人民日报，2005-02-17.

［103］马国川.张贤亮：一个启蒙小说家的八十年代［N］.经济观察报，2008-04-19.

［104］李俊国.实证式文学批评［N］.文艺报，2012-08-29.

［105］张贤亮.雪夜孤灯读奇书［N］.南方周末，2013-07-25.

［106］周志忠，朱磊，周飞亚.张贤亮：拓荒者和弄潮儿［N］.人民日报，2014-09-29.

［107］刘金祥.张贤亮：新时期文学的拓荒者［N］.黑龙江日报，2014-10-16.

后　记

　　呈现在各位尊敬的老师和读者面前的这本学术著作，是在我的博士毕业论文的基础上整理而成的，这本论文是我耗费九个多月体力与脑力劳动的成果，在这九个多月中，我的身体在急遽地衰弱下去，但令我感到欣慰的是，我终于按照自己预期的目标完成了博士阶段的最后一项关键性论文的写作，在我写作博士论文的过程中，我的妻子也正在艰辛而幸福地孕育着一个新的生命，如今这个小生命已经平安诞生，正式加入我们的生活之中，我的博士论文的写作恰好和我的女儿的孕育和出生不期而遇，这是一种巧合还是命运的安排，我不得而知。这本论文的完成于我而言，也可以说是一个新的生命的到来，她也经过了十月怀胎的艰辛与分娩时的痛苦，因此，我对这个新生命也倍加珍惜与喜爱，但是由于写作时间的仓促与我学识的浅薄，这本论文中肯定还存在着这样或那样的不尽如人意之处，我将在以后的日子里，按照老师们和读者们反馈的意见逐一进行细致的修改，这可能会是一个更为痛苦的矫正过程，但是学术容不得半点马虎，对每一个将学术视为自己第二生命的学者来说，每一次的论文写作都是人格不断修炼和自我进化的过程，痛苦与快乐始终是相生相伴的，正因为过程的困苦，我们才会更加强烈地感受到生活的充实与成功的喜悦。但是，正如大家常说的一样，自己的孩子，不管在别人眼中是美是丑，在孩子的父母看来，都是上帝赐予的礼物，是降落到这个世界上的天使。这本论文对我来说，其情感也正如我对自己的孩子一般，充满得到他人认同的期待，这也许是人之常情吧。

　　这本论文能够如期完成，我需要感谢我的博士生导师孟繁华教授、贺绍俊教授、程光炜教授，没有他们的悉心指导和答疑解惑，我将遇到无法想象的阻力，他们工作繁忙，孟繁华老师利用各种机会指导我的论文写作，从最初的确定论文选题到部分论文成果的发表，我都得到了他的悉心帮助，他即使在生病住院期间，也没有忘记关心我的论文进展情况，令我万分感动。贺绍俊老师为人低调、谦和平易，我曾因为论文写作遇到问题多次登门打扰，每次都受到老师的热情接待与指点，他的富有启发性的话语和真知灼见，常常令我茅塞顿开。程光炜老师一直在学校给我们开设二十世纪八九十年代文学研究的课程，在他的课堂上，我才第一次真正踏入了二十世纪八十年代文学研究的领地，接触到了最前沿的学术动态与学术成果。他认真的治学精神给我留下了极为深刻的印象。我至今还保存着上程老师每一堂讨论课时记录的读书笔记，以及通过邮件向他请教各种问题得到的悉心答复。学高为师、身正为范，我有幸在读博期间与这些名师结成师生缘分，令我受益匪浅，这是我人生路上的宝贵精神财富，我会珍惜这份师生之情，常怀感恩之心。

最后，我需要特别感谢我的父母和家人，没有他们的理解与支持，我无法以较大的精力投入到学业之中，作家史铁生在《我与地坛》里曾经谈到促使他学习写作的动机，那就是"为我母亲。为了让她骄傲"。这句看似简单而平常的话深深触动了我，"谁言寸草心，报得三春晖"，让父母为自己感到骄傲和放心，这是每一个做子女的美好心愿，也是支撑我完成本书的原动力。当然，我也要感谢一直以来陪伴我的妻子和给我带来无限美好时光的女儿。老师和亲人们的恩情，我无法一一言表，我只有在未来的人生道路上好好做人、做事、做学问，这才是对他们最持久而诚挚的报答。谨以此文，献给爱我的人和我爱的人。

2023 年 8 月 4 日